U0965564

大鱼

有爱的青春陪伴者

余热

今日不上朝 / 著

江苏凤凰文艺出版社
JIANGSU PHOENIX LITERATURE AND ART PUBLISHING

图书在版编目（CIP）数据

余热 / 今日不上朝著. -- 南京 : 江苏凤凰文艺出版社，2023.6
ISBN 978-7-5594-7701-9

Ⅰ. ①余… Ⅱ. ①今… Ⅲ. ①长篇小说 - 中国 - 当代 Ⅳ. ①I247.5

中国国家版本馆CIP数据核字(2023)第075242号

余热

今日不上朝 著

责任编辑	王昕宁
特约编辑	年　年
责任校对	言　一
出版发行	江苏凤凰文艺出版社
	南京市中央路165号，邮编：210009
网　　址	http://www.jswenyi.com
印　　刷	长沙鸿发印务实业有限公司
开　　本	880mm×1230mm　1/32
印　　张	10.5
字　　数	422千字
版　　次	2023年6月第1版
印　　次	2023年6月第1次印刷
书　　号	ISBN 978-7-5594-7701-9
定　　价	42.80元

目录 CONTENTS

YURE

目录 CONTENTS

Y U R E

第一章
同年同月同日生

七月，蝉鸣嘒嘒。

阳光火辣刺目，大地被笼罩在一团光晕中，地面泛起烘烤般的热意。

正午时分，老旧的筒子楼里，正是一天中最热闹时。

饭香味，说话声，本地台的午间新闻交织着不知道哪家传来的叫骂声，喧嚣吵闹。

临江大院是当年的糖厂家属楼改建而成，十几栋筒子楼挨门抵户，经过多年日晒雨淋，墙皮风干脱落，孩童趣味涂鸦糊满了两面墙，四处充斥着岁月和时光的痕迹，破败而老旧。

院里住的都是当年糖厂退下来的老工人，彼此之间认识了几十年，虽是亲比远亲，但近邻之间矛盾也不少。

一楼两户的筒子楼，两家对门而居，生活气息虽浓，但隔音效果也极差。

头顶的摇头扇乎乎吹着，挂在阳台上的风铃摇摆了两下，发出清脆的碰撞声。

在屋里头酣睡的婴儿似乎听见了响儿，嫩嫩的拳头虚虚握了握，鼻翼轻颤，樱桃小嘴不自觉地弯了弯。

纪兰把午食端上桌，在围裙上擦了擦手，去屋里看了眼睡觉的女儿。

憨眠中的小婴儿似有所感，眼皮微掀，看了眼母亲，小拳头挥了挥，转瞬又闭上了眼。

纪兰轻笑一声，看向走过来的丈夫：“那那好聪明，知道妈妈在看她呢，还睁开眼睛瞧了瞧。她可喜欢你给她买的小风铃了，每次听见响儿都睡得很好，一点都不闹人，乖得很。”

那大勇把汗衫脱掉，随手擦了擦身上泛着蜜般光泽的汗水，被晒得黑红的憨厚面容露出一抹喜意，闻言，他丢掉汗衫，蹲在床头，用粗糙的食指戳了戳宝贝女儿嫩嫩的面颊：“那那喜欢爸爸做的小风铃吗？”

小婴儿握了握拳，似乎是在回应他。

那大勇乐得不行，满身疲惫一扫而空，忍不住又戳了两下：“那那喜欢，等那那长大爸爸给你做一屋子的风铃！”

“你轻点，待会儿闹醒了可有你好受的。”纪兰笑着拍了拍丈夫的肩膀。

“闹醒了我哄。”那大勇嘿嘿笑了两声，抓着闺女的小手轻轻摇晃，一副初为人父的傻爸爸样儿，“闹醒了爸爸哄，爸爸的乖宝贝，乖那那，醒来吃午饭了，小乖乖。”

纪兰笑着推了推他，指了指楼下。

隔音效果极差的楼道里，能听见“噔噔噔”的上楼声和说话声，那中气十足还带着几分刻薄的中年女声简直响彻整栋楼：“生儿子就是了不起啊，你看看有些人，仗着生了个儿子，整天待在麻将馆里不着家，家里屁事不管，连自己儿子也不带，你说这种女人娶了能干啥？除了能生个儿子……”

是婆婆赵春花的声音。

那大勇连忙起身，和老婆一起去厨房把剩下的饭菜端上桌，刚摆好碗筷，和五楼陈婆婆分道扬镳的赵春花就扇着蒲扇进了屋。

赵春花年过五十，五官寡淡略显刻薄，长着一双标志性的吊梢眼，满头银发不修边幅松松垮垮地绑着，粗糙的手背像布满丘壑的老橘皮，身材瘦小，但精神矍铄。

一进门，老太太就拉着一张刻薄丧脸骂骂咧咧道：“陈老婆子那个老不死的，明里暗里就讽刺我呢。她媳妇不就给她生了一对孙子嘛，神气什么？养不养得大还是一回事儿呢，一对病秧子还当个宝，整天在我面前抖！”

纪兰不敢搭腔，给老太太盛了一碗粥。

那大勇有些受不了老娘那不把门的嘴，拉开椅子坐下，端起一碗粥，闷声招呼：“妈，吃饭。”

赵春花一屁股坐在四角椅上，拿起筷子刨了两口稀饭，打眼又见床上的那旖睡得一脸没心没肺，越发感觉心气不顺，“啪”一声摔下筷子。

“整天就知道睡，比楼下那两个病秧子还能睡！”

纪兰端着稀饭的手一抖，漏出来的粥烫到了手背，她忍住没吭声。

床上的那旖张了张小嘴，眼看着要哭，嘴一瘪。

“妈，那那才一个多月呢，才生下来的孩子哪有不爱睡觉的，睡得着才好，睡得着身体才健康。你看我们那那从生下来就没生过病，多省心啊。”那大勇知道老娘这是老毛病又犯了，说明白点儿，就是得了重男轻女的病。

“屁个都爱睡觉，你看看人隔壁聂家的儿子就没有整天睡，你听听人家那小嗓子嗷得多亮。”赵春花心念念带把的小子，越想越食不下咽，恍惚还真听见了隔壁聂家的带把小子在哭，“这男孩儿就是不一样啊，你听听这声儿，多精神，多招人稀罕，这小嗓子嗷嗷的，精神气可比床上那奶猫叫声听着舒坦多了……”

“妈，那是你孙女。”那大勇不乐意了，什么奶猫叫声，他女儿嗷得也很精神啊。

“就是个赔钱……”

“妈！”一直没说话的纪兰握紧了筷子。

赵春花眼梢一吊，拍桌子，大声说：“叫什么叫，等你给我生个孙子你再给我横！”

纪兰脸色一白。

“我就喜欢女儿，女儿贴心。”那大勇脸上的笑容也没了，脸一板还挺吓人。

赵春花还想发脾气，但内心又有点怵生气的儿子，气得双手直抚心口，脸一拉，更显刻薄。

气氛凝滞，一家人吃了一顿沉默的午饭，隔壁聂家的哭声也越发嘹亮，期间伴随着争吵声，透过半开的大门无孔不入传入那家三代人耳中——

“凭什么！你凭什么不给我钱？我上个月才给你生了个儿子，聂国兴你过河拆桥也不是这样的！”

“你还记得你上个月才生了儿子？为了打牌你连儿子都不管了！”

“我管生还管养吗？”

“我儿子我赚钱养，但你得带啊，我总不能背着儿子去工地吧？”

“我不带！凭什么让我带？我管生还得管带吗？什么好事儿都让你聂国兴一个人占尽了！”

“那也是你儿子！”

“我儿子怎么了，他姓聂！”

“你！”

“聂国兴你别冲我吼，你今天要是不给我钱，我就……”

“呜哇——”

稚嫩的婴儿哭号响彻整个楼道，给本就热闹的正午增添了一抹无法忽视的存在感，楼下不时有人摔门低骂。

筒子楼就是这点不好，家里有个什么事儿，那基本就是整个大院的人都知道了，完全没有任何私密性可言。

说来也是缘分，上个月月初，那家和聂家的媳妇在同一天的同一间产房里一前一后生下孩子。

聂家的生了个大胖小子，那家的生了个秀气的闺女。

两家邻居几十年，到了这一代，没想到还占了个同年同月同日生的缘分，这原本是件为人津津乐道充满喜气的好事儿，但怪就怪在赵春花是个重男轻女的老太太。

老太太年轻的时候和老邻居聂老太的关系一直不太好，两家时常为了点鸡毛蒜皮的小事儿闹得大院人仰马翻，到了后来，两家又各自生了个儿子，还都是独生子，那攀比起来简直就没边儿了，小到儿子的身高，大到儿子的成绩，甚至是长相，能比不能比的都要比一比。

那大勇和聂国兴也有趣，从小到大几乎交替着争夺全校倒数第一和倒数第二的名次，还同时在初三毕业那年合伙辍学，一个跑去工地搬砖，一个跑去学开车，人生轨迹基本持平，让两家大人无事可比。

最后还是赵春花凭借着自己傲人的健康身体成功熬死了聂家那两个老邻居，自觉人生已经达到圆满，才停止了儿辈间无意义的攀比。

可惜，才消停不过几年，赵春花的圆满人生就彻底葬送在了上个月。

聂家生了个儿子。

她那家，居然只生了个闺女。

同样都是三代单传，到了这一辈，怎么就落后这么一大步呢。

赵春花现在出个门都觉得老邻居们看她的目光带着嘲讽和同情。

这让和聂家攀比了一辈子从来没落过下风的老太太心里极度不舒坦，于是看谁都不顺眼，尤其是儿媳妇纪兰。

还有那个躺着小床里人事不知的那旖。

吃完午饭，那大勇去房间午睡，纪兰收拾完餐桌上的残羹剩饭，抱着那旖哄了哄，便撩起衣服喂奶。

赵春花躺在客厅的躺椅上，吊梢眼半耷拉着，手中的大蒲扇有一搭没一搭地扇着肚子，似睡非睡。

阳台上，花瓶里的小野花蔫哒哒地开着，风铃时而被风吹得撞击清响。

午间静谧，似乎时光都停了下来。

喂完奶，纪兰抱着醒来的闺女逗乐，爱怜地抱着她慢摇轻哄。

精心喂养了一个多月，皱皮红娃娃已经慢慢长开，小脸变得肉乎白嫩，樱桃小嘴红润泛着光泽，喝奶时两只小拳头紧紧握着，小模样憨态可掬，十分可爱。

“砰！”

忽然，隔壁一声巨响，摔门声震耳。

随即，楼道里，高跟鞋踩在地面的“哒哒哒”声打破了寂静。

怀里的那旖被吓了一跳，秀气的小眉毛皱了起来。

纪兰连忙抱着那旖在屋里走来走去轻哄，走到阳台时，她探头往下望，不多时，就看见潘姿美肩上挎着挎包，踩着高跟鞋往 1 栋的方向走去。

大院的 1 栋开着一家麻将馆，是潘姿美最喜欢待的地方。

说来，肚子发作那天下午，潘姿美还是被人从麻将馆直接抬去的妇幼保健院。

这才出月子呢，居然为了打牌，真连儿子都不管了。

吃饱喝足的那旖睁着圆溜溜的大眼睛，伸手去抓纪兰的衣领。见母亲看过来，她张开小嘴打了个奶嗝儿。

纪兰一乐，食指点了点她的鼻尖："小调皮，吃饱了？"

那旖抓着纪兰的衣领，小手指微微用力。

母女俩正玩闹，半掩的大门突然被人敲响，一道男声从门外传来："婶儿，在家吗？"

听见声儿，纪兰下意识地看了眼躺椅上睡着的老太太。

而半开的门经不起敲，一点风吹草动便被推开，隔壁聂国兴抱着孩子站在门口。

见纪兰看过来，聂国兴那张精明的脸上带着几分尴尬和局促，说："嫂子，打扰了啊。"

纪兰一愣，随即笑道："是国兴啊，你找我妈有事吗？"说着就要把躺椅里张着嘴打鼾的老太太叫醒。

"别别别。"聂国兴连忙伸手拦住她的举动，动作间牵动了怀里安睡的婴儿，小孩儿不满地握着拳头狠狠在空气中挥动了两下，小脸皱成一团，满脸不高兴。

聂国兴好不容易安抚好闹腾的儿子，抬眼对上纪兰看过来的目光，对自己的来意顿时感觉有些难以启齿。

纪兰顿了下，叹了口气，侧开身："进来再说吧。"

聂国兴感激地点点头："谢谢嫂子。"

都说无事不登三宝殿，虽然聂国兴和那大勇的关系不像上一辈那么剑拔弩张，但也因为上一辈的关系，两人虽然在一层楼长大，但平时往来泛泛，关系实在说不上亲密。

聂国兴突然抱着孩子上门，指定是有事相求，纪兰也不是傻子。

她进卧室把那大勇叫醒，把昏昏欲睡的那旖放到婴儿床上，去厨房倒了一杯凉白开放到聂国兴面前。

"麻烦嫂子了。"聂国兴笑着对纪兰点了点头，姿态放得很低。

他一身正装，精神头十足，和穿着皱巴巴汗衫、一脸睡眼惺忪的那大勇形成强烈的对比。

"不麻烦。"纪兰平时不怎么爱说话，说着就进了屋，把门半掩，留了很大一条缝，能清楚听见客厅的谈话声。

摇着婴儿床，她看着睡着的那旖，耳朵却听着外面的动静。

聂国兴的来意几乎是显而易见的。

老婆刚出月子就把儿子丢在一旁不闻不问，他工作忙没有时间带孩子，家里又没有老人，正巧隔壁几十年的老邻居有个跟儿子同一天出生的女儿，无论是信任度还是别的，都是给儿子找到落脚处的最佳人选。

当然，不是白照顾的，他出钱。

要说让老太太觉得人生不太圆满的事，除了儿媳妇生了个女儿，而聂家生了个儿子外，还有一点就是近两年来，和他家在同一条贫困线上挣扎了几十年的聂家突然就莫名其妙起来了。

聂国兴和那大勇在初中辍学，聂国庆去工地搬砖，那大勇去学车，两个看起来都不是那么出息。

眼看着他们就要一直这么没出息到老，结果怎么着，那大勇学会了开车，去给别人拉货，看着是有那么一点出息，可这也是在没有对比的情况下。

聂国兴虽然一开始是在工地搬砖，但他脑子灵活，会说话会来事儿，在短短几年的时间里，就从一个什么都不懂的工地底层搬砖小工摇身一变成为如今手底下领着二十几号人的包工头，而且他现在已经开始自己接工程了。

身份不一样了，赚的钱自然也就不一样了，时间和以前那就更不一样了。

他没有时间带孩子，更不可能把孩子带去工地。

听完聂国兴的来意，那大勇比洗了一把冷水脸还清醒。

“你的意思是让纪兰帮忙带孩子？”他搓着宽大的手掌，眉心微蹙，“你家那个呢？”

“她啊——”聂国兴苦笑一声，怀里的孩子瘪嘴要哭，他连忙站起身抱着孩子在客厅里转悠着哄，“孩子都差点生在麻将馆了，让她带孩子不跟要她命一样。”

那大勇听得咂舌:“那她不是孩子的妈吗，就为了打牌，连孩子都不管了？”

“她要是愿意管，我今天也不会觍着脸上门了。”聂国兴笑了笑，说到底这事儿还是挺丢脸的，自己老婆心里只有打牌，不想管孩子，他还得上门求邻居。

那大勇一时不知该说什么好。

只是……这带自己孩子和帮别人带孩子是两码事啊，别的不说，这真接手了，他宝贝女儿的口粮岂不是要被剥夺一半？

他正琢磨着这事儿要怎么拒，大院里乐意赚这钱的邻居应该不少，都是带了一辈子孩子的，大家都比纪兰有经验。

拒绝的话在嘴里转了一圈还没来得及说出口，原本就不怎么安分的聂家小崽子突然蹬了蹬小胖腿，扯着小嗓子张嘴就嗷。

这一嗷不得了，直接把老太太给吵醒了。

赵春花虽然不喜欢聂家人，但她喜欢带把的啊，更别说还有送上门的钱。

得知聂国兴的来意，根本没有那大勇拒绝的机会，老太太一个箭步上前把聂国兴怀里哭得正得劲儿的崽子接了过来哄，二话不说就答应了下来，眉飞色舞道：“嗨，这事儿简单，带一个是带，带两个也是带，反正我家纪兰闲着也是闲着，我看聂……”

聂国兴连忙道：“我儿子叫聂余。”

赵春花眼梢一吊：“这名儿是闭着眼睛瞎取的吧！”

聂国兴讪讪道：“他妈取的。”

“行吧，你家聂……”聂余聂余，听着跟余孽似的，赵春花嫌这名儿难听，寓意也不怎么好，都不乐意从自己嘴里出来，“就放心把你家小子就交给你嫂子吧。你嫂子那人你也是知道的，人老实，对孩子也耐心，亏不了他的。”

那大勇还想说什么，纪兰从房间出来了。

“嫂子……”聂国兴被晒成古铜色的皮肤上难得露出一丝薄红，突兀地上门已经很唐突了，还提出这么强人所难的请求，他知道这事儿还得纪兰自己愿意，谁都做不了主。

纪兰看了眼婆婆怀里闹腾的孩子，漂亮的小脸哭得红通通，抽抽搭搭好不委屈。

她从婆婆怀里接过孩子，轻声细语地哄了一会儿。

大概是她身上有属于母亲的味道，一直哭唧唧闹腾谁也哄不好的聂余居然慢慢安静了下来，睁着一双大眼睛，卷翘的睫毛上沾着泪珠，黑曜石般的双目被泪水洗涤，清澈又明亮。

潘姿美的长相是大院里出了名的好，虽然孩子才一个多月大点儿，五官已经颇有一番他妈妈的风采了。

就长相而言，是真讨喜，更别说哭得委屈巴巴的模样，让初为人母的纪兰一颗心直发软。

她笑着点了点小孩儿的鼻尖，抬头问聂国兴：“孩子的奶是找他妈妈喂，还是……”

聂国兴闻言大喜，忙道“谢谢嫂子！喂奶粉吧，我待会儿就去给他买奶粉。”

纪兰皱眉，道：“奶粉？这么小的孩子还是吃母乳好，要不到时间我就把他抱去他妈那儿，喂完我再抱回来。”

麻将馆就在 1 栋，离得也不远。

而且这么小的孩子还是喂母乳好，就跟生产时是剖腹产和顺产的区别一样，天然的总归是最好的。

聂国兴说起自家老婆就是一脸无奈，又心疼孩子得紧，道：“他妈也不知道听谁说的喂母乳会影响身材，死活不愿意再喂，就今天中午还跟我闹了一场，孩子到现在还没吃呢。”

纪兰不说话了，抱着孩子摇了摇，心底也不由得产生了一股怜爱之情。

聂国兴搓了搓手，为了儿子的口粮，语气简直低入尘埃："如果嫂子的母乳有多的，我儿子今天就沾个光……"

赵春花眉毛一竖就要挑刺，母乳，母乳不要钱啊！为了下奶，纪兰这段时间没少吃好东西。

"行。"不顾要发飙的婆婆，纪兰点了点头，转身就抱着孩子进屋喂奶。

睡得人事不知的那旖，还不知道自己的小床即将被另一个人霸占。

她握着小拳头，睡得香香甜甜。

聂国兴不但给工资，还三天两头往那家送猪蹄和鲫鱼，聂余的一餐母乳口粮，自然而然变成了每日口粮。

纪兰现在在家带孩子也不能出去上班，一家子全靠那大勇那点儿工资撑着，生活倒不说过不下去，总之不太好就是了。

聂国兴会来事儿，最高兴的就数赵春花。

不过是给聂家带带孩子，不但有钱，聂国兴还送吃的，老太太横算竖算这笔生意都值啊。

潘姿美得知聂国兴找纪兰帮忙带孩子，简直有种甩掉包袱的轻松感，她每天一大早就抱着儿子往那旖床上一丢，自己挎着包潇潇洒洒出门打牌，通常天黑了才回来接儿子，有时候通宵打牌，遇到聂国兴也忙时，聂余还得在那家过夜。

两个小孩儿都还小，一天之中绝大一部分时间都在睡觉，清醒的时间也只是睁着眼睛各玩各的，基本没有什么争执，故而纪兰带起来还算轻松。

只是聂余的性子有些霸道，还爱动，即便是睡着，小胖腿也会下意识地蹬旁边的那旖。那旖性格好，又文静，被蹬醒也不哭，最多瘪瘪嘴，吧唧吧唧两下就又睡着了。

这一年，两个小孩儿都习惯了对方的存在。

婴儿床总是拥挤，因为枕头旁总有一个撅着屁股的家伙霸占自己的床。

而他们对这个世界的所有感知，通通都有着对方的存在。

聂余在八个月大时，说的第一句话是"那那"。

在同月的一天中午，那旖看着餐桌上的鲫鱼，指着聂余，咬字清晰地道："鱼。"

鱼，余。

一岁半时，两个小孩儿渐渐开始有了摩擦。

婴儿床已彻底经装不下他们，那间狭小的卧室铺满了泡沫垫，成为那旖和聂余的小型游乐园。

霸道的聂余无师自通学会划地盘，自己霸占老大一片区域，那旖有时玩玩具玩得入迷不小心越过了“三八线”，聂余就会扯着小嗓子嗷她，淌着口水奶声奶气吼：“那那，走，我的。”

那旖通常只挪挪屁股远离小霸王，偶尔实在生气，会用比聂余还奶的奶音说：“鲫鱼，烦。”

自从上次那旖在餐桌上指着聂余叫“鱼”，聂余就多了一个小名，鲫鱼。

因为赵春花嫌聂余难听，私下里爱叫聂余“鲫鱼”，那旖鹦鹉学舌，听得多了，久而久之也就学会了，每次生气就叫聂余“鲫鱼”。

两个小朋友经常会因为各种原因吵架，每次吵架，聂余都会生气地吼：“那那不是那那了！”

那旖会好脾气地叫他：“鲫鱼。”

“不喜欢那那了！”

“不喜欢鲫鱼。”

聂余那灵光的小脑袋对“鲫鱼”这两个字特别敏感，尤其是从那旖口中说出来。

因为每次那旖说鲫鱼，都是不喜欢的意思。

那旖不喜欢鲫鱼，就是不喜欢他。

那一整年，那家的餐桌上都没有再出现过一条鱼。

赵春花就不惯着谁，带把的也不行，时常阴阳怪气道：“都说吃鱼补脑子，你不吃鱼，难怪和你妈一样笨。”

聂余已经能听懂好歹话了，那家三个大人，他最怕的就是这个老太太，说：“妈妈不笨！”

赵春花还挺吃惊，说：“哟呵，小屁崽子还挺厉害，潘姿美没白生你啊，帮你妈说话是吧？”

聂余扯着小嗓子嗷：“不笨！妈妈不笨！”

赵春花眼一吊，一年四季不离手的大蒲扇往他后背一拍，冷哼：“冲我横什么。小屁崽子，外面谁不知道你家潘姿美是个没脑子的，别人合起伙骗她钱呢，她还每天喜滋滋地主动送上门，可怜你爸哟，每天早出晚归辛辛苦苦在外面赚钱，回家还得伺候你，又当爹又当妈的，遇到了潘姿美那没脑子的败家媳妇，简直是倒了八辈子霉。”

聂余也就能听懂“笨”这种简单字眼，刻薄老太太跟吃葡萄吐皮似的“噼里啪啦”呸一通，他一脸茫然，好半天才拼凑出一句：“爸爸辛苦。”

他憋红了一张脸，下意识地维护：“爸爸辛苦，妈妈不笨。”

赵春花冷哼：“你家就数你最笨。”

聂余气得“哇”的一声哭了出来。

那大勇听见哭声，抱着那旖从房间出来，单手捞起聂余放在另一只胳膊弯，说：“妈，你又在孩子面前瞎说什么呢。”

“哪句话瞎说了，老娘胡乱编派一句老天爷都降道雷劈死我。”赵春花将蒲扇指天。

那大勇有点怕她这嗓门，担心孩子们有样学样，抱着两个孩子就往大门口走，说："小孩子懂什么，你以后别在聂余面前说这些，影响不好。"

赵春花朝他身上丢扇子，叉腰骂道："我说两句话就影响不好了？我赵春花什么时候这么能耐了！那大勇你行啊，现在都敢嫌弃你老娘了，你自个出去听听外面的人都是怎么说那败家玩意儿的，听听你老娘哪句话说错了。"

这事儿赵春花还真没说错。

隔天晚上，聂国兴就知道了事情始末。

潘姿美爱赌钱，一开始是小赌，生了孩子后反而有愈演愈烈的趋势。

这两年聂国兴鸿运当头，脱掉了一身泥浆点子的包工头工装服，摇身一变成了一个进出夹着公文包、穿着干净西装的小老板。

聂家的变化是显而易见的，这两年在大院没少出风头，连带着潘姿美也被人时刻关注着。

这一关注嘛，就发现了问题。

潘姿美这人，其实不是潼陵本地人，关于聂国兴是怎么和她认识的，大家私底下众说纷纭，有人说是聂国兴出去应酬认识的，有人说是聂国兴大晚上从路边捡回来的醉鬼，后来养着养着就养成了媳妇。

总之没一句好话。

这其中最主要的原因，也是因为潘姿美长得实在是太好看了，比起八十年代的女明星有过之而无不及。

带着点儿艳丽色彩的坊间八卦，故事的走向一般都不会那么正道，何况潘姿美的确来历不明。

人人生而平等，老天给潘姿美的长相开了一扇巨窗，大概是为了公平，所以给她的脑子关了一道大门。

潘姿美美则美矣，但没有脑子。

换个人每天十赌九输，怎么着也该有点怀疑了，但潘姿美就不。

她非但不怀疑，还对院里那些八卦她被合伙骗钱的邻居嗤之以鼻，觉得她们就是见不得她潘姿美好，传些谣言来硌硬她！

都是认识好几年的牌友，知根知底，怎么就合伙骗她了！

晚上聂国兴回来，从儿子口中听到他断断续续的哭诉，是聂余在院里玩时偷听到的流言蜚语，再加上赵春花私下在孩子面前叨叨的话，聂国兴一合计，差点没气红眼。

他这段时间不是跑业务，就在工地忙得团团转，每天天不亮起床，月上梢头才落家，哪里有机会能知道院里的最新八卦。

他手里流动资金不足，差点拖欠了手底下工人一个月工资给挤出来的工程款，结果全给她拿去输了！

聂国兴气得肝疼，转头就和潘姿美大吵了一架。

聂余则在小房间里吓得“哇哇”大叫。

那大勇两口子躺在床上，睁着眼睛听着隔壁的争吵。

纪兰把被闹醒的那旖抱在怀里哄，担忧道：“要不要把聂余抱过来？两口子吵架别影响到孩子。”

那大勇抓着宝贝女儿的小手指，低声道：“算了吧，你别又好心办坏事，被人骂多管闲事。”

纪兰闻言沉默。

潘姿美心情好时就是朵开得娇艳的玫瑰花，冲谁都笑得艳丽。但她心情不好时，只会把刺露出来，逮谁刺谁。

聂国兴两口子也不是头一回吵架，哪次吵架不是闹得天翻地覆，殃及旁人。

在爸妈中间睡得迷迷糊糊的那旖，睁着困倦的大眼睛，轻声喊道：“鱼。”

那大勇捏了捏她白嫩的小脸：“那那在叫谁？”

那旖抓住爸爸的手指，迷迷瞪瞪道：“鲫鱼。”

纪兰笑道：“天黑了，聂余回家找爸爸妈妈了，那那明天早上就能看见他了。”

那旖指着窗外：“吵架，好大声。”

“找那那。”隔壁传来聂余撕心裂肺的号叫。

“找找找，你干脆姓‘那’得了。”潘姿美无差别攻击，吼完聂国兴，转头又吼儿子。

聂余和她对吼：“妈妈笨蛋，妈妈被骗，大笨蛋！”

潘姿美气疯了：“你再说一遍，你再给我说一遍！喝别人的奶长大就连自己亲妈都不认识了是吧？聂国兴你别拦我，今天我非收拾他一顿不可！”

聂国兴连忙护着儿子，说：“你跟孩子计较什么，是你自己不愿意带，现在你又怪他不亲你。”

潘姿美又哭又叫：“我知道你们爷俩都怪我，你们都怪我！现在儿子跟我不亲你高兴了吧！聂国兴，我嫁给你过苦日子我抱怨过一句吗？我舍了半条命给你生儿子，现在用你一点钱怎么了！你大晚上跟我闹，现在连我儿子都敢骂我了，你们爷俩就是合起伙来欺负我！”

聂国兴压低声音道：“你别无理取闹行不行，你平时用钱我管过你吗？你不想带孩子我拿钱请别人帮忙带，你爱打牌我说过你一句吗？潘姿美你要讲道理。”

潘姿美哭吼：“那你今晚是什么意思？”

聂国兴说：“我不跟你吵，明天我就去找那几个人问清楚，没这事儿我给他们道歉，但他们若真合起伙来骗你，我不会放过他们。”

“聂国兴你敢！”

聂家闹得鸡飞狗跳。

第二天聂余的声音都哑了。

聂余小小年纪，胆肥儿的性格已经初显端倪。

昨晚聂国兴和潘姿美吵架，他非但不躲，还在旁边煽风点火，火最后烧到自个儿身上了，还能梗着脖子加入战场，小嗓子就是和他妈互喷嗷哑的。

一大早，他被聂国兴抱到那家，捧着个奶瓶拱到那旖床上。那旖被他吵醒也不哭，给他挪了个位置。

聂余凑到那旖耳边，指着喉咙道："那那，这里痛。"

那旖翻了个身，奶声奶气道："那那不痛。"

聂余扑到她身上哼哼："鲫鱼痛。"

那旖扭身，小手抓了抓他的衣服，对准他脖子，小嘴噘起："呼——"

聂余眼睛一亮，欢快道："再呼呼。"

那旖："呼呼。"

两人挤在小床上，你呼呼我一下，我呼呼你一口。

那大勇坐在玄关换鞋，扬声道："我上班去了。"

纪兰在厨房问道："中午回来吃吗？"

那大勇系好鞋带，起身回答："不回了，中午要去一趟新区拉货。"

纪兰从厨房探出头，嘴边挂着温柔的笑，说："那晚上早点回来，给你做好吃的，有想吃的东西吗？"

那大勇原本都开门出去了，见此，又挪回来，看了眼房间里那两个抱着胖脚脚玩闹的孩子，飞快地过去在纪兰脸颊亲了一下："你随便做点儿什么，我都喜欢吃。"

纪兰脸一红，捂着被亲的地方，窘迫不已。

那大勇也有点不好意思，步子迈得又慌又急："在家看好孩子啊，我走了。"

那大勇迈着轻快的步子下了楼，路过大院的老梧桐树，看见一早就出门的聂国兴带着好几个男人气势汹汹地往1栋的方向走去。

梧桐树下一群早起的老头儿老太太兴奋得很，起哄跟上。

那大勇脚步一顿，想了想，又折返回家。

纪兰听见开门声，探出脑袋往外看，见是那大勇，脸上还未消散的热度顿时又起来了，说："什么东西又忘了拿？整天丢三落四的。"

那大勇压低声音道："今天别带孩子们下楼了。"

纪兰把煮好的鸡蛋捞出来，闻言抬头，问："怎么了？"

那大勇看了眼屋里的两个孩子，不好说，只道："听我的，今天别带孩子下楼玩，就在屋里待着吧。我去上班了。"

纪兰一脸莫名，嘀咕道：“也不说明白……那你开车小心点儿。”

“知道了。”

没过半小时，纪兰就知道是为什么了。

赵春花一大早出门买菜，人没到家，隔着几层楼的距离纪兰就听见了她和几个老太太一起，提着一兜菜在楼下聊得热火朝天。

“真砸了？”

“还能有假，我亲眼看见的，大门都踹成了两半，麻将桌给砸得稀巴烂。”

“让他赵老四在院里开麻将馆祸害人，这次可踢到铁板了吧，该！”

“聂国兴行啊，现在有钱抖起来了，都能叫人来院里砸东西了。”赵春花阴阳怪气道。

“赵春花你个老东西，事儿没落你身上你不觉得疼是吧？你儿媳妇去菜市场买个菜老板多收了她五毛钱你都能去和人家吵一架，人家聂国兴每月往你家送多少东西，吃也让你吃了，话也让你说了，你咋这么不做人呢。”站在赵春花身边一老太太张口就喷。

赵春花冲着对方就是一声呸：“放屁！你个被屎糊了眼的，当我不知道你呢，你现在再怎么护着聂国兴，我侄儿也不会给你当女婿，回去抱着你家老姑娘早点儿死了这条心吧。”

那老太太气得满脸通红，伸手就要打她。

赵春花拎着菜躲开，上楼还不忘冷嘲热讽：“有些人啊，现在见人家赚钱了就替闺女后悔，不知道当初是谁看不上人家一穷二白没爹没娘哟，现在一副丈母娘作态来恶心谁？老娘要是不做人，有些老东西那就不是人！就是个被积年老屎糊眼的瞎眼老玩意儿！”

论撒泼吵架，她赵春花就没输过。

外面越吵越不堪入耳，纪兰赶紧把窗户关上。

回头对上两个孩子天真无邪的目光，纪兰打开糖果罐，一人手里塞了一颗糖。

纪兰摸摸他们的脑袋，说：“那那和鲫鱼今天表现真好，鸡蛋都吃光光了，一人奖励一颗糖，明天也要这么乖哦。”

那旖点头，乖乖道：“好。”

聂余双手挥舞：“我每天都听话，比那那听话。”

纪兰乐得不行，摸了摸他的小脑袋：“嗯，都听话。”

那旖手中的是水果软糖，聂余的是大白兔奶糖。

聂余看了看那旖手中的，又看了看自己的，伸手就去抢那旖的，霸道地说：“我的。”

那旖被抢了糖也不哭，低头搓了搓小胖手。

聂余三两下把奶糖丢嘴里，腮帮子抵出个小山包，故意道：“好好吃，甜。”

那旖抬头看聂余，聂余以为她会来抢、会哭，都已经做好了逃跑的姿势，结果那旖嘴一弯，冲他笑得甜甜的："天黑，鲫鱼找那那。"

聂余歪头："什么？"

那旖笑眯眯道："给鲫鱼糖糖，不哭。"

昨晚聂余和他妈撕心裂肺对喷了半个小时，整栋楼都回荡着他的咆哮声。

他没哭，但是那旖以为他哭了，而且还哭得很惨，喉咙都哭疼了。

受委屈掉眼泪，吃颗糖就好了。如果一颗不够，就把自己的那颗也给他。

纪兰对两个孩子的零食把控严格，为防蛀牙，一天最多一颗糖。

偶尔聂余调皮，会抢那旖的糖吃，那旖虽然脾气好，但主动把糖让给聂余还是第一次。

这让一心想使坏的聂余震惊了，愣住了。

对小孩子而言，小伙伴大度相让的糖有什么好吃的，只有抢来的糖才是甜的！

何况，何况……

一股莫名的羞愤侵袭小心脏，聂余抓着糖果，跟扔烫手山芋似的丢出去，梗着脖子吼："我没哭！我没哭！"

那旖脸颊边儿两个酒窝都给吓没了，愣愣道："你哭，鲫鱼哭，这里疼。"她戳了戳自己白嫩的小脖子。

聂余哇哇大叫，"噔噔噔"地爬过去捡起糖丢到她怀里，气得口齿伶俐："你才哭，不和你玩了。"

他说生气就生气，跌跌撞撞地站起来，晃晃悠悠地走到客厅，扑过去抱住纪兰的腿，脑袋死死埋在她腿上。

小孩子的气性来得又快又莫名，聂余死死攥紧纪兰的围裙，说什么也不放。

他气得"哼哧哼哧"霍霍磨牙，越想越生气，哑声哑气吼："我才没有哭。"

还不到两岁的小霸王自尊心出奇地重，好比当初谁都能叫他鲫鱼，唯独不准那旖叫。

那时他下意识地认为那旖叫他鲫鱼就是不喜欢他的意思。

现在的他其实也不太明白为什么讨厌被那旖说他哭，就是下意识地不准她这么说。

谁都能说他哭，就那旖不行。

纪兰弯下腰，摸了摸他的小脑袋，哄道："鲫鱼没哭，鲫鱼是小男子汉。"

聂余攥着她的衣领，打了个满口奶味的嗝儿："我没哭，那那说谎！"

纪兰把他抱起来，柔声道："那那没有说谎，她是关心你呢，她以为你哭了，用自己最喜欢的糖果哄鲫鱼开心。"

聂余歪了歪头，眨巴着水汪汪的大眼睛，是这样吗？

那旖乖乖坐在地毯上，见妈妈把聂余抱回来，又把那颗水果糖塞到聂余手里。

聂余偷偷看那旖，那旖就咧嘴对他笑。

小男孩立马就不好意思了，把头撞入纪兰怀里，耳朵发红。

小孩儿就是这样，生气莫名，和好也莫名。

纪兰陪他们玩了一会儿，听到门外响起开门声。

老太太刚刚在楼下大战了一场，正是春风得意至满而归。

她把菜一丢，视线一扫屋内的人员情况，走到纪兰他们屋门口靠着，见聂余号得欢快，幸灾乐祸道："趁现在你爸还没回来，抓紧时间多笑两声，晚上就有你哭的了。"

聂余躲到纪兰身后，睁着双大眼睛怒瞪她，像头小狮子，凶得很。

赵春花干脆进屋，一屁股坐在纪兰和那大勇的床上，呼呼扇着蒲扇，笑得阴阳怪气："哟嚯，跟你爸一样能啊，不愧是老聂家的种，小眼神挺横，可真是吓死我了。"

那旖慢悠悠地站起来，脚步蹒跚地走到纪兰身后，还没靠近聂余，就被她这一声声真情实感的嘲讽给扫得一屁股坐在地上，疼得小眉毛皱成毛毛虫。

纪兰连忙抱起她，无奈道："妈，在孩子面前少说点儿。"

赵春花看了眼两个小东西，冷哼："敢做还怕别人说吗？怕别人说就别做啊。"

纪兰蹲下来一手抱着一个，说："小孩子懂什么，你说了他们也听不懂。"

他们听不懂，赵春花就换个人说，她扭头冲着窗外，唯恐楼下和隔壁听不见她声音，扬声道："哎哟喂，这下子可热闹了，聂国兴把赵老四的麻将馆给砸了，以后那些老麻雀没处落地，这日子可不得无聊死啊。"

话音落，隔壁响起阵阵摔打声，锅碗瓢盆砸了一通。

赵春花一拍大腿，更来劲儿了，扯着嗓子道："今天隔壁怎么这么热闹啊，小鲫鱼……你妈今天没出门啊？"

潘姿美便是骂人，那声音也是好听的："这嘴巴破了个洞的老锅盖，用了几十年坏了就该扔，还留着干什么。"

赵春花冷哼："老锅盖坏了勉强还能用，可那花瓶嘿，也就是看着好看，不值那个钱吧，还是倒贴的亏本买卖。"

"花瓶再亏也是花瓶，买的人自己愿意，不像老锅盖，送给人都不要。"

"老锅盖顶用啊，花瓶有个屁用。"

赵春花和潘姿美隔着一堵墙各自指桑骂槐。

纪兰双手捂着聂余的耳朵。

那旖有样学样，胖乎乎的小手也捂住了自己的耳朵。她睁着明亮的大眼睛看着妈妈，收获妈妈暖暖的笑容，顿时乐弯了眼。

这是她和爸爸妈妈的小秘密，只要奶奶和别人吵架，她就要捂耳朵。

聂余不喜欢被捂耳朵，甩了甩脑袋，但是没甩开，不高兴地扒拉纪兰的手，说："不捂耳朵。"

纪兰轻声哄："聂余乖，不听。"

那旖学着妈妈的声调，奶声奶气道："不听奶奶吵架，不好听。"

聂余偏过脑袋，从鼻子里发出一声冷哼。

那旖笑得软乎乎，好脾气道："不听。"

聂余脸颊红扑扑，粗声粗气道："我没听！"

那旖小脑袋轻点："那捂耳朵。"

聂余挣扎了两下，挣扎不过，也就乖乖被捂耳朵。

聂国兴带人把麻将馆砸了还没完，还把老板赵老四给揍了一顿。

纪兰最近两天都没敢带两个孩子出门，很多事儿还是从赵春花嘴里知道的。

说是赵老四看聂国兴越混越好，潘姿美手上的钱越来越多，就开始勾搭潘姿美赌大桌。

潘姿美人菜瘾大，尝到了赌大钱的滋味，哪里还乐意小赌怡情。这不，人家看她实在人傻钱多，不合伙骗她都说不过去。

事情就是这么简单，人打了，但钱要不回来了。

纪兰和那大勇听得目瞪口呆。

赵春花语气有些酸溜溜，瞪向那大勇，说："这钱啊，怎么别人家就这么好赚，我家赚个钱这么困难。"

那大勇面色微窘，被老娘当着老婆的面嫌弃没能力，是个男人都受不了，低着头闷不吭声。

纪兰连忙道："妈，大勇这个月涨工资了。"

赵春花冷笑道："涨一百也值得你特意说一遍？"

纪兰握住那大勇的手，为丈夫说话："他们公司这个月就两个人涨工资，大勇就是其中一个。一百也很多了。"

那大勇是个拉货司机，死工资，涨点儿工资确实不容易，还得是公司里每年评优，一年不缺勤没迟到，经过好几层评选才选出来的优秀员工。

和聂国兴不同，那大勇嘴笨，不会来事儿，做不来需要口才活儿的工作。

但他勤快，人老实，虽然一辈子当不了老板，但能当老板最喜欢的员工。工资虽然不高，但也没有很低，至少一家人的吃喝穿，他一个人扛得起。

赵春花就是嘴巴不饶人，她快三十才生了那大勇这一个儿子，谁都没那大勇在她心里排得重。只是最近八卦听多了，从那个王八骗子赵老四嘴里知道他们从潘姿美手中骗了多少钱，心里有些不是滋味而已。

聂国兴和那大勇齐平多年，这不知不觉间，距离已经被拉开这么远了啊。

潘姿美被骗的钱，都抵得过那大勇两三年的工资了。

还没加上聂国兴每个月往他们家给的工资和时不时送的营养品，这一笔笔算下来……聂国兴是真的发达了啊。

发达的聂国兴，当天晚上被老婆从被窝里打醒。

“我要搬家，这地方我是住不下去了。”潘姿美身上的吊带睡裙因为打人的动作滑到肩膀，露出漂亮的锁骨。

聂国兴睡眼惺忪，展臂揽住她的腰，哄道：“别闹，我困死了。”

潘姿美反手就是一巴掌拍在他胳膊上：“我要搬家，聂国兴我跟你说我要搬家，你听见没有。”

聂国兴睁开眼，撑着胳膊起身，不满地看着她，说：“大晚上的你又闹什么呢，还睡不睡了？”

潘姿美嗔了他一眼：“我要搬家。”

灯下看美人，美人更美，何况美人还含着泪。

聂国兴看得有些心痒痒，潘姿美是真的美，就算生着气也美得别有一番滋味，这大概也是他努力赚钱的动力来源，要让潘姿美过上好日子，让他们的儿子有一个不输任何人的未来。

这两天潘姿美一直没理他，他也因为被骗的事有些生气，也没主动和她说话。

他不在乎潘姿美花钱，更不在乎她闹脾气，他最喜欢的到底还是她活力四射的模样，而不是初见时的心灰意冷、毫无人气。

花钱能让她高兴，那她想花就花。

把她揽入怀里，聂国兴抚着她的发，温声道：“怎么突然想搬家了？大院里不好么，周围都是老邻居，每天热热闹闹的。”

潘姿美趴在他胸膛上，如玫瑰般娇艳的五官都恹了下来，不高兴道：“什么热热闹闹的，每天吵死了，我原本就不喜欢住在这里，因为你我才住的。”

聂国兴动作一顿，潘姿美连忙说：“难道你要让我们儿子一直住在这种地方吗？我也不是说这地方多不好，毕竟是你从小生活的家，可你看看这个环境，楼下咳一声一栋楼都能听见，现在还好，以后我们小余上学了怎么办？这个环境怎么能让他好好学习。”

聂国兴陷入沉思。

潘姿美偷偷看了他一眼，暗暗咬牙：“还有，难道你要一直把小余交给纪兰带吗？对纪兰我是没什么意见，她是好的，但赵婶儿……”

聂国兴捏了捏她的耳垂，问：“赵婶儿怎么了？”

潘姿美美目一瞪，说：“聂国兴你是真糊涂还是装糊涂，那老太太什么样你难道不比我清楚？麻将馆的事小余是怎么知道的？他才这么大点儿怎么什么都知道？我就不信那些话赵婶儿没在他面前说过。”

聂国兴皱眉。

潘姿美不想和他绕弯子了，趴在他身上，娇气道：“你倒是去闹了一场，可丢脸的是我，现在我已经没脸出门了。我也不想再住在这破大点儿地方受人指指点点了，你当初答应我的，要让我过好日子……”

聂国兴在她身上肉多的地方捏了一把，逗她：“说了这么多，我还以为你真是为了我们小余呢，原来还是自己不舒坦了。”

潘姿美柔弱无骨的手捧着他的脸，吊带滑落，哼笑道：“就是为了我，你搬还是不搬？”

聂国兴抱着她在床上滚了一圈，把人压在身下，呼吸粗重：“你都想得到的事你老公我能想不到？我早就在留意房子了，为了你，也为了我们小余……”

满意的房子聂国兴倒是看中了两套，就是手头钱不够，他原本想等着手头那几笔工程款结下来再说这事儿。

可既然潘姿美提起了，他也不介意提前说出来让她高兴高兴。

不过搬家到底不只是他们夫妻两个人的事，虽然儿子还小，甚至还不太懂搬家意味着什么，但聂国兴在儿子的教育上一向主张尊重个人想法，不能因为孩子还小就忽视他的意见。

这天一大早，聂国兴就跑到儿子房间掀他小被子。

聂余感觉身上一轻，睁了睁眼，看到爸爸坐在床头，迷迷糊糊又把眼睛闭上继续睡。

聂国兴一乐，戳他：“鱼儿，醒醒，爸爸有事儿和你商量。”

聂余翻了个身，用屁股对着他，嘟囔道：“鱼没醒。”

聂国兴大笑着把儿子捞入怀里，说：“哦哟，让爸爸看看我的乖儿子，两天没抱，是不是又长肉了，瞧瞧这肉乎乎的小胳膊。”

聂余起床气贼大，小胳膊小腿往他身上一通招呼，脑袋歪在他怀里就要继续睡。

聂国兴把聂余摇醒，说：“鱼儿醒来，爸爸给你买大汽车，给你买变形金刚，给你买大房子。”

聂余勉为其难地睁开眼：“大汽车？真的？”

“爸爸什么时候骗过你。”聂国兴抱着他心肝宝贝稀罕得不行，“爸爸不但给你买大汽车，还给你买大房子。乖，醒醒，咱们父子俩商量一下大房子的事儿。”

聂余揉了揉眼睛，打了个哈欠，坐在床上任由父亲伺候自己洗脸穿衣。

聂国兴给他换了一套新买的哆啦 A 梦套装，白嫩嫩的臭小子装在蓝色的衣服里，那张完美继承了他妈名字的脸蛋简直漂亮得不像话。

姿美姿美，姿容绝美。

聂余见爸爸看着自己不挪眼，人小鬼大叹了口气。

聂国兴乐了，道：“你才多大点儿啊，就学会叹气了？”

聂余指着自己的脸，小模样十分嘚瑟：“出门，他们都看我和那那。”

聂国兴神奇地接收到了儿子的脑电波，问道：“纪兰阿姨带你和那那出门，外面的人也像爸爸看你这样看你和那那？”

聂余点头，说：“兰阿姨说，我和那那，好看。”

聂国兴哈哈大笑，狠狠揉了揉他的脑袋。孩子都是见天长，前几天说话还两个字两个字往外蹦，几天说话就越来越流利了。

“不愧是我聂国兴的儿子，就是聪明！”

聂余有点想去找那那了，在床上动来动去，开始不耐烦：“汽车。”

聂国兴捏了一把他的脸，说：“小屁崽子，你的心就不在家里。好，说汽车和房子，爸爸和妈妈昨晚在商量搬家，搬家你懂吗？就是从小房子搬到漂亮的大房子，以后你有一间房可以专门用来放汽车和变形金刚，还有你的其他玩具。”

聂余眼睛发亮。

聂国兴感觉这事儿稳了，问：“鱼儿愿意搬家吗？我们搬去大房子。”

聂余忙不迭地点头：“要搬家！”

聂余一早上心情都特别好。

没要人喊，自己屁颠颠跑到那家敲门，破天荒对开门的赵春花露出一抹灿烂的笑容，甜得赵春花腮帮子发酸。

赵春花一张老脸拧成了菊花，心里直嘀咕这小子今早吃错了药。

那旖已经醒了，正坐在椅子上啃鸡蛋，见聂余颠颠跑过来，她推了推桌上另一颗剥了壳的鸡蛋。

那旖说话比聂余慢，多半时候是不愿开口的。

聂余三两下爬上椅子，把蛋白抠掉，咬一口蛋黄，捧着旁边温度适中的奶瓶咕噜噜往嘴里灌牛奶。

一口闷了小半瓶，他一抹嘴，兴奋地开口：“爸爸给我买大汽车，买变形……变形金刚，还有大房子！”

那旖慢吞吞地啃完自己的鸡蛋，捡起桌上被他丢掉的蛋白，小口小口地继续啃。

今日天气晴朗，早晨的阳光暖暖地照在阳台。

饭桌上放着小花瓶，里面插着蔫哒哒的小野花。

聂余拨弄了一会儿花径，抠掉两瓣花，等了一会儿，还是没等来想要的反应，生气地拍桌：“那那！”

那旖啃着蛋白，有些迷茫地抬头。

聂余看着她，认真地重复：“爸爸给我买大汽车，买变形金刚，买大房子。”说完，期待地看着她。

那旖愣了一会儿，慢吞吞地点头。

聂余一颗炫耀的心无处安放，他气得把奶瓶砸得“哐哐”响。

赵春花这两天跟泡在老陈醋里面似的，非常酸聂国兴闷不吭声就发达了，闻言在旁边酸唧唧地说：“玩具房子算什么，要买就让你爸给你买个真房子，你爸现在可是大老板，赚大钱了，和我们这些住在大院子破楼道的不是一个级别的人了，再住着像什么话哟。”

纪兰丢掉手里洗了一半的衣服，准备把两个孩子抱回屋里。

聂余爬起来踩在椅子上，比画比画自己和那旖的高度，语不惊人死不休道：“我要搬家，搬大房子，大房子里好多玩具。”

那旖仰着脑袋，蒙蒙地看他张牙舞爪地比画。

聂余的小胖手指着她，笑得高兴：“我比那那高。”

那旖动了动身子，也想站起来。

赵春花张大了嘴，半晌后，才把空气中飘荡的酸味狠狠吸回肚子里。

纪兰也愣住了，久久未出声。

聂余完全没有意识到自己说了什么，也没有注意两个大人的反应，得意扬扬地看着那旖，大方道：“大房子里的玩具，给那那玩。”

那旖站在椅子上，颤颤巍巍地站直双腿，但还是没有聂余高。

聂余跷起小脚趾看那旖扎挣，美滋滋捧着奶瓶把剩下那半瓶奶给嘬空。

午休时间，两个孩子在屋里睡觉。

纪兰收拾卫生，赵春花跟在她身后喋喋不休：“我说你怎么一点都不急，那小霸王说了，他爸真要给他买大房子，他们要搬家。”

纪兰默不作声，换了个位置继续拖地。

赵春花气得不行：“你倒是说句话啊，哑巴了？”

要说她对纪兰这个儿媳妇哪里不满意，除了没给她生个孙子外，就是这性格太不招人喜欢了。

简直八棍子打不出一个屁！

纪兰默不作声把地拖完，在赵春花耐心告罄之前，温声道：“这是好事儿。”

“好个屁！”赵春花瞪大眼，“纪兰你是个傻的吧？你脑子没问题吧？聂国兴他们要搬家怎么就是好事儿了？你用脑子想想这是不是好事儿！”

想骂纪兰，又担心被屋里那两个小的听见，她黑着一张脸压低声音道：“聂家搬走对你有什么好处？啊，你说说，人家搬走对你有什么好处？那小霸王你带着每个月还有点收入，你用你那豆渣脑子想想，聂家搬走了还会让你带孩子吗？你没孩子带了，钱从哪儿来？你出去上班啊？”

纪兰点头：“嗯，我出去找工作。”

赵春花被噎住。

纪兰轻声说：“妈，我们和聂家都是这么多年的邻居了，人家要搬出去说明日子越过越好，这有什么不高兴的，这是好事儿。帮忙带聂余本来就是聂国兴没法子之下的缓兵之计，我看得明白。而且我也不可能一直给人家带孩子，再说，人家也不会让我一直带。”

赵春花好像第一次认识这个儿媳妇一样，盯着她看了好几眼：“没想到，你还挺有脑子。”

这下换纪兰被噎。

赵春花冷笑，说话不刺人就不舒服：“还缓兵之计，哟，都说上成语了。”

赵春花摆摆手，拿起桌上的大蒲扇，换鞋出门：“这话是你自己说的，聂家搬走了，你就出去找工作。你多给大勇分担分担，你们要稀罕小赔钱货我也不管，但你得给我生个孙子。”

纪兰没应声儿，赵春花也不管她应不应，生孙子这事儿总之没得商量。

家里的氛围丝毫影响不到那旖和聂余，两个小孩儿每天该吃吃，该喝喝，该睡睡，认真玩耍，认真长身体。

唯一和往日有所差别，大概是聂余开始拽着那旖的小手畅想未来。

在他的世界里，搬家就等于换个地方睡觉，反正他除了晚上回家睡觉，其余时间都和那旖在一起。

换大房子好，里面有一屋子的玩具，他可以分半屋子给那旖。

想象是美好的，现实是残酷的。

聂国兴那几笔不菲的工程结款下来了。

找了个天气晴朗的日子，他开车带着他们母子兴冲冲地去看自己相中的新房子。

新房子在新区，是潼陵地方政府这几年着重开发的区域，从每日飙升的房价得以窥见日后的繁华。

两侧街道后退，入眼是陌生的世界。

那没有尽头般的漫长路程，聂余脸上的表情从一开始的兴奋，到逐渐疑惑，然后定格在惊恐。

最后当场号啕大哭起来。

他那聪明的小脑子终于意识到一个问题。

大房子这么远，爸爸每天早出晚归，妈妈是个不管他的大笨蛋，那谁以后送他去那那家？

大房子 + 一屋子玩具 = 失去那那。

这个结果，让他瞬间爆炸。

小霸王在车上哭喊撒泼：“我不要大房子了！我要回家！我要那那！”

原本好好睡着觉的那旖突然开始抽噎，声音低不可闻，跟猫泣一般。

纪兰洗完衣服进来看她，才发现那旖不知何时已经醒了，缩在小床上偷偷地哭。

纪兰吓了一跳，连忙抱起她，问：“那那，怎么哭了？”

那旖抱住妈妈的脖子，也不说话，埋在她肩窝悄悄流眼泪。

纪兰哄了一会儿，温柔抚摸着她的头发，轻声问：“那那乖，是不是想鲫鱼了？”

那旖收紧了手臂。

纪兰细声哄道：“鲫鱼今天和爸爸妈妈出门了，他晚上就回来了。”

半晌后，那旖带着哭腔轻轻点头：“嗯。”

两个孩子从来没有分开过这么长时间，就是下楼玩耍，都是手牵手没有离开过五米远。

玩具一起玩，午觉一起睡，其中一个做错事被惩罚没有糖果时，另外一个都会咬碎一半分给对方。

纪兰看着柜子上并排而放的两个奶瓶，一蓝一粉。

泡沫垫上的玩具也因为聂余不在而摆放得整齐规整，屋子里安安静静，只有风铃被撞击的清脆声。

她有些心疼，也觉得苦恼，有些话不知该如何对尚且年幼的那旖说。

一个城市说大不大，说小不小，有些人在同一个地方住了一辈子都不一定能见一面。

新区和老城区，繁华和破败，富有和贫穷，都是阻隔在他们中间难以跨越的距离。

有的人会越来越好，走得越来越快，站得原来越高。

有的人会原地踏步，而且一踏就是一辈子。

幼时的感情最为纯粹，却也，最为易碎。

小孩子精力不济，聂余大哭了一场，在半路就睡着了，最后是被聂国兴抱回来的。

潘姿美回家后发了好大一通脾气，锅碗瓢盆砸了一地。

因为聂国兴说不买新区的房子了，就在大院旁边看哪里有不错的小区，买个带花园的二层小洋楼，反正老城区房价便宜，一样的价钱就能买挺不错的房子了。

但这是钱的问题吗？这是你为儿子委屈老婆的问题！

潘姿美气得把家里翻来覆去又砸了一遍，老城区，老城区，她就不想住在老城区！

聂国兴给儿子换了睡衣，把房间门关好，出来和她讲道理：“你别生气了，我保证好吗？我保证找个离大院远点儿的小区，你以后爱怎么打扮，爱买多少化妆品都没人来你面前闲言碎语。姿美，姿美你别闹，儿子不愿意啊，你当妈的就退一步好不好？”

潘姿美一天的好心情消失殆尽，只剩下无边愤怒："他才两岁多点儿他懂什么！新区的房子不好吗？潼陵最好的学校都在新区！"

聂国兴不敢撩火，赶紧赔笑道："等他再大点儿我们一定搬去新区，到时候你要在哪个小区买房子我都听你的，行不行？好了啊，不生气了。"

潘姿美怒不可遏："你给我滚！"

聂国兴哪里敢滚，抱着她一个劲儿哄。

新区的房子聂国兴目前是不敢买的，否则他真怕聂余把嗓子哭哑了。

自己儿子是个什么性格，聂国兴自然比当妈的了解。别看聂余如今还小，但他性子执拗，认定的事不是大人两句话就能说通的。

一大一小闹脾气，他虽然夹在中左右为难，到底还是更偏向儿子。

隔了半个月，聂国兴在离大院有些距离的一个小区买了个二层小别墅，带地下室和停车库，花园也很大。

住户是一对很有文化和涵养的老夫妻，因为儿女都在国外安了家，想接二老到身边安享晚年。

小别墅虽然有些年头了，但家里装修布置既干净又有格调，爬了半边墙的蓝雪花漂亮又梦幻，老太太还在花园里精心栽种了不少花卉，安静的环境和大院那个常年吵闹、永远充斥着垃圾和脏乱的地方截然不同。

潘姿美因为不能去新区生活的愤怒和不满被抚平了几分。

聂余虽然对搬家很不高兴，但在聂国兴一遍又一遍的安抚下，知道这已经是妈妈能退让的最大限度。

好在他能认识路，这里到那旖家的距离，比上一次看的大房子要近好多好多好多，而且新房子的花园好大好漂亮，他很喜欢。

聂国兴买了小别墅的事儿一时之间成了大院里最为津津乐道的话题。

老城区买房子虽然比新区便宜，但也只是相对的，否则也不会有人蜗居一处，死都没能离开大院一步。

聂国兴是真的发达了啊，所有人都不约而同地想。

聂家搬走，受影响最大的自然是那家。

聂国兴再三考虑，还是怕了他赵婶儿那张嘴，给那家送了不少东西，感谢了纪兰这两年对聂余的关照。

意思大家都明白，以后聂余就不再劳烦纪兰照顾了。

那家少了一笔经济来源，虽然那大勇让纪兰在家带孩子，不用出去上班，但赵春花在一旁虎视眈眈，纪兰还是决定出去找工作。

那旖已经两岁多了，再过半年就可以送去幼儿园，到时候她就有更多时间。

再说她也心疼那大勇，自从上次被老太太嫌弃，那大勇最近工作越来越拼命，人都累瘦了好几斤。

那旖上次偷偷哭了一场，第二天就恢复了原样。

纪兰告诉她，以后鲫鱼都不来家里了，她也只是弯着嘴角笑得可爱，不哭也不闹。

家里空了，冷清了，风铃声也变得更加清脆。

玩具永远整整齐齐，柜子里的奶瓶只剩下一个粉色的，形单影只。

本就安静的那旖，更安静了。

小孩子就是这样，记性好，忘性也大。

一天两天念叨，十天半月念叨少了，两三个月就不念叨了。

新小区的小朋友比大院里的小朋友爱干净讲卫生，玩具更多，零食种类更丰富，聂余对大院唯一的向往只有从小睡一张婴儿床、一起吃着纪兰母乳长大的那旖。

对其他的人事物，他忘掉的比记住的更多。

潘姿美对此喜闻乐见，她是真情实感地讨厌大院里那群碎嘴老太太，尤其是赵春花。在筒子楼那几年她深受赵春花那张嘴的荼毒，都不知道自己是怎么过来的。

如今搬了家，她只想和曾经的一切一刀两断。

大概是换了一个环境心情好，运势都跟着上升，她近来在新找的麻将馆里混得风生水起，十赌八赢，每天春风满面，人都跟着年轻了好几岁。

心情好，连带对儿子也上心了几分。

只要聂余不闹着要去大院找那旖，儿子就是她的乖儿子。对待乖儿子，她的耐心直线上升，偶尔心情好，她会亲自带聂余去新区的游乐园玩，吃一顿他心心念念的肯德基，再买几套玩具哄他。

在时间与金钱的双重投资之下，效益是肉眼可见的，母子俩的感情直线上升。

聂国兴的生意也越做越顺遂，手里的工程越来越大，整天忙得脚不沾地。

爸爸宠爱，妈妈溺爱，家庭幸福温馨，聂余每天的任务就是和小朋友们玩耍，思考怎么把小猪猪存钱罐里的零花钱花掉。

美好的小日子过着过着，就要三岁了。

与聂家的蒸蒸日上相反，那家的日子却江河日下。

纪兰在一家川菜馆里帮厨，工资一个月一千八，每天工作十个小时，遇到生意好时还要加班。那大勇更是每天天不亮就出车上货，忙得恨不能把时间掰成两半来用。

原本一家人说好的，纪兰和那大勇出去挣钱，赵春花在家帮忙把那旖带到三岁，到时候孩子去上幼儿园，老太太就可以放手不管了。

结果呢？耐不住赵春花不靠谱啊，才带了孩子没几天就和邻居吵架，吵架也就罢了，居然用孩子当肉盾，险些没酿出大祸。

原本老太太就有点重男轻女，从那旖生下来就一直没有上过心，心心念念的都是她那没影儿的孙子。

闹了这么一出，夫妻俩哪里还敢把孩子丢给她带。

纪兰在厨房帮厨肯定带不了孩子，别说老板同不同意，就是老板同意，她也舍不得把那旖带去烟熏火燎的厨房跟她受罪。

可请别人帮忙带，就算纪兰和那大勇舍得钱，赵春花也不会同意，何况请人还不如纪兰辞职回家带孩子。

但每次那大勇一提让纪兰辞职，原本还有些心虚的老太太骂得比谁都凶。

没办法，那旖就只能跟着爸爸那大勇每天出车拉货。

一米八几的大汉身上套着粉色背带，背上背着一个安静可爱的女娃娃，俨然成了公司里一道亮丽的风景线。

公司给那大勇配的是一辆面包车，他的副驾驶，俨然成了那旖的专属座位。

那大勇开车时，那旖就捧着图画书自己看，困了就抱着小胳膊睡，渴了就打开水瓶自己喝，完全不闹人。

那大勇忙起来搬货时，她就被爸爸背在背上，软乎乎的手臂紧紧抱着爸爸的脖子，脸蛋贴着他温暖宽厚的肩膀，不让自己掉下来。

无论是那大勇的同事，还是难缠的雇主，见过那旖的大人们无一不喜欢她。

他们都说从来没有见过这么懂事乖巧听话的孩子。

日子忙忙碌碌磕磕绊绊，过着过着，那旖就要三岁了。

第二章
那旖以后都没有爸爸了

那旖生日这天，那大勇难得休了一天假，纪兰也提前和同事换好班，夫妻俩决定带她去游乐园玩一天。

一家三口都穿着新衣服，在赵春花刻薄的言语中精神抖擞地出了门。

新区这几年发展得十分火速，曾经坑坑洼洼的马路变得宽敞油亮，两侧商铺繁华，走在街上的路人都比老城区要时尚新潮。

到了游乐园，找到停车位，一家三口下了车。

那旖穿着爸爸买的白色公主裙，头上别着妈妈买的蝴蝶夹子，脚上穿着爸爸妈妈一起选的小皮鞋，都舍不得落地了。

那大勇一路抱着自己的小公主，时不时逗她："那那从早上醒来就一直在偷偷笑哦，是不是昨晚就一直想着来游乐园，都没有好好睡觉？"

那旖抱紧爸爸的脖子，笑得眉眼弯弯："嗯！"

那大勇笑着捏了捏她的脸蛋："今天高不高兴？"

那旖狠狠点头："高兴。"

纪兰买完门票过来，理了理她的头发，乐道："何止今天高兴，明明从昨晚就开始高兴，是不是啊那那？"

那旖抿嘴偷笑，脑袋埋到爸爸怀里。

那大勇和纪兰看得直乐，那旖害羞得小脸粉红，趴在爸爸肩上露出一双圆溜溜的大眼睛，看着人山人海的游乐园大门。

骑在爸爸脖子上的聂余，隔着人海，看到了一双熟悉的大眼睛。

彼时，他正揪着聂国兴的头发低头和爸爸说话，只晃眼一瞥，待他反应过来，再次望去时，那双眼已经藏匿在人群中，消失不见。

他下意识地抓紧老爸浓密的黑发，激动地指着那个方向：“啊啊啊！”

聂国兴抓着他两只乱动的小脚，说：“鱼儿别乱动，摔下去了爸爸可不负责啊。”

聂余激动得舌头打结，狠狠揪了一撮爸爸的头发：“那那那那那那……”

聂国兴担心他把自己颠下来：“那什么，你又看中了什么东西？先申明啊，买可以，但你自己拿，爸爸可不给你拿。”

聂余急得脚一直蹬，指着那个方向。

顺着聂余手指的方向看去，聂国兴见到一群小孩儿围着一个卖棉花糖的老板，他心中了然，笑道：“想吃棉花糖了？小心待会儿吃撑了小肚子装不下牛排了啊。”

人潮涌动，只一眨眼的工夫，那双熟悉的眼睛和高大的背影便淹没在人海里。

聂余攥着聂国兴的头发逼迫他三百六十度原地大旋转，却怎么也没有在人潮里找到疑似那大勇的人。

没有大勇叔叔，那就不是那旖。

他看错了。

亢奋了一路的心情突然就低落下来，聂余趴在聂国兴脑袋上，像条缺了水分被晒干的鱼。

聂国兴捏着他的小球鞋，认输了，哄他：“行行行，爸爸给你买还不行嘛。棉花糖也不占肚子，鱼儿想吃就吃。今天你生日你最大，你今天的愿望爸爸都满足。”

聂余哪里是要什么棉花糖，听他如此许诺，蔫哒哒地问：“真的吗爸爸？”

聂国兴豪气地挥手：“爸爸什么时候骗过你，只要你能开，想要真车爸爸都给你买！”

聂余顿时兴奋，双眼发光：“我不要车，我要那……”

“鱼儿，你看谁来了。”潘姿美牵着一个小男孩走了过来。

想和那旖一起过生日的诉求被打断，聂余原本有些生气，结果扭头见到潘姿美手里牵着的男生，顿时惊得拔高音量：“费晓宇！”

费晓宇是聂余新家的邻居，比聂余大一岁，他们俩非常玩得来，两人目前是最好的朋友。

费晓宇长得白净帅气，穿着一身英伦风小背带服，白长袜黑皮鞋，小小年纪十分注重仪表。

两个小男生一见面，就闹作一团，稚气的脸上带着藏不住的喜意。

和好朋友一通打闹，这么一打岔，就什么都给忘了。

聂国兴去买票，潘姿美则去给他们买棉花糖，留下两个小孩儿在原地讨论待会儿玩些什么项目。

没一会儿，潘姿美拿着两个棉花糖回来，粉蓝色的两个“大棉团”在阳光下显得特别梦幻美丽。

听到他们从过山车说到水上乐园，潘姿美那颗少女心有些按捺不住，问道:“鱼儿和小宇不去玩旋转木马吗？”

聂余和费晓宇同时露出一个嫌弃的眼神，聂余狠狠咬了一口棉花糖：“我不去，女孩子才爱玩。”

费晓宇赞同地点头。

游乐园今天格外热闹，人山人海。

检票的队伍排成长龙，骑在家长肩上的小孩儿一眼望去比比皆是。

那大勇把那旖放在肩头，让她揪着自己的头发。纪兰在旁边小心地护着，担心孩子掉下来，不放心道：“给我抱吧。”

那大勇逗那旖：“那那是想妈妈抱，还是骑在爸爸的脖子坐高高？”

那旖喜欢这个高度，笑得两眼弯弯：“坐高高。”

那大勇得意不已，冲老婆挤眉弄眼：“听见没有，那那不想要妈妈抱。”

纪兰气笑了，拍了他胳膊一下，问那旖：“那那想不想吃棉花糖，妈妈去给你买。”

那旖双眼发亮，小嘴抿了抿。

她喜欢什么、想要什么，从来都不说，不争也不抢，但纪兰知道，她是想要的。摸了摸她的小胳膊，纪兰轻声道:“和爸爸在这里等着，妈妈去给你买。”

那旖乖巧地点头：“嗯。”

卖棉花糖的摊位十分拥挤，父女俩原地等了一会儿，看见不远处有人在卖气球。

那大勇抓着那旖的两只小脚轻轻捏了捏，柔声问道：“想要气球吗？爸爸给你买。”

那旖高兴得小脚趾蜷缩，那大勇就知道她是想要的，听到她软软应道:“想要。”

挤在一起的气球五颜六色，什么形状的都有，那大勇让那旖自己选。

那旖是个不说好歹的温吞性格，但同时又十分决断，让她在一堆里挑件个东西，她从来没有犹豫不决的时候。

她拽住一根绳子，选了一个粉色的星星气球。

那大勇付了钱，想到去买棉花糖的纪兰，又选了一个。

转身准备走时，又回头，再次选了一个。

三个气球，一个蓝色，一个粉色，一个白色。

粉色是星星小气球，被一蓝一白两个大气球夹在中间护着。

等纪兰买完棉花糖回来，一家三口检票进入游乐园。

因为是小女孩，那旖能玩的游戏项目有限。

旋转木马玩了几圈，而那些有身高和年龄要求的刺激项目，一家三口只能望而却步。

担心那旖失望，那大勇和纪兰陪她玩了半天的儿童卡丁车，又玩了几项能在家长陪同下进行的游戏项目。

在玩套圈时，那大勇给那旖套中了一个她想要的熊猫娃娃，那旖喜欢得一路都抱着。

然后在工作人员的推荐下，他们随着人流去了鬼屋。

走到鬼屋门口，听到里面传出的疯狂尖叫，他们迈出去的腿又收了回来，扭头去了水上乐园。

他们刚走，聂余和费晓宇就“哇哇”大叫冲进了鬼屋。

没有感觉到时间如何流逝，天色已渐渐暗沉下来。

今天的晚霞格外美丽，蓝紫色云层叠峦，像早上吃的棉花糖，一团一团飘在空中，如梦似幻。

巨大的摩天轮前排满了人，那大勇一早就来排着队，等纪兰带那旖吃完晚餐回来，正好轮到他们。

随着次序进入座舱，摩天轮渐渐升空。

那旖站在座椅上，看着窗外。

这天的夜空尤为美丽，在接近天空的那一刻，远方烟花绽放，满天繁星与游乐园的灯火倒映在父母带笑的脸上，竟分不出谁更璀璨。

这一幕，永远定格在三岁的那旖眼中，牢记一生。

三岁生日一过，就到了上幼儿园的年纪。

临江片区有两个很出名的幼儿园，向日葵幼儿园和星星幼儿园。

前者出名是因为院里的孩子都在里面上学，属于农民工子弟首选的普通幼儿园，普及率较高。后者出名则是因为学费昂贵，一应教学设施在老城区最为拔尖，是有钱人家的首选。

有想法有钱的家长都比较注重学前教育，自然会想尽办法把孩子往进星星幼儿园。

那大勇和纪兰属于有想法但没钱的家长，他们想把那旖送进星星幼儿园，但一没钱，二没人，三还有个重男轻女的老娘天天在家念叨花钱浪费有屁用。

赵春花肝上长了个血管瘤，开了一刀，虽然萎靡了几个月，但战斗力丝毫不减：“楼下桑家那两病秧子和赔钱货都在向日葵幼儿园，人家那家境可比咱们好多了，都没提去什么星星月亮幼儿园，你俩穷夫妻整天做啥白日梦呢，那是赔……那旖能去的地方吗？那是有钱人家才去的地方！你俩自己摸摸兜，里面平不平？空不空？一天到晚净做梦。”

那大勇被她喷得满脸唾沫，不放弃道：“妈，我们公司有个同事的孩子就在星星幼儿园，他说里面的老师很负责，教得也好，以后小孩儿上小学了进度完全跟得上，学习成绩还好。他有认识的朋友，到时候能帮忙走动走动……”

赵春花指着他鼻子：“那大勇你行啊，能力没多少心眼倒是不少，还走动走动，走动不要钱啊？你哪儿来的钱去走动！”

那大勇闷声闷气道：“反正不要你出，我自己挣。”

赵春花怒骂：“你挣？你一个月才多少点工资！”

“我多上两趟班就行了。”

“我看你是想活活累死！”

纪兰听不下去了，插话道：“妈，还有我呢，不会让大勇这么辛苦的。”

赵春花立马把炮火对准她：“你你你，就是你，如果不是你，大勇就没这么多花花肠子，他以前多老实一个人，都是你们母女俩把他带坏了！”

赵春花的态度前所未有的坚决，那旖就是个姑娘，上那么好的学校干吗？成绩好拿来有什么用，上学随便认两个字就可以了，反正早晚都是要嫁人的。

担心那夫妻俩脑子真坏了去走动，趁着纪兰和那大勇去上班了，她直接拿着报名需要的各种证明，去向日葵幼儿园给那旖报了名。

等那大勇和纪兰知道，事已成定局。

那家这边因为孩子上学的事儿闹了一通，聂家也不平静。

那天从游乐园回家后，聂余不知道为什么，老想起那双大眼睛。

聂国兴和潘姿美现在整天忙得不见人影，对他的管束也松了，趁保姆没注意，聂余偷偷跑去过几次大院，但次次落空。

听邻居说，那旖如今天天跟着大勇叔叔去上班，家里只有一个老太太。

聂余不想上楼去找老太太，每次都失望而归。

有一次，他正好碰见那旖楼下的桑月月和她那两个双胞胎哥哥。

他问起那旖，桑家兄妹三人都说那旖生日那天穿得特别漂亮，和大勇叔叔和兰阿姨去游乐园玩了一天。

聂余一听就特别生气，他可以肯定那天不但他看见了那旖，那旖也一定看见他了。

但是那旖没有叫他，还躲了起来。

聂余又生气又难过，在他心里，那旖始终和别人是不一样的，但具体怎么不一样，他也说不出来。

那种感觉大概就是，即便我有了很多好朋友，那旖也是最特别的那一个，不会因为时间和距离而分开的、最最特别的那一个。

同年同月同日生，从小到大习惯了邻居把他和那旖联系在一起，聂余也懵懵懂懂的明白，那旖是不一样的。

如果别人是放在心上，那她就该住在心尖。

新的一学期，向日葵幼儿园迎来了一群新的小朋友。

门口，一大片嘶声痛哭和依依不舍齐齐上演。

聂余背着小书包，挥别了站在学校门口迟迟不愿离去的聂国兴，“噔噔噔”地冲进了幼儿园。

他一路巡视，先观赏大班，接着观赏中班，最后来到小班。

小班门口的走廊上挂满了千纸鹤，墙上贴着七色彩虹贴纸，班里排排坐着一群小萝卜头。

站在门口打眼一望，他看见了坐在第一排的那旖。

那旖穿着白色的小裙子，脑袋上绑着两个小鬏鬏，坐姿端正，正在听同桌说话。

聂余双眼顿时发亮，兴奋冲过去，一巴掌拍在她课桌上：“哈！”

那旖吓了一跳，看见他，瞪圆了眼。

聂余也瞪着她。

两人互相瞪着，看着对方，都觉得又熟悉又陌生。

正经算起来，他们已经很久没有一起玩过了，小孩子一天不见一个样，时间足够他们偷偷发生变化。

那旖变得更加白净可爱，聂余变得更加漂亮张扬，都不是记忆中的模样了。

那旖率先移开目光，垂着小脑袋，用食指抠课桌。

聂余心里有点委屈，他扭头对那旖的同桌说：“可不可以让我坐这里？”

小同桌看了他一眼，讷讷地点头：“可、可以……”

聂余认真道谢：“谢谢你。。”

小同桌麻利地收拾书包换了个座位。

聂余把脑袋上的帽子抓下来丢在课桌上，扭头看那旖。

那旖眼神躲闪，往旁边挪了挪。

聂余被她的动作刺激到，气得小脸通红，说：“那那，你不认识我了吗？”

那旖看讲台不看他，小奶音轻声道：“你是聂余。”

聂余噘嘴不太高兴，他想说自己不是聂余，是鲫鱼。可是他和那那太长时间没有见面，他不好意思这么说。

虽然他也不懂自己为什么要不好意思。

两个小朋友都有些别扭，过了好一会儿，聂余才慢吞吞地开口问道：“你是不是去游乐园了？”

那旖抠着课桌，片刻后，轻轻点头。

聂余哼哼唧唧：“我也去了。”

那旖抬头看了他一眼，点头：“嗯。”

聂余看了她一会儿，见她不往下说了，气得头一扭，哼！你肯定也看见我了！可你居然不叫我！

他都不想理她了，可是又好想和她说话，伸手悄悄从书包里摸出一根棒棒糖推过去，扭头不看她，大声说：“请你吃棒棒糖！”

那旖犹豫了一下，慢吞吞地伸手，把棒棒糖紧紧攥在掌心里。

她不想吃棒棒糖，但她真的好高兴在幼儿园看见聂余啊。

时隔半年，两个小朋友因为一根棒棒糖和好如初。

虽然并没有实质意义上的吵架，但那种微妙的距离感，也实实在在曾存在过。

但这些微隔阂，在每次午睡醒来，那旖总会在自己的小床上发现聂余的存在后荡然无存。

时光好像又回到了聂家没有搬家之前，那旖每天早上醒来，身边总有那个霸占她半边床的小男生。

那短暂的分别，仿若一场梦。

幼儿园的床是按座位顺序安排的，聂余和那旖同桌，两人的床自然紧紧挨着。

为了防止睡觉不老实的孩子滚到地上，每张床都有一个护栏，但不知道怎么回事儿，明明老师每次都检查好了，但聂余仍旧会在睡梦中越栏而过，爬上那旖的小床。

开学才不过半个月，整个幼儿园的老师都知道小班有个叫聂余的小霸王，不但在班上作威作福欺负男生，每每午休还会越栏爬女同学的床。

老师们千防万防，防了好几次，但效果甚微。

周一。

向日葵幼儿园门口热闹非凡，闹着不想去上学的小孩儿像无尾熊一样攀在父母身上，死活不下来。

纪兰这段时间店里忙，赵春花早上要去买菜，今天是那大勇送那旖来上学。

面包车停在幼儿园旁边的马路上，那大勇把那旖抱下车。

那旖抱着书包，仰着看着爸爸。

无论她平日表现得多懂事，可也只是一个三岁的小孩子，上学会舍不得爸爸走，放学想要爸爸来接。

那大勇蹲下身，摸了摸她的小脑袋，说：“今天也要乖乖听老师的话，认真学习老师教的新知识。”

那旖点头，抓着他的衣服，紧紧的。

那大勇把小书包给她背上，轻声哄她：“等放学奶奶就来接你。”

那旖小声问：“那爸爸呢？”

那大勇笑道：“爸爸也会早点下班回家陪你玩的。”

那旖攥着书包带子，抿了抿唇。爸爸每次说早点下班都是骗她的，他每天都好晚才回来。

那大勇见她低垂着小脑袋，不太开心的模样，问道：“那那不喜欢奶奶来接你吗？”

那旖咬唇，不点头也不摇头。

那大勇摸着她的小脑袋，问：“那那讨厌奶奶吗？”

那旖不说话。

那大勇抓着她的小手轻轻摇晃，逗她：“那那不要讨厌奶奶好不好？奶奶脾气不好，我们要多包容一下她。”

那旖迟疑片刻，缓缓点头：“奶奶是长辈。”

那大勇把她抱了起来，走向幼儿园：“嗯，因为奶奶是长辈，还因为奶奶心里其实也是喜欢那那的，她只是嘴硬心软，不好意思表现出来。”

那旖抱着他的脖子，歪头看爸爸的脸，目光疑惑，询问似的道：“真的吗爸爸，奶奶喜欢我？”

那大勇毫不迟疑点头：“当然，那那这么可爱，这么懂事听话，院里谁不喜欢。”

那旖眼睛里透着光，心中窃窃欣喜。虽然她没有感觉到奶奶的喜欢，但她更相信爸爸的话。

爸爸说奶奶喜欢她，那就是喜欢的。

那大勇把她抱到幼儿园门口才放下。

那旖心里高兴，乖乖地冲爸爸挥了挥手。

小班老师站在幼儿园门口，看见她，笑着招了招手。

那旖迈腿向前，朝老师所在的方向走去，一只脚跨进了幼儿园大门，却又突然顿住。

她回头，看见爸爸还站在原地。

那旖忽然挣脱开老师伸过来的手，折身跑过去，扑进爸爸怀里。

她软软央求道：“爸爸今天可不可以来接我？”

那大勇捏了捏她的小脸，无奈道：“爸爸的小那那今天怎么这么娇气。”

那旖紧紧攥着他的衣领：“爸爸接我。”

那大勇乐道：“那那还是不想要奶奶来接啊？”

那旖摇头，闷声道：“想要爸爸接。”

她一向懂事，从未向父母索要过什么，难得一次提出要求，那大勇自然是不假思索地答应下来：“好好好，那那在学校听老师的话，乖乖学习，等放了学爸爸就来接你。”

那旖看着他的脸，要保证：“爸爸不要说谎。”

那大勇保证道：“爸爸不说谎。”

到了教室，那旖把书包放到课桌上，第一件事就是先把图画书拿出来。

班上的小朋友都在玩耍，她不喜欢玩，便翻开图画书专心地看了起来。

看完两个故事，空荡的小班才渐渐热闹起来。

聂余是最后一个进教室的，把书包往课桌上一丢，和那旖打了声招呼。

他看了眼身后望眼欲穿的同学们，手伸进书包里摸了摸，大佬撒钱般往身后撒了一捧棒棒糖。

一群小朋友蜂拥而至抢走糖果，高兴道：“谢谢聂余！”

聂余小胖手一挥，豪气道：“不用客气，老师教我们要懂得分享，我爸爸给我买了一罐棒棒糖，吃太多糖会蛀牙，我要少吃一点。”

小朋友们顿时争先恐后道：

“我不怕蛀牙，我帮你吃！”

“我也不怕！”

“我帮你得蛀牙！”

聂余回头就见那旖看着他。

聂余拍拍书包，忙道：“那那别急，我给你留着呢。”

那旖放下图画书，面露疑惑：“鲫鱼，聂叔叔打你了吗？”

聂余连忙把自己肿成猪蹄的右手背到身后，眼神躲闪，说：“那那，你看错啦。”

那旖侧头想再看，聂余躲躲闪闪不让她看，但那旖从小就是一个执着的小朋友，见他一直躲，干脆伸手一把拽住他的袖子，强行把他的手扯出来。

她低头一看，聂余的右手胖乎乎，像妈妈做的发面馒头。

那旖眨了眨眼睛，抬头：“鲫鱼，你惹聂叔叔生气了吗？”

聂余红着脸把手抽出来揣兜里，藏得严严实实，嘬嘴道：“一点点，鲫鱼只犯了一点点错误。”

指甲盖那么大一点点，不能更多了，更多鲫鱼就不承认了。

聂余年纪小小，但非常好面子，不想那旖知道更多丢脸的事，于是咋咋呼呼就钻进了小朋友们围起来的圈里，故意大声和他们说话，躲开那旖喋喋不休的追问。

周一的早上，有一个全班期待的环节，发小红花。

上周哪个孩子表现好，表现得有多好，都用发小红花的方式来奖励和鼓励。

老师依次发完，轮到那旖时，她脸上露出笑容，夸道：“那旖小朋友是上周班上表现最好的同学，奖励两朵小红花。”

那旖起身走到讲台上，乖乖巧巧地让老师把小红花贴在自己身上，轻声道：“谢谢老师。”

老师摸摸她的脑袋：“大家都要跟那旖学习哦。”

几十道奶音乖巧附和：“好！”

那旖过后就是聂余，老师的笑容仿佛被魔鬼偷走，面无表情且严肃道：“聂余小朋友上个星期把园里的树枝折了一片，破坏了学校的公共财产，表现有待提高，所以扣掉一朵小红花。”

聂余霸王起身，又王霸坐下，哼哼：“我才不稀罕什么小红花呢！”

记录着小红花的墙壁上，聂余名字下方，被老师大大的标上一个“-5”。

开学半个月，一朵小红花都没有得到，还倒欠五朵。

颁发小红花的活动进行到尾声，每个小朋友的胸前都是鲜艳的红。

老师突然一拍脑袋，做恍然大悟状：“哦……老师忘了，上个星期大扫除，聂余同学帮助那旖同学打扫教室，乐于帮助同学，要奖励一朵小红花。”

聂余满血复活，再次霸王起身，静候老师为自己佩戴独属于幼儿园的荣誉象征。

结果他等了又等，始终没有等来荣誉加身，只等到老师笑眯眯地走到墙前，擦掉“-5”，写上了“-4”。

聂余宣布，白老师从此是他最讨厌的老师。

嘻嘻哈哈吵吵闹闹，是幼儿园一天的常态。

今天本该也是平凡的一天，发完小红花，然后做早操，接着在教室唱歌、画画，到时间后去外面玩一下户外运动，接着再回教室上上课，然后就到期待已久的中午了……

如果，如果没有在学习手工时，园长突然急匆匆出现在教室门口，并对那旖说“那旖，出来一下”，那么今天，真的是平凡的一天。

被脸色难看的园长点名，这对于初入集体生活的小孩子而言并不是什么美好的体验。

“和老师单独相处”，是他们这个年纪最害怕、最心惊胆战的事。

早上才得到小红花的那旖，是做错什么事了吗？

一颗颗小脑袋凑在一起叽里呱啦，正在上课的老师也有些茫然，连忙安抚这群躁动的小朋友：“别吵别吵，都安静下来，上课时间不准喧闹。”

聂余站起身大声重复老师的话：“都别吵吵，老师说安静！”说完眼珠子骨碌碌转，就想起身跟在那旖身后，被眼疾手快的老师拎回座位。

那旖一脸茫然地走出教室。

园长看了她一眼，叹了口气，随手关上了教室门。

园长身后还跟着两个老师，其中一个那旖见过，是桑月月的班主任。

那旖不知道怎么了，她只是本能地不喜欢她们看她的眼神，那是她这个年纪无法理解的怜悯，她讨厌这股沉默的氛围。

身体下意识地抗拒上前，她站在离她们三步远的距离，一动不动。

园长走上前，那旖便后退。

园长往前一步，她便后退一步。

园长停了下来，她看着那旖，嘴角牵动想要微笑，但那个笑容落在那旖眼中却分外可怕。

那旖往后直退，身体撞在紧闭的教室门上，发出一声清响。

两个老师面露不忍，背过了身去。

园长蹲下身，看着那旖，轻声道："那旖，园长老师有件事要和你说，你妈妈刚才打电话给我，让我带你去一趟医院，老师现在就带你去医院好吗？"

那旖站在原地，摇头："妈妈说不能跟别人走。"

无论园长如何说，那旖都不愿往前一步，无奈之下，她只能拨通了纪兰的电话。

电话响了几声，接通了，纪兰低沉的声音通过电话线传了过来："那那。"

那旖咬唇，小声叫道："妈妈。"

对面静默了几秒，随即响起一道压抑的哭声，像一直紧绷的弦突然断掉，再也支撑不住了。

那旖满心惶恐，大眼睛里盛满了害怕。

她听见了奶奶的哭声，她形容不上来的哭声，像天塌了，地陷了，一直以来的支撑轰然坍塌了，那是永远不可能出现在奶奶身上的哭声。

那旖害怕得浑身发抖，五感好像瞬间离她而去，她听不见妈妈说了什么，也听不到园长说了什么，她只看见老师进教室拿走了她的书包，她被园长抱上了一辆车。

两旁街道急速后退，那是开往新区的路。

她曾无数次坐在爸爸的副驾驶，从充满历史感的老城区去往繁华欣荣的新区。

这段路程，往返千百遍，即便那旖年纪尚小，也把两侧的风景牢记在了脑海。

那时，那大勇握着方向盘，高大的身体缩在并不宽敞的驾驶座，对她讲世界的繁华。那因为生活压迫而弯曲的背脊，背着她，抱着重重的箱子徒步爬上高楼，苦中作乐地对她说登高望远。

他身上流淌下来的汗水，浸透了她的衣服。

那是温热的，独属于爸爸的温度。

不是现在这个，躺在病床上，已经看不出人形的，冰冷的尸体。

五感回笼，面前的黑白再次被赋予颜色，一群陌生或熟悉的人站在急诊室前。

赵春花哭得撕心裂肺，纪兰跪坐在地，双目无神地看着病床。

白色的床单被鲜血浸透，躺在上面的男人已经失去了生命体征。

陌生的一家三口站在休息椅旁，男人西装革履，女人穿着贵气，她怀里还抱着一个男孩儿，看见园长怀里的那旖，那个小男孩下意识地低下了头。

那旖恍若未闻，她的视线穿过母亲，愣愣地落在染血的病床上。

那大勇的尸体盖着白布，可即便如此，也能看见胳膊处的凹陷，和那半张血肉模糊的脸。

她挣扎着从园长身上下来，跌跌撞撞地扑到纪兰怀里。

这一扑，把已经失去感知的纪兰惊醒，她看见那旖，无神的双眼渐渐清明，双唇蠕动，好半晌，扯出一个痛到极致的笑，声音沙哑，温柔道：“那那，你来了啊。”

那旖把脑袋埋在她肩窝，点点头，轻声叫道：“妈妈。”

纪兰手臂收紧，抱得那旖身体疼。好半晌后，她带着压抑的哭腔说：“那那别害怕，看看爸爸好吗？”

那旖的小手紧紧抓住她两侧的衣服，埋着脑袋，轻轻摇头。

纪兰死死抱着她，泪水横流：“爸爸一定很想看看那那，很想很想。那那乖，看看爸爸，别害怕爸爸，满足爸爸最后一个，一个心愿好吗？”话到最后已经泣不成声。

那旖疯了般摇头，挣扎着逃离了纪兰的怀抱。

她一扭头，看到那三张陌生的面孔。

小男孩对上她的目光，一脸惊慌害怕，他的妈妈紧紧把他抱在怀里。

“爸爸……”小男孩小声叫着那个陌生的叔叔。

这一声叫喊，像是打开那旖泪腺的开关，那双大眼睛瞬间溢满了泪水，滚大的泪珠从眼眶坠落。

她转过身，看着那大勇那张再也不会对她展露笑颜的脸，嘶声痛哭。

这是那旖长这么大从未有过的哭泣。

那是从灵魂深处发出的悲戚和绝望，像被抛弃的幼兽，守着父亲的尸体，哭着对以后再也看不见父亲的惊恐害怕。

那旖的脑海里只有妈妈说的那句“看看爸爸”，她那双溢满泪水的眼死死睁着，透过朦胧水雾，不眨眼地看着爸爸的脸。

那张已经看不出本来面貌，一开始无论如何也不愿去看、不愿相信是爸爸的脸。

每当看不清了，她就抬起小手抹掉眼泪，但眼泪像是从大海而来，源源不断地盈满双眼。

擦一次，又擦一次，怎么也擦不完。

早上爸爸明明答应了要来接她放学，她明明有乖乖等着爸爸来接她。

他明明答应过，保证过，说他不会说谎的。

爸爸为什么要说谎，爸爸答应过要来接她的。

那旖胡乱抹掉流不尽的眼泪，最后越抹越多，越多越擦不掉，越来越看不清爸爸的脸。

她哭声嘶哑，两只手背已经被泪水打湿，她紧紧抓着病床轻轻摇晃，不眨眼地看着那张血色尽失的脸。

“爸爸。”

“爸爸……”

“爸爸——”

稚儿悲鸣，闻者心哀

那旖的家人给她请了长假。

第二天上学，小班的同学从老师口中得知这个消息，小家伙们你看我我看你，看来看去，最后看向聂余。

聂余暴躁地发言：“不要看我。”

最生气的就是他居然什么都不知道，那旖请假居然不告诉他！

没有那旖的一天，聂余的园霸日子过得一点都不开心。

欺负完小班，欺负中班，最后联合桑乐把大班的也给欺负了一遍，这一天才终于熬过去了。

放学是保姆阿姨来接的他，聂余更不开心了，问道：“阿姨，我爸爸呢？”

保姆阿姨接过他的书包，道：“先生说晚上有事，让我来接你。”

如非必要，聂国兴从来都是亲自接送聂余，在儿子身上，他毫无疑问倾注了所有的爱。

聂余虽然不高兴，倒也没有闹脾气，只道：“我要给爸爸打电话。”

保姆阿姨点头，拿出手机拨通了聂国兴的电话。

聂国兴那边有些吵闹，聂余听见有人在哭。

他面露疑惑，但没有多问，一股脑地交代自己想说的：“爸爸你晚上要去喝酒吗？你不要喝酒，不然我不给你开门。”

聂国兴的声音听起来有些沙哑：“鱼儿，爸爸今晚不应酬，也不喝酒。”

聂余疑惑道：“那你怎么不来接我。”

聂国兴好一会儿没说话，聂余都不耐烦了，他才闷声道：“爸爸现在就来接你，你乖乖在幼儿园门口等着爸爸。”

“哦。”聂余觉得他爸今天有点不正常，不对，是非常不正常。

聂国兴来得很快，聂余蹲在幼儿园门口玩蚂蚁，一抬头就看见路边停着的车。

聂国兴拉开副驾驶的门，聂余挥别保姆阿姨，哇哇大叫着扑进去。

上了车，聂余扯过安全带系好，熟稔地摸了包薯片出来撕开，吃了一会儿，才恍然发现车没动。

他抬头，就见他爸愣愣地看着他，跟傻了一样。他抬手在聂国兴眼前挥了挥，小心翼翼道：“爸爸，爸爸你别傻。”

聂国兴看着眼前的儿子，伸手在他脑袋上抓了抓：“鱼儿，爸爸还没有对你说过爸爸很爱你吧。”

聂余脸上表情有点呆滞，没有反应过来。

聂国兴笑声低沉，却并不见多少喜意，语气惆怅不已：“爸爸没傻，就是忽然想告诉你，爸爸很爱你。”

因为世事难料，所以有感而发。

这句对儿女饱含了无尽疼爱的“爱”字，嘴皮子一磕一碰看似简单，可有多少人已经没有机会再说出口。

他只怕日后没有机会，当下想说而已。

这一刻，聂余前所未有的乖巧，小孩儿心思敏感，他觉察出聂国兴今天情绪不对，故而十分贴心。

他抓住脑袋上聂国兴的手，十足乖儿子的样子：“我也爱爸爸。”

聂国兴笑了，狠狠揉了两下他的头发，说：“儿子记住，以后无论发生什么事，爸爸都不会离开你。”

聂余狠狠点头。

夕阳彻底沉入地平线，天空呈现出一股压抑的蓝。

下班高峰期，车子堵在路上，以往让人心情烦躁的车鸣声，在当下竟然都变得悦耳起来。

聂余趴在副驾驶车窗边沿，下巴垫在手背上，愣愣地望着天空。

人们总是习惯低头，难得抬头看天，有时候回想起来，甚至都记不得昨天的天空是什么颜色。

车流缓慢移动，车内出奇地安静。

过了不知道多久，聂国兴开了口：“鱼儿。”

聂余回头：“嗯？”

聂国兴沉默片刻，道：“你大勇叔叔昨天出了车祸，人没了。”

聂余双唇微张，怔住了。

聂国兴握着方向盘，目视前方：“就在早上那会儿，你们上学的时间，大勇叔叔为了救一个小男孩，人没了。”

顿了下，他问道：“你要不要去看看那旖？”

聂余后知后觉，讷讷道：“爸爸……什么是‘没了’？”

聂国兴轻声道：“就是，那旖以后都没有爸爸了。”

没有爸爸了，那旖没有爸爸了。

“没有爸爸了”这五个字，怎么会出现在那旖身上呢？

聂余不懂啊，怎么会没有爸爸了呢，他一脸茫然。

小孩子从未经历过生离死别，未曾感受过死亡的滋味。

他对“人没了”这三个字的理解，更像以往无数次的早晨，那大勇送那旖来幼儿园，然后又急匆匆赶时间去上班。每每那时，他会对那旖说“别看了，你爸爸已经走了”。

你爸爸虽然走了，但下午又会来接你回家。

这样的“走了”，只是短暂分别，是下午就能再见面的，所以不用难过。

可聂余突然就很难过，他好像有些明白过来，爸爸口中的“人没了”，和“人走了”是截然不同的两个意思。

是那旖再如何等待，也等不到爸爸来接她回家的意思。

那大勇的尸体停在灵堂。

他是在早上送那旖去幼儿园后，在上班的路上出的意外。

从监控上可以看到，那大勇把车停在路边，然后去旁边的早餐摊上买了包子和豆浆，正吃着，一辆超速行驶的大卡车便朝着他所在的方向冲来，当时他身边有不少路人，在意外来临时，大人的反应往往比孩子要迅速，路人四散躲开，只有一个穿着白衣服的小男生被吓傻了，站在原地一动不动。

那大勇原本是可以躲开的，但他在看到小男孩后，毫不犹豫折返路线奔向小男孩，这两秒的时间差让他错失了最佳的逃生时间，最后在大卡车撞来的瞬间，他把孩子揽住一抛，自己被卷到车轮下。

十几秒的惊心动魄，记录了一个成年男人的壮举，也记录了他生前的最后一瞬。

那大勇救了别人，却搭上了自己的性命。

这是上了社会新闻的司机疲劳驾驶事件，本地新闻早中晚来回播了数遍。

灵堂外来了许多前来吊唁的人，各种远房亲戚突然冒出来，还有大院的邻居，和一群穿着西装，跟老城区格格不入的人。

赵春花像被抽了精神气般，一下子老了十岁，那藏在银发中的几缕黑，也一夜之间消失得干干净净。

她坐在冰棺旁，双目无神地看着人群进进出出，那张刻薄的脸，再也没了往日的光彩。

纪兰穿着黑裙，胸前别戴白花，每来一人吊唁，便弯腰致谢。

那旖站在她身旁，怀里抱着一个熊猫娃娃，有人和她说话，她也没有任何反应，只呆呆地看着地面。

聂余跟在聂国兴身后，怀里捧着一束白菊。

经过那旖身边时，他看了那旖一眼，那旖没有反应，他收回目光，把花放到冰棺前。

他跪下磕头，上三炷香，起身，在纪兰鞠躬后，手忙脚乱地回礼。

身后还有人，不容他停留。

聂余又看了那旖一眼，只能跟在聂国兴身后离开。

走出灵堂前，他没忍住再次回头，一直没有反应的那旖突然抬起了头，看着他，眼中晶润。

世界只有黑白，耳边只余哀乐。

失去了父亲的那旖，只认识聂余了。

丧事结束后，日子好像又回到从前。

大院里一如既往地热闹，多一个人少一个人，似乎并没有对他们的生活造成任何影响。

每个人都在专注于自己的生活，谁家添人谁家少口，于他们而言不过是几句茶余饭后的闲谈，实难做到感同身受。

刀子没有戳在自己身上，谁会知道疼呢？

别人流血时，他们能做的，唯有旁观罢了。

只有那家，好像被上帝按了暂停键，生活一下子停了下来。

赵春花整日蜷缩在客厅的躺椅里，每天唯一会做的事就是看着阳台外的天空，也不搭理任何人。

唯一的儿子去世，似乎也把她一并带走了。

她的生命力，对生活的希望，对未来的期望，对那心念念的孙子和那些日常生活中鸡毛蒜皮的小事，那些她倾注在那大勇身上的一切一切，都随着这一场意外的来临，跟着那大勇一起走了。

刻薄老太太像是被抽干了生命的老树，似要行将就木。

这个家断掉的脊梁，只剩一个纪兰来撑。

从最初的悲痛过去，纪兰便收拾好心情，扛起了这个家的责任。

家里一下子失去了主要经济来源，她没有资格，也没有时间来沉湎难过，她最爱的丈夫给她留下了一个需要人来支撑的家，他的幼女，他的寡母，他深爱的家人现在还需要她照顾。

如今便是难过，对纪兰而言都是奢侈的。

她迅速回到工作岗位，每天早上把一天的吃食给赵春花准备好，然后抓紧时间送那旖去幼儿园，下午放学时，便劳烦楼下陈婆婆在接桑月月时顺便把那旖带回家。

赵春花如今万事不上心，每天的活动范围不是客厅便是卧室，她已经很久没有下楼，更没有开口说过话。

这天纪兰难得下早班，她去幼儿园接那旖，还没走到大院门口，就听见里面闹哄哄，一群老头儿老太太在梧桐树下围了一圈，有人正大喊着拉架。

她抱着那旖原想绕开，却从人群中听到了婆婆赵春花疯了一样的声音："你再说一遍！你再说一遍！"

胖老太挤出人群，衣领立马被赵春花拽着拉回去，两人扭打在一起。

胖老太一张脸通红，不知道是被打的还是气的，泼辣地吼道："我说错了吗？你上次不是说院里好久没办白事儿，你不是想听唢呐声儿，现在你听到了。"

胖老太冲着赵春花的老脸吼："你家那大勇就是被你这张嘴害死的！"

赵春花愣了两秒，脸皮抖了两下，从不知道哪个记忆旮旯角回忆起自己曾经说过的话。

她口不择言了一辈子，什么话不管好坏张口就来，难道，难道报应最终落在了她自己身上？

趁她愣神，胖老太挣脱开她的桎梏，嘴不饶人狠狠戳她肺管子：“你现在想重男轻女都没有机会了，你家那大勇这辈子都不可能再给你生个孙子了！”

她的每一句话，无时无刻不在提醒着赵春花一个事实——那大勇没了，自己儿子没了。

她不但不会再有孙子，她连儿子都没有了。

她起哄别人办白事听唢呐，最后办白事的是她家，唢呐声是吹给她儿子听的。

她赵春花说过的刻薄话，全都应在了那大勇身上。

赵春花身体晃了晃，险些站不稳。

四周看戏的一看不对劲儿，连忙有人上前去扶她，转头指责胖老太说话也忒不把门了。

这不是存心戳别痛处吗？谁不知道赵春花这辈子最看重的就是她儿子那大勇，那大勇在，她就什么都有。现在那大勇没了，跟要了她的命有什么区别。

这吵架也不带把人家刚死的儿子拎出来当靶子的，这不缺德嘛。

赵春花一把推开要来扶她的老邻居，双目赤红，大叫一声朝着胖老太扑了过去。她目露疯狂，把胖老太吓得直躲，觉得她发疯了。

赵春花一连撞开好几个试图拦她的年轻人，扑过去一把抓住躲逃不及的胖老太，一边对着胖老太拳打脚踢，一边吼：“我打死你，我打死你这个杀千刀老东西，让你咒我家大勇，我让你再咒我家大勇，我家大勇活得好好的，你再咒他一句试试！”

胖老太一百八十斤的体重硬是无法从她手中逃，只能被动挨打。

赵春花撕扯她的衣服：“我家大勇好好的！他好好的！”

胖老太惊怒：“赵春花你疯了？你家大勇明明就没了，他没……”

赵春花打断她：“我家大勇好好的！他好好的！他现在去上班了！他晚上就回来了，你再瞎说，你再瞎说一句！”

此刻谁都不敢来拽她。

邻居几十年，他们见过刻薄的赵春花，见过蛮不讲理的赵春花，见过斤斤计较的赵春花，唯独没见过没了儿子的赵春花。

她已经失了智。

纪兰抱着那旖挤开人群，看着眼前的闹剧，她大喊道：

“大勇死了！”

赵春花动作一顿，胖老太趁机挣脱，脚步慌乱地跑掉。

纪兰牵着那旖走过去，站在赵春花面前。

她看着头发凌乱，浑身衣服被扯得松松垮垮的婆婆，抖着手把赵春花的衣服理整齐，把垂下来的头发别到耳后。

然后，她看着赵春花的眼睛，轻声说：“妈，大勇没了，已经没了，晚上不会回来了。”

赵春花看着纪兰，那双混浊的眼里，慢慢涌出泪来。

这个要强了一辈子的女人，第一次在人前示弱。她紧紧抓住纪兰的手臂，目带祈求，似想要获得纪兰的赞同：“不是，你记错了，大勇去上班了，他晚上就回来，他会回来的，对吧？”

那旖抓住赵春花垂在另一侧的左手，紧紧攥住。

纪兰扶住赵春花的手臂，带着她往家的方向走：“妈，大勇不回来了，以后有我和那那在，我们会好好照顾你的。”

赵春花的背影，一下子佝偻了下来。

回到家，纪兰把老太太扶到躺椅坐着，转身去做饭。

躺椅旁，是那大勇为那旖做的小书桌，精致小巧。

书桌原本放在卧室，可自从家里少了一个人，纪兰就把书桌搬到了客厅，正好放在老太太的躺椅旁边，正对着阳台。

她一抬头，就能看见那旖做手工的小身影。

赵春花从来没有认真看过那旖，她对那旖唯一的一次上心，大概是那旖出生前那半个小时，只有那段时间，是她对纪兰肚子里的孩子唯一有过期待的时候。

她想要孙子，但纪兰给她生了个孙女。

她不喜欢女孩，自然没有对那旖多加关注，可那旖如今却是那大勇唯一的留下血脉。

这时，门铃响了。

赵春花坐着的身体受到了惊吓般，猛地一颤，她扭头看向门口，眼中迸射出光芒。

那旖放下笔，扭头朝厨房喊：“妈妈。”

纪兰从厨房里走出来，在围裙上擦了擦手，走到门口拉开门：“谁啊？”

门外，站着一家三口。

男人西装革履，手中提着水果篮和礼盒，长相漂亮的女人站在他身侧，他们身前是那个被那大勇用生命救回来的小男孩。

赵春花眼中的光芒熄灭，脸上挂上了狰狞的表情。她从椅子上蹦起来，冲过去就要关门：“滚，你们滚，我们家不欢迎你们。”

站在门口的小男孩被吓了一跳，转身紧紧抱住妈妈的腿。

纪兰拦住了老太太，死死按住她的肩膀，赵春花又哭又骂。

骆铭看着纪兰，一手提着上门礼，一手死死地压在儿子肩膀上，不准他躲。

待纪兰好不容易安抚好老太太，等她情绪稍稍稳定，才看向不请自来的一家三口，问道：“你们有什么事吗？”

骆铭咽下了那些苍白的寒暄和道谢，声音低沉道：“嘉瑞过来。”

骆嘉瑞松开抱着妈妈双腿的手，害怕地看了眼父亲，慢慢走到他身前。

那旖攥着纪兰的围裙，目光沉静地看着门外的男孩儿。

骆嘉瑞正面对着她，他抓着衣角，垂下了脑袋。

骆铭看着纪兰和她身后的赵春花，道：“跪下，磕头。”

骆嘉瑞一脸紧张地跪下去，额头触底，磕了三个响头。

磕完，他没有起身，跪在地上。

骆嘉瑞今年六岁，已经到了知事的年纪，他知道自己的命是被一位叫那大勇的叔叔救的。

那大勇叔叔因为救他，自己丢了性命。

他脑海里始终记得那一幕，大卡车朝他撞来，那个高大的叔叔跑过来一把推开他，然后自己被卷到车轮下。

他亲眼看到一条生命为了救他而在眼前消逝，看着那个叔叔被 120 带走，看着那个叔叔的家人在他尸体旁失声痛哭，看着那个比他还小的小妹妹哭着喊爸爸。

骆嘉瑞不敢起来，他不敢看小妹妹的眼睛，也不敢看站在门口的阿姨和里面的奶奶。

是他害小妹妹没了爸爸，是他害得阿姨和奶奶没有了亲人。

虽然妈妈安慰他，说这一切都不是他的错，爸爸也想尽办法想要弥补那大勇叔叔的家人，但年纪小小的骆嘉瑞心里明白，没有什么弥补能替代小妹妹心中的爸爸。

这一切不是他的错，但也是因为他，造成了这个错。

纪兰颤抖的右手放在那旖肩上，她垂着眼，看着跪在地上的孩子，结结实实受了这三礼。

随后，她看向门外的两个大人，哑声道：“这三个响头，我替大勇受了，你让孩子起来吧，以后都不要再来了。”

骆铭把礼品往前递，纪兰摇头：“你们的意思我都明白，但不需要。”

她偏头看着那旖，眼中带着柔光，摩挲着那旖细软的头发，轻声道：“救孩子，那是大勇的选择，我和孩子尊重他的选择，即便为此我们失去了他。你们的意思我懂，但我们不需要补偿，大勇的命没有任何东西能补偿。”

她说：“三个响头，就够了。”

那大勇救人是他自己的选择，纪兰不需要任何人的感谢。

她已经失去了丈夫，她的女儿也失去了父亲，那些感谢的话，每一句都是划在她们身上的伤口。

她所能接受的，是丈夫的善良，而不是任何人的道谢。

谢谢她的丈夫因为救人而丢掉了自己的命？

她不需要，她的孩子更不需要。

一道门，里外站着两家人。

而他们中间，隔着一条永远也跨不过去的生命。

骆铭看了眼手中的礼物，叹了口气。

“我明白您的意思，但嘉瑞是我和内人好不容易得来的孩子，那先生因为救他而失去了生命，我和妻子做不到当作什么事情都没有发生过。”

他蹲下身，平视那旖，从礼品盒子里拿出一早就准备好的支票，和名片一起叠起来塞进她的衣服口袋里。

不顾纪兰要阻止，他看着那旖，轻声道：“以后无论发生什么事，都可以打电话给叔叔，叔叔帮你解决。”

说完，他便带着妻儿离开了。

那家人不想看见他们，骆铭心里明白。

她们不怪骆嘉瑞，她们只是不想看见他，因为骆嘉瑞的存在，无异于提醒她们失去亲人的悲痛。

他和妻子有再多的感谢，都断送在纪兰的洒脱与不计较中。

不计较，是因为纪兰的为人，她不会去怨怼无辜的孩子。而洒脱，也是因为纪兰深爱丈夫，她尊重他的任何选择，即便这个选择最后伤害的是她和孩子。

她不要任何补偿，因为没有任何补偿能替代她心中的丈夫。

而所有补偿，都践踏了那大勇的善良。

那旖摸出被塞到衣兜里的名片和支票，递给妈妈。

纪兰蹲下身，摸了摸她的脑袋，低声道：“那那，妈妈不想要。”

那旖抱住纪兰的脖子，看着自己的小书桌，轻声说：“我只要爸爸。”

纪兰眼一酸，脑袋埋在她幼小的肩上。

那旖抱紧纪兰的脖子，认真道：“那那听爸爸的话好好学习，以后让妈妈和奶奶过好日子，再把这个还给他们。”

她不懂这张名片和支票的意义，只是潜意识抗拒和讨厌。

这个薄薄的东西，似乎代表了爸爸。可在她心中，没有任何人和事物能代替爸爸。

所以总有一天，她会亲手把这两样东西还给他们。

那家的日子虽然大不如前，但也没有到过不下去的地步。

纪兰和那大勇这两年也存了一些钱，虽然办丧事花去一些，剩下的只要不是坐吃山空，日子总归过得去。

赵春花自从骆家人来过之后，就对儿子已经没了的事实彻底认清了，她从纪兰手中接过了接送那旖上学的任务，其余时间就拎着个尼龙口袋满大街转悠捡纸板和空瓶，在幼儿园放学之前拖去回收站卖了，然后去接那旖放学回家。

老太太的转变是纪兰完全没有预料到的，虽然家里永远不会再有那个高大的男人为她撑天掌地，但偶尔加班回家晚了，能吃到一口热菜，能看见女儿认真学习的小背影，她就觉得自己有无尽勇气去对抗未知的明天。

逝者已去，生者能做的，唯有收起浑身胆怯和悲伤，勇往直前面对未来。

那旖的成绩不但是小班里最好的，连大班的题她都会做。

在一众同龄小朋友还在为零食和父母耍赖时，她已经抱着不属于她这个年纪看的书，认认真真履行着和爸爸的约定，认真学习新知识。

一切她不会的，对于她而言都是新知识。

因为超乎年龄的冷静和懂事，不知从何时起，一些莫名其妙的流言传了出来，有人说那旖这小孩是个冷心冷肺的，爸爸去世都没见她掉过一滴眼泪。

老一辈的人思想传统，长辈死了小辈摔盆戴孝，还要哭丧，哭得越伤心就代表越孝顺，越舍不得。

可除了医院那天，那旖再也没有在人前哭过。

她心中的大海已经干枯，随着父亲的离去。

第三章
他们都在过着独属于自己的童年时光

寒来暑往，时光的齿轮飞速流转，曾经的萝卜头们，如今已经变成了六年级的学生。

上午的最后一节是英语课，英语老师背对着教室在黑板上写单词。

她别在腰间的扩音器不时发出一声噪音，尖厉刺耳。

临到放学，教室里一片躁动。

教室最后一排，几个男生把英语书竖在桌上，躲在自制围墙后小声讲话。

“前面新开了一家奶茶店，中午吃完饭我们去喝奶茶吧？”

“我不喜欢喝奶茶，太甜了。”

“你喜欢吃糖，为什么不喜欢奶茶？”

“胡说，我是男生，我才不喜欢吃糖呢！”

“喊，口是心非，谁说男生就不能吃糖了，又不是只有女生才能吃糖，你说对不对，聂余？”卓一凡看向旁边的聂余。

聂余没骨头似的趴在课桌上，他那头不知道哪天早上醒来突然变卷的头发坠在白皙的额头，懒洋洋地打着哈欠。

六年级，他已经长出了不配坐在前排的身高，在四年级就和好兄弟卓一凡一起被老师赶到后排。后排的日子显然是自由的，上课偷偷讨论放学去奶茶店还是男生喜欢吃甜食会不会丢脸的话题都不用担心被坐在前面的班长听见。

而没有那脔班长在前镇压，他那随着年龄增长而日渐叛逆性格，对卓一凡这个“坏学生”提议放学去奶茶店的建议，表示了他身为“坏学生”的赞同。

在书包里摸了摸，摸出一把零花钱，聂余抽出一张五十的揣裤兜里，剩下的零钱丢桌上，大方道：“都去，我请你们喝，再叫上费晓宇他们，要让奶茶店有我们男生的一席之地！”

卓一凡眼睛一亮,随即面露愤然,每到月底聂余必穷,这个月他怎么还有钱。

既然他还有钱，那他前两天装什么穷，还骗自己饮料喝!

卓一凡气愤不已，立马讨伐他：“你怎么还有这么多零花钱？”

聂余不在意道：“我妈给的。”

卓一凡看着他，羡慕坏了：“你妈对你真好，每个月都偷偷给你零花钱，不像我妈，每天都去我房间偷偷搜我的零花钱，我过年红包都被她搜走了，说帮我存着。”存着存着就不见了。

“那你需要和你妈做个亲子鉴定。”聂余打了个哈欠，“电视里都是这么演的，在医院里抱错了孩子，对不是亲生的养子提不起母爱。”

“我和我妈长得挺像的，我应该没有被抱错。”

“那你去和你爸做一个鉴定，你爸都不偷偷给你零花钱，应该是个假爸。”

卓一凡和他爸感情可好了，不接受他爸是假爸，回呛道：“你才应该和你爸做个亲子鉴定，你爸头发不卷。”

聂余自信道：“那不用，我和我爸天下第一好，不可能抱错。”

关于爸妈的话题，聂余没有兴趣讨论。

潘姿美也不是每个月都这么好，会不会偷偷给零花钱得取决于她当月的收入情况，如果她当月手气上佳，问她要零花钱基本十拿九稳。

但多数时候，潘姿美并没有被赌神眷顾，她自己的零花钱都不够用，更别说给他了。

只是不知道这几个月他妈发了什么财，每天都是一副春风满面人比花娇模样，不但主动给他零花钱，还开始关心他的生活，简直就像换另外一个妈。

放学铃声响，英语老师布置完今天的作业，拿着教科书就离开了教室。

她前脚踏出教室，后脚一群人从后门冲出去。

聂余趴在桌上没动弹，看着前面慢条斯理收拾课桌的那旖。

那旖的位置在教室中间第四排，老师一眼就能看到的位置。和聂余猛然拔高的身高不同，那旖的长势中规中矩，在班级里并不引人注目。

规规矩矩的校服，梳得一丝不苟的长发，还有沉静的气质，是一个学霸的标准模样。

那旖把笔收纳到文具盒里,把笔记本和英语书叠整齐放回书包,拉好拉链。

她缓缓起身，把椅子拉开，人出来后，又推进去摆放整齐，接着才转身，走到聂余面前。

聂余掀起眼皮看了她一眼，又垂了下去。

已经是六年级下学期，还有不到两个月就要面临小升初。

因为升学的事，两人正在闹脾气。或者说，是聂余单方面在闹脾气。

聂国兴这几年生意越做越大，聂家的生活质量越来越好，他们家赚钱就买房搬家的传统延续至今，去年聂国兴又在新区买了一栋别墅，还给聂余买了一套学区房。

虽然没有明说，但聂国兴和潘姿美的态度很明显，等小学毕业，一家人就要搬去新区，而聂余也不能再在老城区这边读初中了。

上上周，他游说那旖和他一起去新区读初中，但被那旖毫不犹豫地拒绝了。

因为这件事，聂余这段时间都不怎么和那旖说话。

那旖见他不动，敲了敲课桌，轻声道："去吃午饭了。"

聂余把头扭向一边，粗声粗气道："不饿，不吃。"

那旖盯着他的后脑勺。聂余的头发也不知道怎么回事儿，有一天早上醒来突然就卷了，毫无预兆，就像在睡梦里被施了魔法。

聂国兴和潘姿美都是直发，聂余跟他们出去吃饭，遇到聂国兴的生意伙伴，人家都调笑聂国兴儿子可真潮，小小年纪就开始烫发。

聂余有嘴说不清，最讨厌他这头一夜之间基因突变的卷毛。

感觉到那旖认真盯着自己的后脑勺瞧，没忍住就生气地站起身，瞪着她："看什么看，你不饿吗？吃饭去。"说完拎着书包就跑。

那旖把他的椅子摆好，才跟在他身后，一前一后下了楼。

走过操场，走出校门，走到校外对面的早餐店门口，两人一直没说话。

为了就近照顾那旖，纪兰在学校对面找了个早餐店上班，每天中午那旖都在店里吃午饭。

聂余知道后，也闹着要在这里吃。

久而久之，他们似乎又回到了刚出生那两年，每天绝大一部分时间都在一起，就连吃饭都要在一个桌上才能好好听话。

中午吃包子馒头的人比较少，和隔壁几家的生意相比，早餐店十分冷清。

纪兰站在店门口，正在和隔壁面馆店的老板说话。

聂余雄赳赳气昂昂目不斜视越过他们走进店门，整个人像头喷火龙。

那旖慢吞吞地走到妈妈跟前，纪兰摸了摸她的脑袋，笑道："饭菜刚热好，在桌子上，去吃吧。"

那旖看着她，小声道："你不一起吃吗？"

纪兰笑道："我和你陈叔叔聊会儿，你先去吃，妈妈待会儿就来。"

那旖闻言看了隔壁面馆的老板一眼，对方对她友好地笑了笑。她抿着唇默不作声，转身就进了店。

她这样不礼貌的反应很少见，纪兰心头微敛。那旖虽然不是活泼的性子，但平时极为有礼。

纪兰看向面馆老板，有些不好意思道："小孩子不懂事，你别介意，她今天可能心情不太好，都不爱说话。"

面馆老板笑着摇头："嗨，说什么呢，你家那旖还不懂事那就没有懂事的孩子了，我邻居的小孩儿就在那旖他们隔壁班，每次考试回来都说年级第一又是那旖。别说人家家长羡慕，就是我都羡慕，我要有这么个闺女，睡着都能笑醒。”

纪兰被他夸张的语气逗笑：“哪有你说的这么夸张。”

“这你可冤枉我了，我实事求是可没有半句夸张话，你家那旖就是优秀。”

饭桌上有纪兰准备好的三菜一汤，还冒着热气。

聂余的午餐是家里保姆送来学校，一年比一年丰盛，连吃的牛肉都是进口的，据说口感和国内的牛肉不一样，但那旖吃过觉得没什么区别。

今天他一个人的菜就霸占了半张桌，把纪兰做的三个菜挤到角落。

那旖盛了饭，坐在他对面，夹了一筷子妈妈做的番茄炒鸡蛋。

聂余埋头狗刨饭，时不时偷偷看她两眼，见她一直在吃番茄炒鸡蛋，凶巴巴地把桌上的油炸大虾往她面前一推。

餐盘相撞，声音清脆。

那旖抬头看他。

聂余张嘴想说话，那旖却只看了他一眼就垂下眼皮，继续扒饭。

聂余不高兴地撇了撇嘴，没话找话道：“隔壁那个老板是怎么回事儿，怎么最近老找兰阿姨说话。”

那旖夹了一只大虾，低头吃饭不说话。

聂余撑着下巴，用筷子戳了一只虾，一边啃一边看着外面：“卖面的和卖包子也不应该有共同语言啊，难道是技术交流？探讨揉面技巧？”

那旖没忍住抬头：“你还知道揉面？”

聂余半路出家的卷毛都炸了起来，不高兴道：“就允许你们当班长的知道，就不允许我们当体育委员的知道揉面吗？”

“揉面和当什么班干部有什么关联？”

“当然有。”聂余发出了来自伪学霸的叹息，“当官的，必须什么都懂。”

六年级的体育委员，可真是，好大个官呢。

外面，不知道纪兰和陈老板聊到什么，两人笑得很开心。

今天的天气很好，阳光暖而不烈，纪兰和陈老板站在店门外的阳光处，身上镀了一层光。

可真是郎才女貌啊。

聂余看着看着突然感慨，感慨完不到一秒，脑子里突然闪过一道光。被自己突如其来的想法吓到呛口水，他偏头一阵儿咳嗽。

那旖连忙抽了一张面巾纸递给他：“你怎么了？”

聂余忙不迭摇头，他把纸巾盖在脸上，只露出一双眼睛，偷偷看那旖，心说不会吧，不可能吧？

据他……不知道从谁大概是卓一凡的嘴里所知，校门口去年新开的这家面馆的老板，是个长得有点小帅的单、身、汉。

至于为什么连他单身都知道，自然是因为陈老板是个性格豪爽的人，和小学生都能天南地北一通侃，卓一凡就很喜欢去他店里吃面，很羡慕他年轻时候背包走天涯居无定所的流浪生活。

陈老板今年大概三十五，长得糙中有酷，酷中带点小帅，因为见识不凡谈吐幽默，很有成年男人的魅力，在附近这一片开店的老板中，属于非常受欢迎的那一类。

现在细细观察，他和纪兰阿姨站在一起，居然有那么一点点视觉上的般配。

作为一个在家蹭了潘姿美无数部偶像剧的男孩子，他已经能很明白地搞清楚情情爱爱这种东西了。

别看他年纪小，但他看过的爱情比他爸聂国兴签过的单子还多。

那大勇叔叔去世快十年，纪兰阿姨也单身了快十年。

所以，现在，难道，兰阿姨终于要给那旖找新爸爸了？

聂余咬着筷子，偷偷观察那旖的表情。

如果纪兰阿姨真的要给那旖找新爸爸，那旖怎么办？

那旖吃完了一碗饭，又去添了半碗，都吃完了，聂余还在看她。

放下筷子，她抬头看着聂余，突然问："你一会儿要和卓一凡他们去哪里？"

聂余立马换上属于哥哥的威严表情，说："你这个小女孩，都说过多少遍了，不要管我们大人的事。"

那旖熟稔抬杠："大一百八十秒的大人吗？"

聂余反杠："你是不是看不起我们这些大一百八十秒的人人？你知道一百八十秒有多大吗，比你这个小一百八十秒的小女孩大多了。"

"三分钟真大啊。"

"……你是不是看不起我们这些大三分钟的人！"

"还看不起大一百八十秒的人。"

抬杠并不能破冰，因为升学的问题，聂余决定继续冷战，吃完饭他就跑了。

那旖看着他一溜烟跑没的身影，收回目光，坐在屋里等妈妈进来吃饭。

墙上的风扇呼呼摇着，纪兰的脸被太阳晒得微红，那旖给她倒了一杯开水。

等他们终于聊完，纪兰脸上带着笑进来，那旖把水推到她手边。

纪兰喝了一口，看着那旖问道："今天不回教室睡午觉吗？"

那旖摇头："不想睡。"

纪兰便从衣兜了拿出五块钱，递给她："那去买支雪糕吃。"

那旖接过钱，去旁边的小商店买了两支老冰棍，放了一支在冰箱里冻着，把剩下的三块钱默不作声塞回纪兰的衣服口袋里。

纪兰笑得有些无奈："自己拿着吧，平时买点小东西。"

那旖摇头："家里都有。"

"笔和本子用完了吗？"看着她小口啃着冰棍，纪兰没忍住又笑，"怎么和你奶奶一样喜欢吃老冰棍，我看别的孩子都喜欢吃甜筒和雪糕，就没见你吃过。”

那旖晃动两只小脚，大热天吃冰棍，有些小愉悦：“这个好吃。”

纪兰担心她是想省钱，又看她像是真喜欢，一时之间也分不太清，便道：“那晚上回家在楼下买几支回家冻着，你想吃的时候自己拿。”

桌上的菜有一半没有翻动过。

聂余和那旖在吃饭方面极为懂事，像是约定好一般，谁先夹第一筷，如果夹的右边，那另一个人就只夹右边，不会碰左边的菜。

纪兰因为有时要忙，来不及和他们一起吃，等她上桌时，吃到的菜都是干净没有被搅动过的。

今天也是如此。

那旖坐在旁边看纪兰吃饭，小口咬着冰棍，也不说话。等纪兰吃完放下筷子，她手里的冰棍也见了底。

帮着妈妈一起收拾好餐桌，然后母女俩就坐在风扇底下吹风。

两边的店生意极好，人流进进出出，衬得中间的她们极为萧条。

这样的状态持续了快一个月，好像因为店里少了熟悉的老面孔，老顾客门也不约而同不再出现。

纪兰叹了口气，轻声道：“也不知道店还能开多久。”

闻言，那旖扭头看向她：“王奶奶的身体还没有好吗？”

纪兰摇头：“人老了，有些病是好不了的，只能熬一天算一天。”

那旖伸直双腿，看着自己的脚尖。

纪兰忽而道：“这个周末我带你去医院看看王奶奶吧？这几年她和王爷爷这么照顾我们母女俩，我们也该去看看她。到时候给她买点水果，她喜欢吃荔枝，我们给她买点。”

那旖点头，又道：“荔枝不是上火吗，王奶奶现在能吃吗？”

纪兰看着被太阳炙烤得反光的地面，轻声道：“现在没有人再拘着她了，都希望她多吃些。”

人生将要走到头，家人只恨不得把一切都捧到她眼前，又怎么会再约束她。

早餐店的两位老板都是很好的人，这几年纪兰在这里上班，没少受到老两口的照顾。

王奶奶在上个月的某一天早上突然晕倒，当时正是上学的时段，救护车开到了学校门口，那旖亲眼看着王奶奶被抬上救护车，然后就再也没有出现在店里。

这些日子王爷爷一直在医院照顾她，店已经全部交给了妈妈在管。

她双手撑在凳子两侧，双腿在空中晃荡，垂着眼看着地面，情绪有些不佳。

纪兰扭头看她，突然问道：“你和聂余吵架了吗？”

那旖轻轻摇了摇脑袋：“没有吵架。”

纪兰温声问道：“那是闹脾气了？因为什么，可以跟妈妈说说吗？”

那旖抿了抿唇，盯着自己的脚尖，半晌后，才缓缓道：“他要搬家了，下学期不在这边读书了。”

纪兰一愣。

不在这边，那能在哪边？

还能在哪边呢，她片刻便回过神来，定然是去新区了。

新区的教学设施和师资力量都不是老城区的学校所能比的，聂国兴有钱有能力，自然不会让聂余一辈子待在这边虚度光阴。

沉默半晌后，纪兰问道：“聂余是去哪个初中？”

那旖低声说：“三中。”

三中，整个潼陵最好的学校。

它分为初中部和高中部，前者为后者输送优秀学生，后者则为名牌大学培养人才。

每一年，三中的高中部都有老师带队出国参加国际竞赛，而获得的奖杯已经摆满了整个陈列柜，荣誉墙几度增加。

那是无数家长挤破头也想把自家孩子送去的地方，是一艘能开往梦想之地的巨轮。

便是纪兰再敢想，也从未想过要把那旖送去三中。

不是因为那旖不够优秀，是因为太难了，对她们家而言太遥不可及了。

那旖和聂余拥有的不同，所能得到和付出的也截然不同。

聂余初中去三中，对他而言是不需要努力就能办到的事。但对那旖而言，那是她必须全力以赴才能做到的事。

何况，她即便全力以赴了，她也去不了。

三中的初中部是走读生，学校没有住宿，新老城区相隔甚远，纪兰和赵春花都不会同意那旖一个人走读。

这不是聂余求他爸，聂国兴也答应帮忙就能办到的事。

这是完全不同的两个家庭，在同一件事上，所面临的两种截然不同的现实状态。

那旖从未在纪兰面前提及过自己想去三中，因为她明白，这句话会带给妈妈压力。她们家没有条件让她去三中，即便她自信自己能凭借实力考去那所让人向往的学校。

晚上，聂国兴谈完生意回来。

客厅里开着一盏落地灯，聂余盘膝坐在沙发上，双手抱胸，表情严肃。

聂国兴眉宇间都是醉态，他手腕上搭着西装外套，因为日渐增多的应酬而长出来的啤酒肚撑着衬衣。

聂余在黑暗中注视着他的一举一动，等他换上拖鞋转身时，才从鼻子里发出一声轻哼。

“这么晚不睡觉你干吗呢，等爸爸回来收拾你吗？”聂国兴晃悠悠站稳，眯着双目看了他一眼。

聂余盘膝坐在落地灯旁，灯光照着他半天脸：“爸，你怎么又喝这么多酒。”

聂国兴走到他身旁坐下，靠在沙发椅背上，闭着眼捏了捏眉心，满脸倦意：“谈生意哪有不喝酒的。”

“你不是有助理吗？”

“助理也喝啊。”

聂余从沙发下来，拿着水杯去饮水机接了一杯温开水，递给聂国兴：“你现在不是大老板了吗，为什么大老板还要应酬？”

聂国兴笑了笑，端起来喝了一口，舒服地喟叹一声：“我儿子真贴心。老爸再努力努力，争取在你成年之前当个不用再应酬的大老板。”

聂余在他身旁坐下，小心翼翼打量他的脸色：“你儿子本来就贴心，现在有没有觉得你儿子是世界上最好的儿子？”

聂国兴闭眼假寐，声音低沉道：“当然，我儿子不但是世界上最贴心的儿子，还是世界上最调皮的儿子。你上课不认真听课的事儿，想好怎么跟我解释了吗？”

聂余一窒。

聂国兴侧首，看着聂余那张神似妻子的脸：“鱼儿，爸爸对你的学习成绩从未有过硬性要求，也不过问你在学校的交友情况，那是因为爸爸相信你，相信你就算调皮，也懂得学习的重要性，知识能改变一个人的命运，这是你从小到大我都在和你说的一件事。爸爸还是有点失望啊。”

聂余有点慌：“爸……”

聂国兴面无异色，目光平静看着他：“周末时间你怎么玩，去哪儿玩，爸爸都不约束你，也不过多干预，因为那是你的休息时间，你自己有资格去做任何安排，也因为爸爸放心你。”

聂余垂着脑袋任训。

“但是今天爸爸觉得失望。”聂国兴伸出大掌，拍了拍他耷拉的脑袋，“你现在已经是六年级的学生了，马上就要面临升学，爸爸不要求你和那旖一样成绩好，但你起码要有一个良好的学习态度，课间时间你想怎么玩都可以，但是上课的时候，你不应该是这种态度。你太放纵自己了。”

聂余脑袋都快埋进了沙发里。

他爸的一句“失望”，比任何激烈言语都要让他失落。

爸爸是他最敬重和崇拜的人，就像人生偶像，聂余不敢从他眼中看到一丁点的失望和厌烦。

这是任何人都无法带给他的情绪。

聂国兴见他整个人都恹了，无精打采的，叹了口气，揉着他那一头卷毛：“爸爸这么说你，是不是心里不高兴了？”

聂余抬头看聂国兴，瘪嘴：“没有不高兴。”

聂国兴无奈一笑，缓声道：“鱼儿，爸爸不自诩在你面前说的每一句话都有道理，但在你对一件事有足够的自我判断之前，你的每一个行为和决定，爸爸都会为你甄别对错，你做对了，爸爸就鼓励你，你做错了，爸爸就批评你。可能你会因为批评而不高兴，甚至会怪爸爸管得太多，但爸爸的责任就是教导你如何正确成长，你可以有脾气，但是不能任性。”

聂余愣愣地看着爸爸，语气迟疑道：“那我……有很让你失望吗？”

聂国兴摇头，看着他的双眼，认真道：“到目前为止，鱼儿都是让爸爸骄傲的儿子。”

聂余双眼一亮，心情立马飞扬起来。

相比犯错，聂国兴更欣慰于聂余懂得认错，所以他虽然生气，但并不愤怒。

聂国兴的心情还算不错，喝光了他倒的开水，便准备上楼洗澡睡觉，刚站起身，却被聂余叫住：“爸，三中……”

聂国兴回头：“怎么了？”

聂余沉默片刻，慢慢摇了摇头：“没什么。”

聂国兴点点头，正准备走，忽然想到什么，又扭头看着儿子：“哦，对，既然做错了事，惩罚还是要有的。这个月的零花钱扣半，在暑假之前，周末都不准再出去玩。”

说完，他补充道：“再给我洗一个月的袜子，免费的。”

聂余顿时炸了，从沙发上跳起来，吼：“我不洗！”

聂国兴边扯领带边上楼：“零花钱全扣。”

聂余卑微地改口：“您现在脱袜子吗，儿子去给您搓干净。”

大晚上的，聂余顶着一双熊猫眼给他爸搓了三双臭袜子。

搓完袜子，去阳台晾好，他出来就看到带着一身香风回家的潘姿美。

潘姿美穿着碎花裙，踩着高跟鞋，腰扭得像水蛇，嘴里哼着小曲子，心情好得不得了。

聂余脚步一顿，突然想起今天在步行街看见一个熟悉的背影，问道：“妈，你今天去步行街了？”

潘姿美把包往沙发上一丢，揉了揉手腕，声音柔美道：“你去步行街了？”

聂余点头：“放学和同学去步行街玩了。”

潘姿美去倒了一杯开水，坐在沙发上，跷起二郎腿。她拿过自己的 Chanel 新包，从钱包里抽出五张一百，递给他：“犯错了吧？又给你爸洗臭袜子，他是不是又扣你零花钱了？喏，拿去，别说妈妈不心疼你。”

聂余和潘姿美只有在金钱诱哄时才会体现出他们之间珍贵的母子情。

聂余把钱塞兜里，瞬间忘了想说的事。

潘姿美看了眼他红通通的手，秀眉微蹙，语气有些不满：“家里又不是没保姆，哪有大晚上让儿子给他洗袜子的，是当爸的做的事？我上楼找他说说，以后你别给他洗了。”

聂余满不在乎地摆手:“没事儿,我都洗完了。我睡觉了,妈,你早点睡啊。”

“嗯。”

潘姿美回到房间，聂国兴刚洗完澡出来，躺在床上看书。见她身上穿着的碎花裙子，他挑眉：“买的新裙子？”

潘姿美绾发准备洗澡，闻言淡淡道：“怎么样，好看吗？”

聂国兴点头，伸手去抱她，被她转了个身躲开，俏眼一瞪：“这几天都别碰我。”

聂国兴去撩她的长发，香香的，说：“月事提前了？我记得还要一周啊。”

潘姿美推开他，说：“你羞不羞，哪有男人张口闭口提月事的，你不要脸我还要脸呢。”

“两口子说悄悄话怎么了，又没有外人。”

“走开，我要去洗澡了。”说完，她扭身进了浴室。

聂国兴看着她的背影叹了口气，看来又要开始戒荤了。

这败家媳妇，买条新裙子就把旧的扔了，他记得她早上穿的是一条红色的吧？

第二天早上，聂余揣着自己的五百块巨款，走出了嚣张的步伐。

教室里吵得鸡飞狗跳，后排的男生集体拿出了生死时速，正在疯狂抄前排的作业。

他双手揣兜，从那旖课桌旁路过，面无表情地冷哼一声。

那旖抬头，只看到他趾高气扬的精致下巴。

聂余凶巴巴道：“看什么看。”

后排响起“嘎吱”声，聂余把椅子拉出了全班都能听见的噪音。

那旖盯着课桌上的笔记本，垂下眼皮。

同桌周昊偷偷回头看了后排一眼，触及聂余凶恶的眼神，吓得赶紧扭过头。他用胳膊肘碰了碰那旖的手臂，轻声道：“你惹他了吗？”

那旖把笔记本放回书包，摇了摇头，问道：“你爸妈决定好了吗，你初中在哪里读？”

周昊立马就不关心聂余了，高兴道：“我妈让我去二中，二中有住宿，我每周回家一次。”

他目露向往，期待道：“在学校住宿很方便吧？我可以睡到早上七点再起床，不知道学校是怎么安排室友的，能不能和自己喜欢的同学一个宿舍？”

那旖疑惑道：“二中可以住宿吗？”

周昊点头："听我妈说好像是因为二中有几栋宿舍楼，高中部的住不满，如果离家比较远的，初中部的可以和老师申请宿舍。"

他唯一的担忧是有可能会分去和高中的学长一个宿舍，"社恐"很害怕。

那旖低头看着英语单词，心思有些恍惚。

二中和三中隔得不远，而且作为潼陵两所十分出名的高校，一直被人拿来比较。两所学校平时也是剑拔弩张，无论是教学资源，还是每年的升学率和录取率，一直在明里暗里地较劲儿，互不相让。

"那你呢？"周昊看着她，"是去二中还是三中？"

那旖摇头："我不去三中。"

周昊眼睛一亮，激动道："那你去二中？我们又是一个学校，不知道还能不能分到一个班，如果又能同桌那就更好了。"

那旖还没说话，早读铃声便响了。

她拿起语文书走到讲台上，等教室里的同学坐回自己的位置，才翻开课文领读。

她在上面领读，聂余就趴在桌上盯着她，她读一句，他就故意读错一句。

那旖有次读到"hero"，聂余就故意读"clown"。

他满脸桀骜，所有同学都看得出来，体育委员故意在和班长作对。

中午放学去吃午饭，两人也是各走各的，谁也不理谁，连纪兰都发现他们俩之间的气氛比昨天还要别扭。

聂余三两下刨完饭，丢下筷子就跑回学校，等都不等一下那旖。

"你们这是怎么了？"纪兰满脸疑惑，"昨天就不对劲儿，是不是吵架了？"

那旖摇头，偷偷看她，小心翼翼地开口道："妈妈，我初中……"

话没说完，隔壁面馆的陈老板站在门口，看着她们，笑道："吃饭呢？"

纪兰对他笑了笑，扭头小声对那旖道："那那你先吃，妈妈待会儿就回来。"

那旖下意识地咬紧筷头。

纪兰和陈老板站在门口低声说话，那旖能感觉到他们的目光时不时落在自己身上。

今天中午纪兰做了那旖最喜欢吃的番茄炒鸡蛋和糖醋排骨，加上聂余家保姆阿姨送来的午饭，十分丰盛。

那旖却有些食不知味，她轻轻放下了筷子，起身把自己和碗筷和聂余丢到桌上的碗筷收拾进厨房，洗了洗手，走到纪兰面前，轻声道："我回学校了。"

纪兰一愣，扭头看了眼饭桌："你不吃了？"

那旖摇头："我吃饱了。"

不等纪兰再说什么，她转身朝学校门口走去。

"这孩子，今天怎么吃这么少……"

"不好意思啊，是我打扰你们吃饭了。"

"说什么呢，跟你有什么关系。"

“那事情就这样，我们说好了啊。”

“嗯，我知道，谢谢你啊。”

“这么客气做什么。”

那旖加快了步伐，几乎是小跑着跑进学校。

午休时间，学校一片静谧。

操场旁边的建材区和树荫里坐着一群在吃午饭的同学，那旖疾步从他们面前走过，穿过走廊，进入教学楼，上楼梯。

教室里，摇头风扇呼呼吹着，桌上的书页被吹得簌簌作响。

几个女生围在一起吃午饭，不知道聊到什么有趣的话题，偶尔发出一声轻笑。

聂余和卓一凡他们坐在后排聊天，见那旖进教室，他“噌”一下起身，拍了下卓一凡道：“走，去厕所。”

卓一凡趴在桌上，说：“不去，我屁股疼。”

这个不给面子的兄弟让聂余很恼怒，他决定不去厕所了，去小卖部请别的好兄弟吃零食。

是个人都看出来了，聂余和那旖吵架了，卓一凡不敢看班长的脸色，捂着屁股嗷嗷地跟着他们跑了。

那几个正在教室吃饭的女同学偷偷看了那旖一眼。

那旖目不斜视地回到自己的座位，拿出练习本，从文具盒里找了一支用惯的笔，埋头做题。

女生们对视了一眼，其中一个想和那旖说话，被另外一个拽住，狠狠摇头。

六年级的女生，相比一年级谁给零食和谁玩的无知年纪，她们已经开始会下意识关注男生了。

哪个班的男生长得好看，哪个班的男生学习好，哪个班的男生打球最厉害，无疑都是让她们私下争相追捧的存在。

而无论是他们班，还是他们学校，聂余都是最招眼的那个男生。

那旖是聂余在学校唯一玩得好的女生，她学习好，老师喜欢，身上几乎聚集了一切让同性排斥的要素。

女生们早就下意识地把她排除在外。

周五的下午只有两节课，最后一节还是班主任的语文课。她留了半堂课开了个小型班会，着重批评了昨天聂余他们逃课的不良行为，并让全班同学引以为戒。

班主任心气不太顺，留堂十分钟，把聂余和卓一凡他们几个挨个骂了一遍。

教室门口和窗户外有学生不时探头探脑，整栋教学楼都发出即将迎接周末的喜悦，楼上楼下走廊都是奔跑声。

只有一班，气氛凝滞。

批评完，班主任林梅收好教科书，看向那旖，说：“那旖跟我来一趟办公室。其他同学该大扫除的大扫除，该回家的回家，都少在路上逗留，过马路注意安全，早点回家！”

她前脚踏出教室，后脚教室里就响起一阵儿欢呼声。

林梅把教科书放在办公桌上，拉了一张椅子让那旖坐下，自己则坐在她对面。

那旖小声道：“谢谢老师。”

林梅笑了笑，看着她：“别担心，没什么事，老师就是想问问你和你妈妈商量得怎么样了，下学期是想去哪个学校？还是就留在我们初中部？”

那旖经常来办公室交作业，面对老师单独谈话倒没有多么忐忑，只是每次说起升学这个话题，她都有些沉默。

今天也是一样。

林梅其实不止一次在私下问过那旖这个问题，但都没有得到一个准确的答复。

她看着面前的小姑娘，放柔了面部表情，轻声道：“那旖，你的学习成绩很好，老师个人是建议你去更好的学校。当然，如果你有其他的想法，你也可以和老师说。”

那旖垂着脑袋，看着自己的手指。

林梅看着自己最得意的学生，叹了口气，语重心长道：“小学时，你和周围的同学是处于同一个起点，即便领先，也是有距离的，努力一下就能追上去。但是在初中，一个好的学校和一个师资较差的学校，那就是一个并不明显、却又真实存在的距离，这个距离会被无限放大，直到不可忽略。

“一个优秀人，去到一个优秀的地方，她会变成一个更加优秀的人。一个好的初中，能帮助你进入一个好的高中，继而你能考上一个好的大学。那旖，要认真对待这个选择，这关乎你的一生。”

那旖抬起头：“我……”

林梅笑着打断她，迟疑片刻后，试探道：“你……有没有考虑过去三中？”

那旖一愣。

林梅看见那旖的表情，瞬间明了。她笑得有些无奈，道：“你应该想想，相信老师，你的成绩完全能进入三中。”

那旖睫毛轻颤：“老师，我……”

林梅起身，从办公桌上拿了一个文件夹，递给她看。

那旖略显迟疑地接过，林梅鼓励道：“翻开看看。”

那旖心中一动，翻开一看，里面全是写着她名字的试卷。

她疑惑地抬头：“老师？”

旁边的三班班主任正在教育他们班的男生，声音嘈杂，压盖了林梅温柔的嗓音：“这是你从四年级到六年级的试卷，我还请校长写了一张评语，明天周六，我准备拿去给三中的教导主任看看。”

那旖吃惊地瞪大了双眼。

林梅怕她误会，笑着解释道：“我认识三中的教导主任，你这么好的苗子，留在这边真的可惜了，老师不希望你在这个关键时刻做出不理智的决定。三中和二中这几年抢学生抢得厉害，老师相信你能凭借自己的实力考去三中，但我还是想先给他看看你的成绩。老师现在就问你，想要你一句实话，如果三中那边真的愿意招收你，那旖，你愿意努力吗？你想去吗？”

那旖心头巨颤，指尖微微发抖，她下意识两手紧紧相握。半晌后，她抬头看向林梅，声音哑涩：“老师，我……”

林梅摇头，止住她的话：“如果现在还无法告诉老师答案，那就等周一。”

林梅越过办公桌抓住那旖的手，紧紧握住，看着她的眼睛：“那旖，有些困难是一定要去克服的，无论是你，还是你的家人。人生只有一次，每个选择都关乎未来，老师只希望你在面对升学这件事一定要多多思考，就像你考试一样，写上一个正确答案，那你的人生才能得到高分。”

林梅期盼的目光和殷切叮嘱，让那旖眼睛干涩，她轻轻点头。

林梅心下一松，拍了拍她的肩，起身：“回家好好和你妈妈商量。”

那旖跟着起身，点头：“嗯，谢谢老师。”

林梅轻笑：“回班上吧。”

那旖冲她鞠了一躬，不等她反应过来，转身小跑离开办公室。

全校都在大扫除，那旖他们组这周打扫操场。

周昊手里拿着两把扫把，见她回来，塞了一把到她手里，问：“班主任找你说什么事儿啊？”

“说升学的事。”那旖接过扫把，避开正在教室里洒水玩耍的男生，回到座位，见自己放在桌上的课堂笔记本上被溅了好几滴水，字迹晕开，皱成一团。

她顿了下，扭头看向正在和一群男生打闹的聂余。

周昊看着他们，用最凶的气势说最尿的话：“你们小心一点，都弄到那旖本子上了。”

卓一凡在班上跑来跑去洒水，整个人犹如脱缰的野马已经玩疯了，闻言非但没停，还掬起一捧水朝周昊洒去：“哈哈哈，周耗子来来来，一起玩儿。”

周昊被当头一顿泼，站在原地，抖得犹如秋风里的落叶，气道：“你，你怎么能这样……”

卓一凡哈哈大笑，提着半桶水满教室跑：“我我我……我怎么了，小结巴耗子，你来追我呀。”

周昊眼睛发红，瞪着他，一句话都不敢说。

那旖皱了皱眉，把笔记本塞进书包里，伸手用扫把拦住疯跑的卓一凡。卓一凡差点撞到扫把上，一个急刹车，停在那旖面前，讷讷地看着她。

他有点屃："班、班长。"

那旖从书包里拿出一包面巾纸递给周昊，周昊的头发被卓一凡用水泼成一绺，湿哒哒地黏在额头，此时还滴着水珠。

他低着头，眼睛红红，小心翼翼地接过。

那旖看着卓一凡，冷声道："给周昊道歉。"

卓一凡瞪眼，下意识道："我不。"

周昊眼睛顿时更红了，抽出一张面巾纸，低头擦脑袋上的水。

周围打闹的同学也安静下来，看着他们。

那旖无视周围，声音平静道："卓一凡，不是每个人都喜欢你的玩笑，不是每个人都觉得这样很好玩，不是每个人被你泼了一身水都会觉得开心。"

卓一凡愣愣地看着她。

那旖皱眉道："和不是朋友的同学，希望你的行为就止步于同学，不要越界。现在，请你对周昊道歉，他并不喜欢你这样的行为。"

周昊胆子一向小，那旖为他出头，他又惶恐又欣喜。

他看着卓一凡，从小学一年级被卓一凡欺负至今，第一次鼓起勇气道："卓一凡，我不喜欢你那样，希望你以后别再那样了。"

卓一凡和他正好相反，性格大大咧咧，以为和谁都是朋友。他没有觉得自己的行为多过分，见周昊好像真的很讨厌，班长也一脸严肃，他有些受伤道："我的行为让你很不舒服吗？"

周昊鼓足勇气点头："你，你以后别这样了。"

卓一凡："你不和我做朋友了吗？"

本来就和你不是朋友。

无边的沉默是周昊的回答。

卓一凡满脸受伤："我跟你道歉，对不起，我以后不会再那样对你了。既然这样，我们就绝交吧。"

两个并不是朋友的同学在无数个同学的见证下世纪绝交。

那旖绕开众人，拿着扫把就去操场，围观全程的聂余单手插兜，迈着螃蟹的步伐跟上去。

聂螃蟹有八条腿，走得非常快，眨眼睛就凑到那旖身后。他轻轻撞了她一下，粗声粗气道："老师找你什么事？"

那旖冷声道："不关你的事。"

聂余受到了前所未有的冷遇，震惊极了，他气得围着操场跑了两圈。

跑完，他磨磨蹭蹭地又挪到那旖身边儿，瞪着那旖的侧脸，故意挑事般，握着扫把虎虎生风，胡乱在地上挥扫一通。

灰尘袭面，那旖往右边躲，聂余就往右边挥，她往左躲，聂余就往左边挥。

你躲我追几分钟,那旖不堪其扰,攥着扫把杆,扭头怒视“你到底想干吗？”

聂余粗声粗气：“我扫地！”

那旖指着去器材区的方向道：“你去那个方向。”

聂余扛着扫把，满脸桀骜不驯：“不，我就要在这儿。”

那旖转身就往器材区方向走，聂余偷偷跟着挪过去。

那旖原地站定，扭头瞪他：“我笔记本上面的水渍是不是你弄的？”

聂余一脸心虚，眼神躲闪。

“鲫鱼，你从小就不喜欢别人动你的玩具，而你也知道，我从来就不喜欢别人动我的文具，我们应该尊重对方。”

她从来没有说过这样的话,冷漠中带着几分疏离。聂余一脸难过地看着她，小声问道：“那那，你是不是讨厌我了？”

暖风拂面，地上是夕阳洒下的金子，他们的影子被拉得斜长。

聂余的发丝被风吹得东倒西歪，他看着那旖，睫毛轻颤：“我不想你忘记我。”他低垂着脑袋，“如果我们不在一个学校了，你是不是就要忘记我了？”

时间是最好的良药，时间也是最好的毒药。

如果他们的生活不再重叠，没有了交际，那他们会越走越远，直到渐渐走出对方的生活里。

他的那些别扭，通通都是源于不想和那旖分开。

他们从出生就在一起，他们就不应该中途分开。

那旖的半边脸被夕阳染红，她眼眸低垂，静默半晌后，抬头望着眼前这个似乎眼睛都红了的聂余。

“鲫鱼，我和你不一样，你能去三中，但我不行。我家里有奶奶和妈妈，三中离我家太远了，坐公交车要坐两个小时，妈妈和奶奶不会放心，也不会同意，我也不想浪费这么多时间在往返的途中，我想多看两本书，多做几道题，我想考一个好大学，我想做让爸爸骄傲的那旖。”

她的声音比风还轻，嘴角的笑比夕阳还耀眼，却带着几分涩意：“我不想浪费时间在路上，老城区开往新区的两侧的街景，爸爸曾带我看过千百次，我不想走只有一个人走的回家路。”

聂余看着她的笑脸，眼睛通红。

那旖笑得眉眼弯弯，像小时候一样：“如果我爸爸还在，我就能去任何地方，他都会接我回家。”

聂余在这一刻，似乎体会到了那旖的心情。

如果大勇叔叔还在，那旖就可以不用这么努力，她可以去任何想去的地方，就算是两个小时的车程，爸爸也会接她回家。

而没有了爸爸的那旖，像被剪断了一只翅膀的小鸟，只能被迫成长，被迫飞翔。

便是飞翔，都不敢远了，因为背后还有让她牵挂的家人。

没了爸爸的孩子，便丧失了怯弱的资格。

隔着几步的距离，聂余难过地看着她，问："那如果我们不在一个学校了，你会忘记我吗？"

"不会。"

"永远都不会忘记我吗？"

如果有一天，她可能会忘记谁，那个人一定是她自己。

她会忘掉那旖，都不会忘记聂余。

那旖拿着钥匙钻开门孔，便听到一阵"刺啦刺啦"声传来。家里电视没开，只开着信号不是很好的收音机。

赵春花今天难得在家，坐在她的专属躺椅上，脸色看起来不是很好。

那旖开门换鞋，轻轻叫了一声"奶奶"。

赵春花回头看了她一眼，满是皱纹的脸皮拉了下来："没和你妈一起回来？"

那旖摇头，轻声道："我和妈妈说了，我先回来。"

赵春花看了眼墙上的时钟，已经指向六点四十，说："你们周五下午就两节课，大扫除用得了这么久？"

那旖攥紧书包，没有隐瞒："我和聂余去喝奶茶了，明天周末可以在家写作业，今晚不着急。"

赵春花冷嘲热讽道："行啊，不愧是母女，和你妈一样行，在外面一样混得开，你有人请喝奶茶，不知道你妈有人请她喝什么。"

那旖垂着眼一言不发。

平日里，那旖都是等纪兰关门下班，然后母女俩一起回家。

基本在六点半到家之前还能绕路去一趟菜市场，但今天都六点四十了，纪兰还没回来。

赵春花已经很久没有用这种语气和家里人说过话，自从那大勇去世，她就把浑身的刺对准了外人，把那点为数不多的和颜悦色留给了儿子留在世上最亲的两个人。

今天也不知怎么了，看谁都不顺眼。

那旖背着书包准备回房间，赵春花看着她的背影，突然开口道："隔壁栋那个姓韩的老太婆你知道吧？前段时间偷偷找你妈想给她做媒，今天话没藏住，在我面前露了声儿，你妈给你说过这事儿没？"

那旖脚步一顿，轻轻摇头："我不知道。"

赵春花顿时阴阳怪气道："那你妈可真是能藏住事儿啊，连你都没告诉。"

那旖把书包放到书桌上，站在床头，看了眼枕头旁的熊猫娃娃。

随着小主人的成长，当年崭新的熊猫娃娃也变得老旧，身上带着时光留下的痕迹。

人会长大，熊猫娃娃会老旧，但记忆永远不会褪色。

她永远记得，爸爸给她套住娃娃时，她心中的喜悦。

驻足半晌，她随即转身出了房间，去厨房洗干净手，淘米把米饭蒸出来。

赵春花双眼落在她的后背，跟着她移动而移动。赵春花似乎有些不满意她的冷静和反应，拉高声量道："既然你现在知道了，奶奶问你，你是什么意见？"

那旖擦干净手，又去烧开水，回答："看妈妈自己的。"

赵春花立马怒了："看她的，你妈心里当然乐意了！有人给她介绍男人，她有拒绝的道理吗！我看你读书把脑子都读傻了吧，你到底明不明白，你妈要给你找后爸，她不要你了！"

那旖转身就进了屋，把门关严实。

纪兰回到家后感觉家里气氛不太对，客厅的灯关着，老太太和那旖的房间门也都关着。

她把手里提着的排骨放到桌上，叫了那旖和老太太一声，没人应，就去厨房做饭。

那旖从房间出来，站在厨房门口看她。

纪兰回头看了那旖一眼，手中忙碌地切着番茄，道："妈妈还以为你不在家呢，肚子饿了吗？今天给你做排骨汤喝，再炒两盘蔬菜好不好？"

那旖点头："好。"

纪兰拍了一个姜丢锅里，给排骨焯水："奶奶不在家吗？"

那旖指了指卧室："在房间里睡觉。"

纪兰皱了皱眉，手在围裙上擦了擦，问："怎么了，是身体不舒服吗？平日也没睡这么早。"

走过那旖旁边时，那旖伸手抓住了她的衣服。

纪兰一愣。

那旖仰头看着她，想问她，是不是真的有人给她介绍对象，到了嘴边，却变成了："妈妈，明天我们要去医院看王奶奶吗？"

纪兰一笑，摸了摸那旖的脑袋，点头道："嗯，明天下午去吧，下午的生意没有上午好，我可以早点关门。"

那旖攥着她的围裙没松手，轻声问道："妈妈今天怎么这么晚才回来？"

纪兰便道："关门的时候卷帘门卡住了，坏了拉不下来，是隔壁陈老板过来帮忙弄了好半天，万幸最后弄好了，不然妈妈可能现在还在店里守着呢。"

那旖低头不语，垂着脑袋。

纪兰没有注意到那旖的表情，叹了口气："今天真的麻烦他了，明天也顺道买点水果感谢一下他。"

第二天，纪兰带着那旖去医院看王奶奶。

王奶奶已经病得很严重，瘦了二十多斤的老人躺在床上，身上穿着的病号服空荡荡，露出干瘦的四肢。

王爷爷在病床前陪她，时不时用棉签沾一点水润她的双唇。

见她们来,还提着王奶奶最喜欢吃的荔枝,王爷爷笑了笑,给她们让出位置。

那旖叫了一声“王爷爷”，然后乖乖待在纪兰身边。

王奶奶睡着了，面容有些痛苦，紧紧皱着眉。纪兰没有打扰她，给她掖了掖被子，便跟着王爷爷在一旁的椅子坐下。

王爷爷看着母女俩，笑容温和：“小纪破费了，还带那旖来看她，你们真的有心了。”

纪兰摇头,看了眼病床,面含担忧“王婶儿现在情况怎么样？人瘦了好多。”

王爷爷也看向病床上的老妻，搓着一双粗糙的手，声音低沉：“人老了，得了病都这样，只能熬了。”

王奶奶这病是好不了了，他们心里都明白，纪兰怕他伤心，便转移了话题，聊了一下店里现在的情况。王爷爷一直点头，表示心里有数。

眼看着时间不早了，纪兰便带着那旖提出告辞。

王爷爷把她们送到病房门口，迟疑片刻后，看着纪兰，低声道：“等你王婶儿这事儿过去后，店可能要关了。”

纪兰心里其实早有预感，只是现在亲耳听到，还是有些手足无措。

“我年纪大了，一个人做事也不比两个人有劲儿，以前每天早上起来，身边有个人，做什么都不觉得累，也热闹，以后可能就不行咯。”

纪兰牵着那旖的手，指尖无意识地摩挲着那旖的掌心，点头表示理解：“王叔，这个我明白。”

王爷爷面含歉意：“可能也就这个月底的事。小纪，我知道这个决定很仓促，让你没有准备，这段时间店里只有你一个人，让你辛苦了，月底我多结一个月的工资给你，你看着有适合的工作也留意一下吧。”

纪兰连忙摇头：“不用多结，王叔，是多少就是多少。”

王爷爷摇头，不愿在这个事上多说。他看向那旖，转移话题道：“那旖马上就要升学了吧，初中去哪个学校读？”

那旖看着眼前的老人，轻声道：“我们学校的初中部挺好的。”

王爷爷扭头看向纪兰，笑着摇头：“临江的初中部虽然比十八中好些，但和二中、三中比就差远了，那旖成绩好，留在这边可惜了。”

从医院出来，纪兰一直没说话。

那旖抬头看她，见她眉心紧蹙，心中似乎有思不完的烦恼。

那旖晃了晃纪兰的手，引来她的注视，轻声道：“妈妈，我们学校的初中部真的挺好的，桑月月和桑齐桑乐都在。”

纪兰笑容苦涩，拍了拍那旖的小脑袋没说话。

她虽然不是一个多么有文化的人，但好与坏还是分得清的，临江的初中部和二中三中比，差得不是一大截。

那旖上次说聂余初中去三中，她自己的女儿，她比谁都了解，即便女儿再如何掩饰，藏在眼底的向往和羡慕依旧无所遁形。

那是对一个好学校的渴望，但是现实却让那旖不敢表露出一丝一毫，她从来都这么懂事，怕给家人带来压力。

老城区的街道坑坑洼洼，烟头纸巾与各种垃圾随处乱丢，入眼净是脏乱无序。

难怪所有人都向往新区，不但因为那里有这里没有的繁华，还有这个被人遗忘的街道所没有的干净和缺失的文明。

母女俩一路沉默。

到了家，纪兰去洗手做饭，切菜的时候，她有些心思恍惚，一个没注意切到了食指。

那旖第一时间发现，连忙丢下笔，拿着创可贴跑去厨房。

纪兰任那旖给她贴好创可贴，看着已经不知不觉长到自己胸口高的女儿，忽然开口问道：“那那，你想去三中吗？”

那旖睫毛轻颤，垂着脑袋一言不发。

纪兰便知道答案了，她从小就是这样，不争不抢，想要什么都不说。那大勇去世后，她就更不说了。

就像当年在游乐场，问她想不想要棉花糖，她也是这样，什么都不说。

但纪兰知道，她是想要的。

那旖想去三中，她想去。

纪兰揉了揉她的脑袋，苦笑一声：“那那想要什么都可以和妈妈说，你不说，妈妈怎么知道呢？”

那旖抬头，眼睛有些红：“可是……”

纪兰打断她，柔声道：“那些都是我们大人需要考虑的事，你还小，你现在只需要专心学习，思考什么是对你学习有帮助的事。其他的，都有妈妈呢。”

那旖只有在纪兰面前才像个小女孩，可以说出自己的喜欢和担忧，她带着哭腔道：“可是三中没有宿舍，妈妈，三中离家太远了。”

纪兰摸摸她的眼睛，感觉到指尖微微湿润：“但是你想去，对吗？”

那旖点头，有些哽咽道：“我想去。”

纪兰表情沉着，声音坚定道：“那就去。你想去，妈妈就陪你去，我们在新区租房子，妈妈在那边找工作，你想去任何学校，只要你能考得上，你就只管去，妈妈永远在身后陪着你，你不用担心离家太远回不去。”

纪兰如今即将面临失业，做出去新区陪读这个决定，可想而知压力多大。

但事关那旖，她却从不懂何为退缩。

一旦做下决定，她就不再迟疑，让那旖回房间复习功课，自己则去衣柜里找出银行卡，出门去银行查了一下余额。

这几年除了日常开销的生活费和那旖四季一套新衣花费的钱，其余花钱的地方几乎没有。

那旖学习用的学习用品全是那旖每学期期末考试第一名学校颁发的奖品，而她和婆婆赵春花几乎没有花钱的地方，每年顶多在过年的时候买一套新衣服。

早餐店的工资不低，加上老太太有自己的养老退休金，她每个月基本能存两千五，再加上以前那大勇还在时夫妻俩存的钱，也能在新区租个一般的房子了。

看着手里的钱，纪兰心中稍安。

她对那旖很有信心，对女儿能不能考上三中丝毫不担心，那旖既然想去，就一定考得上。

唯一让她忧心的是这件事该怎么和婆婆说。

老太太最近心情不太好，也不知道发生了什么事，经常说着说着就甩脸，晚上也睡得比以前早，都不爱下楼遛弯了。

纪兰想着她是不是身体不舒服，毕竟年纪大了，应该找个时间带她去医院检查一下身体。

一路琢磨去新区租房子的事该怎么和老太太说，又担心她是不是身体不好，心里藏着事就有点走神，一进大院，纪兰就被人拽到僻静无人处。

纪兰吓了一跳，回过神来下意识地挣扎。

韩老太太连忙出声道：“是我是我，你韩婶。”

听到熟悉的声音，纪兰这才松了口气：“韩婶儿，您这是干吗啊？”

韩婶跟赵春花差不多年纪，不过比赵春花保养得好，看起来要比赵春花年轻十几岁。她笑了笑，看着梧桐树下那群唠家常的老邻居，扬眉道：“这不是怕被人看见嘛，到时候传到赵春花那浑人耳朵里，她可不得打上我家。”

纪兰有些无奈，婆婆的名声在院里都成什么样了，明明她这些年都没再和谁闹过矛盾。

韩老太太拽着纪兰的手腕，不准她躲，说：“兰儿啊，上次婶儿给你说的事你考虑得怎么样了？我跟你说，婶儿真不骗你，人家条件挺好的，工作是单位的，家里两个老的都有退休金，唯一的不好就是带着一个儿子，但是他儿子年龄也不小了，明年就上高中，也用不着你操心什么。”

“谢谢韩婶儿了，不过我真的没有这个想法。”

“我说你是不是傻。”韩老太太气得拍她胳膊，“这么好的条件你都没想法，难道你真想守着你家那旖过一辈子啊！”

纪兰点头，认真道：“韩婶儿，我真没说笑，我这辈子就想看着那旖长大，看着她找一个好工作，然后成家立业，其他的我都不想了。”

“你找一个也不影响你看着那旖长大成家啊。你一个女人生活容易吗，多一个人给你分担难道不好吗？”

“我不想找了，我这辈子就大勇一个。”

韩老太太就没见过这么倔的人，扯着她胳膊还想劝，没忍住就拉高了音量。

两人推攘着，旁边突然窜出来一个人，一把拽过纪兰，指着韩老太太鼻子就骂：“滚，你滚，要找你自己找，我家纪兰才不找！”

韩老太太和纪兰同时被吓了一跳，赵春花已经不知道在后面躲了多久，她黑着一张脸，满脸刻薄相：“老娘活了几十年就没见过比你这个老东西更喜欢使坏的，不把人家家庭拆算你心里不乐意是不是！我今天就告诉你，你要是再来找我家纪兰，我就把你儿媳妇的照片和电话号码贴满大街小巷给她征二婚！”

韩老太太气得差点一口气没提上来，指着她：“你……你敢！”

赵春花怒吼：“你看我敢不敢！”

韩老太太没见过这么不讲理的，气得脸通红：“你家那大勇都死了多少年了，难道你还想纪兰给你儿子守一辈子寡不成！”

即便过去这么多年，赵春花还是不能听到任何一个跟那大勇沾边的死字，她扑上去想就打：“关你屁事！”

纪兰连忙拉住她：“妈，妈你冷静点。”

赵春花红着眼：“你别拦我，今天我非打死这个老东西！”

韩老太太吓了一跳，边骂边跑：“你这个老太婆简直太没有道理了，纪兰是嫁给你家当儿媳妇，不是卖到你家，她男人都死了快十年了，对你们家已经仁至义尽，你还想绑着不放人，那你也得问问人家自己心里愿不愿意！”

赵春花疯了般挣扎，瞪着韩老太太的目光像是要吃人。

纪兰连忙抱住她的肩膀，费劲儿往家的方向拖：“妈，你别冲动，你别听韩婶儿说，我不找，我真的不找，我这辈子真的只有大勇一个。”

赵春花不相信纪兰。

她越老，力气越小，那旖越大，她就越不相信她们。

她怕纪兰再嫁，她怕那旖叫别人爸爸，她怕属于她家那大勇的位置，被别人占了。

她怕那大勇真的变成了客厅照片里那个随着时间的流逝，连笑容都渐渐褪色的人。

赵春花的性子其实已经没有前几年那么凶狠刻薄，佝偻的脊背是年龄加注在她身上的重量，她的身体一年比一年矮小，脸上的皱纹也一年比一年多，脾气也一年比一年温和。

她还是凶，但那都是对外人，对纪兰和那旖，她早在不知不觉间已经活得像个长辈。纪兰在外面上班被欺负，是她冲在前面护着纪兰。院里有人对那旖说三道四，是她在维护孙女。

这些年，她已经在像个奶奶了。

纪兰拉了张凳子坐在赵春花面前，摆出一副谈心的架势。她觉得事情还是得说清楚，免得家人误会，引起不必要的争执。

赵春花面无表情，眼皮耷拉着，看着没什么精神。

纪兰在心里组织了一下语言，缓声道：“韩婶儿一共来找过我两次，说的都是同一件事，同一个人，第一次我就拒绝了，刚才我也拒绝了。”

赵春花冷冷地看着她。

“妈，你相信我，我真的不想再找，我心里只有大勇一个，我这辈子只想看着那旖长大成人，别的什么想法都没有。”

她面目诚恳，完全不似作假，赵春花还是有一丝怀疑，眼皮终于动了动：“你真要给大勇守一辈子？”

纪兰笑着叹了口气：“如果这是守，那就是守吧。一个人心脏就那么大点，能装下多少人呢，我也就只能装下他一个。”

如果对他人不能全心全意，何必害人害己。

赵春花心里松了一口气，但还是嘴硬道：“你没听那老东西说吗？找个人能帮你分担，你就不用过得这么苦。”

“我扛得下来的事都不觉得苦。”纪兰笑着摇头，“而且我还得给你养老，如果我走了，你怎么办。”

赵春花瞪着她，说：“我稀罕你给我养老？有那旖在，你想给我养老还得往后排！”

纪兰难得和赵春花调笑：“是是是，你有孙女养老，不需要我这个当儿媳妇的。”

赵春花心里没疙瘩那是不可能的，尽管纪兰话说得好听，她觉得自己以后还是要多注意一下。

韩老人婆那句话没说对，但也没多错，纪兰不是卖到那家，但从她嫁进那家那一天开始，她这辈子就是那家的人。

生死都是。

纪兰原本还想找个时间和赵春花说说去新区的事儿，经过这么一闹，她干脆也不想等了，说：“妈，我今天带那那一起去医院看了王婶儿，王婶儿的身体情况不是很好，王叔的意思是这个月做过去，店可能要关了。”

赵春花一惊，坐直了身体，再顾不得别的，问：“这么严重了？”

纪兰点头：“我心里其实早有准备，今天王叔也是把话给我说明了，让我有适合的工作可以留意着。”

赵春花皱眉，道：“现在的工作不好找啊，那旖明年就上初中了，你要是在学校门口上班她中午吃饭也方便点。”

“我原本也是这么想的，这段时间也问了隔壁面馆的陈老板，他店里一直是他一个人，中午那段时间忙不过来，他有意想招一个人，答应位置给我留着。”

说到这里，纪兰一顿，“但是我仔细想了想，那那学习成绩好，连王叔都说留在临江上初中可惜了，我想让她去三中，以后初升高也在三中读。”

赵春花下意识地扭头看了眼房间里写作业的那旖，压低音量道：“你闺女能去三中？你怕是不知道三中是什么学校吧？那可是潼陵最好的中学，我们这片有哪个孩子能考去三中的？你能不能别做梦！”

别说这一片，她活了几十年，身边就没有一个孩子能考去三中。在潼陵人心里，初高中能进三中，那和大学考进清北差不多。

那旖成绩是好，但能好到那个地步？

“林梅老师都说那旖能去三中，她这周把那那的成绩单给一个三中的老师看，等周一就知道三中的老师是什么看法了。”

赵春花闻言，又扭头看了一眼那旖的房间，她孙女学习成绩真的这么好？

她张了张嘴，喉咙有些干，讷讷道：“如果她真的可以，那就去吧。”

纪兰没想到这么顺利，脸上的吃惊藏都藏不住，她还以为老太太会拦着，都准备长期抗战的准备了：“妈，你真的答应了？”

赵春花觉得她大惊小怪，皱眉道：“我为什么不答应？那旖出息，那是给她爸争光。”

纪兰心里高兴，不想去深究赵春花答应的原因是因为那旖还是那大勇，说：“三中离我们家有点远，来回不方便，正好早餐店做到月底就要关门，我的意思是想去新区租个房子，然后在那边找工作。”

那旖在房间里偷偷竖起了耳朵，她攥着笔，好半天没有写一个字。

赵春花沉默半晌。

纪兰心里一阵紧张，她担心老太太听到要租房，心里有别的想法。

那旖也担心，从妈妈和奶奶回来，她就一直竖起耳朵在偷偷听她们说话。

赵春花把手里的大蒲扇丢到一旁，起身进屋。窸窸窣窣一通翻找后，她拿着一个存钱本出来，随手丢在茶几上，声音沉沉道：“房子不用租太好的，但还是要有三个房间，我和你们一起搬过去。”

纪兰这下是真的吃惊了：“妈？”

赵春花瞪着她，说：“明天看林老师怎么说，如果人家三中的老师都觉得那旖可以考进去，那她就给我去考！她不但初中要在三中读，高中也必须给我在三中读，然后考个好大学，给她爷爷和她爸那两个没福气的看看，给那家的祖宗看看，我们家也不是没一个读书好的孩子！”

她把自己的老本从茶几上捞过来，丢到纪兰怀里：“我再老也还动得了，别的本事没有，但我能活，只要我活一天我就有工资，这钱你是想拿去租房还是当生活费都随便你，我不管。”

纪兰手忙脚乱把存折接住，心里微微发酸。老太太一辈子只有往别人身上捞钱的份，工资本就是她的棺材老本，她看得比命还重。

她现在不但拿出来了，还交给了自己。

住在大院里的老一辈，到了这个年纪谁还愿意搬家，谁还愿意奔波，纪兰从来没想到老太太会愿意和她们去新区租房，她一开始最坏的打算是老太太不同意，然后她带着那旖去新区，然后每周回来看老太太。

纪兰攥紧了手里的存折，一墙之隔的房间里，那旖攥紧了手中的笔。

周一。

安静了两天的临江小学再次热闹起来，穿着校服系着红领巾的学生打打闹闹地跑进校园。

那旖拿着两个包子，脸上带着明媚的笑容和纪兰挥别。

聂余和卓一凡靠在校门口旁边的石柱上，站姿又拽又酷，路过的女生们都会偷偷看他们。

卓一凡很得意，小声道："那是三班的班花韦松雨，她在看我，你看见没有。"

聂余表情冷酷："我又没看她怎么知道她在看你，而且她可能是在看我，你长得没我好看。"

卓一凡气结："你怎么知道她在看你，你都说你没看她。"

聂余自信道："因为我是校草，而你只是一根平平无奇的野草。"

拳头每日一硬。

他俩从经过的哪个女生更好看交流到彼此写的检讨，惊奇地发现他们的检讨居然惊奇相似，都从"今天是个阳光灿烂的日子"开头，和"我深刻意识到自己的错误"结尾。

聂余耍帅宣布失败，脸一垮，愤怒道："你抄袭我！"

卓一凡也怒了："明明是你抄袭我！"

"你往我家装监控。"

"你往我脑子里装监控。"

那旖目不斜视地从他们俩面前经过，听着幼稚互呛，沉默不语地啃包子。

聂余见到她，立马丢下抄袭他的卓一凡，把书包往肩上一甩，单手插兜，酷酷地跟上："看到我在校门口等你都不打招呼的吗？"

那旖从善如流地打招呼："早上好。"

"嗯，早。你在吃什么？"

那旖把剩下那个包子递给他，他接过就叼嘴里。

毕竟别扭了这么长一段时间，不是他们心照不宣偷偷和好，关系就能瞬间恢复如初的，中间还有一个别扭的过渡期。

聂余想夸夸包子馅儿真好吃，又拉不下面子。

一个包子，两人从校门口啃到班上。

那旖把书包放桌上，拉开椅子坐下。

聂余从她身边走过，脚步不停，却没有往前挪动半米。

他原地踏步了半天，把最后一口包子皮丢嘴里，鼓着腮帮子：“哎呀，今天的包子真好吃，不知道你那个好不好吃？”

那旖从书包里拿出作业，偏头看他，见他耳尖红通通的，便点头道：“一屉出来的，味道应该都一样。你的那个是什么味道？”

聂余严肃脸：“只顾着吃了，没注意，就是香的味道。”

“我的那个也是。”

“我还想吃。”

“那我明天再给你带。”

聂余点头。

那旖也点头。

聂余继续原地踏步，没话找话道：“卓一凡抄袭我的检讨，他的开头和结尾都和我一样。”

那旖一本正经地问道：“中间也一样吗？”

“有一点点相似，我们的标点符号都是一样的。”

“那没有抄袭，纯属雷同。”

聂余就点头认同了她的说法。

又过了一会儿，聂余一脸严肃地问：“我们和好没有？”

那旖同样严肃地点头：“和好了。”

聂余雄赳赳回到自己的座位，那旖翻开今天要早读的课文。

两人宣布彻底和好。

每周一都要开校会，校会的内容是总结上一周的突发事件和各种情况。

这周的校会尤为热闹，因为上周有几个小学部和初中部的学生去网吧上网被老师亲手抓到，这件事在上周就传遍了学校各大角落，今天只是例行批评。

小学部和初中部在两个校区，隔了两条街，故而今天站在升旗台下接受全校目光洗礼的只有聂余和卓一凡两个人。

升国旗奏国歌，接着到校长例行讲话环节。

校长手里拿着话筒，回顾了一下上周学校发生的大小事，着重重申了一遍网吧事件的始末，并严厉地对此表示了强烈不满：“学校是教书育人的地方，是让你们学习的地方，不是让你们玩耍取乐的地方！有些同学，须知来到学校，不但老师要对你们负责，你们也要对老师负责！要知道你们现在的每一次放纵，都是未来你们流的每一滴泪！”

全校安静，无数道目光下意识落在六年级（1）班所在的位置。

林梅站在自己的班级前方，面色严肃。

校长引经据典，拉扯前事，再回顾当前。

比如前段时间因为上网回家被家长批评的学生，他骂了一通网吧这种不该存在的邪恶地方，接着又骂了一通被邪恶地方引诱的无知同学。

骂完后，他语气忽地一转，又语重心长道：“马上就要期末考试了，六年级的你们即将面临升学，不要以为只有高考才值得认真对待，从你们进入学校那一天开始，每一场考试你们都应该全力以赴，每一场考试都是你们成功路上的基石，只有踩着它们，在未来的人生道路上你们才能走得更稳更远和更高。也只有站得越高，你们才能看到别人看不到的风景，才知道这世界到底有多么精彩和繁华。”

“学习固然枯燥，但风景同样美丽，你现在所付出多少，未来就能收获多少。”

“不要对不起你们的未来，你们的人生值得更精彩。”

聂余和卓一凡面对全校而站，两人的态度从一开始的漫不经心到渐渐认真。

虽然校长每周都会给他们灌心灵鸡汤，但这周的心灵鸡汤不知为何，竟然格外有些不是滋味。

聂余下意识地把目光落到他们班所在的位置。那旖站在第一排，似有所感，抬头望向他。

聂余原本是想找她，但看到她了，突然又有点不好意思，赶紧把头低下。

一种说不上来的羞耻感侵袭心脏，比被校长当着全校的面点名批评，比站在升旗台下面对各种目光的打量还要让人难受。

他怕从那旖眼中看到失望的情绪，他们才刚刚和好。

因为情绪低落，在当着全校的面念检讨时，聂余全程低垂着脑袋。

他站姿懒散，语调拉长，无精打采的模样落在全校师生的眼中就是认错态度极差。

耳边是四面八方传来的窃窃私语，有人轻笑，有人说他酷，有人说他拽。

那旖抬眼，看着聂余被太阳照得发光的头发，忽而心都明亮了。她知道的，聂余有在悔改。

旁人所有的猜想都是错误的，他之所有垂着脑袋，只是在害怕。

因为他每次不敢看她的眼睛，都是因为害怕。

校会结束后，所有班级有条不紊地依次回班。

那旖走在班级队伍的最后，聂余慢吞吞地挪到她身边，他垂着脑袋盯着地面，微微卷的刘海在半空晃荡，时而轻抚漂亮的脸颊。

身前身后都是人，两人挤在中间，没有人注意到他们的手轻轻撞了一下，随即分开。

聂余攥紧了掌心的糖，偷偷扭头看她。

那旖头也不回，轻声道：“听起来也没有很像。”

聂余歪头，发丝卷出一个愉快的弧度，好比他此刻上扬的心情：“嗯？”

那旖右手遮挡在唇边，脑袋朝他的方向歪了歪，说悄悄话：“你和卓一凡的检讨一点都不像，你写得比他好。”

聂余卷毛忽翘，心中炸开了绚烂的小烟花，失落的情绪瞬间被哄好。

那旖抿唇轻笑，不着痕迹退出人群，转道去了办公室。

林梅显然在等她，那旖问了好，站在办公桌面前。

林梅双手交叉垂在桌上，看着面前的女孩儿，面容柔和，温声道：“上周老师和你说的事，回家和家里人商量了吗？”

那旖轻轻点头，手指攥着校服衣角，小声道：“老师，我真的可以吗？”

即便对自己无比自信，但当全家人都开始对她抱有期待时，她反而开始怀疑自己。

说到底，那旖今年也才十一岁，再故作成熟，想要长大，她也还是个小孩。年龄限制了她的经历，在班主任林梅面前，她还是一个需要被得到认可的孩子。

办公室人来人往，周一的早上格外热闹。

林梅的声音不大，但在嘈杂的环境里，依旧能准确地把自己的期待传达到自己的学生耳中：“那旖，一个人的人生会面临各种各样的怀疑，别人对你的怀疑，还有你自己对自己的怀疑。在面对这些怀疑时，相较于别人给你肯定，老师更希望你能自己给自己肯定，问问你自己，你可以吗？你觉得你自己可以吗？”

那旖愣愣地看着她。

“同一件事，你问两个人，你或许会得到两个不同的答案，你无法分辨到底哪个答案是真的，哪个答案是假的。所以，能永远给你正确答案的人，唯有你自己。”

“老师在这一刻能回答你，你行。但更重要的是你自己给自己的回答，你觉得你可不可以，行不行？”

师生两个隔着一张办公桌对视。

在林梅期待的目光中，那旖坚定地点头，铿锵有力道：“老师，我可以，我行。”

林梅笑了，从抽屉里拿出一本练习册，递给她，说：“暑假如果有机会就去报个奥数班，这是三中初一的数学题，有点难，你没事可以翻开看看。那边的学习进度很快，同年级分为快班和平行班，每学期都会根据成绩调班，和我们这边不一样，成绩的划分尤为明确，但也更能突出优秀的学生。”

她知道那旖的家庭情况不好，家里能做出让那旖去三中读书的决定肯定不容易。

林梅看着那旖，认真道：“那旖，好好学习，一个好的学校有更完善的制度，当你变得足够优秀时，所有人都能看到。如果你的成绩能进入年级前十，学校不但会给你免除一切费用，还有一定的奖学金可以拿，如果你能被老师选中代表学校去各省市，甚至国外参加比赛并获得名次，所得到的奖金也足够你为家庭减轻负担。”

那旖眼睛忽地发亮，一向无甚表情的五官在这一刻散发出夺目光彩。

第一次有人直观地告诉她，她在这个年纪也能有机会凭借自己的努力为家庭减轻负担。她那么急切地想要长大，无非就是想为妈妈分担肩上的生活重担，让妈妈不再那么辛苦。

林梅是一个非常关注学生心理的老师，她关注了那旖六年，在这个孩子身上看到了完全不属于她这个年纪该有的成熟稳重。

那旖的迫切成长，林梅全都看在眼里。

林梅没有说出“学习能改变未来”这句普通到无味的话，只想告诉那旖，在没有能力改变未来之前，学习一样能回馈她想要得到的东西，只要她足够优秀

那旖从办公室出来，她站在走廊上，看着碧蓝如洗的天，还有操场上奔跑的同学，手里拿着一本练习册，心情前所未有地欢悦起来。

天空如此广阔，原来她也可以在阳光下尽情奔跑。

上课铃声响，操场上的同学鱼贯而入涌进教学楼，那旖收回目光，随着人流慢慢上楼。

四周一片拥挤，而她的心却被释放，再也不用呼吸逼仄的空气。

回到教室，她下意识地看了坐在后排的聂余一眼，聂余正在和卓一凡说话，好看的脸上挂着生动的表情，满脸笑意。

卓一凡看见了她，用胳膊肘轻轻撞了撞聂余，说：“班长在看你。”

聂余扭头，和那旖的目光隔着教室和无数个同学交汇。

那旖嘴角微微向两侧咧开，她张嘴，无声叫道：“鲫鱼。”

聂余歪头，一脸茫然：“嗯？”

那旖叫了他一声就回了座位，她趴在桌上，脸颊埋在双臂间，好半天没有反应。

直到英语老师拿着教科书进入教室，她听见高跟鞋踩在地面上清脆声，才理了理刘海，拿出英语书，坐姿端正看着讲台。

整整一节课，周昊好几次偏头偷偷看她。说不上来为什么，他觉得今天的那旖好像很高兴，整个人都在发光。

那旖本就长得好，如今慢慢长开的五官就像一朵摇曳风中的白雏菊，淡雅清新，是她这个年龄独有的青涩美丽。

她坐在那里，就是一道独特的风景。

讲台上的英语老师一顿，屈指轻叩黑板，道：“周昊，你来读一遍这段话，”

周昊还盯着那旖的侧脸看，看着看着，发现那旖突然转过头来。他还来不及躲开目光，就猛地听到老师在叫他的名字。

年轻的英语老师看着他，重复道：“周昊，这段对话，你来读一遍。”

他猛地站起身，动作间椅子在地上摩挲出一声巨大的噪音。

全班同学下意识地抬头看向他。

周昊的脸又红又白，胖乎乎的手指攥着书本，翻来翻去，根本不知道老师说的是哪一句。

那旖小声提醒道："试卷。"

周昊连忙丢下英语书，手忙脚乱地翻开试卷，脑子里一团糨糊。

那旖看着讲台，轻声道："第三页最后一题。"

周昊连忙翻到背页，可整个人已经紧张到快要哭出来，本来认识的字母突然间全变成了陌生的蚯蚓体，一个都不认识了。

他本就胆小，在班上不但毫无存在感，还属于老师抽同学起来回答问题时都要把身体蜷成一团把自己藏起来的性格。现在全班都看着他，他还回答不上老师的问题，双眼倏地就红了。

英语老师顿了下，手往下压，说："坐下吧，上课要认真听讲。下课把这道题抄三遍，下午放学之前拿到办公室交给我。"

周昊小幅度地点头，小心翼翼地坐下，偷偷抹了抹眼泪。

那旖从书包里摸出一包纸巾，偷偷地从桌下递给他。

周昊不敢看那旖，也不敢接，那旖便塞到他手心里。

教室里，一时之间只有英语老师的讲课声。

那旖偏头看了眼周昊，见他整个人都快缩成了一团，眼睛红红的。

她想了想，从练习本上撕下一张纸条，拿起桌上的笔写了几个字，塞到他的英语书下。

周昊看着黑板，偶尔抹一下眼睛，余光却没忍住落在纸条上。

最终还是没忍住，偷偷展开。

那旖的字迹清秀，干净利落又整洁：【没关系，加油。】

周昊看了好几遍，忐忑不安的心顿时就被这几个字安抚下来。

他小心翼翼地把纸条叠好，偷偷地看了那旖一眼，趁她不注意，把纸条夹到英语书里。

纪兰行动力很强，说要去新区租房，第二天就开始打听新区的房子。

潼陵是一座古老的城市，因有一处古代遗留下来的名胜古迹而闻名于世，政府这几年着重规划旅游项目，间接让潼陵走上了经济飞速发展的道路，俨然成为一座享誉盛名的旅游大都市。

自然而然地，房价也跟着水涨船高，主城区就不说了，四五十平方米的房子价格贵得离谱，就算是偏远一点的老小区，价格也高得让纪兰咂舌。

在他们老城区，五百块钱就能租个挺不错的三室一厅的房子，但到了新区，同样的老小区，房租都是一千起价，更不谈主城区的房子和学区房。尤其是三中附近，纪兰只是稍微一打听，便打消了在学校附近租房的想法。

贵，实在是太贵了，如果在三中附近租房，那她起码要找一个能月收入六千的工作才能维持家庭开销，而这显然是妄想。

越是繁华的地区，对务工人员的要求就越高，即便是一般的餐馆也要求员工有不低于初中的文凭，而一般的餐馆工资顶多也就三千，除去每个月的房租和生活费等一应其他费用，在家里只有一个经济来源的情况下来，真的不够用。

今天早餐店的生意还行，纪兰忙碌了一早上，等客人们一走，她脸上的笑意退去，露出愁容来。

早餐店这边做到月底就会关门，而新区那边租房子又贵，虽然老太太把自己的棺材老本都拿了出来，但她总归不可能真的去动老太太的钱。

那是老太太一辈子存下来的，如果有一天真的要用，也是用在老太太自己身上，她从未想过要动老太太的钱。

思来想去，还是得赶紧找新工作，不管工资多少，总要有个收入才行，不然她心里没有安全感。

想到工作，她就想起了陈老板，连忙起身去了隔壁。

陈老板这会儿正闲着，见她在门口张望，连忙起身，笑道："忙完了吗，进来坐会儿？"

纪兰笑着摇了摇头，没进去，问："你现在有空吗？"

陈老板知道她的性子，不喜欢被人传闲话，便走出店，说："我看你们店今天生意还行，还想过去问问你需不需要帮忙呢。"

纪兰摇头，两人站在两间门店的中间，面朝校门方向。

她轻声道："有件事想和你说一下。"

因为心中早有预感早餐店可能要做不长久，恰好听陈老板说有意要招个员工，纪兰上次便问了问，陈老板也答应如果到时候她想来，就请她来店里帮忙。

她一直以来的打算是那旖在临江这边读初中，初中虽然和小学隔了两条街，但相隔不远，那旖中午同样可以来店里吃饭，如果嫌学校吵，店里也有地方给那旖午休。

但如今计划有变，她既然打算去新区租房，自然就不能再留在这边找工作了。

纪兰看着陈老板，面含歉意，有些不好意思道："上次说的那个事，我可来不了了。"

陈老板闻言有些惊讶，下意识地伸手抓了抓脖子，看着她，问："是王叔要回来了吗？"

纪兰摇头，表情有些黯然，说："我昨天去医院看了王婶儿，王叔的意思是他以后一个人可能没有心思再开店，大概月底之前他会回来一趟把门面租出去，然后就一心在医院陪王婶儿了。"

涉及生老病死的话题，无论是谁，心情都有些沉重。

过了好一会儿，陈老板才道："如果店要关，那不是正好吗？我这里缺一个人，你过来就是。工资我们都说好的，和你现在的一样，有事儿请假我也不扣你的钱，活儿还比你现在的轻松，你每天也不用这么早起来。”

他是真的很有诚意，纪兰却摇了摇头，秀美的脸上带着一抹坚定的笑容，低声道：“我打算去新区找工作。”

陈老板转瞬便明白了，顿了下后，他笑道：“那旖下学期要去新区读初中？是三中还是二中？”

“三中。”纪兰笑得有些骄傲，又因性格原因，含蓄地垂下头。

陈老板看着她的笑脸，心情有些怅然若失。他想了想，还是没忍住道：“需要我帮你看房子吗？我在新区有几个认识的朋友，他们路子挺广的，能留意一下适合的房子。”

纪兰正为房子的事发愁呢，正要感谢他，然而触及他的目光，心中一滞。她顿了下，笑着拒绝道：“还有一个暑假的时间呢，我慢慢找就行了，不着急，谢谢陈老板。”

陈老板笑了笑，说了句“有事需要帮忙就打电话给他”，然后就走了。

纪兰视线慢慢上移，看了眼天空，狠狠地呼出一口气。

第四章
怦然心动

潼陵今年的小学毕业考试定在六月中旬，考试时间下来后，除了六年级的学生，其他年级的同学并没有期末将至的紧张感。

即便是六年级，也只有少部分对初中有所要求的同学会紧张复习，寄希望于考出一个好成绩达到二中、三中的录取线。

但更多的还是选择直升临江初中部，比如卓一凡等人，就完全没有即将期末考的自觉，每天该玩玩，该闹闹。

五月底，学校对面那家开了几十年的早餐店关门了，那两个在这条街忙碌了一辈子的老人再也没有出现过，卷帘门上只留下一张出租广告。

几天后，早餐店的旧招牌被拆掉，换上了新的店牌。那条街少了一家早餐店，多了一家蛋糕店，除此之外，似乎别无变化。

只是人来人往，客人还是那些人，老板却已经换了。

期末考试那天天气很好，晴空万里无云。

在或紧张或淡定的氛围里，那旖看着周围穿插而坐的各个年级的学生，每个人的脸上都带着不同的表情。

巧的是，聂余居然和她分在一个考场。

整个考场，他们班不足五人，聂余在中间，那旖在第二排，一个态度散漫，一个沉着认真。

聂余左手托着下巴，右手转着铅笔，眼睛盯着窗外的操场，全然没有把考试放在心上。

或许就如他前几天给那旖传的纸条里说的，暑假他要出国去玩。

他的脑袋里，此刻装着的应该是那架能御风飞翔的“大鸟”，那是能带给他假日幻想的巨型玩具，而不是枯燥乏味的考试。

那旖收回目光，看向讲台上开始细讲考试规则的老师。

她握着笔，就像初入战场的小勇士握着自己的武器，一往无前，所向披靡。

两天的考试转瞬即逝。

当最后一道交卷提示铃响起，仿佛是宣誓小学六年时光的结束。

无数道小小的身影慢慢走出考场，头顶的阳光照射在他们喜悦的脸上，全校迎来了暑假将至的狂欢声。

考试结束，几天后成绩便出来了。

那旖的成绩非常优秀，总分 296 分，除了语文被扣了作文分，数学和英语都是满分。

林梅亲自打电话给纪兰，告诉她那旖这个成绩完全可以进三中，言语中暗示她在暑假给那旖报个暑假班。三中人才济济，在开学之前有个摸底考试，届时根据成绩分班，筛选更优秀的学生。而三中的摸底考比小学期末考要难得多，如果那旖不能在摸底考试拿到一个优秀的成绩，那就只能去平行班。

三中的快班和平行班，完全是两个不同的概念。

纪兰对林梅老师感念不已，在林梅老师的介绍下，在新区的少年宫给那旖报了一个奥数班。

就在那家开始找房子搬家，那旖的暑假生活被补习与卷子占据时，聂余已经在父母的陪伴下乘上那架“巨鸟”，去往西方的某个国度。

整整一个暑假，两人几乎都没有联系。

一个埋头学习，一个尽情玩耍，隔着一片海洋，过着截然不同的两种假日时光。

开学前夕，疯玩了一个多月的聂余终于回国。

那天下午，夕阳余晖洒满大地，为世界铺上一层金黄。那旖背着书包从公交车上下来，一眼就看见了蹲在大院门口的聂余。

两个月时间，聂余不知道在国外吃了什么，身高猛蹿，他脑袋上戴着一款鸭舌帽，反扣在脑袋上，卷而翘的刘海耷拉在额头，露出那张熟悉中带着几分陌生的漂亮脸庞。

感觉到目光打量，正在玩手机的聂余抬起头，金色夕阳打在他的脸上，深邃又迷蒙。

那是第一次，那旖真切体会到为何所有人都说聂余好看。

相识漫长时光，让她能清晰分辨出聂余和其他男生的不同，却也因为时光岁月，模糊了聂余与其他男生的区别。

她记忆中的聂余是调皮捣蛋的鲫鱼，可鲫鱼在她不知道的时候，已经长成了让所有人心动的模样。

聂余还是聂余，却不一定再是鲫鱼了。

聂余看见她，懒洋洋地抬了抬手，慢吞吞地起身。他提起旁边的书包朝她走来，语调略带小抱怨：“那那，你好慢呀。”

他站直身体，那旖才发现，她都需要仰着头才能看清他的脸了。

聂余走到她面前，第一件事就是伸手举在在她的脑袋顶，然后慢慢向自己平移，移到锁骨位置才停止，然后满意地点头。

“你这个小女生，暑假都不吃东西的吗？你看哥哥长得多高了，再看看你自己，简直像个小矮子。”

他把书包拎到手臂上，拉开拉链，给她看里面装满一整个书包的零食。

“我去了好几个国家，觉得好吃的零食都给你买了，这个比利时的巧克力就很好吃，还有这个糖果，看包装是不是很粉粉？哈哈哈，其实味道很怪哦，可以整蛊别人，刚刚桑乐就被我整了。”

他拉着那旖走到旁边，把书包里的零食全部倒出来，哗啦啦堆了个小山包，各个包装精美，一看便价值不菲。

他弯下腰，与那旖平视，嘴角微勾，笑得比斜挂在天边的夕阳还好看。

“那那，你喜欢吗？”

那旖眨了眨眼，愣愣地看着面前这张脸。

聂余见她表情呆呆的，疑惑地歪了歪头，软塌塌扣在脑袋上的鸭舌帽缓缓坠在地上，藏在帽下那头越发卷长的头发就露了出来。

那旖下意识地往后退了一步，看着他的脑袋，说：“你的头发怎么越来越卷了？”

聂余捡起帽子，抓了抓头发，漂亮的脸上带着烦躁，拉长音调道：“我也不知道啊……”

聂余的头发是个谜，突然卷，然后再突然变得很卷，自然卷的发丝与他那张愈显精致的五官搭配起来其实分外惊艳。

散漫时模样慵懒，生气时戾气横生。

但聂余并不喜欢他那头莫名其妙弯曲了的头发，为此他开始往脑袋上扣鸭舌帽。

他把书包拉链拉好，塞到那旖怀里。

突如其来的重量压得那旖手臂一沉。

那旖需要仰头才能看见聂余的脸，而聂余只需低头就能看见她卷翘的睫毛。

不过是一个暑假没见，他们看着对方的模样都有一种莫名其妙的小陌生感，各自心里都有些别扭。

这种感觉十几年来从未有过，明明连闭着眼都能描绘出对方的模样，如今却有些不敢对视。

真是……奇怪。

聂余率先移开目光，右手抓着后脑勺的卷毛，余光却还是没忍住落在那旖脸上。

那旖也长高了，头发比放假时要长，刘海有些放肆地遮住了她的双眼，她身上穿着淡黄色及膝裙几乎与夕阳洒下的金黄融为一体。

就，真好看。

两人的目光在半空撞上，又同时移开，然后再若无其事地扭回来。

那旖有些不习惯仰头看他，她往后退了两步，站在高一点的路坎上，勉强平视，问："你怎么长这么高了？"

聂余强忍得意，装作不在乎道："这个谁知道呢，说长就长了，我再长一年都要比我爸高了。"

那旖便道："那你要认真长才行，聂叔叔很高的。"

聂余单手揣兜，因为身高上去了，他现在揣兜的姿势已经比放假前要酷许多，是个真正的校草。

他酷酷道："我爸就一米八多点吧，我现在都一米七八了，可能用不着一年我就能长得比我爸还高。"

他们一个站在平地，一个站在路坎上，聊暑假的经历。

聂余的国外经历自然是丰富多彩，他去滑雪、攀岩，游历了仿佛童话世界般的小镇，品尝了许多和中国截然不同的美食，最后他说他原本想去玩跳伞，但是因为年龄限制，并未如愿。

而与他正相反，那旖的暑假除了在家复习就是去奥数班，去过的最远的距离就是新区的少年宫，枯燥又乏味。

分享完彼此的暑假经历，那旖看了眼天色，率先打破沉默："时间不早了，我要回家了，谢谢你的零食。"

聂余觉得一个暑假不见，她变得好客气，但是这么久没见面，他不愿意闹脾气。

"你不要跟我说谢谢，我也不是只给你一个人买了，桑齐、桑乐、桑月月、费晓宇、卓一凡都有。"他一连说出好多名字，似乎是想证明他很义气。

那旖点头，低声道："噢。"

聂余忙不迭地补充："但你的是最多的。"

那旖继续点头："噢。"

聂余再次补充："他们的我瞎买的，也没有尝过好不好吃。你这个是我吃过觉得好才给你买的。"

那旖便抱紧怀里的零食书包。

聂余还想说什么，脚步没有动。

过了好一会儿，他才不情不愿地开口："我看到老师发给我爸的成绩单了，你又考了第一，那那你真厉害。"

那旖轻声道："你也很厉害，英语和数学都考得很好。"他的数学和英语都考了九十几，被扣的分都是粗心大意分，本该对的，但他都错了。

聂余把鸭舌帽扣到脑袋上，帽檐遮住双眼。他声音低低，藏着很多情绪：

“那那，我已经搬家了，你初中要好好学习，等高中……等大学我们再上同一个学校。”

他往前一步，拍了拍那旖的脑袋瓜，说：“每周末我都会回来看你，如果学校有人欺负你你就告诉我，或者让卓一凡通知我，我为你出头。”

那旖后知后觉地才想起来她似乎还有件很重要的事没有告诉聂余，她顿了下，道：“那个……”

聂余拍了拍她怀里的零食书包，说：“零食你先吃，吃完了再告诉我，我的零花钱很多，可以给你买好多东西。”

那旖张了张嘴：“我其实……”

聂余看着她，语气怅然道：“那那，你长大了，要学会离开哥哥了。”

那旖就看着他不说话。

聂余沉浸在哥哥这个角色里无法自拔，还准备把卓一凡委派给她当贴身保镖。那旖拒绝了卓一凡这个保镖，问他：“你明天要去学校摸底考吗？”

聂余一愣，问：“你怎么知道我们学校明天要摸底考？”

那旖轻哼一声，她抱着书包退后几步，背朝着大院门口缓步后退。看着站在夕阳下的聂余，她小声道：“好好考试，如果你再瞎考，我就不理你了。”

聂余看着她，愣愣点头：“噢。”

那旖对他扬臂轻挥，踩着满地的金子小跑回了家。

聂宇看着她离开的背影，忽然觉得今天的夕阳很美，比以往的每一天都要美。

那旖抱着一书包的零食跑回家。

正在房间里收拾行李的纪兰听见开门声，探出头来：“那那？”

那旖连忙应声：“妈妈，我回来了。”

“饿了吗？先吃饭吧，妈妈已经把饭做好了。我给你收拾了几套衣服，你的书我没有动，你看看还有哪些东西是要带过去的，待会儿都收拾起来，我们晚上拿过去。”纪兰说着话走出来，手里还拿着一个大箱子，抬眼看见她怀里鼓囊囊的大书包，微愣，“这是什么？”

那旖换好拖鞋，抱着装满零食的书包放到沙发上，说：“聂余回来了。”

纪兰便明白了，笑道：“怎么给你带这么多东西，谢谢他没有？”

那旖点头，低声道：“他们搬家了。”

纪兰摸了摸她的脑袋，说：“嗯，我们也要搬家了。”

是的，她们也要搬家了。

纪兰找了一个暑假的房子，终于在八月尾找到一间性价比和地段都不错的房子。虽然有些年头了，但收拾得很干净，住家气息浓郁，最重要的是离三中很近，坐公交车只有七八站的距离，骑自行车十几分钟就到了。

赵春花已经提前两天搬了过去，静悄悄的，没有让任何人知道。老太太在大院耀武扬威一辈子，到了老，反而有些喜欢藏事儿了。

换作以往，那旖要去三中读书，她们家要搬去新区，按她的性子是恨不得宣扬得全世界都知道。

但整整一个暑假，从决定搬家到房子落实，她一点口风都没露，前两天还悄无声息地拎着装着那大勇遗像的破箱子，离开了她住了一辈子的大院。

吃完饭，那旖去屋里收拾需要带走的衣服和书本。

衣柜里的衣服，许多明明前几天才穿过，今天再拿出来时，莫名就觉得小了。只有这个时候，那旖才会意识到，她在长大。

无论是突然变小的衣服，还是穿不上的鞋，抑或晚上睡着会下意识蹬腿的习惯，还有胸前慢慢鼓起来开始发育的身体。

这些变化，无时无刻不在告诉她，她在长大。

就像聂余，只是短短一个暑假未见，就变得快要让她认不出来一样。

小时候总是渴望长大，但真的开始长大了，才发现无论是自己，还是最亲近的人，都在时间跃动的每一分每一秒里，不知不觉变成了另一番模样。

那旖带走的东西很少，一个书包就装满了，挂在墙上的全家福被她取下来抱在怀里。

纪兰手里拖着一个行李箱，站在门口，和那旖一起看向生活了许多年的家。

摸了摸那旖的脑袋，那旖抬头看向她，她轻轻笑了笑："走吧，奶奶还等着我们呢。"

那旖点头，抱紧了怀里那个装满零食的书包和全家福。

客厅的灯熄灭，大门"咔嚓"一声，彻底落锁。

夜色深沉，城市的霓虹照亮了黑夜。

聂余缩在副驾驶，食指转动着鸭舌帽，百无聊赖地盯着车窗外急退的夜景。

等红绿灯的间隙，聂国兴扭头看了眼他的脑袋，说："鱼儿，明天就要去学校了，你头发要不要去剪剪？"

聂余懒洋洋地说："剪成什么样啊？"

聂国兴伸手抓了抓他的卷毛，说："剪短点。三中很注意学生的仪容仪表，你头发忒长了，都遮眼睛了。"

聂余歪了歪脑袋，不准爸爸摸自己的头发。自从他的头发一夜之间变卷，还有越来越卷的趋势后，他就最讨厌别人摸他的头发。

聂国兴却最喜欢摸他这头小卷毛，乐道："也不知道你这遗传了谁，你妈和我头发都好好的。"

一辆公交车停在他们车旁，因为视角，聂余只能看见窗户以下轮子以上。

他耷拉着眼皮，无甚精神道："我基因突变。"

聂国兴握着方向盘，乐道："那你的基因有点任性啊，都不经过你爸的同意就变了。"

聂余没忍住笑出声，扭头看着聂国兴，问："那要怎么的，难道还要打个打电话通知您一声？"

搬家后他心情一直很低落，聂国兴见他终于愿意笑了，心情也跟着愉悦："那肯定的，谁让你是我儿子，你的事都得通知你老爸我。"

"您管这么宽吗？"

"想管你还分管窄？"

聂余乐得不行，把帽子都笑掉了。他弯腰去捡，抬头时，余光扫到旁边的公交车上靠窗而坐的娇小侧影。

暖黄的路灯照在车窗上，有几分朦胧模糊。

聂余使劲儿眨了眨眼，还待仔细看。

红绿灯更迭，聂国兴一脚踩在油门上，小轿车压过斑马线，把公交车远远甩在身后。

那旖低头从怀里的零食书包里拿了一颗包装粉粉的糖，是聂余说可以整蛊别人的。她剥开糖，被粉色包装纸包裹着的糖果透彻宛若白水晶，漂亮炫目。

她顿了下，才慢慢把糖果放到嘴里。

一秒，两秒……带着清香的甜味席卷口腔，并没有发生任何变化。

整蛊的话才是骗人的吧？

这个想法刚冒出来，公交车忽地一停，她抱着书包撞在前面的椅背上。撞击间，牙齿下意识一使劲儿，含在中间的糖果被咬碎，一股铺天盖地的酸味霎时席卷口腔，酸得她生理眼泪都流出来了。

她含着糖，双手捂着嘴，担心自己会吐出来。

红绿灯忽闪交替，旁边一辆小轿车留下一个嚣张的尾灯，把身后的车甩在身后。

十几秒的酸劲儿过去，口腔再次被清甜的甜味取代，那旖才直起身，擦了擦眼角的泪水。

纪兰后背被撞了一下，下意识地回过头，却见那旖在抹眼泪。她一愣，问道："怎么了那那，舍不得家里吗？"

那旖张嘴，残留的酸涩让她一句话都说不出来，噙着眼泪摇头。

纪兰叹了一口气，侧首望着窗外急退的街道，心中也有一丝即将面对陌生世界的忐忑茫然。

租的房子在环城区，小区外面就是公交站，进出都方便。

这间房子的户主是一个老太太，前几年搬去和儿子住，这间老房子就空了下来。原本说要拆迁，一家人等拆迁款，结果后来因为政策变化，他们这片被划除在拆迁范围里，就没有拆成。

纪兰找到这里也是机缘巧合，虽然中间有些波折，但最后好歹也把房子租了下来。

小区虽然有些年头，但家里收拾得很干净，三室一厅一厨一卫，还有一个不是很大的阳台，比之他们在大院的房子，面积还要宽敞些，唯一的不好就是楼层偏低，光线不好，但九百块的房租能在这个路段租个三室一厅的房子实属不易，连赵春花都很满意。

到了新家已经快晚上十点，纪兰让那旖去洗澡，洗完早点睡觉。

明天三中有摸底分班考试，考完试后就要去军训，军训后便要开学了。

纪兰比那旖还紧张，她一大早就起床，熬好粥，在楼下小区外面的早餐店买了包子油条，回来时那旖已经穿戴整齐，拿着碗在盛粥。

纪兰连忙道："小心点烫，刚熬好。"

那旖点头，把碗筷摆好，问："妈妈，你今天要去找工作吗？"

纪兰笑着点了点头，说："先送你去学校，然后出去逛逛看有没有适合的工作。"

老太太年纪大了，睡眠状态不稳定，有时起得最早，有时起得最晚。纪兰没打扰她，那餐盘把包子油条倒进去，放到餐桌上，说："快吃吧，吃完妈妈送你去学校。"

那旖拉开椅子坐下，轻声道："妈妈，我可以一个人去学校。"

一来一回太麻烦，那旖不想妈妈那么辛苦。

纪兰给她夹了一个包子，笑得温柔："可妈妈想送你啊。"

每学期的开学，纪兰都会亲自把那旖送到学校，她不希望在这种重要的日子里，那旖只能看着同学都有父母接送，而女儿没有。

她是个没有多少能力的妈妈，已经在生活条件下亏待了孩子，不能再亏待女儿的心灵。

那是一颗应该被爱包围着长大的心，即便父亲不在，也还有妈妈。

那旖咬了一口包子，心中雀跃，却并没有表现出来。

她笑得有些腼腆，小声道："没有妈妈做的包子好吃。"

纪兰便笑："那改天妈妈给你做。"

那旖高兴地点点头。

到了学校，找到考场，那旖站在门口看座位号，在倒数第二找到了自己的名字。她看了两遍，名单上没有聂余，他们没有分在同一个考场。

进教室，她找到自己的座位，拉来椅子坐下，安静地等待人齐。

周围全是陌生的面孔，彼此互相打量，但谁都没有说话。

等人到齐，老师在讲台上讲考试规则，然后便开始发试卷。早上考语文和数学，第一科是语文。

那旖拿到试卷先看了一遍，题目明显比六年级的期末考要难，不过有的题她在林老师给的练习册里做过。

她五年级时就在做六年级的题，六年级时就已经在学初一的内容了。

但临江小学的师资力量比之新区这边的学校始终要差些，在考第二科数学时，那旖明显感觉到了学校与学校之间的差距。

她不知道这是三中的普卷，还是为了摸底考特意增加的难度，但如果她没有提前学过初一的知识，没有上暑假班，可能今天真的会漏题交卷。

三中的摸底考试不但融合了六年级所学的所有内容，最后两道大题还涉及了初一的知识，那旖解题虽慢但稳。

她周围的同学有的眉心紧锁，有的面露自信，百人百态。

写完后又检查了两遍，那旖举手示意要交卷。监考老师看了眼腕间的时间，点头同意。

收拾好桌上的东西，在种种目光的打量下，那旖第一个交卷离开考场。

与此同时，隔壁考场也有人提前交卷。

聂余一出考场，正准备深吸一口气，余光就看见隔壁考场有人出来。

他心说“这是谁啊，居然跟我一样牛，第一个交卷”，扭头想看看这人长什么样。

然后，他就愣了。

那旖也看到了他，两人你看我，我看你。

看了十几秒，聂余震惊得连脑袋上的鸭舌帽都掉到地上，他指着她，脸色骤变：“你你你……”

那旖食指竖在唇上：“嘘，安静。”

聂余头发都炸了起来，捡起地上的帽子，冲过去拽着她的手腕就往楼下跑。

安静的楼道里，一时只有聂余激动的奔跑声。

三中的塑胶操场很大，足足比临江初中部的操场大了三圈。聂余拽着那旖跑到空旷的操场，四周除了他们再没有别人。

他弯腰低头看着那旖，狠狠地揉她脑袋，惊奇道：“那那，你是那那吧？你为什么在这里？”

那旖跑得小脸通红，双手撑着膝盖喘气，说“我为什么就不，不能在这里？”

聂余脸上的表情十分精彩，是震惊是喜悦还带着那么一点被欺骗隐瞒的生气，但最终还是高兴占据高位，压倒了其他情绪。

他高兴地狠狠揉她的脑袋，笑得颠颠儿，嘴角没忍住往两边咧，又怕被她发现，故意唬着脸，说：“你为什么不告诉我！”

那旖跑得泛红的脸蛋像水蜜桃般，白中透粉。她抬头看着他，双眼透亮，笑得比头顶的阳光还要灿烂：“就不告诉你。”

聂余突然有些不好意思，抬头盯着天空，余光却偷偷看她，见她小脸红扑扑的，低垂着脑袋，盯着地面。

屈指挠了挠脸颊，他张嘴就磕巴：“这下不不不……不需要卓一凡了，以后我我……我罩你。”

那旖“扑哧”一声笑出了声。

聂余耳朵一红，有些气急败坏地把鸭舌帽扣脑袋上，说：“你笑什么笑，你从小到大都是我罩着的，我是你哥哥。来，叫声哥哥我听听。”

“不叫。”

“那那真是个不听话的小女孩。”

那旖敷衍地点头，往校门口方向走去：“嗯嗯，我不听话。”

聂余看着她的背影，手背在脸上贴了贴，烫，好烫。

他有些茫然地抬头看了眼湛蓝的天空，觉得出了一趟国回来，他好像变得有点不对劲了。

可又想不通是哪里不对劲，他把帽子转了个圈，帽檐反扣后脑勺，拔腿就朝那旖追去。

“你等等我啊。”

三中很大，占地面积极广。

和临江不同，三中的初中部和高中部在一个校区，只是教学楼不同。今天来参加摸底考的都是初一新生，因还未正式开学，学校很安静。

那旖和聂余把新学校逛了一圈。

来到一处僻静的地方，聂余指着面前的低矮围墙，轻声道：“这里是最佳的翻墙地点，你看上面的砖头光滑圆润，不知道被多少双鞋子踩过，这些年一定饱经风雨。那那，如果你想逃课就来这里，踩在上面一翻就过去了。”

那旖转身就走。

聂余“喂喂喂”了好几声，看着她的背影，拉高音量：“你走什么啊，你要是对这里不满意，那我再给你找别的地方。”

那旖停下脚步，扭头看他，问：“你逛半天就是想找哪块墙比较矮吗？”

聂余理直气壮道：“这叫踩点你懂不懂。”

那旖皱眉，问：“你踩点准备干吗？”

聂余眼神躲闪，废话，当然是为了逃课啊。

但他不能说啊，可他不说那旖也懂啊。

那旖看着他，问：“你这么早交卷，你写完了吗？”

聂余支支吾吾：“我当然写完了，都挺简单的。”

那旖面无表情道：“我觉得挺难的。”

聂余立马改口：“其实我也觉得挺难的。”

那旖就看着他不说话。

聂余瞬间改口，凶巴巴道：“难！难死了！我随便写的！出题的老师是不是故意的，那根本不是六年级的题！”

他不但没有写完，还写得一塌糊涂。

他又不像那旖对学习充满热情，六年级就在学初一的知识，他连六年级的课本都不想学，何况初一。

看不懂就瞎写，写完就交卷，一分钟都不想待在考场。他完全没有把那旖的话放在心里，什么好好考，他一点都不想好好考。

但这一切都是基于不知道那旖也来三中的前提下，和谁一个班，分到哪个班，他完全不在意。

但那旖居然来三中了，还被她问考得怎么样。

他考得很不怎么样，但不敢说，因为他心虚。

聂余不知道那旖明明说的不来三中，最后为什么又来了。明明他跟她冷战，闹情绪，她都坚定拒绝了和他一起来三中的建议。

但她最后还是来了，不知道这其中有没有一丝丝因为他的关系，但即便只是一丝丝和他有关，没有认真对待摸底考，聂余都又心虚又失落。

因为考试的题真的都好难。

而他可能不能再和那旖一个班了。

带着这种可能上午不止他一个人没有发挥好的侥幸心态，下午的英语考试，聂余摩拳擦掌拿出了十二分的认真来。

试卷上的每一道题聂余都写完了，他觉得很简单，并且自信地成为第一个交卷的人。

他交完卷第一时间就去隔壁找那旖，结果她所在的位置空空如也，人早交卷走了。

聂余继续侥幸，他觉得自己有 80% 的可能分去重点班。

他气势汹汹地回了家，自信地等待成绩。

考完试就是分班，分班后就要开始军训。

那旖和聂余的摸底成绩都在意料之中，一个被分去了三班，一个被分去了十七班。

直到去学校集合参加军训，聂余在茫茫迷彩人群中看到那旖，他全程仰着脑袋看天，见到她就躲。

初中部的军训和高中部是一起的，学校组织开车去了军训基地。

军训共七天，每天都是高强度训练。

第一天他们连最简单的站军姿都做不好，被教官劈头盖脸一通骂，有人受不住小声哭，越哭被骂得越凶。

严厉的教官让这群第一次面临这种高强度训练的小菜鸡又惊又惧，每天咬着牙坚持，晚上躲在被窝里偷偷哭。

但经常没等他们哭出个所以然来，外面又在喊集合。

几天下来，所有人都黑了一圈，恨不得插上翅膀飞回家。

当然，万事总有例外。

比如聂余，他来到训练基地简直混得如鱼得水。

比教练还要高的身高，和比同龄男生强了不止一个等级的运动神经，让他第一天就在初中部出了名。

那旖的班级和聂余的班级相隔甚远，但她经常会从附近几个班的女生口中听到那个熟悉的名字：

“十七班那个男生好拽啊，居然挑衅教官。”

“十七班的聂余你们知道吗，他长得好帅啊。”

“十七班那个头发卷卷的男生是不是叫聂余啊？你们谁有他的QQ号？”

“十七班……”

十七班的聂余，一改之前的冷淡人设，在新的学校变得十分张扬。

他挑衅教官赛跑那张被人偷拍的照片，被人发到三中的贴吧，即使多年后，依旧长存于无数届学妹的手机相册里。

七天军训，两个班没有任何交集。

偶尔那旖会在训练的时候看见聂余，他不是和一群比他大不了多少的教官混在一起，就是和一群男生勾肩搭背地聊天。

军训基地里的各项项目，对别人而言苦不堪言，他却仿佛越玩越有劲儿，那张怎么也晒不黑的脸上永远挂着肆意张扬的笑容。

男生们的喝彩，女生们的欢呼，那旖他们班，总能听见远处的热闹。

有的人天生带光，比如聂余。

军训结束那天，基地门口停着好几辆大巴车。

虽然经常在私下偷偷骂教官铁面阎王，但真的到了离开的时候，不少人哭了。

这段特别的经历虽然承载着逼迫与汗水，但其中也不乏单纯和快乐。

相聚总有离别，离别后未尝不能再相聚，人生本来就是一场“合与分，分与合”的漫长旅程。

那旖站在他们班的班级队伍里，和新交的朋友聊天时，不经意间抬头看见了远处的聂余。他站在十七班所在的位置，被一群男生围在中间，眉眼飞扬，笑得比阳光还要晃眼。

那旖的耳边，尽是关于他的窃窃私语。

在那旖看向聂余时，高中部的人群中，也有一道目光落在她身上。

骆嘉瑞神情恍惚，他愣愣看着初中部所在的方向，连同学叫他都没有听到。

“嘉瑞？骆嘉瑞！”周飞撞了他一下，“你看什么呢这么入神？”

骆嘉瑞温润的脸上依旧带着一丝恍惚，指着前方，声音比风还轻：“那是今年的初一新生吗？”

周飞顺着他所指的方向看去，点头：“是啊，怎么了？”

骆嘉瑞轻轻摇头，睫毛轻颤，垂下了眼。

老师在吹哨喊集合，在上车前，骆嘉瑞没忍住再次回头。

直到身后的同学在催促，他才收回目光，迈步上了车。

没有认错，是她。

那个小女孩。

九月一号，学校正式开学。

那旖所在的三班楼层在五楼,而聂余所在的十七班则在三楼靠楼梯的位置。

开校会时，那旖跟着人群下楼往十七班瞄了一眼，聂余的座位在最后一排，伸腿便能碰后门。

他的身边围绕着一群男生女生，氛围热烈，聊得十分投机。

校长致辞，随后新生演讲。

塑胶操场上每个班依次排队，在普遍还在缓慢发育的初中部里，只有一个男生鹤立鸡群，无论是长相还是气质。

本就在军训时出尽了风头的聂余，在开学的第一天，就和高中部的骆学长并列第一，成为女生口中每日必聊的话题人物。

三中学风严谨，女生们虽然不会在私下搞什么票选校草的活动，但三中贴吧盖起的两栋高楼已经说明了他的高人气。

快班的教学进度很快，每一个知识点老师最多讲两遍，和临江的教学方式截然不同。那旖用了一周的时间才慢慢习惯，然后便是全心投入。

而习惯了这种进度的她就像一块海绵，疯狂地从老师身上汲取知识，颇有些自得其乐的意味。

周围都是同样优秀的同学，时时刻刻的逼迫感，让那旖无心去关注其他。

开学一个月后的月测考试，那旖考了全班第三，年级十五的成绩。

她高兴但并不满意，只有身处这样的学习环境，四周都是在疯狂追赶你的优秀同学，她才知道时间的紧迫。

不进则退，你不努力，总有人努力。你努力，但有人比你更努力。

你只有付出更多的时间与精力，才有可能追赶上比你更优秀的人。

那旖的同桌是一个女生，叫宁丹丹。

宁丹丹性格很活泼，她上课比谁都认真，下课却比谁都八卦。

下课也没见她出去玩，但学校发生什么事她都知道，那旖就是从她嘴里知道他们初中部的校草叫聂余，人气贼高，好多女生都加他 QQ。

但校草本人十分冷漠，谁都不通过。

一个多月的相处，那旖在宁丹丹心中的定位十分明确，是个对男生不感兴趣的学习怪物。因为她从来不参与女生之间的话题，大概男生在她心中还没有一个知识点来得有吸引力。

宁丹丹笃定那旖不知道聂余是谁，带着科普的心思道：“十七班的，坐在最后排头发卷卷的那个男生，我手机里存了他的军训照，你要看吗？”

那旖没有手机，她听班上的女生私下讨论过贴吧那栋突然拔地而起的高楼的镇楼照，但没有亲眼见过。军训时大家穿的都是一样的迷彩服，聂余长得是招眼，但也没她们说的那么夸张吧？

带着点好奇，她放下笔，看着宁丹丹问道：“可以吗？”

宁丹丹爽快地点头：“当然！”

初中是不允许学生带手机的，但规矩这种东西就是用来打破的，只要不被老师发现就好了。

宁丹丹从书包里摸出手机，点开相册，递给她：“我们初中部的校草，聂余。”

那旖好奇地接过手机，一张全屏照霎时映入眼帘。

背景是她熟悉的军训基地的操场，入镜的不止聂余一人，还有四周没有聚焦的围观群众。

与沦为背景物的人群不同，聂余整个人上到翘起来的发丝，下到鞋尖都拍得清清楚楚，说是偷拍，却偷拍得极有水准。

那是他刚挑衅完教官，而年轻气盛的教官迎战后，他站在起跑线拉伸的照片。

很简单的姿势，他单手压在后脑勺，脖颈高扬，眼皮慵懒低垂，以俯视的视角不但拍出他那两条大长腿，漂亮优越的五官配上散漫的表情，还有恰到好处的光线，是这张照片从普通变得不再普通的因素。

确实，好看。

乍一见，那旖都有种快要不认识照片上的男生是谁的错觉。

真的很耀眼，和那个四处找低矮围墙踩点逃课的男生完全不是同一个人。她指尖摩挲着手机边沿，有些愣怔。

透过手机屏幕，那旖似乎都能想象当时他有多张扬自信。

少年耀眼犹如炙阳。

宁丹丹见那旖呆呆地看着照片，嘿嘿直乐。

她笑嘻嘻撞了下那旖的胳膊，眼带揶揄：“是不是很帅？我就说，没有人能抵挡得住聂余的颜值攻击。小说里的校草脸是不是就是这样的？”

那旖看了宁丹丹一眼，坚决杜绝被聂余知道她在背后偷偷夸他的可能性，淡淡道：“还行吧。”

宁丹丹瞪眼，伸手把手机抢回来护怀里，说：“就这还叫‘还行吧’？那什么样才叫‘很行啊’，是不是骆学长那样的？”

那旖拿起笔，翻开练习册，随口道：“谁？”

宁丹丹这下确定她是真的对男生一点兴趣都无了，连骆嘉瑞学长都不知道。哎，不想和她再聊关于男生的话题了，聊不动。

“骆学长啊，就是另一个校草。”

写了两道题，那旖有点走神，扭头看着窗外。

操场永远热闹，总有人不知疲倦在阳光下肆意奔跑。

她的座位能隐约看到被无限缩小的篮球场，作为以热身照闻名三中的初中部新晋校草，篮球场是课间时间聂余最喜欢去的地方。

从摸底考试那天过后，他们再也没说过话。

从小到大，他们会因为各种千奇百怪的原因生气，擅自冷战，然后再擅自和好。但这次似乎有那么一点微妙的不同，没有吵架，更没有冷战，就是莫名其妙地，中间好像有了一点点距离。

距离因何存在，却没人说得明白。

他们似乎默认了这种距离，谁都害怕先认输。

月测过后，那旖再次投入到了紧张的学习氛围里，而聂余则在学校混得风生水起，走到哪里身边都有一群人簇拥着。

有时那旖被宁丹丹拽去小卖部买水，路过篮球场时，看见聂余和一群男生在里面打球。

那个奔跑在球场上的身影，在不知不觉中再次悄然拔高，少年身量修长挺拔，长成了让无数人心悦的模样。

在这个对性别有了认知的早到青春期里，他就像一个发光体，出现在所有女生的梦想中。

三中有食堂，菜品丰富，色香味俱全。

虽然如此，聂余基本也不会在食堂吃饭，因为人太多，太挤太吵，他新认识的好兄弟钟杰也不喜欢食堂，两人中午经常会去校外的店吃饭。

今天中午吃干锅鸡，火辣入味，很符合他们今大的心情，刺激。

他们去时有点晚了，干锅店坐得满满当当，其中有不少高中部的学姐学长。聂余一进店门，就有好几道目光若有似无地落在他身上。

他眼皮微掀，在大堂内扫了一眼，迈步朝着左靠窗那边唯一的空位走去。

而另一半边，有两个男生也朝着的那个位置迈步走去。

“嘉瑞这边，这儿还有一个空位。”

“你慢点，别撞到人。”

周飞拽着骆嘉瑞的胳膊，正准备把手中的矿泉水放到桌上先占着位，水瓶还没放下去，旁边突然伸过来一条大长腿，当着他的面，直接坐到了空位上。

聂余两手揣兜，背靠椅背，抬头看着他们：“不好意思，这里有人了。”

周飞一愣，然后就炸了：“你这人怎么回事儿，不带这么抢位的吧？明明是我们先过来的。”

“抢？学长用词不恰当啊。”

“你抢没抢心里没点数？”周飞不爽地看着他。

聂余嗤笑：“还真没，我先坐下来。”

骆嘉瑞看着聂余，面色微讶。

周飞还想据理力争，但奈何聂余是个软硬不吃的主儿，不但自己坐在椅子上，还伸出一条腿从桌下穿过，落在对面的椅子上。

他朝吧台点菜的钟杰抬了抬下巴，语调拉长，散漫慵懒："不好意思啊学长，对面也有人了——"

周飞顿时就怒了："明明就是我们先来。"

聂余扯了扯唇角，笑得十分欠揍："你们先来，那怎么是我坐在这儿呢？说明还是我先来。"

"你！"周飞还想说什么，被骆嘉瑞拽住。

骆嘉瑞看了眼周围，不远处有两个人起身正准备离开。

他对周飞笑了笑，温声道："我们去那边吧。"

周飞还有点不爽，看了聂余好几眼，聂余朝他露出一个并没有笑意的微笑。

有被挑衅到，周飞咬牙切齿道："你小子挺嚣张啊，以前怎么没看见过你，初几的？"

聂余跷起二郎腿："怎么，约放学？"

周飞经不起激，挣开骆嘉瑞的手，上前一步："我怕你？"

聂余缓慢起身，站起来比周飞还高出半个头，他不疾不徐地弯腰靠近周飞，目光不驯，低声道："来啊。"

周飞低骂了一声，伸手就要揪聂余的衣领，骆嘉瑞赶紧抓住他，往旁边拖。

他们这边的动静引来周围关注，尤其是看见起冲突的居然是初中部和高中部最出名的两个男生，立马有人开始摸出手机偷拍，准备发贴吧。

骆嘉瑞看着聂余，皱了皱眉，聂余直视他，目光平静，眼中毫无情绪。

他们身高齐平，长相均不凡，气质却截然相反，一个温和平静，一个张扬桀骜。

如果忽视他们之间剑拔弩张的气氛，单单就画面而言，实在是美好又养眼。

骆嘉瑞率先移开目光，一言未发，把周飞拉走。

聂余缓缓坐下，轻轻扭动脖子，似舒展筋骨。

钟杰端着餐盘走过来，嘴里叼着一瓶水，用脚勾开椅子，一屁股坐下。

他扭头看了眼不远处的骆嘉瑞和周飞，趴在桌上，低声道："怎么回事儿啊，你怎么和他俩起冲突了？"

聂余不在意道："他们是谁？"

"高个儿那个是骆嘉瑞，矮个儿的叫周飞，两人都是高一的，在高中部特别有名。你别跟他们起冲突，周飞他哥在外面开酒吧的，认识的人特别多。骆学长……就更别招惹了。"

聂余扫了他一眼，问："惹了会怎样？"

钟杰被他这个眼神看得心慌慌，讷讷道："前者，可能会打一架吧。后者，只要不是做出违法行为，好像也……确实不能怎么样？"

聂余点头，拿起桌上的一次性筷子，掰开，说："那就惹惹吧。"

“啊……”

钟杰一脸纠结：“不惹不行吗？他们可是高中部的学长啊。”

聂余眉眼淡漠，转了转帽檐，说：“你遇见过这种人吗？看他呼口气，你都浑身不舒坦。”

视线一转，他看向不远处的骆嘉瑞：“不巧，我遇见了。”

其实钟杰也遇见过，但不是看她出口气都不舒坦，而是看她出口气，自己就要窒息了。

吃完饭，他们刚出店门，就看到对面奶茶店走出的宁丹丹和那旖，钟杰险些当场“去世”。

宁丹丹显然也看见了他们，嘬了一口奶茶，抬起手臂大方地冲钟杰挥了挥。

钟杰苦着一张脸，伸手晃了晃。

宁丹丹抿唇，脸颊上的小酒窝若隐若现，她扭头小声问那旖：“他是很不想和我打招呼吗？看起来很勉强的样子呀。”

那旖两只手握着奶茶杯底部，扫了一眼对街的人，然后移开目光:“有吗？”

宁丹丹对自己的判断一向很自信：“有，我感觉到了，他很不乐意。”

她又往对街瞥了一眼，小声嘟囔：“男生怎么这么奇怪，和我打招呼的是他，不想打招呼的也是他。哎，心思真是比海底针还海底针。”

“男生的心思是很难猜。”那旖看了眼聂余，轻轻点头表示赞同。

“是吧？你也这么觉得吧？”宁丹丹挽住她的手臂，高傲地扭头，也不想理会心思像海底针的钟杰了，“真是的，还是小学同学呢，进了初中就没说过话，现在打个招呼还这么勉强，没意思。”

她挽着那旖的胳膊，转身就走。

钟杰看着她们的背影，讷讷道：“走、走了。”

聂余看着那旖的身影，挥手就是一巴掌抽在他肩上。

拖后腿，没出息。

放学时间，校门口车来人往。

那旖一出校门，就看见了推着自行车的纪兰。

来接孩子的家长大多穿着光鲜亮丽，开着小轿车。而纪兰衣着朴素，站在离校门口有些远的一处花坛旁，在一众家长中毫不惹眼。

看见那旖，她脸上立马露出笑容，抬手招了招。

那旖一眼就看见了她，和宁丹丹告别，攥着书包小跑过去，满脸惊喜：“妈妈，你怎么来了？”

纪兰往前走了两步，伸手想要接那旖的书包，那旖笑着躲开：“不重，我自己背。”

纪兰笑着摸了摸她的脑袋，没有强求，轻声道：“妈妈今天辞职了，顺便来接你。”

那旖小心翼翼地打量纪兰的脸色，见没有异常，心里悄悄松了口气。

正是放学高峰期，校门口这条路有些堵，步行倒是比堵在路上进退两难的小轿车率先离开。

骆嘉瑞坐在后座，他家司机脑袋探出窗，正和旁边占道的司机理论。

他膝盖上放着一本书，翻了两页，被吵得有些看不进去。

侧首往外打量时，车窗外，一个骑着自行车的女人从堵在一起的两辆车中间穿行而过，载着放学的小姑娘远去。

骆嘉瑞目光一顿，愣愣地看着自行车上一大一小的两个背影，手中的书何时掉了都没有发觉。

占道的车终于开走，骆家司机长吁一口气，启动车离开。

一路上，后座的骆嘉瑞都没有说话，车内有些安静得过分。

司机觉得奇怪，看了眼车内后视镜。

骆嘉瑞一直偏头看着窗外，眉宇间似乎藏着说不完的情绪，怔怔地看着窗外的街景。

有些记忆深入骨髓，轻轻一回忆，就是鲜血淋漓，满身疼痛。

母女俩回到租来的家，家里空无一人。

赵春花捡起了她的老业务，但意料之外的是，新区的街道十分干净，别说水瓶，就是烟头都没有一根。以前在老城区，她一条街走下来能捡到十个矿泉水瓶，而她现在只有翻垃圾桶才能捞着一个。

周围的商铺老板也不如老城区的好相处，有些甚至十分冷漠，不问来意就驱赶。

生意不好做，赵春花就把范围扩大，活动的区域十分广阔，不到天黑她基本不落家。

回家的路上顺便去菜市场买了菜，纪兰洗手去做饭，那旖回房间里写作业。

夜幕降临，天边一片深沉的黑，那旖才听见钥匙钻孔的声音。

赵春花穿着汗衫，满头白发乱糟糟，布满皱纹的脸拉着，刻薄非常。她手里提着一袋橘子，进屋换鞋，把橘子往桌上一丢，也不打声招呼，进屋关上门。

纪兰听见声音，探出头，喊：“妈，你回来了吗？”

无人应声。

那旖放下笔，扭头扬声回：“妈妈，奶奶回来了，她洗澡去了。”

纪兰点点头，又回了厨房。

赵春花每天回家后的第一件事就是去洗澡。

大概因为房子是租来的，不是自己的，房租还挺贵，她心理上有种害怕把别人东西弄脏弄坏的意识，因为要赔钱。

不像家里的老房子，心情不好踹两脚，把墙皮踹掉一块都不会心疼。

别人的东西，就是墙上多了一道灰色印记，都害怕被房东纠缠找麻烦。

押在房东手里的三个月房租钱，就是桎梏在老太太身上的枷锁，禁锢了她的随心所欲。

那旖写完作业，赵春花也洗好澡出来，纪兰恰时把饭菜端上桌。

三菜一汤，两盘炒时蔬，一盘红烧肉，一盆番茄鸡蛋汤，占据了半个小方桌。

一家人落座，那旖挨着妈妈，妈妈挨着奶奶，而奶奶右手边空着的位置，那是属于爸爸那大勇的位置。

电视机开着，本地新闻台主持人的声音传遍客厅。

纪兰给那旖夹了一筷子肉，想给老太太夹时，被她抬头瞪了一眼，拉着张脸道："我没手还是怎么着，自己吃自己的。"

纪兰筷子一转，把肉放到自己碗里。

那旖抬头看了一眼，默不作声地夹了一筷子红烧肉到奶奶碗里。

赵春花筷子一顿，倒也没给她夹回去。

纪兰抬头看了那旖一眼，那旖弯了眼睛。

母女俩相视一笑。

气氛尚可，纪兰顿了下，缓声道："妈，我把工作辞了。"

赵春花闻言一顿，抬头扫了她一眼："不是做得好好的，怎么突然辞了？"

纪兰闷声道："工资太低了，原本说好的两千，今天发工资老板只给了一千八，找各种理由扣钱。"

搬来新区后，纪兰四处找工作，但她一没文凭，二没手艺，最后只找到一份在餐馆后厨帮忙的工作。

应聘时老板说得好好的，一个月两千，每月休息两天。纪兰虽然觉得工资有点低，但因为自身条件，便也应了。可上班后才发现事实跟老板一开始说的完全是两回事，她不但要在后厨帮忙，还要做其他杂七杂八的事，这些她都不在意，终归也算店里的事，做多做少她不计较，但今天发工资时老板四处挑刺找借口扣钱，连厨师长打碎的盘子也算在她头上，她和老板争辩了几句，老板就让她走人。

在那旖面前她说的是辞职，但其实算是被辞的。

那旖如今已经在慢慢长大，家里的大小事，纪兰已经不会再刻意避着她。

餐桌上一时之间有些沉默。

纪兰没有工作，与他们家而言，相当于没有了顶梁柱，一场狂风暴雨就能击碎。

赵春花年纪大了，很多事情力不从心，她就是想去找工作，都没有人要她。而那旖又还小，所能做的不过就是握紧手中的笔，多写几道题，多看几页书，做到不让家里人为她操心。

新区的工作比想象中更难找，这个工作丢了，不知道下一个又要去哪里找了。

赵春花放下手中的筷子，忽然道：“你不是会做包子馒头那些东西，卖了几年早餐，看你做得还挺顺手。”

纪兰没反应过来，看着她：“啊？”

赵春花看她的眼神似乎很嫌弃，觉得她蠢笨不堪，说：“楼下那家早餐店的包子做得还没有你好，偷工减料生意还这么好，别人能做，为什么你不能做？你去支个早餐摊买早餐试试。”

纪兰第一反应就是想拒绝。

她脸一红，忙不迭地摆手：“我哪行啊，我就是给别人打工的人，我不行，我不行。”

“怎么不行，谁不是从打工过来的。”

“妈，这个我真不行，我……”

那旖握着筷子，适时插话：“我也觉得妈妈做的包子比楼下的好吃，和王爷爷做的一个味儿。”

王爷爷可是开了几十年早餐店的老师傅，那馅儿调得比别人家好吃，揉的面都比别人家好，味道比别人正宗。王奶奶住院后那一个月，店里就妈妈一个人守，从始至终就没有老顾客对味道提出过质疑，显然妈妈做的东西和王爷爷做的就是一个味儿。

“试试怎么了，反正工作不好找。”赵春花说着，嫌弃地看了眼纪兰，“我看你就是天生跟老板不对付，找的这几个工作也就老王家的还可以，人家做了几十年没关门，偏偏你去帮了几年就关门了。”

纪兰迟疑了一下。

那旖也鼓励道：“妈妈，你可以的。”

纪兰还是觉得自己不行，她就是个打工的，怎么能自己当老板呢。

虽然是个芝麻大点的小老板，可心里这关过不太去，纪兰一晚上都没怎么说话，眉心紧蹙。

就这样过了几天，纪兰出门应聘了好几个工作，次次碰壁。

人家不是嫌她年龄大，就是嫌她没文化，就是餐馆端盘，别人也觉得她没有年轻人手脚麻利。

最后实在没法子，她终于开始认真思考卖早餐这个事的可行性。

如果她自己卖早餐，老太太就可以在家给她帮忙，不用再每天出门。她一直不放心老太太天天在外晃悠，尤其是大热天，就担心老太太在外出个什么意外，或者晕倒了没人发现。

心里一旦有了想法，就跟泄洪的水一般，挡也挡不住。

去楼下观察了几天，又把附近早餐店的东西买回来吃了个遍，纪兰有些脸红又自傲地表示，她做的包子馒头确实比别人的好吃。

现在的人图方便，连揉面都是用机器，那种馒头既不好吃，又有一股说不上来的味儿。馅儿就更别说了，每家都有每家的味儿，但她很自信地觉得，还是她从王叔手里学的馅儿调得最有特色。

王叔的店能做几十年，老顾客无数，不是没有原因。

她……有点想试试，试试行不行，反正本钱也不需多少，就算卖不出去，她们家自己还能吃。

一旦下定决心，纪兰就开始思考该去哪里支摊。

在楼下和别人抢生意肯定不可取，做生意也要讲究先来后到，她若是开个门市还好，单单只是支摊，还支在人家旁边抢生意，那就是结仇了。

菜市场那么多每天早上为了抢摊位打架的例子她不是没有听过，她们家经不住一点风吹雨打，万事皆要小心翼翼。

这天晚饭后，一家三口坐在沙发上看电视，剥橘子吃。

赵春花显然比纪兰要有主意，提出了好几个地方，但都被否决了。她说的几个地方不是太远，就是属于城市管理比较严格的主城区。

热闹是热闹，但那些属于市中心，城市面貌方面管控尤为严格，不但不允许商贩摆摊，每天还有城管巡逻。

果盘里的橘子都吃完了，还没有想出一个合适的地方。

那旖捏着橘瓣，一下一下地抠着，她抬头看了妈妈一眼，突然小声提议："妈妈，我们学校门口怎么样？"

纪兰闻言一顿，二话不说便否决："不行。"

赵春花也摇头："换个地儿。"

那旖满手橘油，食指和大拇指紧张地摩挲着。没想到她们拒绝得这么斩钉截铁，她轻声道："我们学校门口没有人卖包子馒头，人流量也大，两边的店生意都很好，也不会抢别人生意。"

纪兰摇头，还是不同意。

那旖伸手抓住纪兰的衣角，她觉得真的可以，争取道："妈妈，我们学校真的可以，每天放学都有人卖关东煮和烧烤，也没有城管来驱赶，学校也不管，真的可以。"

那旖抓着纪兰的衣摆直晃，纪兰无奈地揉了揉她的小脑袋，说："那那，我们换个地儿，再想想别处。"

那旖轻摇纪兰的手臂，问："为什么不行？妈妈，我们学校真的很适合。"

她连番追问，目光执着，似乎不想放弃。

纪兰无奈之下，才看着她的双眼，小声道："那里是你的学校呀，那那，妈妈怎么能去那里推着摊车卖东西。"

虽然工作不分贵贱，靠自己的努力赚钱并不可耻，但纪兰事事以那旖为先，自然下意识地以她的立场思考问题。

他们这个年纪的孩子，一脚迈入青春期，心思若说简单，确实简单，说复杂，也真的复杂。

集体生活中，总是免不了攀比，攀比朋友，攀比零花钱，攀比外貌，攀比家庭。

一个班上的同学都会比较成绩，何况别的。

纪兰自知自家比不上别人，无论是物质还是生活，都无法给予那旖太多东西。

但即便如此，她也在自己的能力范围内倾尽所有，不愿让那旖感受到自己和别人的区别。

物质上无法满足的东西，纪兰必须在那旖的心灵上不留一丝缝隙。

她不愿因为自己的原因，让那旖在同龄孩子中成为那个“不一样”的存在。

比如，那旖的妈妈在学校门口摆摊。

不卑贱，但有些人会觉得丢脸。

而那些还未到来的闲言碎语和异样眼光，只是想想，就已经开始让纪兰退缩。

她不怕刀锋箭雨，她只怕那滴裹夹着恶意的口水，溅在那旖身上。

为什么学校门口，妈妈就不能去卖东西？

那旖一开始不明白，可触及纪兰温柔的眼睛，从里面看到许多情绪后，瞬间就明了。

这让她不受控制地想到了曾经的某个小学同学，那个同学带给她最深刻的记忆，是她最喜欢挂着得意扬扬的笑脸，在她面前说：“你妈妈是卖早餐的啊？我妈妈是老板，一天能赚很多钱。”

那旖那时不懂这种事有什么值得炫耀，明明每个人的妈妈都是独一无二，不管她从事什么行业，做什么工作。

而长大后，很多事情自然而然就明白了，你心中独一无二的妈妈，在别人眼里只是一个平凡到不起眼的人，他们会因为她从事什么行业，做什么工作，而选择给她什么眼神。这个眼神是带着尊敬还是轻视，这一切说到底都取决于她的社会地位。

并非人人都带着恶意，但有些攀比与虚荣心和优越感无可避免。

这是写在人类基因里的恶劣东西，亘古不变。

客厅只开着一盏小灯，纪兰的脸被橘黄色的灯光照得分外温柔。

那旖下意识地抱住了她的手臂，脸颊贴近她，汲取她身上的温度。

“我们学校的食堂里有一个勤工俭学的学长，他家境不好，但是成绩很好，他每天中午都帮食堂的阿姨打扫卫生、洗碗，报酬就是中午吃饭不用饭票。”那旖轻声说，“学校里没有人嘲笑他，大家都会在私下帮助他。”

纪兰低头，摩挲着手指。

“我们只是在努力地生活着，不应该被轻视。”那旖仰着小脑袋，长而卷的睫毛轻颤，她抱着纪兰的手臂，表情认真道，“就像妈妈为我骄傲一样，我也因为有妈妈，在心里偷偷骄傲着。”

纪兰看着女儿那双肖似那大勇的眼，心中涌上酸意。

她再一次，真正地感受到女儿长大了，不单单是身高，还有心灵的成长。

无论多大的年纪，无论是什么身份，只要是人都会脆弱，都需要得到肯定，她也一样。

她摩挲着女儿的脸庞，温声问道：“那那真的也为妈妈感到骄傲吗？”

那旖点头，笑弯了眼：“一直骄傲着。”

赵春花在一旁撕扯着橘子皮，那张一向刻薄的脸在此刻竟然显现出几分温情来。

纪兰扭头看向老太太，有些欲言又止。

赵春花开口就是她一贯的刻薄语气：“看我干什么，你这么大个人了，难道连个主都做不了？还没你女儿有主意。”

纪兰有些不好意思地笑了笑，她的性格是有些瞻前顾后，恨不得事事无碍。

她试探般地看向那旖，说：“那我们就去试试？”

那旖抱紧了她的手臂，笑眯眯地点头。

虽然说是试试，纪兰却投入了十二分的认真来对待。

这种感觉和去找工作不同，多了一份热血和激情，心里也藏着小心翼翼的期待。

纪兰干劲十足，没两天就把一切准备工作做好。

纪兰做了几年的早餐，在店里事事亲为，王叔老两口一开始还有点藏私，后来熟悉了，他们做什么都不再避着她，甚至还会主动提点，纪兰说句深得真传也不为过。

准备出摊那天，她三点不到就起床，因为是第一天，不知道行情如何，不敢大手大脚地来，只做了一百多个的馒头和包子，还有自己熬的豆浆，用一个大桶装着，掀开盖就闻到一股香浓的味儿，丝毫不掺假。

因为要赶早，纪兰比那旖要先出门。

聂余叼着面包从车上下来，将书包往肩上一甩。

“在学校别惹事啊，老爸这次出差可能要一周左右才回来。”聂国兴从驾驶座探出头，“你零花钱够不够，要不要再给你点？”

“够了够了，你都问几遍了。”不耐烦听爸爸叨叨个没完，聂余甩上车门。

“那边海产丰富，我回来带点，到时候给你和你妈做海鲜大餐。”

“嗯。”聂余敷衍地点头。

聂国兴笑骂了句臭小子。

聂余勾着书包带，白皙的面颊上有一丝压痕没有消散，半眯的双眼泄出几分惺忪睡意，他打了个哈欠，懒洋洋地抬起手和聂国兴拜拜。

清晨薄雾微散，空气清冷。

他们学校门口不远处靠近花坛的位置，与往日不同，那片空地多出了一个早餐摊。

叠垒起来的蒸笼盖泛着丝丝热气，热气蒸腾间，一股豆香味儿顺着晨间的空气飘来。

或许是因为第一天来，也或许是第一次做这样的事，纪兰有些拘束和放不开，一个人站在寒风中，看着来往的学生，只觉得浑身僵硬。

路过的学生也会下意识地打量她，眼中好奇有之，平淡有之，就像对待一个普通到不能再普通的人。

聂余原本正往校门口走，在看见纪兰的瞬间，他几乎是下意识地转身，拔腿就往聂国兴停车的方向跑。

聂国兴正准备驱车离开，忽然见他跑过来，吓了一跳，说："你干吗呢？"

聂余弯腰，做贼似的躲在车后面，说："爸你小声点。"他边说边往早餐摊瞅，"别让人听见。"

聂国兴顺着聂余的视线打眼一望，随即眯了眯眼睛，右臂搭在驾驶座的车窗上，他探出脑袋，犹疑道："鱼儿，那是你兰阿姨？"

聂余躲在车后，只露出一双眼睛："嗯！"

聂国兴伸手往他脑袋上敲了一下："那你还站着干什么，不过去和你兰阿姨打声招呼？正好我没吃东西，你去帮我买几个包子。"

聂余拒绝："我不去，你自己去。"

聂国兴骂道："你个小没良心的，小时候你兰阿姨对你多好，人家第一天做生意，你去照顾一下怎么了。"

聂余谨慎地看着周围，似乎在找那个熟悉的身影，说："我也想去，但我不能去。"

聂国兴下意识道："你是不是又和那旖闹脾气了？"

聂余瞪眼，卷毛微炸："没有！没有！没有！"

没有闹脾气，但比闹脾气还严重。

莫名其妙就陌生起来了，在学校那旖都当不认识他这个人，看见都不打招呼的。

已经没有小时候那种偷偷冷战，然后再偷偷和好的感觉了。

如今看那旖一眼，他都紧张得要死，他大概是病了吧。

聂国兴对他多了解，一看就知道是闹别扭了："你是男生，应该大度一点，如果做错了事，就要主动道歉。"

"你不懂。"聂余像个叛逆期少年，表情桀骜，"这是我们年轻人的事，你不要参与。"

从副驾驶捞起自己的鸭舌帽，狠狠压在脑袋上，他扭头四处张望，看到了慢吞吞仿佛乌龟行走的钟杰。

钟杰正和同学聊天，聊游戏聊女明星，最后聊到女同学。

聂余大步走过来，伸手勾住他，说：“钟杰同学，你还没吃早餐吧？”

最怕他突如其来的关心，钟杰下意识地攥紧书包：“我在家喝了一碗粥。”

“粥能顶饿吗？不能。”聂余拍了拍钟杰的肩，“走，我请你吃包子。”

“我真的饱了。”

“你马上就要饿了。”

聂余从兜里摸出五十块钱，递给钟杰，指着花坛旁的早点摊，说：“看到了吗？前面那个卖早餐的阿姨，长特漂亮那个，她做的包子特别好吃，还有豆浆，你去买点回来。”

钟杰被他推着，茫然道：“我买我买，你别推我啊，买多少啊？”

“给你多少钱你买多少，一毛钱都不准给我剩下。”聂余找了个完美的借口，“快点啊，我爸还等着吃呢。”

你爸等着吃，你怎么不自己去买！

钟杰无语：“五十块钱呢，叔叔这么能吃的吗？”

聂余一巴掌呼在他书包上，说：“你管我爸能不能吃，快去。”

校门口人来人往，纪兰的早餐摊却无人问津。

虽然知道做生意起步难，但经历过王叔早餐店忙得脚不沾地的热闹，她看着自己几乎没有卖出去多少的包子馒头，心里难免有些失落。

低头看了眼时间，琢磨着那旖应该要来学校了，她打起精神来，给那旖拿了两个包子和豆浆温着。

“那个……”

纪兰手中动作一停，脸上下意识地挂上笑容，抬起头来。她面容柔和，看着眼前的男生，轻声问道：“同学，要买点什么吗？”

钟杰揉了揉鼻子，把手中的五十块钱递给她，说：“我买包子和豆浆。”

纪兰笑着打开蒸笼，雾气扑了她一脸：“好，要几个包子？”

“多少钱一个？”

“鲜肉和酱肉包都是一块钱一个，菜包五毛钱一个。”

“那……拿四杯豆浆，包子您随便给我拿，比着五十块钱就可以了。”

纪兰以为自己听错了，动作一顿，盖上蒸笼，看向他，问：“……要多少？”

“五十块的。”钟杰下意识地低头，小声催促，“阿姨您快点，我们待会儿就要早读了。”

纪兰不敢耽误他上学，虽然心里有点疑惑，但还是连忙拿了个大袋子，手脚麻利地给他装了两大袋包子。

因为买得多，还赠送他两个大馒头。

钟杰拎着两包热腾腾的包子、馒头、豆浆，感觉自己像个早餐批发户。

聂余藏在车子死角，见他走过来，探了下头。

钟杰把早餐拎过去，礼貌地给聂国兴打了个招呼，然后把东西丢给他，说：“给，五十块钱的，还送了两个馒头。”

聂余接过，顺手就丢到他爸怀里，烫得聂国兴差点没跳起来。

聂余有点不爽：“你怎么能拿白人家馒头呢，就买五十块钱也配拿赠品吗？”

钟杰摆手：“不要白不要嘛。”

聂余皱眉唾弃：“你这人怎么这么爱贪小便宜。”

聂余又从他爸怀里抢过一袋，丢回钟杰怀里，说：“给，请你吃早餐。”

“太多了。”钟杰谦让，“我只要两个就可以了，谢谢。”

聂余压了压帽檐，声音低沉：“吃不完你送同学啊，蠢。”

钟杰默了片刻，试探开口：“送谁？”

聂余眼神中都是戏：“啧，你少装了。”

钟杰心虚地别开眼。

因为批发户钟杰做了一个很好的表率，渐渐有同学去早餐摊买早餐。

而趁着纪兰忙碌，没注意周围，聂余按着鸭舌帽，拎起书包就跑进学校。

骆嘉瑞在车里待了快半个小时，司机不知道怎么了，也不敢催。

许久后，骆嘉瑞对司机说：“你去帮我买杯豆浆，再买点馒头……别的也看着买点。”

司机下意识道：“好。”

骆嘉瑞几乎不会吃小摊上的东西，家里担心不卫生，他自己也不怎么喜欢吃。这个要求突兀又莫名，但司机不敢问，打开车门就准备下车。

“多买点。”骆嘉瑞低头看着自己的手指，缓了缓，又改口，“全部买了吧。”

司机惊疑：“……全部？”

骆嘉瑞从书包里拿出钱包，看也没看，抽出几张一百，递给他。司机伸手刚准备接过，他又猛地缩回去。

骆嘉瑞看向已经慢慢热闹起来的早点摊，眼帘低垂，睫毛微颤。

太过刻意反而不好。

“就……随便买点吧，我拿去班上给同学吃。”

关门声沉闷，似乎撞击在骆嘉瑞的心上。

他抬头，目光透过车窗，看着那个正在忙碌的身影，指甲不知不觉地在掌心掐出了印痕，痛感深入心脏。

扑通，扑通，清晰入耳。

今天路上有点堵车，那旖到学校时，纪兰已经在收摊了。

从无人问津到生意红火，纪兰整个人还有些迷糊。那旖来不及多说，接过纪兰的递给她的早餐就往学校跑。

刚跑进教学楼，早读铃声便响了。

到三楼时，那旖下意识地扭头看了眼十七班所在的位置。

十七班门外的走廊上，一群男生正趴在阳台上看着操场，歪歪斜斜地站着，不知道聊什么话题，笑得东倒西歪。

聂余站在中间，嘴角带着笑。

初升的晨光暖而不烈，细碎的阳光温柔地落在他身上。

那旖脚步一顿，攥着书包带，片刻后收回目光，抬步上楼。

今天早读读英语，英语课代表拿着英语书站在讲台上。

班上的同学已经来齐了，那旖连忙小跑回座位。

宁丹丹正埋头啃包子，见她来了，抬头打了个招呼："那旖早上好，你吃早饭了吗？"

"早上好。"那旖看了眼宁丹丹手中的包子，拉开椅子坐下，"还没有吃。"

宁丹丹立马护食般把包子往怀里缩了缩，小声道："对不起，这个不能给你吃。虽然钟杰是个善变的男生，但我不能辜负他的好意。"

那旖扭头："他送你的？"

宁丹丹忙不迭地点头："嗯嗯。"

那旖一顿，表情忽然严肃，问："好吃吗？"

"嗯……"

宁丹丹轻咳一声，身子坐直，矜持地点头："挺好吃的。虽然钟杰是个善变的男生，但他买的包子还挺好吃。嗯，就在我们学校门口买的。"

那旖嘴角微抿，乌梅般的眼泛着小光彩，说："那是我妈妈。"

"……啊？"

"包子是我妈妈做的，很高兴你喜欢。"

静默两秒。

宁丹丹忽然一巴掌拍在她肩上，一脸羡慕道："你妈妈真厉害，我妈妈都不会做包子。不对，我妈妈连饭都不会做，她进厨房就是冲着炸厨房去的。"

那旖眼睛微弯："嗯，我妈妈很厉害。"

宁丹丹轻咳一声："我妈妈虽然不会做包子，但她算账很厉害。"

"会计呀？"

"哇喔，你怎么知道？"

"我猜的。"

英语课代表在讲台上拍了两下，闹哄哄的教室顿时安静下来。

不但初中部，今天高中部也迎来了一番分早餐的热潮。

周飞觉得稀罕，尤其是这个批发早餐的还是骆嘉瑞，就更奇怪了。

别人不知道，他还能不知道吗？骆嘉瑞就是个外热心冷的人，对谁都温和，心却比谁都冷。

请同学吃早餐？可得了吧。

“今天是什么需要日行一善的好日子吗，你一个从来不在学校吃早餐的人居然买了这么多包子馒头？”周飞坐在骆嘉瑞前桌的课桌上，脚踢了踢他的桌子，“嘉瑞，你今天很怪啊。”

骆嘉瑞没理他，低头整理自己初中的笔记本和书，说：“吃就吃，话真多。”

周飞吊儿郎当道：“这不是稀罕吗，说说？”

骆嘉瑞整理好笔记，然后规整地放在桌上，没有搭理他。

周飞找了个没趣，只能换话题：“你整理初中笔记干吗？”

骆嘉瑞淡声道：“送人。”

周飞愣住了。

骆嘉瑞是今年从初中部直升高中，对于初中部，他并不比任何人陌生，毕竟那是他待了三年的地方。

那栋教学楼，每一块光滑的地板他都曾踩踏过，却是第一次，还未迈开脚步，他就已经升腾起退缩的情绪。

手里拿着笔记本，被风吹开的页面，能看到里面记录的清隽字体，秘密麻麻，全是重点。

周围有人在偷偷看他，他视而不见，感觉胸腔的空气被无限压缩，他才深吸一口气，迈开脚步。

仿佛奔赴战场般，迎接即将到来的疾风骤雨。

上节数学老师布置的作业有些难，那旖和宁丹丹凑在一起讨论一道题，两人在草稿本上解了好几遍，也没解出正确答案。

“那旖，骆学长找你。”

班长的声音突然响起，无数道目光下意识地转向教室门口。

骆嘉瑞站在三班教室前门，面容俊秀，身姿挺拔。他看起来有点紧张，双唇绷成一条线，目光直直地看着教室某个方向。

那旖抬头望去，然后便是一愣。

就算过去这么多年，有的面容也宛若昨日再现，清晰地印刻在脑海深处，只一见，便喷涌而出。

那张躲在母亲怀里的脸，那个跪在他们家门口的人，即便已经长成少年模样，那旖也一眼就认了出来。

是他，那个爸爸用生命换回来的男孩儿。

那旖的心跳都停了一瞬，就像看见了什么可怕的怪物般，握着笔的手控制不住地微微发抖。

深埋在最深处的记忆张牙舞爪侵袭脑海，瞬间占据了她所有的思绪。

记忆被拉扯，一帧帧血色情景仿佛在眼前重现。白色的病床，鲜艳的红，奶奶撕心裂肺的哭泣声，还有妈妈灰败的脸。

和……那双永远也不可能再睁开的眼。

骆嘉瑞看着她，在无数道或好奇或打量的目光中，轻声道：“那旖，可以出来一下吗？”

那旖手中的笔不堪重负般掉在了桌面上，发出“啪嗒”一声脆响。

四周一片骚动声，惊疑不定。

“真的找那旖哎。”

“那旖居然认识骆学长，怎么从来没听她说过？”

“你看宁丹丹也不知道。”

宁丹丹差点没晕过去，抓着那旖的胳膊，惊呼：“我的妈呀，那旖，你认识骆学长吗？”

那旖的指甲掐着掌心，一言不发。

骆嘉瑞攥紧手中的笔记本，对教室里和走廊外的低语声充耳不闻，他目光执拗地看着她。

他想过那旖会对他视而不见，会满脸厌恶，对他表现出极大的排斥和恶感，他甚至都已经做好了下次再来的准备。

但那旖起身了。

那旖脸上看不出其他情绪，和往常别无二致，在教室里几十道目光的注视下，慢慢走到骆嘉瑞面前，轻声问道：“学长，找我有什么事吗？”

她这么平静，反倒让骆嘉瑞更紧张了，想对她笑，扯扯嘴角，但效果不佳。他低声道：“可以去旁边吗？我有点事想和你说。”

那旖看了眼四周，表情稍顿，然后轻轻点头。

两人走到五楼天台的拐角处，四周安静，无人打扰。

多年不见再相遇，本该有几句寒暄，但他们之间别说寒暄，就是面对面站在一起都极为不易。

骆嘉瑞手心全是汗，他低着头，把手里的笔记本递到她面前，说：“这是我初一的笔记，数学，物理、化学，还有英语，上面记了很多重点内容，用红笔标注的你可以看看，你们应该还没有学到。”

笔记本上的红色标注是他熬夜圈出来的，推算了一下她们目前的学习进度，他圈的范围应该差距不大。

那旖闻言抬头，目光中不带任何情绪，没有厌恶，也没有仇恨，就像平静无波的湖面，没有一丝波澜。

骆嘉瑞攥紧笔记本，力道之大，骨节突出：“我没有别的意思，我只是……”

“内疚吗？”

骆嘉瑞眼睫低颤，垂下了头。

那旖轻声说：“我不怪你，你不用内疚。”

骆嘉瑞双唇翕合，半晌后，他低落道："对不起。"

当年因为害怕，面对状若癫狂的赵春花和面容灰白的纪兰，他像个胆小鬼一样躲在妈妈怀里，脑中全是那一摊滚烫的血，害怕得连一句对不起都说不出口。

在军训基地看见那旖的那一刻，他的记忆仿佛瞬间抽离回到多年前。站在门口的小女生攥着妈妈的衣摆，面容淡漠，眼中犹如一潭死水。

那张脸，和面前的女生渐渐重合，就连眼中的情绪，都和当年一模一样。

骆嘉瑞的手伸在半空，久久没有缩回。

他低声道："我知道你的学习成绩很好，但快班的学习进度很快，笔记……"

"不用了。"那旖摇头。

骆嘉瑞的双眼瞬间颓丧下来，伸在半空的手无力垂下。虽然被她拒绝在预料之中，但他依旧失落不已。

上课预备铃响了一声，楼下传来阵阵脚步声。

那旖一顿，抬头看着他，认真道："你真的不用内疚，我和妈妈都没有怪你。我相信你当时……也很害怕。"

说完，没有看他的反应，那旖转身下了楼。

没有哪个六岁的孩子在面对突如其来的意外时能不害怕。何况，那场意外，并非骆嘉瑞带来。

那旖要怪，也是怪那个肇事司机。

回到教室，那旖忽视四周打量的目光，从书包里拿着语文书。

宁丹丹好几次想开口，但见那旖情绪不佳，似乎并不想说话。她只能挠挠头，发出一声没能八卦到的幽怨叹息。

学校这种地方，八卦传得比什么都快。

不过一节课的时间，高中部的骆学长来初中部找学妹的消息就传遍了，连聂余都知道了。

钟杰仿佛亲眼看见，说得绘声绘色："叫出去了，当时好多人都看见了，他们在角落说悄悄话。"

聂余取下脑袋上的鸭舌帽，面色不虞道："他们怎么会认识？"

钟杰耸肩："不知道。"

他是学校为数不多知道聂余和那旖是青梅竹马关系的人，知道聂余现在肯定特别在意。

聂余心情特别差，连带着脸色也不好看。

整整一节课，连老师都难得没挑他刺，任他趴在桌上发呆。

旁边有人偷偷给他塞小纸条，他掀起眼皮看了一眼，又垂了下去，他满脑子都是那旖怎么会认识骆嘉瑞。

他翻了一个面儿继续趴着，叹了老长一个气。

下了课，钟杰第一时间被聂余踹去了五楼。

钟杰拎着两个包子，红着一张脸出现在三班教室门口。

三班的人看见他，头也不回地直接喊道：“宁丹丹，有人找你。”

宁丹丹闻言抬头，见是他，立马扭头看向那旖，说：“他又来给我送你妈妈做的包子了，他怎么这么喜欢包子，他不会明天还要给我送包子吧？”

她有点担心道：“虽然你妈妈做的包子很好吃，但天天吃也会腻啊。”

说归说，起身的动作却十分麻利。

钟杰被四周八卦的目光看得脸红。

宁丹丹走到他面前，扫了眼他手中的包子，看着他，说：“你今天到底买了多少包子啊？”

钟杰仰头看着教室里的风扇，眼睛转来转去，支吾道：“五、五十块钱的。”

完了，看来他真的很喜欢包子。

宁丹丹觉得头疼，接过他手里的包子，不想伤害他，于是口不对心道：“谢谢，我很喜欢那旖妈妈做的包子。”

钟杰盯着她手里他亲自买的包子：“你说谁做的？”

宁丹丹眨眼，语气无辜道：“哦，对，你不知道，这是那旖妈妈做的包子，特别好吃。”

担心他明天还要买包子，她一脸纠结，偷偷暗示：“我其实对面食的喜爱程度一般般，如果你很喜欢吃包子，那我……我也可以将就你。但是我只能将就那旖妈妈做的包子，别的不行，我不喜欢那个味道。”

钟杰不知道听懂没有，脚步踉跄，表情深受打击：“在我们学校门口卖早餐的阿姨真的是你同桌的妈妈？”

“是啊，怎么了，不行吗？”

钟杰含泪摇头，行，当然行，原来他就是个靶子。

聂余自己不去买早餐，让他去买，还买五十块钱的包子，因为那是那旖家的包子！赠送两个馒头聂余还不高兴。

钟杰回去就找聂余说理。

聂余趴在阳台，边上有几个女生围着他要 QQ。

他那头卷毛被风吹起，漂亮的脸暴露在阳光下，睫毛卷长，唇珠微翘，声音懒洋洋，语调拉老长：“都给你们了啊……”

女生不满意，语气娇软：“那你现在通过呀。”

聂余看见了钟杰，直起身体，敷衍道：“没带手机，回去通过。”

“说话算话呀，不然明天还来找你哦。”

聂余摆摆手，迈着仿若喝醉的步伐歪歪斜斜得朝钟杰走去，一只手勾住他的肩，埋头低问：“问出来了吗？”

钟杰面无表情道：“问出来了，今天早上在学校门口卖早餐的是那旖的妈妈。”

这事我不比你清楚?

聂余不爽道:“谁让你问这个了。我问的是高中部那个碍眼鬼,那个碍眼鬼为什么去找那旖。”

那我不问还不知道我就是个靶子呢!钟杰用怀疑的目光看着他:“你和那旖是什么关系?你干吗这么关心她?”

聂余的耳朵以肉眼可见的速度变红,暴躁发言:“关你什么事!你问这么多干吗!”

“你拐着弯让我去买包子,还让我打听骆学长。”钟杰已然看透了一切,“这么关注一个女生,还不准我问……”

聂余炸毛:“你那什么眼神?我关心我妹妹怎么了!”

说完反手一巴掌抽在钟杰身上,作为他亵渎自己和那旖纯洁关系的惩罚:“那旖是我妹妹,比亲妹妹还亲的妹妹,懂吗!”

那旖可是他要保护一辈子的小女生。

他现在的样子就像班上那群男生因为和哪个女生说话,被一群人追着取笑打闹一般,脸上交织着红意和别扭。

追着钟杰打了几拳,他怒道:“你闭嘴,不准乱说!”

“那她怎么好像不认识你?”钟杰疼得左闪右避,“每次去三班她也像没有看见你一样。”

“我们兄妹之间的事,你这个外人不懂。”

“我不信。”

管你信不信!心情直线下降,聂余语气不虞:“问出来了吗?高中部那个碍眼鬼是怎么认识我妹妹的?”

“真是你妹啊?”

“不是我妹妹难道是你妹妹?”他眼神凶恶。

钟杰嘀咕了一声,挠头道:“我忘记问了。”

聂余瞬间暴怒,把他踹出三米远:“那你上去干什么了?要你何用。”

“那旖不是你妹妹吗,你可以自己问啊。”

聂余怒气一窒,脸上的表情变幻莫测。

说得好像……很有道理啊,关心险些被坏人蛊惑而误入歧途的妹妹,本身就是他这个当哥哥应该做的事。

理由有理有据,如此正直,不带一丝私心。

但,有点紧张。

聂余也不知道怎么了,以前和那旖怎么生气、怎么冷战,他们都从来没有像现在这样，明明没有吵架，更没有冷战，就是莫名其妙地，突然变得不跟对方说话。

你看见我，当空气。我看见你，也仿佛看见空气。

但莫名又很想偷偷看。

第五章
青春期的冷战

中午在校外吃完午饭，聂余犹豫了下，去奶茶店买了一杯奶茶。

在奶茶店里，聂余又被那几个女生缠着加 QQ。

黄清丽是初三的学姐，自从在军训基地看见聂余，她就三天两头去十七班找他要社交号和手机号。

但至今为止，QQ 号是要到了，但和没要到几乎没有区别，聂余根本就不通过。

因为马上就要过生日，她想邀请聂余出去玩，这几天缠得格外紧。

她长相甜美，长长的头发微微卷，身材在一众平板面前十分凹凸有致。她拦住聂余，声音又甜又霸道：“好呀你，看见学姐都不打招呼的吗？”

聂余单臂撑在收银台，站姿懒散，语气敷衍地打招呼：“学姐好。”

黄清丽的视角只能看见他的下巴，垂在眼皮的卷毛与半合的眼睛。

他整个人就跟吃了懒药，说话时声调像是被人拽住似的拉长，配上他那张仿佛从漫画里出来的脸，简直让人心动。

黄清丽还是第一次这么追着初中一年级的学弟要联系方式，而且这个一年级的学弟还各种敷衍她。

“你买奶茶呢？”黄清丽凑近他，带来一阵香风，“多糖的，你喜欢吃甜食呀？”

聂余靠在收银台上，身体往后仰：“还行。”

黄清丽意有所指：“我也喜欢喝奶茶，学弟。”

聂余毫无反应：“噢。”

黄清丽俏眼一瞪，逼近他：“你是真的听不明白还是装听不明白？还有，你到底什么时候通过我的 QQ？”

“都说没带手机啊。”聂余接过店长打包好奶茶，对她说，“学姐慢慢喝，我先回学校了。”说完转身就走。

黄清丽瞪着他的背影，狠狠一挥拳，冲他背影喊：“今天晚上你要是再不通过，明天我就去你们班找你了。”

她那几个小姐妹在旁边乐：

“太难接近了吧。”

“比骆学长还难接近。”

“好拽啊。”

奶茶是冰的，冰块浮在上面，晶莹剔透。

那旖嗜凉，却不喜欢冬天，她喜欢在夏天的时候啃冰棍和冰镇西瓜，喜欢太阳，却不喜欢被晒。

午后的校园就像长途跋涉的旅人停下脚步休息，连时间都变慢了。

操场两侧的树荫下，有不少人坐在下面聊天。树影斑驳，聂余踩着细碎的阳光穿过操场，进入教学楼。

五楼的走廊上一片安静，三班的教室门大开，零星几人趴在桌上午休。

课桌上的课本被风扇吹开，在半空伸了个懒腰，又坠了回去。

那旖坐姿笔挺，认真专注地看着手中的题，翻开草稿本，在上面列公式。

午后阳光炙热，明亮的光落在她的课桌上。她半边胳膊时不时融入到光圈里，眉心时而微蹙，时而舒展，一切的情绪都和笔下的题目有关。

聂余站在教室后门，身体斜靠在门栏上静静看着她，等她做完题，抬头活动脖子时，才屈指轻叩门。

听见声音，那旖下意识地回头。

聂余看着她，慢慢地，抬手朝她勾了勾食指。

那旖扭头看了眼教室里正在午休的同学。

半晌后，她慢慢起身，动作轻缓，没有发出一点声响。

缓步走到他面前，那旖抬头看着已经比自己高了一个头不止的聂余。

有的人一天不见一个样，有的人却是一眼不见就一个样。

楼梯口传来脚步，伴随着低语轻笑。

聂余突然一把拽住那旖手腕，拉着她从另一个方向上了楼。

隔壁班有没午休的同学,余光只看见有一高一矮两道人影从教室门口跑过，转瞬便不见了身影。

手腕上的手抓得紧紧的，白皙的手背上能看见清晰的血管。

是少年人的手，却比少年要多了一分不能拒绝的力度和霸道。

还是五楼靠近天台的角落，聂余放开了那旖。

那旖揉了揉手腕，因为这个地方，她的心情有些沉闷，不是很想说话。

聂余盯着她的发旋，看了两秒，把视线转到墙上。

谁都没有先开口，气氛沉默又尴尬。

聂余有些局促地伸手抓了抓自己的头发，把手里的奶茶递给她。

他看天看地，就是不看那旖："给。"

那旖看着伸在半空的手，熟悉的动作几乎和早上交叠在一起。一个是笔记本，一个是奶茶。

她的心情仿佛被泼了墨，熟悉的环境和举动让她的身体和心理都有些下意识的抗拒。

她微微侧身，眼睛从奶茶上面移开，低声道："你找我有什么事吗？如果没事我就回去了，还有题没有做。"

聂余的表情有点受伤，似乎没想到她居然这么不耐烦，鼓着脸道："没事儿就不能找你吗？"

"平时也没见你找我。"

"那也没见你找我啊。"

说完，两人同时闭嘴。

聂余举得手酸，一把抓住她的右手，就想把奶茶塞她手里，手指相触的瞬间，那旖却一惊，下意识地就甩开了他。

力道之大，聂余的手撞在了墙上，发出一声闷响。

那旖眼中闪过一抹慌乱，想要去抓他的手，说："对不起，我不是故意的。"

聂余怔住，低头呆呆地看着自己被甩开的手，双眼爬上惊愕，拿着奶茶的手甚至有些抖。在这一瞬间，数种情绪齐齐涌上心头，羞耻、愤然、退缩、不安……还有几分无人察觉的难以启齿。

"那你就是有意的。"

"我……"

聂余脸色涨红，手里的奶茶突然变成烫手山芋，似乎代表他的某种心思，让他觉得丢人，他突然把手里的奶茶狠狠丢到地上。

"啪嗒"一声闷响，那杯加满糖的奶茶四溅而开，尚未化掉的晶莹冰块滚落一地。

两人的鞋面被瞬间打湿，向着四周缓慢晕染而开。

聂余呼吸加重，漂亮的脸蛋染着因生气而上涌的红。

故意有意都不是重点，重点是那旖甩开他，那旖以前从来不会甩开他，但是她现在却在躲他？

为什么？那旖和他生疏了吗？

他们从小一起长大，就因为不在一个班了，没有整天见面了，她就认识了他不认识的人，现在都开始躲他了？

心里又酸又涩又难过，聂余故作凶狠地瞪着她，双手攥成拳，隐忍地背到身后。因心中悲愤，他的语气难免有些恶劣和步步紧逼："高中部那个男生，他找你干什么？”

如果，如果那旖告诉他，那他就不计较她推开他了。

那旖瞳孔微缩，右手下意识地抓着左手腕，似克制般地不让情绪泄露。

骆嘉瑞的存在就像一道陈年旧疤，撕开就是一片血色记忆，一触就疼。

她看着地上流开的奶茶，那婉转的细小水流在眼中逐渐变了颜色，与记忆中那滩刺目的红交叠，慢慢融为一体。

眼中的情绪一点一点，慢慢化开，那旖双唇微张，无意识地吐出冷淡字语：“不关你的事。”

安静了几秒，聂余一脚踢开地上的奶茶杯，转身下楼。

沉重的脚步声裹挟着怒意，每一脚都踩在那旖心上，像绝交的战鼓，也像再不来往的宣誓。

半晌后，楼道恢复安静。

那旖慢慢蹲下身，伸手把被砸坏的奶茶捡起来，从校服衣兜里摸出一包纸巾，去擦地上的水渍。

纯白的纸巾吸附着水，瞬间就变了颜色。

青春期的到来，除了衍生出各种陌生的情绪，和未知的小心翼翼。

还有的……是一些有别于幼年的距离感。

纪兰开始在三中门口卖早餐，虽然每天早上很早就要起床，但她干劲十足，每天都精神奕奕，充满斗志。

习惯了半个月，她渐渐摸清楚了学校孩子的口味，开始试着增加早餐品种，不再单单局限于馒头包子和豆浆，她增加了现炸香酥油条、茶叶蛋、麻团和鸡蛋饼，偶尔忙不过来，赵春花还会来帮她收钱。

时间一久，那旖班上的同学都知道学校门口卖早餐的阿姨是她妈妈了。

虽然偶尔也会有那么一两道不和谐的声音出现，但总归是少数。人人都忙着学习，谁有时间去关注谁的妈妈在干什么，只有无所事事的人才会把目光落在别人身上，事事挑刺。

虽然每天都很辛苦，但纪兰和赵春花都很满足，收入最能带给贫穷的家庭安全感，钱比其他什么都要实在。

赵春花也不再每天去街上晃悠，她每天六点起床，拿着她的老年公交卡乘公交慢悠悠地去三中帮纪兰收钱，等早上那阵儿忙过去，她又慢悠悠地去菜市场买菜，等买完菜回到家，纪兰基本就收摊回来了。

然后婆媳俩就坐在沙发上数钱。

这往往就是她们一天之中最开心的时刻，连一个钢镚儿都能让她们开心好久。

第二次月测成绩下来，那旖的班级名次没有进步，但年级名次落后了一位。

唯一能体现劳动成果的是收入,那么唯一能体现学习成果的只有考试成绩。倒退的名次给了那旖前所未有的紧迫感，当四周都是埋头苦学的同学，人人谁在追赶你时，你已经没有多余的心思再去想其他东西。

学习的日子是枯燥且乏味的，日复一日，月复一月，等她从海量的知识和做不完的题目中抬起头来时，才发现时间的流逝，快得让人心惊。

有时，她会在课堂上走神，看向远处永远热闹的操场和在阳光下奔跑的少年少女，那些离她近在咫尺，却又十分遥远的欢声笑语。

她也会在学校的各个地方遇到聂余，或是星期一的校会，或是课间时间的小卖部，或是午休后的篮球场。

而无论是什么时间段，地点在哪儿，他的身边永远围绕着一群人，有他们班的男生，也有别班的女生。

聂余在学校有多张扬，就连隔着两层楼，那旖都听说了许多关于他的八卦。

每一件事都传得十分逼真，仿佛确有其事。

但似乎真的确有其事。

有一次那旖去校外的文具店买笔记本，就看见聂余靠在小卖部的门栏上，和一群校外男生谈笑风生。

几个初三的学姐站在他旁边，漂亮惹眼。

看见她，聂余也只是扫了一眼，然后若无其事地偏开脑袋。

他们之间的距离只有十几步，每一步，却都隔着遥远的距离。

曾经亲密无间，如今形同陌路。

一月中旬后，期末考试将至。

今年潼陵下了好几场午夜小雪，早上起来只感觉到寒冷，却不见一点纯白。

天气尤为寒冷，轻轻哈口气都是久不散的白雾。就连一直坚持穿薄外套，要风度不要温度的宁丹丹都换上了冬衣，裹得像只蝉蛹。

为期两天的考试，那旖甚至感觉不到紧张。

和四周的同学一样，她冷到连握笔都是煎熬，连试卷的难度都因寒冷遗忘。

考完后就是放假，然后迎接春节的到来。

今年的春节，她们家原本是要在新区这边过的，但纪兰思来想去，最后还是决定回大院。

赵春花虽然没有说，但看得出来她也是想回大院的。

毕竟是生活了一辈子的地方，像春节这种全国人民都在期待的重要节日，还是在熟悉的环境里更能感到喜悦自在。

租的房子，始终是别人的房子，就连喜悦都会沾上陌生的气息，大打折扣。

回大院的前一天，纪兰带着那旖去超市买了不少年货。

春联、福字、零食瓜果，纪兰还买了两罐价格不便宜的奶粉，准备年后带那旖去给林梅老师拜年。

若不是林老师，那旖可能也不会去三中，纪兰心中一直很感念林老师对那旖的看重和付出。

从超市出来，母女俩顺便又去了步行街。

纪兰给那旖买了两套新衣服，给赵春花也买了一套冬衣，在那旖的强烈要求下，给自己也买了一套羽绒服。

给那旖和赵春花付钱时，纪兰都不见心痛，给自己付款时，心痛得都差点当场把衣服退了。

那旖好说歹说，她才控制住没把衣服退回去。

从服装店出来后，天空不知何时飘起了小雪。

那旖这几个月身量拔高，已经长成少女模样。她穿着一件白色的羽绒服，拉链拉倒最顶端，比雪还白的娇嫩小脸藏在围巾下，只露出一双乌梅般的眼。

雪花缓缓落下，坠在她的鼻尖，转瞬消融。

街对面，一家三口从一家高奢服装店出来。

少年穿着一身黑色羽绒服，双手揣兜，身姿修长挺拔，他卷卷的头发暴露在空气中，面容懒散，眉宇间带着几分不耐。

似乎有些意外居然下雪了，他下意识地抬头望向天空，却在看到对街驻足的人时，目光一顿。

隔着一条马路，那旖和聂余的视线在穿行的车水马龙间相撞。

打着伞的路人行色匆匆，街灯闪烁，车鸣不止。

视线一触即分，同时移开。

一人朝左，走向公交车；一人向右，走向停车位。

雪花飘扬，没有人注意到两个背道而驰的身影。

拿着一张满意的成绩单，那旖开始收拾东西准备回家。

她们当初搬家没有告诉任何人，走得悄无声息，回去后自然引起一片骚动。

赵春花在大院本来就是个人物，以泼辣刻薄行走大院一辈子，她前脚刚踏进大院门，后脚就被一群老头儿老太太围住。

这几个月早餐店的生意不错，赵春花每天数钱数得容光焕发，整个人都年轻了几岁，那旖又在潼陵最好的三中读书，期末考成绩更是排名全班第二，在一众学霸中脱颖而出。

那旖的成绩单就是她吹牛的资本，还有学校发给那旖的奖学金，虽然只有几百，但够她吹到正月十五了。

家里大半年没住人，四处落灰，纪兰和那旖放下东西就开始打扫。

电视机打开，听着本地台主持人带着喜意的播报新年将至。在一片喜气洋洋中，那旖把全家福挂回原来的位置，把春联和福字贴上，瓜果蔬菜放冰箱，果盘里装满糖果，才停下来。

纪兰在厨房整理食材，那旖抓了一把糖果塞兜里，和她说了一声，就下楼去找桑月月。

桑月月还在临江读初中，今年读初二。

一学期没见，桑月月变化很大，她那头短发长到了齐肩，穿着一条小冬裙，脚上踩着雪地靴，站姿文静，说话细声细语。

如果她身后不是跟着桑齐和桑乐，那旖都以为自己找错了人。

桑月月看到那旖很吃惊，随即就是一喜，脸上的文静表情破裂，然后又猛地绷住："那旖，你什么时候回来的？"

"今天。"那旖从兜里摸出糖果，递给他们，"要吃吗？"

"要！"桑月月一把抓过她掌心摊着的糖，往她哥哥们怀里一人丢了一颗。

一学期没见，那旖和桑月月感情没有生疏，嘀嘀咕咕地站在门口聊天。

桑乐进屋也抓了一把糖塞兜里，看了眼屋里的爸妈，撞了妹妹一下，兄妹俩贼兮兮地对视一眼，然后拽着桑齐，几人偷偷摸摸地关门下楼。

院里很热闹，大门口挂着两个红灯笼，很是喜庆。

几人小跑出大院，一口气跑到不远处的公园。

因为天气冷，公园里有些冷清，破败的篮球场空荡萧瑟，连秋千上都落了一层灰。

那旖从包里拿出一包面巾纸，把秋千擦干净，和桑月月一人坐一个秋千。

桑家三兄妹对三中很感兴趣，问了一下三中好不好玩。

那旖不太能理解他们口中的好不好玩，但她觉得三中很好，教学进度很快，周围都是埋头学习、会为每月的月测排名争破头的同学，那样的紧张氛围和临江松散的学习态度截然不同，她很喜欢。

那旖便点头道："三中挺好的，老师和同学都很好。"

桑月月轻轻晃荡双腿，眼中带着羡慕，说："真好呀，我也想去三中。"

"那你好好考，高中来三中。"

桑月月抿抿唇没说话。

桑齐桑乐两兄弟靠在秋千两侧的栏杆上，朝天空呼出一口雾气。

不是谁都像那旖一样成绩这么好，桑月月考不进三中的，就连他们家成绩最好的桑齐，高中也就去了二中。

天色有些暗沉，看着像是要下雪。

四人聊了聊近况，久未相见，能说的话题有很多。桑齐和桑乐高中去了不同的学校，而桑月月也为高中要考哪个学校而苦恼。

那旖一直没怎么说话，双手攥着秋千的两侧绳子，安静地听他们说。

她藏在围巾里的小脸被吹得通红，乌梅般的双眼像浸了水般透亮，偶尔抬头看一眼昏沉的天。

寒风冷冽，刮在脸上生疼。

桑月月歪头看着她，忽然道：“费晓宇下学期也要去三中了。”

那旖眨了眨眼，心中微讶：“真的吗？”

桑月月点头，抬眸望着天空。这个视角，把她眼中上涌的情绪通通倒流回心底深处，谁也窥探不了。

“他拿了校长的推荐信。”

不知不觉间，天空飘起了小雪，往年吝啬现身的雪花，今年尤为活跃。

他们藏在围巾里，在凛冽寒风中，在公园里待了一下午，那旖从他们嘴里知道了以前同学的近况。

“卓一凡在五班，跟我一层楼。”桑月月坐在秋千上，双腿并拢，坐姿文静，然而双眼却在翻白眼，“他可烦了，天天来我们班逗女生。”

“是吗？”

“你那个小胖同桌好像去了二中，我上次去我哥学校看见他了。他胆子变大了很多，还瘦了，变得挺好看的。”

说到以前的同学，尤其是卓一凡，自然免不了提起以前和他关系最好的聂余。

而自从聂余搬家后，就再也没有消息。他似乎已经把曾经的一切都遗忘，包括以前的同学，还有从小一起长大的朋友。

桑乐搓了搓红彤彤的手，捂在嘴边哈热气，看向和聂余关系最好的那旖。

“聂余呢，他今年回来吗？”

聂余不但今年没有回来，第二年第三年也没有回来。

那旖每年都会回人院过年，一开始桑月月还会问聂余，后来就不问了。

她似乎也明白了什么，就像费晓宇转学后，他们就再也没有联系过一样。

成长好像总是和距离息息相关，无论曾经有多要好，一旦不再往来，再浓烈的感情说淡也就淡了。

初二时，学校又进行了一次分班。

那旖和宁丹丹都被分去了特优班，特优班的学制类似于“2+4”，初一初二学习初中知识，而初三便开始学习高中的知识。分到特优班的同学不会在中考上浪费太多时间，直升高中部已经是板上钉钉的事。

初三下学期，那旖报名参加了潼陵高校联合举办的市内中学生数学竞赛，在十几所高校几十名选手中杀出重围，取得了第二名的好成绩。

“那旖”这个名字，在这一年频繁出现在学校的各个地方，表彰大会上、荣誉墙上，还有每一次考试的年级前十名单中。

各个角落，各个时段，各种场景，总有她的名字。

她就像一颗并不起眼却又强势的星星，以一往无前的姿态，闪耀在星空上。

时光犹如一只迈着蹄的小马驹，晃悠悠地踩在时针上，推动着时间的流逝。

在看不完的课本和做不完的题目中，今年的高考悄然到来。

与高中部浓厚的学习氛围不同，初中部虽也面临着中考，但没有那种想把一天时间掰成两半来用的紧迫感。

每年的这几天，初中部的体育课一律改为自习课，一方面是让他们有更多的时间准备即将到来的期末考，另一方面是预防他们在操场玩嗨了吵到高三的高考生。

整个三中都笼罩在一股肃穆的学习氛围里，在全校都在为今年高考的学长学姐们让路时，6 月初，随着黑板右上角的倒计时从“1”变成“0”，今年的高考终于来临。

有时上着课，那旖都会失神地看向窗外。

她也不知道自己想看见什么，是在阳光下奔跑的少年，还是连走路都捧着书在背诵的学姐。

那种站在人生的十字路口，面临着一面是阳光大道，另一面不知道前路为何的战斗，便是想想，都让人即紧张又期待。

而她离此战斗，还有三年。

为期两天的高考在全国人民的高度关注下开始，也是关注中结束。

结束那天，那旖他们班正在上语文课，语文老师正在讲课的声音忽然被一声声从高中部教学楼里传来的尖叫咆哮声打断。

伴随着如雪花般往下洒落的纸末从高空缓缓飘下，所有人的脸上都露出了一抹明了的笑容。

有些人的青春从今天宣告结束，而有些人的青春从今天悄然来临。

“那旖，骆学长找你。”

正是下课时间，一群人正热火朝天地讨论今年的高考，在一片喧闹声中，班长尖细的声音突兀响起。

班上同学下意识地往教室门口看了一眼，随即若无其事地移开，继续聊天。

那旖笔尖一顿，还没什么反应，胳膊肘就被宁丹丹撞了一下。

“我去，骆学长又来找你了。”宁丹丹趴在桌子上，眼睛瞄着教室门口，以手挡唇小声道，“骆学长和你到底什么关系啊？见天往咱们班跑。”

“没什么关系。”那旖秀眉轻蹙。

“没关系能高考完就第一时间就跑来我们班找你啊。”宁丹丹两只眼睛里闪动着八卦的光芒，“多么优秀的骆学长啊，长得帅成绩好家境优越，简直就是校园言情小说里的男主角，骆学长一毕业，全校学妹集体失落。可惜了，啧啧……”

不知道她在可惜个什么劲儿，那旖扒拉开她的手臂，丢掉手中的笔，顿了下后，伸手从书包里摸出两张卡质东西揣到衣服口袋里。

刚高考完，骆嘉瑞脸上带着几分如释重负的笑，他站姿笔挺，五官俊秀，气质温润，整个人就像一棵青松，坚韧高贵。

触及那旖的目光，他垂在两侧的手指不自觉地蜷曲了一下。

这两年，骆嘉瑞经常会往初中部跑，一开始是送笔记本，后来送零食送奶茶，次次不空手。

一开始初中部的学弟学妹还觉得稀罕，后来慢慢都习惯了。也理所应当地，校园八卦从此有了骆嘉瑞和那旖的名字。

关于骆学长和初中部学妹那旖的传闻一直经久不衰，虽然从未见过他们有亲密的相处和对话，但八卦这种事就是捕风捉影，图的就是个猜测。

而有些人的名字放在一起，单单只是猜测，都让人充满兴味。

骆嘉瑞背着单肩包，看样子像是刚开完班会。那旖走到他跟前，他反而有些不好意思看她，微微侧了侧头。

那旖看着他，声音平淡得听不出一丝情绪："学长，找我有事吗？"

"我马上就要离校了，离开之前我想请你吃点东西，可以吗？"骆嘉瑞因为紧张，尾音都有些颤。

那旖握着校服口袋里的东西，在骆嘉瑞的注视下，缓缓点了下头。

骆嘉瑞没想到她会答应，他其实已经做好了被拒绝的准备，见此不由得双眼一亮，有些结巴道："你，你喜欢吃什么？都可以，只要你说。"

那旖轻声道："奶茶吧。"

骆嘉瑞忙不迭道："好。"

他十次来找那旖，九次都没能把东西送出去，偶有一次，都是他鼓足了勇气强行塞给她。

那旖从来没有对他冷过脸，但也从来不接受他的示好。骆嘉瑞有些难以形容现在的心情，比高考结束还轻松，还有一丝隐秘的雀跃。

今天高考结束，高中部一改严肃的学习氛围，教学楼纸花飞扬，随处可见满脸带笑的学长学姐，入耳尽是欢声笑语。

骆嘉瑞嘴角一直带着笑，脚步轻快，他偶尔侧头看一眼走在身旁的那旖，有心想说些什么，但因为紧张，张了好几次嘴都没能开口

眼看着就走到校门口，他绞尽脑汁地找出话题："你喜欢喝奶茶吗？"

那旖点头："还可以。"

终于打开了话匣子，骆嘉瑞忙道："我知道一家奶茶店，味道很不错，可惜离学校有点远……"

"学校门口这家就很好，听我同桌说开了很多年了。"

"嗯，听我朋友说他哥读书的时候就开着了，都快十年了。"

"难怪生意这么好。"

"是啊。"

话题到这终止。

骆嘉瑞暗自懊恼，但他本就不是一个喜欢说话的性格，与别人相处从来都

是对方挑起话题，他偶尔应和，像这样绞尽脑汁地想要找话题和女生聊天还是第一次。

显然，那旖也不是一个会主动找话题聊天的人。

两人一路沉默走到奶茶店。

奶茶店生意很好，骆嘉瑞推开大门，侧身让那旖进去。

门上悬挂的风铃发出一道清脆的碰撞声，坐在靠近大门小卡座的一群人下意识地往他们的方向扫了一眼。

费晓宇率先看见那旖,胳膊肘下意识地就撞了旁边的聂余一下:“喂,抬头。”

聂余靠在沙发椅背上，右脚踝搭在左腿膝盖，手中玩着一支笔，一头蓬松的发长到遮住双眼。他一只耳朵里塞着耳塞，无甚精神地听坐在对面的黄清丽等人讨论周末去哪儿玩。

被费晓宇一撞，他脸上还没来得及露出不爽的表情，余光就率先落在了吧台那两人身上。

黄清丽几人说话的声音也一顿，顺着他们的视线看去。

“哇呜，那不是骆学长和他的小学妹吗？”有个女生戏谑道。

“特优班的，叫什么来着？”黄清丽也笑了，兴味地看着吧台。

“那什么来着，后来那字还挺别扭。”

“旖。你个文盲。”

“滚。”

“哈哈哈！”

几个人以为聂余是在看骆嘉瑞，毕竟经常一起玩的都知道聂余看不惯骆嘉瑞，甚至到了闻声色变的地步。

聂余的脸色果然很难看，盯着骆嘉瑞的眼神仿佛要打人，他指尖捏着的笔被无意识折断，残骸撒开来。

费晓宇看着心惊肉跳，在桌下狠狠踹了他一脚，试图让他稳住。

骆嘉瑞在和收银员说话，那旖有些无聊，视线往店内一扫而过，不经意就对上费晓宇的脸。

她顿了下，看见了他旁边的聂余。

两人的视线在半空相接，然后同时扭头。

付完钱，骆嘉瑞环视了一圈，看到角落还有一个空位。

“那边有一个位置。”他偏头对那旖说，“有点偏，可能不好吹空调。”

那旖看了眼那个方向，过去要经过聂余他们桌。她顿了下，摇头：“我不热，没关系。”

骆嘉瑞见她不像勉强的样子，心里一松，说：“我见你喝奶茶喜欢加冰，不过女生吃太多冰不好，我点了少冰，可以吗？”

“嗯。”

路过聂余他们桌时，骆嘉瑞还在偏头和那旖说话，声音轻柔，像是在对待需要小心呵护的人。

那旖垂着眼皮，偶尔点头，目不斜视地从聂余桌面前走过。

“那旖。”

就在擦肩而过的下一秒，聂余突然叫了她的名字。看着她的背影，聂余的声音听不出喜怒：“你不是不喝奶茶吗？”

黄清丽和那几个女生一愣，骆嘉瑞也停下了脚步。

那旖回头。

聂余耷着眼皮，淡声道：“其实还是喝的，但要看是谁给你买？”

这句话实在有点不妥，连费晓宇听着都觉得一阵儿别扭，他撞了聂余一下，提示聂余好好说话。

聂余半边脸都被头发遮住，看不清表情，他垂在桌上的指尖还捏着一端断掉的笔，骨节因为用力而显得有些泛白。

十指修长，藏着隐忍和克制。

在好几道晦涩目光的注视下，那旖轻轻点头，眉眼淡漠。

“对。”她说，“就是你说的那样，所以以后不要随便给别人买奶茶了。”

聂余抬头看着她，面无表情。

奶茶店放着一首舒缓的钢琴乐，悠扬悦耳。

角落的位置，那旖捧着浸着冰凉水珠的奶茶杯沿，白皙的指尖被凉得有些僵掉。

骆嘉瑞看了眼不远处的聂余，有心想问问，几次张嘴，又没能问出口。就像很多人疑惑他为什么会去初中部找那旖，他也从来不知道那旖和聂余居然认识。

他们之前的怪异对话，还有那种若有似无般针锋对决的气氛，明显就是认识的。

心中微紧，骆嘉瑞掩饰般地捏着吸管抿了一口奶茶。

和他们这桌安静的气氛截然不同，聂余他们那桌时不时传来低低笑声，话题五花八门，什么都聊。

不知是故意还是无意，聂余的声音尤为清晰。

“你怎么会认识她？从来没听你说过呀。”黄清丽的声音和她的名字一般清脆悦耳，带着少女的娇嗔。

“谁说我认识。”聂余语调慵懒，一如既往地拖得很长。

“你少来哦，我可不是好糊弄的，不认识你刚才为什么要那么说话，赶紧老实招来！”

“不认识。”

窗外的阳光有些晃眼，光晕刺目。

骆嘉瑞抬眼看向那旖，见她表情淡漠，对不远处的对话充耳不闻。

从坐下到半杯奶茶见底，那旖只字未说，他也不能从她无甚表情的脸色分辨她现在的心情。

顿了下，骆嘉瑞拿过一旁的背包，从里面抽出一沓资料放到桌上，慢慢朝她的方向推去：“这个……”

那旖抬头。

那旖的目光不在他身上时，他会偷偷看她。

但那旖终于把目光投向他身上后，他又不敢直视，垂眸回避。

无论在外人眼中有多优秀，骆嘉瑞在那旖面前永远丧失勇气，连直视都要耗尽浑身力气。

“这是我高中三年的学习资料。”骆嘉瑞微微垂目，盯着她的指尖，“我知道你不想要我的东西，一分一毫都不想要，这些资料不是我用过的，是我另外抄的，很干净。”

那旖握着杯沿的手微微收紧，声音低得像风：“学长，你真的不用这样。”

骆嘉瑞抬起头看了她一眼，触及她平静的目光，又猛地垂下脑袋。

他微拧的眉心似乎昭示着他的真实内心，带着一丝惶恐，还有自己都没有发现的恳求：“真的没用过，很干净。”

这两年，骆嘉瑞经常去初中部找那旖，那旖也没有对他表示过厌恶，但也从来不接受他的任何好意。

这世上再没有比那旖和她母亲更温柔的人，她们的理解和大度，让他那些小心翼翼的接触和示好，都显得那么苍白和无力。

他知道这些东西对那旖而言可有可无，她聪明好学又努力，就算没有这些东西，她依旧能在考试中取得一个好成绩，能成为老师们心中最优秀的学生。

她总是能凭借自己的努力，得到自己想要的。

想要帮助她，但有时想想，他的好意很自以为是，那旖坚韧到根本不需要他的任何帮助。

她就像一棵幼小却又生命力顽强的幼苗，经历过疾风骤雨，也依旧顽强又向阳地生长着。

很吸引人。

店内的音乐曲风忽变，从钢琴换成了二胡，悠扬的乐曲转瞬哀怨。

骆嘉瑞一颗心七上八下，他害怕那旖拒绝，但那旖的拒绝又似乎在情理之中。

沉默良久的那旖伸手，五指按在桌上那一沓学习资料上，慢慢往自己的方向拉，最终停留在手边。

“谢谢学长。”她接受了他的好意。

骆嘉瑞十指来回交握，因为完全出乎意料，他显得有几分无措：“不用谢，我很高兴你能接受。”

他双眼明亮，俊秀的五官都泛着光，现在的模样倒有些像学校那群女生口中的“骆学长”了。

那旖在心里几不可闻微微深呼出一口气。

她对骆嘉瑞的观感很复杂，他是父亲用生命救回来的人，她不恨骆嘉瑞，也不怨怼，但面对他的时候心里总会有些难过。

看到他，就会想起躺在病床上再也无法睁眼的爸爸。

骆嘉瑞的存在无时无刻不在提醒着爸爸的死亡，即便过去十多年，伤口也早已愈合成疤，不会感觉到疼痛，但也很难去直面那段血淋淋的伤害。

因为这种微妙的关联，面对骆嘉瑞时，她总是不知道应该如何面对。

但骆嘉瑞又是一个很执着的人，他一直没有掩饰想要帮助她的想法，尽管只有一点点，他也很高兴。

她看得出来他的好意，不管是为了减轻心理的罪恶感，还是只是单纯地想要帮助她，她能拒绝一次，拒绝两次，却拒绝不了他一而再再而三不顾她的冷脸，依旧笑脸相迎。

就像妈妈不愿意让她心怀仇恨活着，那旖也不希望骆嘉瑞永远心有愧疚。

这也是为什么这两年骆嘉瑞经常往初中部跑，那旖虽然不接受他的给予，但也没有把他拒之门外。

不知道失去父亲的痛苦，和日复一日心怀愧疚相比哪一个更难受。

但总归，都是难受的。

那旖接过了骆嘉瑞的学习资料，但她从衣兜里摸出了一张银行卡和名片，像骆嘉瑞给她学习资料一样，把卡推到他手边，说：“学长，这个还请转交给你的父亲。”

银行卡和名片都保存得很好，岁月并没有在那两张没有生命的卡质上留下任何痕迹，就连边沿都没有泛黄。

和当初一模一样。

名片上大大的“骆铭”两字几乎在瞬间就灼伤了骆嘉瑞的眼。

他的指尖像燃了火一般，忽地蜷缩，紧紧藏在手心里。

他一眼就认出来了，桌上的名片和银行卡是当年去那旖家时父亲骆铭塞给那家的“补偿”。

这些年，骆铭的手机一次都没有响过，那家没有人给他打过一次电话寻求帮助，卡里的钱也没有动过。

在骆嘉瑞几乎已经忘记这件事，在他为成功送出去学习资料而偷偷喜悦的下一秒，那旖就把银行卡和名片悉数奉还。

他上扬的嘴角就这么僵住，整个人似乎在一瞬间就丧失了精神气。

哀怨婉转的二胡曲压盖了那旖的声音，细细低语只有她对面的骆嘉瑞能听见。

“谢谢学长的学习资料，也祝愿学长能考上心仪的大学。

“我和我的家人这些年都过得很好，真的不需要帮助，希望学长也能忘了以前的事，以后好好地生活。

“没有人怪你，你也不要再怪自己了。”

她的声音比一切音符都要轻柔，带着抚平一切伤痛的力量。

说完，那旖没有再多留，拿着骆嘉瑞在无数个深夜抄下来的学习资料起身离开。

她没有回头，所以也就没有看见骆嘉瑞挺拔的脊背弯曲，那张挂满愧疚的脸深埋在双掌之间，肩膀微颤，久久没有抬头。

奶茶店外阳光正好，落在身上暖洋洋的。

那旖抬头望向蓝天，深呼出一口气。

是希望他人释然，也是自己释然。

这年的高考，三中再次一绝骑尘。

潼陵今年的理科状元是他们学校的高三学长骆嘉瑞，横幅在校门口挂了整整一个暑假，昭示着学校的荣耀。

那旖是在暑假才打开的骆嘉瑞给的学习资料，如他所言，笔记本很新，连一丝褶皱都没有，整洁的字体记录着从高一到高三整整三年的重点笔记，十分用心。

只是在扉页，写着两串数字，一个是手机号，一个是社交号。

那旖看了两眼，便合上了笔记本，没有再打开。

早餐摊这几年的生意还可以，纪兰在这个暑假给那旖买了一部手机，两千多，是时下很流行的一个手机牌子。

对那旖，纪兰从来不会苛刻，总想在能力范围内给女儿最好的，就连她自己用的都是几百块的老年机。

赵春花知道后骂了纪兰一顿，觉得她浪费，但听到那旖他们老师要在群里发学习资料后，火气也就消了。

赵春花这辈子也没别的指望了，就指望那旖考个好大学，给她爸争光。

虽然有了手机，那旖却没什么可以联系的人，除了宁丹丹，就只剩下桑月月他们。

去年的中考，桑月月还是没能考到三中，甚至五中都没考去，她去了一个不好不坏的普高，从和她偶尔的通话里，那旖知道了卓一凡今年中考也考去了和她同一所高中。

那个曾经被桑月月嫌弃到尘埃的卓一凡，现在是和桑月月关系最好的男生，那旖已经很久没从她口中听到费晓宇的名字了。

费晓宇和聂余，这两个名字，成了她们之间绝口不提的存在。

桑齐和桑乐今年高考，桑齐考了个一本，桑乐考了二本，两兄弟从出生就没有分开过，却分别选了不同城市的大学。

曾经一起长大的一群人，如今各奔东西，都在过着独属于自己的人生。

八月，骄阳当空。

中午吃完饭，那旖背着书包，换了球鞋便出了门。

在小区外的公交站等了一会儿，去往市图书馆的车缓缓到来。那旖刷卡上车，午后的车次不拥挤，甚至有些空，只有几个男生坐在后门下车处的位置，聊着天，声音有些大。

那旖越过他们，在后排找了个位置坐下。

公交车晃悠悠前行，期间偶尔有那么一两道目光落在那旖身上。

已经完全长成少女模样的女生靠窗而坐，望着窗外的侧脸白皙漂亮，与绯红的唇正相反，她眉眼冷淡，整个人气质有些冷冽。

十分吸引人。

几个少年你撞我我撞你，时不时偷偷看她，却没有人敢去搭话。

明明下一站就是目的地，他们硬是没有一个人下车，跟着坐到了市图书馆。

暑假期间，图书馆人满为患。

那旖拿了两本参考书在书架之间逛了一圈，走到阅读区时，运气很好地遇到一对小情侣正准备起身离开，那旖趁机把书包放到桌上，拉开椅子刚准备坐下，手臂就被人从身后撞了一下，紧接着，一只有力的胳膊在她之前拉开另一张椅子，一屁股坐下去。

一股有些冷冽的清香忽地侵入鼻腔，霸占了“唯二”座位的男生微微喘着气，胳膊搭在桌面上，十分霸道。

那旖动作一顿，旁边抢位置的那位还在微微喘着气，仿佛前一秒刚跑了八百米。

余光中，她看见对方穿着黑色T恤，头发蓬松，身高挺拔，压迫感十足。

因为拉开椅子的声音有些刺耳，在安静的环境中十分突兀，不少正在看书的人往他们的方向看了一眼。

那旖心头一跳，顺着那些目光跟着扭过头。

入眼是一张额间带着细汗、漂亮张扬的脸，有一点陌生，但更多的是熟悉。

聂余单臂撑在桌面上，被头发遮住的眼睛上挑，挑衅意味十足：“哟，这不是特优班的那旖同学吗？你也来看书啊，好巧哦。”

那旖白了他一眼。

聂余一脑门汗，卷卷的刘海黏在额头，看模样完全不像是来图书馆看书的，更像是从哪个地方突然跑过来的。

嗯，他其实就是从奶茶店跑来的。

奶茶店就开在图书馆前一站的位置，大门口正对着公交站，公交车停靠在站台的瞬间，聂余就看见了最后一排靠窗而坐那旖。

虽然隔着一条马路，甚至看不清那旖的五官，但他还是一眼就认出来了。

不知道是什么冲动，他丢下一群人，在烈日下跟着公交车跑了整整一站，见她下了车，径直进了图书馆，双腿不听使唤地就跟了上去。

图书馆里开着空调，凉凉的冷风驱散了外面带来的热意。

藏在左胸腔的心脏还在激烈地跳动着，不知是因为剧烈地奔跑，还是因为安静坐在旁边的女生。

“可真巧。”半晌后，那旖才说出一句。

说完，她从书包里拿出笔记本，拧开笔盖，翻开参考书，埋头准备抄写昨天没写完的那页。

即便隔着一掌的距离，都能感觉到一股热意从身旁袭来，滚烫，灼热，烧得人血液都跟着沸腾起来。

书上的字突然就变得飘忽起来，笔尖停在纸面上，久久没有写下一个字。

似乎觉得这样下去有些怪异，那旖闭了闭眼，再睁开时，眼中一片清明。

她暗自深吸一口气，集中注意力，悬停良久的笔尖终于在纸上写上了一行行清秀字体。

座位四周不时有人走过，脚步轻缓，没有发出一点声音。

那旖抄满一页，正准备翻页时，桌下的腿被撞了一下。她手腕一顿，没有管，继续写。

过了一会儿，胳膊又被撞了一下。

今天有人就不乐意让她安静学习，桌下的大长腿不是“不小心”撞到她，就是桌上的胳膊肘“不经意”推到她。

几次三番下来，那旖的笔尖已经在笔记本上劈了好几回叉。

翻页，翻页，继续翻页。

在又一次笔尖在笔记本上划出一条大大的横杠，又废了一张纸后，那旖五指攥着笔，忍无可忍扭头，压低声音：“同学，你能安静一点吗？”

聂余满脸无辜，歪头：“嗯？”

“……你到底想怎样？”

聂余上半身完全伏趴在桌上，桌下两条长腿不羁地岔开，脑袋压在胳膊上，看着她，懒洋洋地拖长声调：“对不起啊那同学，我不是故意的——”

那旖怕打扰到别人，几乎是用气音道：“你是有意的。”

聂余咧嘴一笑：“哎呀，被你发现了。”

“你……”

那旖抬头环顾四周，可惜周围依旧人满为患，没有换位置的机会。

她收起桌上的笔记本往书包里一塞，起身就想走，被聂余拽着后衣领给按了回来："你干吗去？"

那旖一屁股坐在板凳上，疼得她眉心皱起，气到反手就是一巴掌抽在聂余手背上，说："关你什么事！"

聂余盯着自己被抽飞的手，愣怔了两秒，脸上却没有第一次被甩开时的难受，甚至满不在乎地甩了甩。他扬起眼尾，像个碰瓷的不良少年，说："那同学你怎么回事儿，说话就说话，怎么还动手了呢？也就是我了，你换个人试试，今天不把你手打红。"

那旖隐忍道："是谁先动手的？"

不止先动手，还动了腿的聂余装作听不懂，指着她的书包："你抄完了吗就想走？"

"跟你没关系。"

那旖不想和聂余说话，想起身，聂余就伸手罩在她肩膀上空，做出一副你起身我就压的动作。

"怎么就没有关系了。"他像个无赖，"我们不是同学吗？"

"你同学这么多，个个都跟你有关系？"

"别的不一定有关系，你有点关系。"

"不认识的同学也跟你有关系？"

聂余一怔，悬停在她肩头的手指蜷曲了一下，他移开目光，说："我以为你不在乎呢。"

那旖表情淡淡道："嗯，我不在乎。"

聂余立马竖眉，生气道："不行。"

两人无声对峙。

过了一会儿，聂余缓缓伸手，修长的五指轻轻拽住那旖的衣角，轻轻摇了摇。

那旖看着聂余，聂余卷卷的头发耷拉在额间，眼神湿漉漉的，看着有那么几分可怜。

一句话都没有多说，但横跨了整个初中三年的冷战，那些漠视，互不打扰，就在这一瞬间，冰封的表面破了一道痕迹。

"咔嚓"一声，细微到几乎可以忽略。

她移开目光，低头看着被他拽着的衣袖，扯回来的同时，顺便在他手背上轻轻拍了一下。

聂余被拍得微微痒，他收回手，歪着脑袋趴在桌上，看着她从书包里拿出之前塞回去的笔记本放回桌上，继续抄写。

图书馆一片静谧，身旁偶尔有人起身，空位很快就被他人填满。

人群几来几往，旁边的人换了一拨又一拨，外面的太阳也移了方向，只有角落位置的两个人一直没有变。

一个坐姿端正，一个懒散趴着。

身旁安静得不像话，那旖笔尖稍顿，眼珠微微转动，偷偷朝旁边扫了一眼。这一眼，却久久没有移开。

少年的下巴垫在胳膊弯，双眸微阖，睡得放松又香甜。

因为闭着眼，他鸦羽般卷而长的睫毛搭在眼皮，投下一片浓密的阴影，鼻梁挺拔，唇珠微翘，那张从小被人称赞追捧到大的精致面容白皙到能看见小绒毛。

小升初那年的暑假,聂余不过是出了一趟国,整个人就悄然拔高,疯狂成长。

而初中整整三年，他也在她不知道的时候，长成了这副让她熟悉，却又陌生的模样。

聂余还是聂余，却已经不再是小时候那个会和她抢玩具的幼稚鲫鱼了。

聂余睫毛忽地轻颤，似要醒来。那旖猛地扭过头，握着笔的手指收紧，有些紧张。

聂余一无所觉，他揉了揉眼睛，扭头见她还在写，半眯着眸子看了眼腕间的表，已经五点了。

他没有打扰她，从兜里摸出手机，调了静音。

回了费晓宇两条消息，看见黄清丽发的那一长串消息直接选择了删除。刚删完，费晓宇的消息就回了过来。

费晓宇：【几个意思啊，突然跑了。】

聂余：【嗯。】

费晓宇：【嗯的意思是？】

聂余：【突然跑了。】

费晓宇：【……算你狠。】

聂余懒洋洋地打了个哈欠，聂余下意识地扭头看了眼旁边的那旖。

那旖猝不及防地回头，看着他，说：“睡醒了？”

聂余轻轻点头：“嗯。”

“哦。”说完她不再看他。

聂余心里一松，虽然根本不知道自己在紧张什么。

收起手机，聂余没骨头似的又趴了回去，下巴垫在桌面，卷卷的头发耷在眼皮上，扭头看着那旖。

那旖学习的时候一向很认真，从来不会分出一丝心神给别人。

小时候她就连看图画书都入迷，长大后面对再枯燥的学习内容，似乎都觉得有趣。

肉嘟嘟的小脸早在不知不觉间长开，五官变得漂亮，变得无害……个鬼。变得脾气大大，一言不合就甩手抽手背。

抽完还冷战，一冷战就是好几年。

你不动，她就不动。你动一下，她还怼你，怼得你不敢动。

唉，小女生脾气真的大。

他灼热的目光犹如实质，实在让人无法忽视。

那旖看着自己的笔记本，从不知道哪一行开始，就是一通瞎写，她连忙盖住本子，遮住自己的心思。

聂余眨了眨眼，慢慢靠近她，小声问："写完了？"

那旖低着头，扣好笔盖，抓着本子胡乱往书包里一塞："嗯。"

"要回家了吗？"

"嗯。"

拉好书包拉链，那旖起身。

她把书放回原位，又在书架那里停留了大概十分钟，才慢吞吞地往电梯口走去。

聂余站在电梯出口，视线落在她身上，明显是在等她。

之前坐着还没有多少感觉，现在聂余站在那里，身高上的优势才完完全全体现出来。

他身量颀长，上身穿着一件简单的黑色 T 恤，宽松的牛仔裤卷到脚踝，脚下踩着一双 AJ，本就长得招眼，站在人群中就更招了。

那旖顶着四周各种目光，慢慢走了过去。

"你好慢哦。"聂余小声抱怨。

一路沉默走出图书馆，热意袭面，在空调下待了几个小时的身体有那么一瞬间的不习惯，好几秒才缓过来。

街上人来人往，图书馆靠近商业街，十分热闹。

聂余把鸭舌帽扣在脑袋上，单手揣兜，似不经意般开口："好热啊。"

那旖双手攥着两侧的书包带，轻轻点头："嗯。"

"要不要去喝点东西？"聂余小心翼翼地发出邀请，"旁边有家冷饮店，可以吹空调。"

那旖摇头，轻声道："时间不早了，我要回家了。"

聂余脚尖在地面踢了一下："你坐什么车回去？"

"公交车。"

"哦。"

"嗯。"

"嗯。"

走到公交车站，聂余靠在站牌上，和她一起等车。

等车人不少，那旖站在边沿被撞来撞去，聂余伸手把她拉到旁边，身体微微换了个方向，用后背抵着人群。

那旖比他矮了一个头，视线所及处就是他的锁骨。

聂余今天穿的衣服领口有些大，因为微微弯着腰，漂亮的锁骨暴露在空气中，弧度清晰。

那旖移开目光,这个距离有些让人不安,她往后靠,后背抵在冰凉的站牌上。

聂余垂下眼皮，入眼就是比小刷子还浓密的卷翘睫毛，一眨一眨的，跟扫在心头似的，挠得他心间痒痒。

他移开目光，没两秒，又挪回来。

“那旖同学。”刚过变声期的声音带着几分少年的清凉，“你明天还来图书馆吗？”

那旖前进不了，后退不能，如今所处的世界只有少年圈起来的臂弯。她低垂着脑袋，只留给他一个发旋，回答：“来吧。”

“哦。”聂余眼也不眨地看着她，“有点巧，明天我也来。”

一整个暑假，那旖都在图书馆度过。

而聂余每天都非常“巧”地出现在她旁边的座位上，虽然他不是玩手机就是睡觉。

九月开学那天，他们搬去了高中部的教学楼，那旖还是在重点班，聂余还是在平行班。

偶尔在学校遇到，他们也没有再像以前那样，一个抬头望天，一个低头看地，看谁都不看对方。

聂余经常会去那旖他们教室那层楼，在和隔壁班男生聊天时，眼睛却盯着教室里的那旖。

而在课间时间，那旖偶尔也会和宁丹丹一起去篮球场看男生们打球，她的视线永远追随着那个奔跑的身影，看他张扬的笑脸，看他撩起衣服擦汗时因为露出来腰腹而引来的声声尖叫。

这种感觉，有别于初一开学时的假装不识，更不同于初二初三冷战那两年，虽然在学校还是没有说话，但每次眼神碰撞间，都似火星撞地球般，摩擦出只有他们知道的隐秘花火。

每周末，那旖都会去图书馆。

无论去早去晚，角落永远有两个位置是被人占着的。

这周末，那旖比聂余先到图书馆。

看了一会儿书，旁边的椅子被拉开，聂余坐了下来。

那旖扭头看了他一眼,默不作声地把手中刚抄完的蓝色笔记本推到他面前:“给。”

“什么……哦，笔记本啊。”聂余目光顺着她的手指慢慢挪到她脸上，挑眉，“要我帮你抄？”

不等那旖说话，他就把手机丢桌上，迭声道：“抄抄抄，帮你抄，帮那同学抄。”

“不是让你给我抄。”那旖微微侧首，因为侧身的动作，长发从肩头坠下，垂在胸口，“是我抄完了，这是给你的。”

“啊？”聂余随手翻开笔记本，那旖的字一直写得很好看，整洁干净，堪比教科书般的模板。

字当然是好看的，但……

他反手立马盖上，给她推回去，身子往桌上一趴：“我不想看。”

桌上放着两个笔记本，一本粉色，一本蓝色。

粉色的那本磨损略旧，蓝色那本显然是新的，就连边角都平平整整。

一旧一新，里面的内容却是一模一样。

重点班的教学一如既往地快，上周那旖偶然看到聂余记的课堂笔记，简直一塌糊涂。

开学都快一个月了，聂余的课本崭新得仿佛刚刚拆封，显然完全没有在认真听课。

蓝色和粉色的笔记本是上学期学校发的奖励，她每天晚上写完了作业就抄笔记，熬夜整整一周才把重点知识抄完。

那旖揉了揉手腕，也不强迫，把笔记本拿回来，说：“好吧，那我给别人。”

原本趴着的聂余立马伸出手把蓝色笔记本抢回来，压在手臂下，扭头瞪她。

那旖平静地与他对视，说：“毕竟熬夜抄出来的，不能浪费了，还给我。”

聂余闻言，额间的一缕刘海都高兴地翘了起来，他抬手按了按，说：“我要，我要行了吧。”

“倒也不必这么勉强。”那旖伸手去拽，“与其在你的书包里落灰，还不如给有需要的人。”

“需要！我就很需要！”

“你说你不要。”

“我逗你呢。”

聂余把笔记本紧紧抱在怀里，看着她，眯出一双笑眼，“谁说要在书包里落灰了，我一天看三十遍，看到学会模仿你的字迹为止。”

他声音有些低：“不是谁给我笔记本我都要的。

“只要你给的。”

那旖耳根忽地一热，瞪着他。

聂余抱着笔记本，在椅子上缩成一团，见她不说话了，忽地凑近她。

面前突然出现一张放大无数倍的脸，灼热的呼吸喷在脸上，那旖下意识地往后仰。

她往后退，聂余就前进。

聂余眨了眨眼，眼尾上挑，语调戏谑道：“那旖同学，你干吗后退？”

那旖柔韧的上半身弯出一道弧形，下颚绷紧，这个角度无限拉长了她的脖颈，显得又白又长犹如天鹅舒颈。

而因为后仰，垂在肩头的一头长发散落在后，藏在发下的红润耳尖暴露在聂余的视线里，红得像个精致的小珊瑚，小巧漂亮。

聂余心神晃动，鬼迷心窍地伸出右手，轻轻地捏了捏她的耳垂。

“那那，你的耳朵好软。”

那旖的脸颊以肉眼可见的速度变红，她瞪着聂余，忽然伸手一把推开他，胡乱地把桌上的东西塞到书包里，抓着书包起身就跑。

聂余的后背重重撞在椅背上，疼得“嘶”了一声，他盯着自己捏了那旖耳垂的手指，下意识地捻了捻，指尖似乎还残留着一丝余温。

软乎乎的，真可爱。

弯腰一把抓起掉到地上的蓝色笔记本，他起身就追了上去。

聂余跑出图书馆，一眼就看见了站在十字路口的那旖。

红灯忽地闪了一下，随即绿灯亮起。等候在斑马线两端的路人行色匆匆，与对面走来的擦肩而过。

那旖背着书包，站在斑马线的一端，背对着图书馆大门方向，没有动。

十五秒的绿灯转瞬即逝。

不知是谁扔在马路上的一张糖纸被车轮碾过，在空中飘了一瞬，又被紧随而至的车流淹没。

那旖垂着脑袋，盯着自己干净的白球鞋。

不知过了多久，大概是很久，也可能就是一眨眼的工夫，旁边出现了一双比她的脚大了不知道几号的男款球鞋。

一只纯白和一只穿着花里胡哨袜子的潮鞋并肩而立。

花里胡哨潮鞋歪了歪“脑袋”，轻轻撞了撞旁边的小白鞋“脑袋”。

小白球鞋被撞得“脑袋”弯了弯，随即不甘示弱地撞回去。

花里胡哨潮鞋十分坚韧，不但没有被撞歪，还十分嚣张得意地晃了晃“脑袋”。

小白球鞋气呼呼地拱了拱，憋足了劲儿，狠狠朝着花里胡哨潮鞋撞去。

花里胡哨潮鞋似乎是为了哄小白球鞋开心，“脑袋”故意拧成一个扭曲的角度，吐舌头装死。

“扑哧！”

那旖盯着他的脚尖，没忍住笑出了声。

聂余双手揣兜，右腿伸在在半空，弯出一个讨饶的弧度。

见她笑了，他的球鞋尖又朝着她所在的方向歪了歪，做了个磕头的动作。

一磕，他拟声道：“我错了。”

二磕，他继续道：“小白鞋，你别生气了。”

三磕，他继续哄：“你如果还生气，我就再给你表演一个歪脖子吐舌头。”

聂余扭头看着他，眼神专注，里面藏着不知名的心欢。

“那那，不生气了，好吗？”

那旖抿了抿唇，伸出脚，轻轻撞了他一下。

从来，就没有和你生气过呀。

高一的课程比初三还紧，第一次月测成绩下来后，那旖课间时间再也没有去过篮球场。

就连宁丹丹都没有再嚷着要去篮球场看校草打球，甚至对校草身边那个送了几天包子就沉寂了、却被她念叨了两年的钟杰也没了兴趣。

宁丹丹沉迷学习，她不但自己学，还拽着那旖学，两人在学校的一天几乎就黏在了椅子上。

那旖不再下楼，聂余上楼的次数就多了，有那么一两周，几乎每节课间都能在走廊看见聂余的身影。

因为他在学校的超高人气，就算是闲得趴在阳台上，都有一群人凑上去和他说话。

没有人疑惑过他频繁跑楼上来是为了谁，大家都因为走廊上多了一道漂亮的风景线，而让枯燥的学习多了一分有意思的幻想。

在聂余第无数次出现在他们班外面的走廊外，宁丹丹就拽着那旖小声道："我们楼上的风景是不是比较不一样？"

"……啊？"

"不然聂余干吗经常来我们班？按照他出现在我们班的频率，我完全有理由怀疑他是一个追求细节的风景鉴赏大师。"

那旖攥着笔的手一抖，心里莫名想笑。

宁丹丹捏着下巴，鼻梁上架着的眼镜折射出一抹机智的亮光："美好的人事物，人排在前面，所有我有充分的理由怀疑我们楼上的风景如此吸引聂余，是因为……你！"

那旖吓得险些把笔给扔了："你胡说什、什么！"

宁丹丹拍了她一下，说："咱们这层楼最漂亮的女生就是我的同桌那旖同学了。"

她有理有据道："如果我是一个男生，我也想每一节下课都偷偷跑到楼上来看一眼漂亮的女同学，不为别的，只为开心。追求美好的人事物，是人的本能，无关别的。就比如我，每天看着你这张脸，都能多啃一个馒头，这就是漂亮带来的超能力。"

好有道理的样子。

那旖抬头看了眼站在他们班走廊上和费晓宇他们说话的聂余。

一群男生本就招眼，何况中间还站着一个颜值张扬的校草，十分引人注目了。

风景鉴赏大师聂余同学，下课后偷偷来看漂亮的女同学，不为别的，只为好心情。漂亮的女同学。

……嗯。

她单手撑额头，盯着桌面上的课文，藏在头发里的耳朵却已经绯红一片。

走廊外，费晓宇狠狠撞了聂余胳膊一下，压低声音道：“我说你到底什么意思。”

聂余看着教室里的那旖，有些心不在焉：“什么？”

费晓宇顺着他的目光看过去，说：“也太明显了吧，每节课都往她教室门口跑，小心被传八卦啊。”

聂余舌尖顶了顶上颚，口腔里的硬糖撞在牙齿上，发出一声闷响：“传啊，求之不得。”

从“骆学长和初中部学妹”的八卦之风席卷三中那天开始，聂余就巴不得来个人传点别的八卦，就是故事中的男主角得换成他的名字。

可这都多久了，怎么就没谁生出个火眼金睛啊。

临近十一月，天气渐渐转凉。

图书馆里开着恒温空调，工作人员穿梭于书架之间，正在整理书籍。

角落位置，坐着两个熟悉的身影，一个笔直，一个懒散。

那旖今天穿着一件米色的短款卫衣，半张小脸藏在衣服里，只露出秀气的鼻子和沉静的双眼。

不知是巧合还是无意，她旁边的聂余穿着一件短款黑卫衣，额间绑着一条束发带，卷卷的发丝被压住。

远远看去，一黑一白，就像一对小玩偶。

小女生安静地学习，坏小子则被小女生压着学习，两人时而凑近，发出声声低语。

“还没写完吗？”

“这道题好难啊——”

“不要耍赖，我知道你会写。”

“我不会呀。”

“那笔记本还我。”

“不还。”

“你不看就还我，我送给其他有需要的同学。”

“谁说我没看，我一天看三百遍，本子都要被我翻烂了。”

“那你还说不会，公式我都写在笔记本里了，还有对应的题目，就是改了一下数字。”

“好吧……”

聂余反手把卫衣帽子扣头上，往桌上一趴，看着那旖，说：“你确定今天可以不用那么早回家的，对吧？”

那旖转动着手中的笔，笔尖轻点练习本上的数学题，回答：“我今天可以八点之前回家。”

聂余眼睛一亮。

“但是——”那旖一脸认真，笔尖继续戳他面前的题，“如果你一直拖着不写，我们就一直写到七点半，写完我就回家了。”

聂余笑不出来了，瞪着桌上的数学题，一脸苦大仇深。

虽然他们每周都默契地相约图书馆，但是那旖每周都在六点半准时回家，聂余好几次想留人，她都一声不吭，到点就走。

这周那旖好不容易松口，结果给他扔了一本数学练习册，意思不要太明白——写完一切好商量。

聂余已经很久没有正儿八经做过题，他玩棒棒糖的频率都要比握笔的次数高。

“高二就要分科了。”那旖看着他，声音低缓，“你选理科还是文科？”

文理两栋教学楼，相当于初中部和高中部的区别。

即便每天进出同一个校门，一学期都不一定能见一次面。

世界很小，也可以很大。

四周略显嘈杂，正在整理书架的图书馆工作人员正在喊同事传递书籍，周围看书的人都塞上了耳机，谁也没有注意到角落里的少年少女正在低声说着青春话题。

聂余眼睑微敛，谈及关于距离的话题他就情绪不佳：“你呢，你选什么？”

那旖反问：“你选什么？”

“如果我……”聂余看着她，试探开口，“选理科呢？”

“我文科理科都可以。”那旖移开目光，低头看着掌心握着的笔，语调一派淡然自信，“文理都没有区别。”

心里上涌起一股热意，聂余垂放在桌上的手指虚虚握着拳，松开，又握紧。他其实很想问问，如果他选文科呢？

话到嘴边又不好意思问出口。

太直白了，这么问，还不如直接问她：是不是我选什么，你就选什么？

心里高兴，做题都变得快乐了。

聂余的数学和英语本就好，他在小学就属于这两科不怎么认真学都能考得很好的那种，那旖给他的笔记本里面全是重点班的重点内容，虽然学习进度相比平行班要快，但聂余很宝贝那旖的送的任何东西，笔记本虽然没有每天看三百遍，一百五十遍还是有的。

上课没事儿就翻翻，下课闲得慌也翻，偶尔连睡前都要翻翻，有些题他闭着眼都会做。

之前不想动，纯粹是因为懒。现在突然有了动力，进度那是唰唰唰的。

给他出几道文言文指不定还能难住他，数学题嘛，那就不好意思了。

那旖扭头偷偷看他，就见他眼角眉梢都张扬着自信，白皙的五指握着笔，笔尖在练习本上宛若游龙行走。

她抿了抿唇，试图压抑住想要上扬的嘴角，最后干脆手掌托着下巴，指尖捂住嘴唇，不让脸上的笑意泄露一丝一毫。

从图书馆出来，天边已经落满了彩霞。

六点半，时间还很早，聂余用生死时速不但争取来了一起喝冷饮的时间，如果冷饮喝快点，他们还能一起吃个晚饭。

图书馆附近就有一家冷饮店，全国连锁，味道一级棒，店内装修也是十分有格调，唯一的不好就是人太多。

而那旖和聂余都不喜欢排队。

"要不我们点外卖吧。"聂余看到排成长龙的队伍就打退堂鼓，他摸出手机，点开外卖软件，"先找个地方吃东西，等骑手送。"

那旖也有点望而生畏，她是一个很讨厌把时间用在等待上的人，点点头，道："好。"

"想吃什么，我找店。"聂余问她。

"你想吃什么？我请你吃。"那旖说。

聂余扬眉，握紧手机，俯身靠近她，说："我没听错吧？那同学要请我吃东西？"

那旖伸手按住他的肩，轻轻往后推，微微侧头避开他的视线，小声道："说话就说话，别凑这么近。"

"这就近了，我们小时候还抢一个枕头呢。"聂余说得脸不红心不跳，"那时候你也没说近。"

那时候她都还不会说话！

"以前近。"聂余继续凑近，低声问，"还是现在近？"

那旖看着近在咫尺的脸，心尖倏地一跳，有些忍无可忍道："你，住嘴！"

聂余眨了眨眼，一丝得逞的笑意一闪而过，直起身，无比乖巧道："好的。"

聂余点了冷饮外卖，带那旖去了附近蛮出名的一家烤肉店。

那旖很少在外面吃东西，零花钱不允许是一方面，另一方面是习惯。纪兰和赵春花都觉得外面的东西不卫生，尤其是赵春花，坚决杜绝外面的垃圾食品危害到那旖聪明的脑子。

在老太太眼里，外面的东西全是用地沟油做的，垃圾不卫生，危害健康，吃了就会变成傻子。

聂余就正好相反，他几乎每餐都在外面吃，家里虽然有保姆，但聂国兴和潘姿美几乎都不在家，他一个人也就习惯在外面解决一日三餐。

想到他爸，聂余摸出手机给聂国兴发了条信息。

聂国兴上周去宣城出差了，说明天回来，聂余问了他几点的飞机。

等到骑手把冷饮送来，聂余拖着时间慢慢给那旖烤肉，拖到最后拖无可拖了，他爸都没有回他消息。

“这么忙啊。”聂余“啧”了声。

那旖抬头：“啊？”

“没事。”聂余摇头，把手机放一旁。

那旖答应纪兰八点之前回家，到了七点半，她就有些着急了。

“最后一片。”聂余把手头烤着的肉夹到她碗里，抽了张面巾纸擦手，“看，擦手了，真的是最后一片。”

那旖盯着碗里那不知道是多少个“最后一片”的最后一片，夹起来吃掉。

聂余满意起身，准备去吧台付款，那旖见此连忙抱着书包追上去，说：“你别，我付。”

没忘记之前说要请他吃东西的话。

聂余停下脚步，等她追上来后，弯腰凑近她，小声道：“那同学，你见哪个男生和女生一起吃饭，会让女生付钱的？”

那旖抱着书包，双唇被辣椒刺激得泛红，嘴角还沾着一点酱汁，她毫无所觉地摇头道：“不知道，我又没和别的男生一起吃过饭。”

聂余盯着她的嘴角，轻哼一声，提醒道：“嘴角。”

“啊？”那旖一脸茫然。

聂余盯着她的嘴角，那旖反应过来，脸微微发烫，局促地低下头找纸巾。几个小孩儿在大堂里追逐着奔跑，正好跑到那旖身后，眼看着就要撞上，聂余连忙伸手抓住她手腕把她拽回来，避开她身后冒失玩耍险些撞上的小孩儿。

“小心。”

那旖扭头，见三个小男孩拿着玩具，排排站在她身后，齐齐仰头望着她。

聂余看着他们，直接唬脸：“跑什么跑，撞到姐姐，小心我揍你们。”

三个小男孩愣了两秒，哇哇大叫着就跑。

聂余继续威胁：“跑快点，再快点，哥哥的拳头快要控制不住了。”

“哇哇哇，妈妈救命，有坏人要打我！”

那旖低头看着自己被他拽住的手腕，轻轻扭了扭，却没有挣开。

聂余威胁完小朋友，装作什么都不知道，拉着她去收银台报了一串会员数字。片刻后，接过收银员的扣费小票，顺手在吧台抽了一张面巾纸，拉着那旖往大门走。

街边霓虹闪烁，夜晚的城市如梦似幻。

穿行的车流像一条漫长的彩带，闪着不熄的斑斓光芒。

穿着黑色卫衣的少年和米色卫衣的少女藏在被夜色掩盖的人群里，并不起眼。

修长有力的手指箍着细瘦白嫩的手腕，掌心滚烫的温度紧紧贴着掌下的肌肤，似要把那灼人的触感透过皮肤传递给对方。

那旖垂着脑袋，只感觉手腕被烫得似要融化掉。

两人闷头往前走，谁都没有说话。

商业街热闹非凡，有一家大超市正在做活动，穿着玩偶的工作人员在外面发荧光气球，周围簇拥着一群嗷嗷伸手要气球的小孩儿。

穿过热闹的步行街，公交站就在眼前，聂余却脚下一转，牵着那旖走向商业街的另一个方向。

那旖蜷起手指，脚步只稍顿了那么一瞬，就顺着他的步伐走向和公交站截然相反的另一个方向。

一个光明正大地绕路，一个缄默不言地装作不知道。

商业街的背面是另一片繁华区域，几栋高耸入云的高端写字楼并立而建，是潼陵的白领们每天进出工作的地方。

而在这片区域的另一侧，还坐落着另一种纸醉金迷，五星级酒店和酒吧一条街。

随处可见的豪车停靠在马路两旁，香车与美人，酒醉和迷离，夜晚游走在这条街上猎艳成功的男女从酒吧出来，转头就走向对面的酒店。

聂余闷头走也没注意方向，等回过神来才发现自己居然把那旖带来了这种地方。

往前走是酒店，往后退是酒吧。

他停下脚步，身体瞬间僵掉。

第六章
破碎的家庭

聂余忽地停下，游神走路的那旖没有注意，脑袋撞到了他的后背。

这一撞把聂余撞回了神，他回头，见那旖在揉额头。

他下意识地伸出手，伸到一半，才反应过来手里还拿着一张面巾纸。顿了下，他递给她：“喏，擦擦。”

那旖揉着被撞疼的额头，嘀咕：“什么？”

“擦嘴角。”

那旖条件反射伸手碰了碰嘴唇，对上聂余认真的脸，一把从他手里抓着面巾纸按压住唇角，低头瞪着被路灯照亮的地面。

聂余揉了揉鼻子，轻咳一声：“不好意思，之前忘了。”

“你怎么这样。”那旖盯着地面上被拉长的两道斜长影子，声音闷闷的。

“怎样了嘛。”

那旖抬头瞪着她，眼尾都红了，不知道是羞还是愤：“一路上这么多人都看见了。”

聂余一头卷毛被晚风吹得东倒西歪，发带都箍不住。他弯下腰与那旖平视，盯着她被纸巾挡住的唇角，问：“看见什么了？”

他故意的。

那旖心里就只有这一个想法。

夜晚的风有些凉，哈出的气在半空萦出一股白雾。

那旖环顾四周，感觉有些陌生。

两侧街道十分热闹，灯红酒绿，身着潮服的年轻男女或站或蹲在街边吞云吐雾，身姿婀娜踩着高跟鞋走进酒吧的性感女郎，穿着侍者西服站在酒吧把门和客人聊天的酒吧工作人员。前方不远处，五星级酒店在夜幕下闪着低调奢华的荧光。

他们就像突然闯入了另一个世界，站在马路上和周围的一切格格不入。

香烟名酒，宝马美人，纸醉金迷，这是属于成年人的世界。

那旖后知后觉地感觉到有些不安，身体下意识地向聂余靠拢。

夜色掩盖了少年泛红的耳尖，聂余再次抓住那旖的手腕，带着她往前走，打算从酒店那个方向绕回广场，再带她去公交站。

那旖蜷着手指，满心对陌生环境的不安和抵触。

“别害怕，我们从酒店那边绕回去。”聂余察觉到她的胆怯，牵着她往前走，温声安抚。

陌生的环境让人心生不安，那旖无暇去想自己再次落入聂余掌心的手腕，只是下意识攥住他的衣角，获取安全感。她问：“这是哪里？”

聂余走得很快，似乎不想在这种烟雾缭绕中夹杂着香风酒意的环境里多待一秒。

“乖女孩儿别问。”

“是你带我来的。”

心思全都被掌下的温度占据，连狂乱的心跳都无心安抚，哪里有时间在意周围的环境，哥哥已经很后悔了。

这条路的空气，那旖吸一口，聂余都觉得是对她的亵渎。

在他心中，没有比她更纯洁的小女生。

不想回答，只好加快步伐。

聂余缄默不言，那旖反而来了兴趣，晃了晃被他抓着的手腕，问：“你对这条路这么熟悉呀，你是不是经常来这种地方？”

聂余绷着脸，说：“什么这种地方，这只是一个普通的地方。”

“普通的地方为什么不准我问？”

“听话，别问。”

“那你到底有没有经常来？”

那旖的声音听不出喜怒，聂余完全无法从她毫无起伏的声线里判断她的真实情绪。他扭头偷偷看了她一眼，那旖笑眯眯地看着他，他感觉心尖似乎有一只小动物正踮着脚尖在跳舞，踩着心头酥酥麻。

他偏开脑袋，故意带着几分轻佻的语气道：“干吗，查岗啊？”

那旖就要甩他的手，他抓得紧紧的，她不高兴道：“谁查你岗了！”

“那同学在查。”

“没有。”

“我让你查。”

那旖低头看着地面上两道被路灯拉长的影子，交叠而行，亲密无间，带着自己都不无法捕捉的娇憨语调说："不要。"

"求你了。"聂余语带笑意，轻佻中夹杂着几分认真，"好想被查岗呀。"

那旖发出一声轻哼。

一路拌着嘴，拉拉拽拽地走过那家五星级酒店。

因为第一次来这种地方，那旖有些好奇地瞅了一眼那扇巨大的旋转门。仅仅只是一道门，都能想象出里面的装潢规格。

毕竟是潼陵最出名的一家五星级酒店，她记得当年酒店竣工还上过市电视台，老太太就特别羡慕酒店的老板，房间多到想住哪间就住哪间。

"酒店顶层有家旋转餐厅，牛排和甜品都很不错。"聂余见她感兴趣，停下脚步和她一起盯着旋转门看。

那旖有些不好意思，收回目光："哦。"

"女生要穿礼服，男生要穿正装，否则谢绝入内。"聂余弯腰凑到她耳边，声音低得像小孩子说悄悄话，"今天不行，改天我再带你来。"

那旖伸手捂住耳朵，感觉浑身血液都在沸腾，她抬步就走："没说要来！"

聂余单手揣兜，看着她慌张的背影，笑得极坏："是我想来，求求那同学陪陪我呀。"

"不！"

正打闹间，一辆黑色宝马以极快的车速从街道那头驶过来，车尾后扬起的灰尘甚至在半空掀起一股小旋风。

原本都已经拐过街道，余光看到那辆熟悉的宝马，聂余脚步一顿。

"怎么了？"他停住，被他拽着手的那旖也被动停了下来，顺着他的目光望去。

"刺啦！"刺耳的刹车声打破沉寂的黑夜，宝马猛地停在酒店门口，惯性之下，车头都向前耸动了几下。

驾驶座的车门被打开，一张熟悉中带着几分陌生的面容出现在视野里。

熟悉，是因为那是从小看到大的聂叔叔。

陌生，是因为聂叔叔此时的脸色，甚至可以用恐怖来形容。

聂国兴面色阴沉，带着一身风尘仆仆的倦意，他把车钥匙扔给泊车小弟，迈开长腿就进入了酒店的旋转大门。

即便隔着一条街的距离，那旖都能感觉到他步伐沉重，周身萦绕着一点即炸的风暴。

连那旖都看出此时的聂国兴和往日截然不同，何况是聂余。

聂余嘴角的笑容在不知不觉间消失，他悬在半空的右脚换了个方向，就要折身返回。

那旖几乎是下意识地抱住了他的手臂，她心中莫名涌起一股慌乱，声音像被什么东西击碎，在空中散成一片片："不要，你不要去。"

女生的第六感是一个捉摸不透又很神奇的东西。

那旖不知道自己为什么突然心跳得厉害，甚至慌乱，似乎冥冥之中要发生什么不好的事。这种感觉她曾经体验过，和当年被园长叫到走廊那天一模一样。

唯一的不同在于，那时她面对的是园长沉默的双眼，而今天是一道刺耳的刹车声。

她紧紧抓着聂余的衣服，白皙的手指攥着黑色的卫衣，力道大到细瘦的骨节都凸了出来："聂余，不要去。"

聂余充耳不闻，抬步就朝着街对面走去，那旖甚至拽不住他，脚步往前踉跄了两步。

"聂余！"

聂余走得很快，越走越快，最后甚至小跑了起来。

那旖追不上他，只能眼睁睁地看着他几个大跨步跑进酒店大门，推开旋转门跻身进去。

攥着两侧的书包带，那旖跟着加快了脚步，等她追到酒店，电梯正好关上，聂余的脸消失在骤然紧闭的电梯车厢里。

那旖连忙去按电梯键，却晚了一步，只能看见电梯屏上数字在急速上升。

2，5，10，15，21，28……

电梯最后停在32楼。

旁边另一部电梯下来了，一对情侣相拥走出，那旖连忙按住电梯键，快步进去。

急速上升的观光电梯让潼陵的夜景一览无遗，但此刻，那旖无心欣赏这道独特的风景。

她满心焦急，看着电梯屏上变化的数字，攥紧了手。

电梯门一开，甚至都不用聂余去找，他就听见了熟悉的声音，伴随着尖叫、哭泣、撕扯声、砸东西的混乱杂音。

男人低沉的怒吼，女人的哑声哭泣，字句不堪入目，全是对家庭的不忠。

发出争吵声的那间大门开着，两个身高不相上下的高大男人扭打成一团，拳头击打在身上的声音沉闷似鼓，声声砸进心底。

潘姿美在一旁又哭又叫，衣不遮体。

眼前的一幕，荒诞又可笑。

潘姿美出轨，被本该还在另一座城市出差的聂国兴抓了现行。

聂国兴的脸色难看至极，他一拳狠狠砸在身下那个男人脸上，男人脚步一个趔趄，身体往后栽倒，整个人摔在沙发上。

男人身上没有穿衣服，腰间只围着一条浴巾，无论是身上的吻痕，还是后背的抓痕，都昭示着潘姿美的背叛。

聂国兴喘着粗气，身体摇摇欲坠。他双眼瞪如铜铃，凶狠得犹如厉鬼。他一个箭步冲上去，就想把男人抓起来。

“别打了！别打了！”潘姿美扑过去想抱住聂国兴的手，被聂国兴大力挥开。

潘姿美摔在地上，眼中泛着泪花，以往让聂国兴千百般疼惜的模样，如今落在他眼中只觉得面目可憎。

她怎么能，怎么能！

潘姿美被聂国兴的眼神吓得身体一缩，哭得双肩颤动：“国兴，你，我，我不知道……”

聂国兴的笑声像是破风箱，沙哑又难听：“不知道我今天会回来，对吗？”

潘姿美避开他的目光，哭得更大声了。

聂国兴牙齿咬得“咯咯”作响，他如果没有突然很想他们母子，没有心血来潮改了机票，没有在下飞机的时候突然收到商业竞争对手发来的自己老婆和别的男人在酒店电梯亲密相拥来开房的照片……那么一切就如她所言，她不知道。

他也不会知道！不知道他放在心尖宠着疼着的老婆，居然趁他出差，和别的男人来酒店开房！

聂国兴感觉胸腔已经快要炸掉了，浑身的怒火都集中在了心脏处，疼得他站都站不稳。他满身怒火和几乎把他淹没的伤心无法宣泄，他想怒吼，想质问，最后却只发出一声嘶哑的询问——

“你们多久了？”

话音落地，屋内的二人都看见了站在门口的聂余。

少年身姿挺拔，一头蓬松的头发因为奔跑而显得凌乱，那张完美遗传了潘姿美的优越脸孔此刻毫无表情。

潘姿美触及儿子的目光，浑身猛地一抖，她几乎是下意识把目光投向了摔在沙发上的高大男人。

男人似有所感扭过头，他整个人的气质有些颓，大拇指正在擦拭唇边的血迹，扭头的瞬间，束在后脑勺的一次性皮筋突然断裂，一头齐肩卷毛散落下来。

世界仿佛在这一刻安静下来,坐在地上一直哭泣的潘姿美像被掐住脖子般，突然哑了声音。她身体颤抖，五指抓着地毯，精心修剪的指甲崩断，她却感觉不到疼。

她扭头看向聂国兴，眼中爬满了惊恐。

聂国兴双眼骤缩，他的视线落在男人的头发和脸上，在愤怒之下忽略的熟悉和怪异瞬间齐齐涌了上来，在此刻尽显眼前。

他以极为缓慢的速度扭头，狰狞的目光直直落在了站在门口的聂余的头发与脸上。

聂余天生发色浅淡，在某一天早上醒来，他那头直直的头发一夜变卷。所有人都调侃聂余基因突变，就和聂余从小到大所有人都说他长得只像潘姿美，而不像他聂国兴一样。

在今天之前，他也以为，聂余像妈妈，不像爸爸。

但是……但是!

聂国兴在这一瞬间竟然感到头晕目眩，浑身血液倒流，他竟然在自己精心呵护了十多年的儿子脸上看到了和他人相似的痕迹。

而那个人，在半个小时前正在床上和他老婆厮混!

他们多久了？他们背着他在一起多久了？潘姿美回答不了他，因为聂余那张脸就是最好的回答!

他多可笑啊，他聂国兴多可笑啊!

聂国兴急促地喘息了几声，他仿佛濒临死亡的兽，绝望地汲取着稀薄的空气。

喉咙里发出一声压抑到极致的嘶哑怒吼，他一把抓起旁边的椅子狠狠地砸上。

“啊!”

一声巨响，椅子在地上四分五裂。

碎的明明是木头，聂余却仿佛听到了别的破碎声。

他的目光有一瞬茫然，视线直直地落在那个从未见过的男人脸上，越看……心就越发沉入谷底。

从小到大，所有人都说他的五官完全遗传了母亲潘姿美，就连眉眼都找不出一丝和父亲相似的地方，唯有性格能看出聂国兴的影子。但性格这种东西实在太过笼统，十个人里，总能在两个人身上看到相似的痕迹，或行为，或处事，抑或别的。

而长相却是骗不了人的，因为那是基因带来的东西。

在茫茫人海中，一个人或许穷极一生也不会遇到一个和自己五官相似的人，而在此时此刻，在当下这种荒唐又可笑的场景里，和潘姿美厮混的男人，却长了一张和他无比相似的脸。

甚至于他那头在某一天早上醒来突然变卷的发，都和男人那头披散在肩的头发一模一样。

黑不够纯碎，天生发色淡。

两张脸，单独在一处时，或许会因为截然不同的气质和年龄差而忽略。

然而此时此刻，此情此景，聂余那张脸，比潘姿美身上的暧昧痕迹更让聂国兴难堪。

就像一巴掌，狠狠地甩在他脸上。

聂国兴表情阴骜，扭头看向瘫坐在地的潘姿美，一个字一个字往外蹦：“我、要、一、个、解、释。”

潘姿美浑身发抖，避开眼不敢与他对视。

她的态度击溃了聂国兴心中最后残存的希望，他从喉咙里发出嘶哑难听的“嗬嗬”声，每一声都像刀尖在凌迟心脏，他最后看了潘姿美一眼，面无表情地一脚踢开脚下砸碎的椅子，转身就走。

经过聂余身边时，他脚步稍顿，随即裹着满面寒霜，冷脸离开。

踩在地毯上的脚步声沉闷似鼓，声声砸在聂余心里。

电梯门“叮”一声响，一开一合，留下一片狼藉。

那旖站在拐角处，后背靠在墙上，仰头看着走廊上的小灯。

半晌后，她顺着绿色安全出口标识，慢慢地走向楼梯口，抱膝坐下，伸手捂住了双耳。

即便隔着这么远的距离，不远处的争执声依旧能透过指缝传进耳朵里，一声一声，如诉如泣。

有人在哭，有人在笑，笑得却比哭还难听。

这世上最伤心的事情是什么呢？

那旖十几年来最伤心的一次，是被园长阿姨带去医院那天。那天，她失去了爱她的父亲。

聂余十几岁时最伤心的一次，或许就在当下。他以另一种方式，同样失去了他最爱的父亲。

不知过了多久，那旖感觉身旁有人坐下。

她偏头，看见了脸上带着一个巴掌印的聂余。

聂余表情淡漠，目光甚至有些放空，视线无焦点地看着空中某个地方。

他和潘姿美大吵了一架，把世上最难听的话都用在了她身上，他还和那个男人打了一架，脸上的巴掌印就是被潘姿美打的。

少年的喉结滑动了几下，似乎想说些什么，但张了张嘴，一句话都说不出来，喉咙像是被哽住，酸涩难忍。

他脸上带着满不在乎的假淡定，眼尾却早已泛红，眼中一片湿润。

那旖听到了极轻的吸气声，有些急促，带着水意。

指甲在掌心压出了几道刻印，她却克制着没有回头。骄傲的聂余，他狼狈的模样，只有空气能知道。

聂余的视线一片模糊，眼前的场景被一道水雾遮蔽，看不真切。

片刻后，一道压抑的哭声响彻在安静的楼道，沙哑得让人满心难受。

聂国兴今晚撞破的不仅仅是妻子的背叛，还有一个编织了十几年的巨大谎言。

他在这些年付出了多少真心，今晚加注在他身上的伤害就有多少，甚至成倍。

如果潘姿美的背叛是一记重锤锤在他身上，那么聂余可能不是他亲生儿子的猜测就是那根彻底压垮他的稻草。

人之所以会受伤，是因为真心付出过，只有放在心尖的东西落在地上摔碎了，才会感觉到疼。

聂国兴今晚何止是疼，他已经鲜血淋漓，痛到麻木。

但即便如此，就算那点可能性都已经破碎在了潘姿美的回避中，他心中还是藏着最后一丝希望。

假如呢，假如只是自己想多了呢？

假如……他是呢。

聂国兴太疼爱聂余了，从聂余出生那天起，他在聂余身上付出的感情就已经超越了一切，他教会聂余走路，教导聂余成长，教育聂余为人处世的道理，把聂余养出如今这般让他骄傲的模样，他投注在聂余身上的感情，甚至无法用任何言语来形容。

那是感情，真真实实的感情，是没有掺杂一丝一毫私心的付出，是一个父亲对儿子全然的疼爱，他在聂余身上，已经倾注了一切。

尽管理智已经全然被谎言取代,但支撑着他没有彻底倒下的唯一微薄希望，也只剩下一个聂余。

聂国兴回家第一时间就去了聂余的房间，他在聂余的床上一通翻找，在枕头下找到了一根淡色的头发。

他给自己的助理打了一个电话，找人联系 DNA 鉴定机构，连夜把样本交给对方。

等待的每一秒都是煎熬的，聂国兴已经长达二十四小时没有好好休息，他的身体已经十分疲倦，精神却处于一个非常活跃的状态。

助理有些担心地看着聂国兴，即便不知内情，但单单是刚下飞机收到一条不知名消息时老板难看的脸色，还有如今深夜找关系加急做 DNA 检测的行为，都让他心中不安。

“聂总，结果还没有这么快出来，我开车送您回去休息一下吧？”他小心翼翼地开口。

聂国兴充耳不闻，他坐在走廊的休息椅上，双目呆怔地看着不知名处。

助理劝了两句，见他依旧没有反应，故而也不再说话，坐在一旁安静等待。

鉴定结果最快也要二十四小时才能出来，助理陪着聂国兴在检测中心的走廊休息椅上坐了一个通宵。

当早上的第一缕阳光从窗外照射进来，聂国兴才仿佛如梦初醒。

他忽然起身，但一晚上保持着同一个动作，双腿早已麻木，他晃了两下险些摔倒，助理眼疾手快地连忙伸手扶住了他。

聂国兴挥手挣脱开助理的搀扶，迈步朝着大门口走去。

“给你放两天假，你回去休息一下吧。”

“那等结果出来，我第一时……”

“不用。”聂国兴脚步一顿，随即轻轻摇头，声音低沉，“结果出来，你就用碎纸机销毁了吧。”

助理愣愣地看着他的背影。

聂国兴回到家，一眼就看见了坐在沙发上的聂余。

他身上还穿着昨天的黑色卫衣，头发凌乱，看样子似乎在沙发上坐了一整晚。

听见动静，聂余抬起了头。

父子俩一个站在门口，一个坐在沙发上，隔着一段不算遥远的距离，却好似永远也走不近了。

聂余眼睑微敛，低垂下了头。

聂国兴从他平静无波的脸上看出了紧张的情绪，毕竟是疼了十几年的儿子，他一笑，聂国兴就知道他在高兴什么，他一皱眉，聂国兴就知道他讨厌什么。

聂国兴爱潘姿美，但对聂余，却是又爱又疼。只有放在心尖上过，此刻才会相顾无言，倍觉煎熬。

十多年的真心被扔在地上践踏，聂国兴不知道自己该用什么样的心情来面对聂余，于是移开了目光，抬步欲上楼。

“爸。”聂余轻声叫他。

聂国兴背对着聂余，停下了脚步。他喉咙干涩，喉结几次滑动，眼眶却慢慢湿润了。他想叫聂余住嘴，他不是他爸，他的爸不是他聂国兴，他也不是他的儿子。

他已经不想再看 DNA 结果，他不想再看一个昭示着他十多年可笑行为的事实来打他的脸，笑话他的有眼无珠。

他自诩聪明，却被人从头欺骗到尾，他不但帮别人养妻子，还给别人养儿子。

他的付出，他的真心，他的一切一切，通通是一个笑话。

一个彻头彻尾的笑话！

聂国兴甚至不想再待在这这间屋子里，以往温馨的家，如今却像一杯福尔马林，他在这个地方呼吸的每一口空气，都仿佛是灼心的毒药，让他浑身痛苦。

他脸色难看，没有理会聂余，步伐急切中带着几分慌张地转身就走。

大门被摔上，不多时，外面便响起轮胎碾压在地面的声音。

这是至聂余自出生到现在，聂国兴第一次对他冷脸。

聂余站在原地，双目死寂仿佛一潭死水。

那旖是从宁丹丹口中知道聂国兴和潘姿美要离婚的，这个消息宁丹丹不是在学校里听到的，而是在家里。

宁丹丹的父亲和聂国兴都是商圈里的人，内部消息自然灵通，几乎从聂国兴踏入酒店的那一秒，后续抓奸在床并大闹一场，这件事就瞒不住了。

何况潘姿美和野男人开房的照片本就是别有用心的商业竞争对手发给聂国兴的，想要瞒住根本不可能。

宁丹丹是偶然听到她爸和她妈聊天才知道的这件事，因为对聂余的颜一直很关注，她在初一就八卦到聂余的父亲是兴泰地产的老板，一个很厉害的叔叔。

现在，这很厉害的叔叔头上绿了，青青草原一片，正在和他的漂亮老婆闹离婚。

因为完全不知道那旖和聂余的关系，宁丹丹分享八卦时就是纯粹分享，完全没有别的想法。

“闹得蛮凶，听说聂余他妈不想离婚，一直死缠烂打。”宁丹丹小声说，“她肯定舍不得离婚，我爸说聂老板资产雄厚，和他离婚多亏啊。前几年新商业区那边不是在拍卖一块地皮嘛，就是被聂余他爸拿到手的，现在正在建的那栋商业大厦，就是前年电视里来回播报得很热闹，放话要建立潼陵第一栋标志性建筑物的那个，就是聂余他们家的。”

那旖攥着笔，久久没有说话。

宁丹丹以为她不明白，简洁直白道：“如果建成了就是一栋很牛的楼，聂余他爸的身价会翻无数倍。所以他妈现在肯定不想离婚，死皮赖脸也得缠着，毕竟未来有可能成为潼陵首富太太嘛。”

宁丹丹说的那栋商业大厦，那旖知道。

前几年政府对于那片的政策出来后，当时那块地皮抢得很厉害，谁都想吃下来。最后是怎么被聂国兴拿到手的，那旖这种整天在学校的学生自然不知道，只知道那栋标志性大厦从施工到现在，一直备受媒体关注，而聂国兴的名声也因此如日中天，直接跻身潼陵上层圈，生意越做越大，人也越发忙碌，不是在出差，就是在出差的路上。

也因此，养大了潘姿美的胆子。

耳边是宁丹丹细细碎碎的小八卦，那旖却一个字都听不进去。

她心里想的是聂余。

她已经很久没有在学校看见聂余，他仿佛在一夜之间消失，谁都不知道他去了哪里。

没有人因为学校少了一个人而有所变化，甚至很多人都没有意识到学校里少了一个人。

上体育课时，那旖偶尔会经过聂余他们班，在略显枯燥的讲课声与教室里千姿百态的走神里，她看着最后一排空着的座位，尤显突兀。

那天晚上，聂余把她送回家，然后一言不发地就离开了。

他一句难过的话都没有说，但那旖什么都知道，她说不出安慰的话，她只是捂着自己的耳朵，隔绝了那些会让人觉得难看的真相。

那晚的夜色尤为深沉，聂余带着脸上的巴掌印，和一颗突然变得无处安放的心脏，慢慢消失在夜色里。

路灯拉长了他的身影，斜长又孤单。

往后的周末，那旖再也没有在图书馆等到一个喜欢在旁边睡觉玩游戏的少年。

一日又一日，日复又一日。

随着期中考的结束，聂国兴和潘姿美要离婚的事儿闹得所有人都知道了。

纪兰和赵春花每天都在学校门口卖早餐，三中有什么八卦和风吹草动，有时她们比那旖还要早知道。

譬如老太太就比那旖要先听说潘姿美死皮赖脸不肯不离婚，但聂国兴态度坚决，她就狮子大张口要赡养费的事。也不知道老太太从哪儿听到的，说得言之凿凿，一双刻薄的眼里装满了对潘姿美的鄙视。

“当初我怎么说来着，说她不是个好东西你们还不相信，还怪我说人家闲话。”赵春花现在日子过得顺心，很有八卦别人的心情，“聂国兴当初一把人带回来，我就说这女人不行，看着不像个安分能过日子的，让他赶紧把人送走，结果他偏不信，还把人娶回了家。”

纪兰无奈地看着兴致盎然的老太太，想让她别在孩子面前说这些事：“妈……”

赵春花横了纪兰一眼，这会儿兴致正高昂呢。她剥着橘子，给不知道当年细节的那旖炫耀自己精明的双眼，她的火眼金睛早就把潘姿美那个狐狸精看穿了：“结果人娶回来怎么着，噢哟，那简直就是娶了个祖宗啊，屁事不做，连个内衣都要聂国兴给她洗。一个女人，内衣都要男人洗，这像什么话！整天除了吃就是打牌输钱败家，那懒得简直能把聂家祖宗十八代气活过来。”

过了一会儿，她又道：“聂家那两个老不死的可能气得不想活过来了，只想死得透透的。”

她脸上说不上是幸灾乐祸还是唏嘘：“这绿帽子戴得全城人都知道了，如果换成是我，我非……”

她的视线落在纪兰身上，然后又若无其事地移开。

纪兰没有接话。

那旖低垂着脑袋撕橘子上的脉络，特意调大的电视音量都压盖不住老太太对聂国兴的怜悯和潘姿美的唾弃。

在赵春花喋喋不休的回忆里，那旖才知道，原来潘姿美不是潼陵本地人，她是聂叔叔在马路边儿捡回来的。

是真的捡，当年潘姿美醉到人事不知，人睡在街边，几个混混围绕在她身边，如果当时没有遇到聂国兴，那晚她还不知道会经历什么。

聂国兴当时还是个愣头青，把潘姿美捡回家也没想怎样，他虽然有被潘姿美那张极具诱惑力的脸给迷住，却不是一个放肆的人，是潘姿美醒来后自己不想走，他也就顺势没赶人。

朝夕相处，自然而然就喜欢上了。

那旖的思绪在赵春花的言语中渐渐脱离。

外面的传言只说潘姿美出轨，聂国兴要离婚，潘姿美却纠缠着不想离。但那旖知道，事实远比传言更加难堪。

聂叔叔是亲手抓到潘阿姨出轨的证据，那晚的惊心动魄，她这个外人再想藏，再怎么捂住耳朵不听，却也知道了个七七八八。

何止是十几年的真心被一朝践踏，那是人生在一瞬间轰然坍塌。

越是在乎，越是付出，才越是鲜血淋漓。

夜色深沉，明月当空，世界都仿佛安静了下来。

那旖从枕头下摸出手机，手机屏幕的光折射在她脸上，照得她眉眼一片幽蓝。

她很少上社交软件，虽然小学时聂余就给她申请了一个 QQ 号，但她一年也上不了一次，只有在上电脑课的时候才会心血来潮登录一下，其余时间，都是聂余在给她挂号。

初中断了两年多，一直处于离线状态。

因为班主任有时会在班级群里发题，妈妈知道后给她买了一部手机，从那时起，她才真正意义上登录自己的社交号。

好友列表里，排在第一位的就是聂余。

无论是网名，还是充值的年 V 和各种闪耀的钻，他都当之无愧是 QQ 好友里排名第一的号。

聊天框还停留在这段时间她发的消息上，都没有收到回复。

那旖不知道聂余是故意不回复，还是没有看见，她不太能从他一直在线的状态里分辨出他本人是离线状态，还是别的。

像每天晚上睡前一样，编辑文字，发送。

那旖：【晚安。】

等了五分钟，聊天框依旧没有动静。

那旖按灭手机，塞到枕头下准备睡觉，刚阖上眼，手机却突然振动了一下，她第一时间拿起手机，解锁打开。

却不是聂余的消息，而是费晓宇。

心情骤然失落，她明亮的双眼瞬间暗淡下来。

费晓宇：【是不是本人？】

因为那旖的号以前都是聂余在登录，加的好友几乎和他自己重叠，有费晓宇，有卓一凡，还有桑家三兄妹。

初中两年那旖的号一直是离线状态，偶尔在线也是聂余在偷偷登录，费晓宇刚准备下线，忽然看见那旖的号亮着，他抱着好奇的心思问了一句。

没想到居然收到了回复。

那旖：【嗯。】

费晓宇：【哈哈，我还以为又不是你本人呢。】

那旖：【……】

费晓宇：【你的号以前一直是聂余在登，我还是第一次看到你本人在线，有点吃惊。】

那旖：【哦。】

换个人，这天聊到这儿就该死了。

但对方是费晓宇，这会儿且还“活”着。

费晓宇：【问你个事儿，聂余跟你联系没？】

那旖：【没有。】

她顿了下，继续打字。

那旖：【他联系你了吗？】

费晓宇：【没呢，都人间蒸发了，打电话关机，发信息不回，他家也没人了。】

那旖：【你去过他家了吗？】

费晓宇：【他第一天没来学校我联系不上他就去了，在他们家门口蹲了好几个小时都没蹲到人，听物业的说他们家很久没人进出了，聂叔叔和潘阿姨都不在。】

那旖也曾给聂余打过电话，第一次是不接，第二次就是关机。

后来她就没有再打，改为每天给他发信息，但他仍旧没有回。

潼陵那么大，她第一次意识到，她对自己成长的地方竟然一无所知。

她想找个人，都不知道从何找起。

手机接二连三还在振动，那旖却按熄了手机，塞到枕头底下。

她抓着被子，遮住了眼帘。

第七章
离别

从秋天到冬天的晚安，横跨季节，依旧没有等来回复。

日子踉跄着往前走着，一步一步，似乎极慢，又似极快。

这天的末班车十分空旷，只零星坐着几人。

时走时停，乘客几上几下，到终点站时，车上只剩下那旖一个人。

“小妹妹，到站了。”司机从车内后视镜里看着坐在最后一排一动不动的小姑娘，扬声提醒。

那旖蓦地回神，抱着怀里的甜品盒，连忙起身下车。

直达小区的那班公交车早已收班，568路车的终点站离家还有一站的距离，步行大概十分钟。

那旖下了车，站在站台上，仰头看了眼夜空。

满天繁星，明月高挂，明天应该是个好天气。

顿了下，那旖摸出手机，对着夜空拍了一张照。

许是今晚的夜色尤为美丽，照片拍得很好。看着繁星点点的夜空照，她没忍住点开了QQ，发送。

那旖：【图】

等了一会儿，聊天框一如既往地安静。

那旖看着手机屏幕，突然就笑了笑。已经没有一直等不到消息的失落感了，好像已经习惯，并没有觉得不开心。

手指划拉着聊天记录，滑动了几分钟才到顶端。

为了保存聊天记录，她用自己的奖学金充值了年V，这在她只买学习用品的消费观里几乎是属于“浪费”的行列，但花钱的时候没有丝毫犹豫。

对网络不太了解，不明白会员和普通用户之间有没有细节上的差别对待，但仅仅是担心错过消息这一点，就足够她为此“浪费”。

可即便已经充值了年V，聊天记录里依旧没有聂余的消息。

QQ号是聂余在小学时申请的，最初那几年都是他在登录，后来初中冷战那两年，那旖终于开始登自己的号，两人却也因为冷战，一次都没有在网上说过话。

聊天记录划到头，也只有她一个人发送了半学期的晚安。

居然，一条对话都没有。

他们什么时候开始变成这样了呢？

那旖有些恍惚，明明曾经那么亲密无间，如今却连人都找不到。

十几分钟的路程，走到小区外面的公交站时，那旖又低头看了眼手机。

她垂下眼，手指摩挲了两下，然后锁了屏。

片刻后，她熟稔地解开锁，点开聊天框。

那旖：【桑月月说等待让人很难受，我现在终于体会到了。】

那旖：【咖啡如果不加糖，真的很难喝。】

那旖：【但是，虽然很难受，我……】

她正在输入的手指忽地一顿，看着聊天框里一闪而逝又瞬间被突然撤回去的消息。

脚步骤停，那旖死死盯着聊天界面，动作快过大脑，在她反应过来之前，聊天界面已经多了两条自己发送的消息。

慌乱之下，甚至没有经过大脑，像对着一个落荒而逃的背影，急急叫停。

那旖：【你给我站住！】

对面似乎真的被她吓到，两秒后，聊天框终于蹦出一个句号。

聂余：【。】

那旖攥紧手机，力道之大，甚至有些发抖。

她深吸一口气，寒气灌入身体，血液都僵了一瞬，她噼里啪啦开始打字。

那旖：【哈，终于舍得回消息了？你很行啊，聂余你真的很行啊，说休学就休学，打电话不接发消息不回，玩消失是不是很有趣啊？以为我没看到，你还撤回消息，你不知道你就算撤回消息我这边都能看见吗？】

越说越生气，同时又有一种如释重负的感觉，提了几个月的心终于放下。她双眼蓦地一热，手指在手机屏幕上敲击，却一直在抖。

那旖：【你不知道我会担心吗？】

那旖：【你怎么可以这样。】

公交站旁边的路灯因为年久失修，上个月有两盏坏了，一直没有工人来修。

此时，那旖站在那盏坏掉的路灯下，影子映照在路面，孤单寂寥。

她死死盯着手机屏幕，紧咬下唇，双手发抖。

那旖：【说话。】

那旖：【我知道你在。】

“说什么？”一道沙哑的声音从公交站台的阴影处传来，少了几分漫不经心的懒意，变得低哑暗沉，却熟悉得让那旖第一时间望过去。

聂余靠在站牌上，半个身子隐于黑暗，看不清脸上的表情。

他攥着手机，往前走了一步，看着几米外的那旖。片刻后，他又移开了目光，低头看着地面上她的影子。

那旖一眨不眨地看着他，第一反应是瘦了，第二反应是精神看着还不错。

聂余似乎有些别扭，伸手转了转脑袋上的鸭舌帽。

“你去哪儿了，怎么这么晚才回来？”

“你去哪儿了，为什么不回我消息？”

两人同时开口，然后同时愣住。

那旖深吸一口气，迈步走向他。

站在他面前，那旖才发现，不过半学期的时间，聂余似乎又长高了。他总是在自己不知道的时候偷偷成长，一不小心，就又长成了一副略带陌生的模样。

瘦了的五官变得凌厉，那头蓬松的头发被剃掉，戴着鸭舌帽只能看见鬓角的发楂。

风尘仆仆，面带倦意。

“你先回答我。”那旖鼻子发酸，看着他的目光有些执拗。

聂余的视线落在她脸上，一寸一寸、仔仔细细看过一遍后，才往后一步重新退回黑暗里。

他后背靠在站牌，又恢复成往常那副懒洋洋的模样，声音低缓：“没有故意不回，今晚才上线。”

顿了下，他补充：“都还没来得及看完你发的消息，就被你抓到了。”

那旖下意识就刺道：“是不是还很遗憾啊？”

聂余看着她，突然轻笑一声：“哪里敢。”

“都敢玩消失，都敢撤回消息，你什么都敢。”

夜晚十点，他们并排坐在公交站的简易设施上。

那旖的膝盖上放着一盒马卡龙，是参加宁丹丹的生日会结束后她硬塞给那旖让那旖拿回家给妈妈和奶奶吃的，一共六个，聂余一口气吃了四个。

他不但风尘仆仆，还很饿。

那旖从背包里拿出面巾纸，抽了一张递给他。

聂余接过，慢条斯理地擦拭着指尖。他手指细长，骨节分明，是一双很男生却又比一般男生更加斯文秀气的手。

那旖盯着看了两眼，在他发现时猛地扭头，偏开脑袋。

聂余突然笑了两声，那旖从背包里拿出一瓶矿泉水，递到他眼前，他笑声顿止。

她垂着眼睫，低声道："润润喉咙，太甜了。"

聂余稍顿，然后伸手接过。他拧开盖，触碰到唇却又没喝，犹豫了两秒，还是问出了心中最想问的事："那个，你之前说的是什么意思……"

那旖装作不知："什么？"

聂余解开锁屏，点开 QQ，把之前她发的那句话指给她看。

【桑月月说等待让人很难受，我现在终于体会到了。】

【咖啡如果不加糖，真的很难喝。】

【但是，虽然很难受，我……】

"那那，是我想的那个意思吗？"

你一直在等我吗？

聂余无法形容自己在登录 QQ 后看到的"99+"未读消息时的心情，他甚至都没来得及翻阅，就被她抓个正着。

他没有想躲她，就是下意识地撤回了，反应过来自己都觉得很神经病。

虽然挺莫名其妙的几句话，他却看得心头一跳，有点明白，又有点不敢相信，想得到她的亲口认证。

后面被打断的那句话，实在让人抓心挠肺。

"你先告诉我，你去哪儿了？"那旖不肯先回答。

"啊……"聂余下意识地抓了抓脑袋，才想起来自己剃了个寸头，还戴着帽子，"到处走了走，去的地方挺多的，你要听吗？"

那旖仔仔细细地看了他一会儿，挪开目光，盯着脚尖，说："算了。"

聂余便主动道："去了好几个城市，还有些不是很出名的小地方，说出来你可能都没有听过，但挺有意思的。"

那旖点头。

"顺道还去看了眼赵健。赵健，你还记得吧？以前小学的同学，他爸有点家暴倾向的那个男生，他换了个城市，现在过得还可以。"

那旖点头。

"买了一些很有意思的小玩意，改天给你。"

那旖点头。

沉默了一会儿，聂余仰头灌了几口矿泉水，突然道："我爸去做了亲子鉴定。"

他声音平静，听不出情绪："那那，我不知道该怎么面对他。"

那旖下意识地伸手抓住聂余垂在膝盖上的左手，只感觉到掌心一片冰凉彻骨。

这是聂余休学的原因，他不知道该怎么面对疼爱了他十几年的父亲，从别人的口中得知父亲连夜加急做了亲子鉴定，这个行为显然刺激到了他。

加上那晚聂国兴的忽视和冷漠，无异于一只无形的巴掌，狠狠甩在他脸上。

就像聂国兴无法接受鉴定结果，聂余也接受不了。

所以他关了手机，连夜买了一张车票就逃离了这座突然变得四分五裂的城市。他害怕看到自己不愿意接受的东西，即便微乎其微，仅仅只是猜想，但只要有那么一丝的可能性，他都不能接受。

在无数个或大或小的城市走走停停，他接触了很多人，见识了许多事，虽然说不上坦然，但他内心的想法得以坚定，他有了足够的勇气去直面聂国兴的一切反应。

就算再坏，他都能承受了。

夜风寒凉，刮在脸上生疼。

聂余身上只穿着一件薄外套，被那旖抓着的手比三伏天里冰箱里拿出的冰水还要凉。

那旖取下脖子上的围巾，不顾他的拒绝，强硬地缠在他的脖子上。

少女的馨香萦绕在鼻尖，暖暖的，抵御了寒风的侵袭。聂余抓着针织的松软围巾，漂亮的双眼泛着一丝微光，怔怔看着那旖。

“不管事实是什么样。”那旖抓着他的手，用自己的温度暖着他的手心，“你都是聂余。”

什么都可以是假的，但他是真的。

“只要你想做聂余，那你就是聂余，一辈子都是。”

“谁都无法剥夺你的意愿，你就是聂余。”

聂余低头看着被她握着的手，慢慢地、以非常缓慢的速度收紧。

他是聂余，从对自己的名字产生怀疑后，只有那旖告诉他，他就是聂余。

谁都不能改变他的意愿，他只想做聂余。

“那那。”聂余侧首望着那旖，“谢谢你。”

那旖耳朵微热，睫毛轻颤，垂眼看着自己的脚尖，嘀咕：“谢什么啊。”

聂余咧嘴笑了笑，说：“谢谢你让我认识我自己。”

聂余抬头望天，双眸似容纳了整片星空，喃喃道：“我曾经无数次怀疑我是谁，我还是聂余吗？我还配姓聂吗？我爸还能允许我叫这个名字吗？我没有答案。”

那旖深吸一口气，侧首看着他发光的双眼，语气坚定道：“是，你就是聂余。”

聂余扭头看她，咧嘴笑道：“你说得没错。我是，我就是聂余。”

我是聂余，我也只想做聂余。

别的什么人，和他有什么关系？他是和那旖一起长大的聂余，他爸是聂国兴，仅此而已。

困惑他许久的问题，那旖轻而易举便给了他答案。

别人的想法并不重要，重要的是他自己的想法。

所以，那那，谢谢你。

聂余回到学校引起了一阵轰动。

沉寂了许久的校园仿佛再次活了过来，那个站在人群中永远是发光源的校草，就像一道独特的风景线，篮球场、操场、教室、阳台，哪里有他，哪里就有人气。

三中迎来了久违的喧闹，学校的上空每天都在谱写青春欢乐曲。

日历表翻飞，不经意间回过神，才发现高一已经快要收尾。

图书馆的角落，少年少女并肩挨着坐。

为了在学习的时候闹腾那旖，聂余在这学期练就了一手用左手写字的技能，这会儿，他的右手正在偷偷戳那旖的左手。

掌心被戳得有些痒，那旖反手就是一巴掌抽回去，聂余倒吸一口冷气，压低的声音有些委屈：“那那，你好狠啊。”

那旖做题的手一顿，侧头看着他，说：“学习的时候能不能认真点？三岁的小朋友都比你认真。”

聂余上身伏趴在桌上，摆放在边沿的盆栽正好挡住别人的视线，说：“嗯嗯，好好学，那那这么受欢迎，我可一定要在身边守着才行。”

说到受欢迎，那旖表情愠怒道：“到底是谁受欢迎，那个学姐……”

“没有没有，从来没有，我和她一点关系都没有。”聂余吓得脑门上的汗都要冒出来，立马丢掉笔，“以前确实一起玩了一段时间，是大家一起，不是只有我一个人，费晓宇和钟杰也在，他们都可以为我做证，我跟她真的一点关系都没有。现在就更没有了，我连话都没有和她说过一句，连QQ好友都删了。”

急急解释完，他可怜巴巴望着那旖，说：“那那，你要相信我。”

“噢。”那旖面无表情，“你们还是QQ好友呢。”

“已经删了！”

那旖不为所动，开始算旧账：“你们还一起喝奶茶。”

砸掉给她的奶茶，却和别的女生一起喝奶茶。就要小气，就要算账，就……就生气。

聂余一噎，说起喝奶茶就生气，他也没忍住跟着算账：“你不也和姓骆那个男生喝奶茶！”

那旖面无表情地看着聂余，聂余也面无表情地回视。

“那次朝你发脾气，是我不对。”半晌后，那旖轻声说，“那时候我心情不好，是我的问题，是我无理取闹了。”

她一道歉，聂余就尿了，立马想说没关系，他不生气。

“那天骆学长来找我，我才知道被爸爸救的男孩儿也在三中读书。”那旖见他脸色乍变，笑了笑，“我不知道你能不能理解我当时的心情，很吃惊，又觉得很难过。已经忘掉的记忆突然涌入脑海，我想起了爸爸，我亲眼看着他被推进火化场，看着妈妈捧着他的骨灰下葬。那天早上爸爸明明还答应会来接我，但是转眼他就躺在满是血的病床上，我怎么叫他，他都不回应我。

“爸爸从来不会不理我。鲫鱼，我真的很难过。”

这一瞬间，聂余对自己充满愤怒，他怎么可以任由那旖，然后和她冷战了两年。

如果他脾气能好点，能不要那么爱面子，能再死皮赖脸一些……如果，没有如果。

那旖望着他，说：“但是我忘了，这些事情和你无关啊，我怎么可以朝你发脾气。”

聂余下意识地伸手想触碰她的眼睛，却被那旖伸手抓住：“对不起，鲫鱼。”

她也是胆小鬼，她也爱面子，自顾自发完脾气后，即便内心已经歉疚后悔得不行，但看着他身边围绕着一群人，面对他冷漠的态度，她怎么都不敢主动上前。

他满头大汗出现在图书馆那天，她的心在一瞬间开满了只有自己知道的花。

仿佛春天降临，世界在那一刻复苏。

“今年生日，一起过吧？”

他们的生日在七月末，一个从出生至今年，年年都是艳阳天的日子。

昨晚天气预报播报今天是晴天，那旖刚上公交车，天空突然一声惊雷乍响，不过片刻就下起了大雨。

雨势来得凶猛，豆大的雨珠砸在地面，街道两侧的行人步伐匆匆，匆忙躲在就近商铺的屋檐下。

公交车上的乘客有些躁动，显然都没有预料到这场骤然降临的暴雨。

攥在手中的手机振动了两下，那旖收回目光，看向手机。

聂余：【到哪儿了？】

聂余：【带雨伞了吗？】

那旖扭头看了眼紧闭的车窗上犹如瀑布般的雨水，雨幕遮蔽了外面的街道，视线内一片模糊不清，只有闪烁的车灯，和突然变得沉闷的空气。

那旖：【刚上车，没有带雨伞。】

顿了下，她继续打字，字里行间含着几分亲昵的小抱怨。

那旖：【天气预报骗人。】

聂余过了好一会儿才回复。

聂余：【我在公交站等你。】

聂余：【买了雨伞，很大，不会让你淋雨。】

聂余：【天气预报都是骗人的。】

聂余：【小猪蹄摸摸脑袋 .jpg】

那旖盯着聊天框看了很久，嘴角像是嵌了朵含蓄的花，偷偷在笑。

因为暴雨而变得气闷的心情瞬间得到了好转。

公交车走走停停，拥挤的车内空间慢慢变得空旷，将到目的站时，那旖站在后门下车处，一眼就看见了站在公交站台的聂余。

他手里举着一把大黑伞，站在人群中仿佛鹤立鸡群，格外显眼。

似有所感般，聂余恰时抬起伞，露出那张漂亮的脸。他今天没有戴鸭舌帽，剃得短短的寸头张扬桀骜，和他此时脸上看谁都不爽的表情无比相配，站台上的人都默契地离他一臂远。

看到站在车门内的那旖，他紧抿的唇微弯，握着伞柄的手都柔和了下来。

那旖前脚刚踏出车门，一把伞就举到了她头顶。聂余二话不说将雨伞朝她的方向倾斜，半护着她往前面的咖啡店疾步走去。

电闪雷鸣，狂风骤雨，湿漉漉的地面淌着积水，豆大的雨珠砸在地面，溅起的雨水打湿了鞋面。

那旖拍了拍他拿伞的手，往他的方向推，说："伞过去一点，你的肩膀湿了。"

聂余不在意道："我没事。你别动，待会儿衣服打湿了。"

"伞过去一点。"

聂余充耳不闻，反而往她的方向再次倾斜。

男生的力道不容抗拒，那旖感觉自己像在推石头，一动不动。

她锲而不舍地推伞，聂余低头看她，浸了水汽的声音有些低："别闹，鞋子想湿掉吗？"

"你的衣服……"

"没关系。"

因为这场突如其来的暴雨，咖啡店客人爆满。

服务员给他们拿了两张椅子，两人在简易休息区待了一会儿，才有一个女生被男朋友接走，空出一个座位。

空出来的小沙发能坐两个人，那旖往里面挪了挪，给聂余挪出一个地方。

聂余站着没动："你坐，我站会儿。"

"挤挤能坐。"那旖又往里面挪了挪，给他空出一大片，"快点。"

聂余还是没动。

那旖看了他两秒，突然伸手去摸他的衣袖，他没防备被她抓个正着。

手下触感湿润，和干燥的衣服明显不是一个手感，那旖眉心微皱，站起身，顺着他的衣袖往上摸，连后背处的衣服都摸了摸。

聂余浑身一僵，反应过来后抓住她作乱的小手："那那。"

那旖轻轻一拧，在他袖口拧出几滴水珠。

那旖有些懊恼，她怎么忘了，聂余也没有带雨伞，这把大黑伞明显是下雨后他跑去买的，从公交站到商店的距离他肯定是冒雨过去的。

他今天又穿着一身黑，打湿后并不明显，他又什么都不说。

那旖有些着急，拿起放在一旁的背包，起身抓住他的手腕就往门口走："我记得附近有个商场……"

"那那，别急，我没关系。"

"什么没关系！你不知道这个天淋了雨很容易感冒吗？"

聂余被吼得一愣，然后嘴角一弯，轻笑道："淋一下雨而已，真的没关系。我身体很好，真的。"

"你再说一下没关系。"那旖指着他的鼻尖，很凶，"我就让你真的有关系了。"

聂余第一次知道小女生的力气能有这么大，细瘦的手指，明明一掰就能断，却仿佛如来的五指山，压得他反抗不了分毫。

这种天气，就算离商场只有几分钟的路程，但在途中肯定会把那旖的鞋打湿，聂余不想她穿着一双湿漉漉的鞋过生日。

只犹豫了两秒，他说："那个，我租的房子离这里不是很远，打车只需要三分钟……"

那旖一怔，随即秒懂，然后耳朵瞬间滚烫。

他们悄悄看了眼对方，又同时移开目光。

一个屈指挠额头，一个把发捋到耳后。

"那就……"那旖声音很小，"赶紧回家换衣服吧，不然感冒了。"

"嗯！"

聂余租的房子是一个酒店式公寓，装修简约，两室一厅一厨一卫，还有一个小阳台，坐北朝南，采光很好。

那旖站在玄关，双手攥着书包带，莫名有些紧张。照理说是不应该这么紧张的，从小到大去他家的次数还少吗？

但……就是好紧张。

这个家和以前的感觉也不一样，大概是只有聂余一个人住，连空气里都是他的味道，没有别人，全是聂余。

是独属于男生的私人空间。

聂余从鞋柜里拿出一双拖鞋，弯腰放在她面前，全程没敢把视线落在她身上，只道："家里没有多余的拖鞋，这是我的，将就一下。"

那旖脱掉球鞋，把她三十六码的小脚装进他四十三码的拖鞋里，看着就像偷穿大人鞋的小孩子。

聂余盯着他的拖鞋看了一会儿，似乎是在心里丈量她的脚有多小。

那旖瞪了他一下，他低咳一声，偏开头，说："冰箱里有饮料和水果，客厅茶几上有零食，你想吃什么随便拿，不要客气。”

“你家的医药箱在哪里？我给你泡杯三九。”

聂余忙道：“家里没有医药箱。”

“哦。”

那旖还是不放心，快速在外卖平台上下单了药品。等聂余拿着衣服去浴室，门铃忽地响了。

那旖把厨房烧开水的火关掉，小跑着去开门。

跑腿小哥站在门外扬着灿烂的笑容，说：“您好，您的东西到了。”

“谢谢。”那旖伸手接过。

“不客气，求个五星好评呀。”

关上门，那旖把袋子里的药拿出来，都是些家用常备药，譬如三九感冒灵和感康之类的。

去厨房洗了个杯子，冲好感冒灵，那旖端着杯子回客厅。

然后，坐在沙发上发呆。

生日计划被一场暴雨全盘打乱，始作俑者还在嚣张地给这座城市增加雨水量，丝毫没有收敛的意思。

阳台上有什么东西飘来飘去，那旖看着风雨交加的窗外，犹豫了片刻，还是起身走了过去。

阳台没有安装窗户和防护栏，视野极佳，只是这种天气显然也有别的烦恼。

雨水肆无忌惮飘了进来，晾在衣架上的衣服被吹得东倒西歪，边缘的一件T恤被雨水打湿，显然白洗了。

那旖环顾四周，找到了伸缩杆，却抓着伸缩杆半天没有动作。

在她的认知里，收衣服是很亲密的行为，没有经过主人的同意，她这么做好像不是很好。

但衣服都要湿透了，风又大，再不收，衣服都有可能会被吹跑。

收，还是不收？

正犹豫间，一股大风吹了过来，晾衣架上的衣服“呼呼”作响，藏在T恤和裤子中间的某个贴身物露了出来。

“欸……”

那旖猛地低头，食指抵在额头，整个人都要烧起来了。

聂余洗完澡出来，抱着换下的衣服刚走到阳台，手里就被塞入一根伸缩杆。

那旖头也不抬指着晾衣架，说：“你快收一下衣服，不然待会儿吹跑了。”

聂余一怔，忽然想到什么，带着几分慌乱地把怀里换下的衣服扔进衣篓里，一只手飞快捂住她的眼睛，另一只手按着她的肩往客厅里推，说：“外面风太大了，你你你……你先进去，不准偷看！”

那旖下意识地反驳："我没有看到！"说完觉得不对，这个反应不是此地无银三百两吗？

啊，要命。

聂余果然被刺激到，捂着她眼睛的掌心瞬间升温，烫得吓人。

他结结巴巴道："什、什么都没有，我自己收。"

那旖被推到沙发上，怀里塞了个抱枕，她把脸埋在上面，双耳通红。

聂余三两下把衣服收了，卷成一坨扔到卧室的床上，尤其是某件贴身物，委委屈屈地被裹在最里面，藏得严严实实。

靠在门上,他缓了好几分钟,才狠狠闭了闭眼。肯定没看到,绝对没看到……总之就是没看到。

好不容易做好心理建设，他往前迈出一步，脚未落地，又再次退了回来，脑袋在墙上轻轻撞了一下。

出门之前怎么就忘了收衣服！

哐！哐！哐！

那旖抱着抱枕发了半天呆，见他一直没出来，探手摸了摸杯沿，已经有些凉了。

她看着卧室方向，轻轻咳了一声："你好了没有？"

聂余藏在卧室门后纹丝不动。

"给你冲了一杯感冒灵。"那旖看着茶几上的杯子，"要不要喝？快凉了。"

聂余心理建设了半天，红着耳朵回了客厅，目不斜视地走过去端起杯子，仰头咕噜噜两口就喝了。

那旖伸手去接空杯，说："我去洗。"

"我去。"聂余避开，自己把杯子拿去厨房。

洗完出来，从冰箱里拿出水果饮料和茶几上的零食堆在一起，担心没有那旖喜欢吃的，又在网上买了一些零食，还点了两份小龙虾和烧烤。

客厅的地上铺着地毯，两人盘腿坐在地上，胳膊挨着胳膊，安静地吃零食。

"要不看电视吧？"聂余提议道。

电视机的声音打破了房间里的平静，把尴尬跟生分悄悄挤走。

外卖小哥在路上耽搁了一会儿，送来时已经超了二十分钟。

在外卖小哥的道歉声中，聂余接过外卖，并答应给对方一个五星好评，不会写阴阳怪气的评论，对方才放心离开。

拎着外卖回客厅，那旖已经在茶几上垫了一张报纸。

两份小龙虾，两份烧烤，若干零食瓜果和饮料，摆了满满一茶几。

聂余和那旖一人拿着一根肉串，一脸正直地看着本地新闻台里播放的时事新闻。

这家的猫丢了，被热心人士找到；那家的狗绳断了，二哈走丢，狗主人重金悬赏；老小区的化粪池炸了，工作人员不畏艰难在无比恶劣的环境下连夜抢修，还周围户主一个美好的生活环境。

鸡零狗碎，轮番上演。

本地新闻台的女播音员在岗已经超过二十年，那旖和聂余几乎是看着她播报的新闻长大，尴尬的少年似乎在熟悉的声音里终于找到了打破沉默的话题。

“我记得赵奶奶很喜欢看本地新闻，每天都要看。”聂余说，“还强迫我们陪她一起看。”

那旖好半晌才反应过来他说的赵奶奶是她奶奶，她顿了下，点头：“她现在也喜欢看，每天晚上六点半，家里没有人能和她抢遥控器。”

“她老人家还是这么精神。”聂余啧道，他想起有一次在学校门口偶然看到老太太和一个吃了东西挑刺不准备给钱的客人吵架，那阵仗……简直骂得那人灰头土脸，一句话都接不上。

那旖瞅了他一眼，嘀咕：“我记得你以前很怕我奶奶。”

聂余矢口否认：“没有，我那是尊敬她。敬爱老人，关爱小孩儿，是我们中华儿女天生具备的美好品质。”

“对吧……”

聂余说完自己的都笑了。

那旖也想笑，掩饰般拿起桌上的可乐想喝，却发现空了。

聂余开了一瓶新的，插上吸管，递给她，脱口而出道：“就像这样，关爱小朋友。”

“谢谢……”

小朋友的脸霎时红得像桌上的虾壳子。

“现在插播一条紧急新闻……”

电视里，播音员平静的声音难得有了一丝起伏，严肃的脸上带着几分凝重。

聂余起身去把冰箱里的蛋糕拿了出来，那旖收拾好茶几上的一片狼藉，给空出一个位置。

蛋糕是在一家蛮出名的私人店提前两周预订的，六寸双色，一半蓝一半粉，蓝色那边是一个抱着篮球的小男生，粉色那边是一个拿着书的小女生，两个小人儿牵着手，细节表情刻画得惟妙惟肖，能看出制作者的手艺和用心。

那旖盯着上面那两个小人儿没有挪眼。

聂余轻咳一声，若有似无避开她的余光注视。

“发生了大面积坍塌……造成目前五人死亡，二十几人受伤，事故现场……”

聂余和那旖的心思都被蛋糕上牵着手的小人儿占据，窗外的暴雨和女播音的声音都变成了模糊的背景音。

静默片刻后，那旖凑近，伸出食指轻轻戳了戳小男孩抱着的篮球，轻声问：“这个，能吃吗？”

聂余看着她的动作，低笑道："能吃，是巧克力。"

"做得好逼真啊，你看看这个小线条……"

"是老板亲手做的，他在国外得过奖。"

"做蛋糕也有比赛？"

"嗯，英国有一个国际蛋糕大赛，里面的参赛作品……"聂余忽地一顿，身体在瞬间紧绷。

不知不觉间，好像距离凑得有点近。

"嗯？然后呢？"那旖一无所觉，追问道。

盘着的双腿麻到发疼，聂余下意识地往后仰，想要逃离这个让人慌乱的距离。

"事故原因还在调查，负责人聂某也在第一时间赶到现场……"

那旖微怔，和聂余以同频率的速度抬头看向电视。

聂某，在他们心中，一个无比敏感的姓氏。

电视里，正好从主持人的室内播报背景切换到事故现场。

暴风雨中，现场记者穿着雨衣站在一片坍塌的废墟旁，在他身后，医护人员抬着担架，一人打着伞急匆匆护着伤员，周围人群拥挤，站着好奇的围观群众，救护车和各种闪光灯穿破了雨幕。

镜头一闪而过，他们看见了一张熟悉的面孔。

坍塌的地方无比眼熟，那栋以建立潼陵标志性大厦为目标，从最初的策划案到后来的施工材料到设计团队，无一不被市民和媒体关注、被无数人报以期待的大厦，在即将竣工的时候，在今天这场骤然降临的暴风雨下，坍塌了。

现场的画面慌乱又吵闹，镜头被雨水打湿，骤然模糊。

喧闹，混乱，救护车，一片嘈杂。

现场记者还在转述事故现场的惨状，聂余却已经什么都听不进去了，回过神来后，他踉跄起身，慌乱地去翻找不知道扔到哪儿去的手机。

与此同时，那旖的手机也响了，来电显示人是"奶奶"，她抓着手机没接。

她撑着沙发起身，唇角紧抿，默不作声地帮着聂余翻找手机，动作间指尖微微发抖。

最后在沙发缝隙里找聂余掉落的手机，都来不及递给他，就被聂余急切地拿了过去。

聂余抖着手点开联系人，找到那个已经很久没有联系过的号码，拨打过去，却提示占线。

接连又打了几次，都是提示占线。

在原地愣了一会儿，聂余抓紧手机，扭头望向那旖，抿了抿唇，声音带着压抑不住的颤："那那，对不起，我不能和你一起过生日了。"

聂余已经很久没有回过家。

他不确定自己能不能在这里等到人，但很明显，现在无论是去现场还是公司都已经找不到聂国兴。

拿出钥匙的那一秒，他心中甚至闪过了大门已经换锁的可能性，但很幸运，大门并没有换锁，客厅也收拾得很干净，并不像久未住人的样子。

和想象截然相反的猜想，让聂余的眼眶瞬间发热。

出了那事后，他妈已经搬走，搬去了哪儿他也不知道，也不是很关心。

他……爸也再也没有给他打过电话，就连他办休学也没有过问过一句，他以为……他以为他爸也会搬走。

这个地方，连空气都弥漫着欺骗和谎言，那么脏，聂国兴怎么会想住。

可聂国兴不但没有搬走，连家具都没有换，餐桌上的花瓶里一如既往地放着一束新鲜的百合花。

他的房间也毫无变化，连篮球摆放的位置都没有变过，还有置物架上那两排手办。

就像他从来没有离开过一样。

凌晨两点，聂国兴带着一身疲惫回来。

短短半年的时间，他看起来像是老了十岁，发间已经染了白霜，眼角也爬上了细纹，往日里一丝不苟的形象，已经荡然无存。

他一眼就看见了坐在沙发上的聂余，前行的脚步猛地一顿，就这么愣在原地。

聂余站起身，看着聂国兴，片刻后，才小心叫道："爸。"

聂国兴微怔，好半天没有反应，表情看起来有些恍惚。

垂着身侧的手指无意识蜷曲了一下，聂余看着他，目光中藏着几分小心翼翼："我看见新闻了，怎么会发生这样的事？当初材料不是再三检测过吗，用的都是最好的……"

聂国兴像是突然回过神，眉宇间的恍惚消失殆尽，表情瞬间冷然。

他生硬道："你怎么会在这里？"

聂余一怔，随即猛地垂下了头。他攥紧双拳，唇线紧抿，声音哑得让人想哭："爸，你真的不要我了吗？"

聂国兴身体一颤，几乎有些站不稳。

他说的是"你真的不要我了吗"，为什么会这么说？他知道自己曾经被抛弃过吗……哪怕只有一秒。

聂国兴看着眼前的少年，这是他疼爱了十几年的儿子，他在他身上倾注了全部的心血，对他报以希望，从不忍心苛责分毫，更不忍他受半点委屈。

他一个没什么文化，没什么出息，甚至有些得过且过的人，为了儿子，为了妻子，为了他最爱的两个人能过上好日子，他耗了命去拼搏，绞尽脑汁地赚钱，无论风吹雨淋，烈日寒冬，他十几年如一日在外奋斗，挣到如今这份家业。

他给了他所能给的一切，可到头来，这个家却空了。

他疼爱的儿子，现在站在自己面前红着眼睛。

他甚至都不能上前去安慰，那些安慰的字眼，每一个都是反过来插在他身上的刀子，把他那颗被人糟践的心暴露在炙热的阳光下，鲜血淋漓，供人观赏。

那是对他尊严的践踏，毫不留情的践踏。

因为聂余的存在，就昭示着他聂国兴的愚蠢，和潘姿美的背叛。

聂国兴感觉到了心如刀绞的滋味，这种滋味比抓到妻子出轨时还让他痛苦万分。因为他不能否认，他对聂余有感情，有着很深很深的感情，那是刻在骨髓里、十几年来从未怀疑过的“父子情”。

他愤怒潘姿美的欺骗和背叛，他能恨她，怨她，怪她，他却始终做不到把这些负面情绪带到聂余身上，他恼恨这么懦弱心软的自己，所以他用忽视和冷漠来面对聂余，他期望用这种抗拒把聂余推远，因为这是他能做到能远离聂余，又能小心维护自己尊严的唯一办法。

而现在，这个办法失效了。

他们都在回避的问题，再一次摆在眼前。

——爸，你还要我吗？

他从聂余眼中看到了这句祈问。

他能完全感受到，自己的回答，对这个孩子而言至关重要。

但他只是沉默不语。

聂余在等待中变得焦躁，随后不安，最后眼中光一下子熄灭了。

声音沙哑得像划过砂纸，聂余开口说道：“我不想当我妈的儿子，我想当你的儿子，我也只当你的儿子。”

聂国兴双拳骤然紧握。

“我只姓聂，不姓别的。”聂余抬头看着他，目光坚定执着，“以前是，现在是，以后也是。”

不管你要不要我，我都只是你的儿子。

第二天，华鼎大厦坍塌的消息刷爆了网络，引起一片哗然。

新闻稿铺天盖地发出，无数媒体记者围在还未竣工的华鼎大厦坍塌处，一张又一张的现场照流向网络，甚至还有航拍的视角，能完整拼凑出当时的惨状。

因当天暴雨，华鼎又位于规划的新区，施工处有严令禁止外人踏入的警示牌，因此当天并无行人受伤，伤亡的均是当天在室内做工的工人。

新闻稿一出，网上顿时骂声一片。

因为一场暴雨而导致施工大楼坍塌，网友都觉得这就是个笑话。一场雨就能让大楼坍塌，难道是纸做的不成？

讨论和怒骂犹如潮水袭来，势不可当。

在巨大的舆论下，无数人对华鼎的建筑材料提出了质疑，无数媒体和潼陵市民聚众围在坍塌在大楼前，要求建筑工程施工管理部门重新检测华鼎的施工材料是否达标，甚至有一部分人怀疑管理部门是否存在玩忽职守的情况。

毕竟华鼎不是一般的项目。

当初建立华鼎的项目一出，打着建设“潼陵标志建筑物”的旗号，新闻几乎是铺天盖地地宣传，在潼陵闹得沸沸扬扬。

可以说，众人之所以如此愤怒，一方面是因为期望过高，所以失望才来得那么强烈。另一方面是，这么大的工程，为何会如此轻易就发生坍塌？且不论在这次事件中伤亡的人，若没有这次的事故发生，日后这栋大厦如期建成，那市民的安全岂不是毫无保障？

新区的人流量有多大，根本不用想象。若在人流量极大的时间段大夏坍塌，那简直就是灭顶的灾难。

潼陵人人人自危，心里一阵后怕。

这简直比豆腐渣工程还不如，事关自身安全，所有人都炸了，闹着要求有关部门彻查。

一时之间，兴泰地产备受质疑，彻底被卷入这场舆论的中心。

聂国兴已经好几天没有怎么休息，每天被一大摊子事儿弄得焦头烂额，在洽谈的生意泡汤，已经签好的合同对方直接毁约，正在合作的朋友也委婉地表示舆论对他不利，想要解除合作的意思再明显不过。

“陈总？陈……嘟嘟……”一阵忙音，聂国兴一把扔掉电话，整个人疲倦地瘫在老板椅上。他捏了捏眉心，伸手去拿烟，烟盒却早已空了，烟蒂已经从烟灰缸里漫了出来。

华鼎坍塌对他的公司几乎是灭顶的打击，而他的合伙人早在出事前的半个月就已经卷款跑去了国外。

聂国兴出事后经过几方打听到的消息，合伙人的公司早在前年就已经是个空壳公司，合伙人染上了赌瘾，投资又失败，身家早就败得干干净净，甚至还欠了一屁股烂账。

这些信息无一不在告诉他，这次的事件并不是突发意外，就算现在不出事，早晚有一天也会出事。

因为材料有问题，有很严重的问题！

当初凭借他的资金和人脉，其实根本拿不下华鼎现在那块地皮，蛋糕太大，想吃的人太多了，他一个初出茅庐的暴发户，想在无数庞然大物的嘴里啃下这块蛋糕几乎是不可能的事。但最后他还是拿下了，这一切都仰仗于那位合伙人在中间牵线搭桥四处走动。

人能真诚一时，却不能保证一世。

人心易变，委实难测。

因为家庭横生变故，聂国兴那段时间精力不济，对工作确实有些力不从心，对工地的材料和人员变动也没有做到事事亲为，才有了他们钻空子的机会。

他是真的从来没有想过，他充满信任的朋友会在材料和账目上动手。

那人偷偷瞒着他低价购入了一批不达标的劣质材料混在以前的达标材料里，然后把之前高价买的材料二次高价卖出，包括这期间他公司一直定期购买的材料。

若是这样也就罢了，可那几个包工头却是人精，一看材料就什么都明白了，但是他们闭口不言，甚至还把余下的正规合格材料全部私下倒卖，劣质的施工材料加上偷工减料，所有的漏洞都被一场始料未及的暴风雨掀开，彻底暴于人前。

华鼎……根本经不起查。

一查就完了。

他完了，兴泰也完了。

本地新闻台里，早中晚都在播放华鼎的最新消息。

就连赵春花这种不会上网的老太太都知道这件事在网上闹得很大。

晚上，一家人守在电视机前看本地新闻。

画面里，一群受害者家属堵在兴泰公司门口，大闹着要求老板给说法，要赔偿，甚至还有混在其中的激进者要老板偿命。

五条人命，还有一个正躺在重症监护室的高位截瘫，他或许这辈子都只能躺在病床上度过余生。

六个家庭的破碎，不亚于灭世风暴，直接把兴泰地产卷入其中，寸寸搅碎。

客厅气氛压抑。

赵春花把手中的橘子皮丢进垃圾桶，拿起遥控器把电视关了。沉默良久后，她长叹了一口气，唏嘘道：“聂国兴这次是真的完了。”

当年大院里人人都羡慕聂国兴，说他出息，是他们院子里最出息的人，他是潜龙，注定会腾飞。只是这腾飞的龙，一着不慎就坠了地，砸了个头破血流，奄奄一息。

他把身家都投入了华鼎，最后华鼎却毁了他。

一个质量不过关的华鼎，五条人命，接踵而至的解约合同，被人动过的账目，和无数乙方催款单和银行欠款单纷沓而至……他已经完全没有翻身的可能性了。

那旖在半个月后突然收到一个快递，对方指名道姓说是寄给她的。

又过了半个月，兴泰被查，华鼎被封，兴泰老板和老婆离婚的消息，一天接着一个爆出，让人应接不暇。

那旖在电视里看到了久违的聂叔叔，他面容憔悴，消瘦得仿佛风一吹就能倒。

面对紧追不放的记者，他望着镜头，承诺会给受害者家属一个交代。别的，他不愿再多说，迈着被人撞得趔趄的步伐，狼狈离开。

大概是赔偿金安抚了躁动的家属，再也没有听说有人围在兴泰或华鼎聚众抗议，就连那位被医生判定高位截瘫、这辈子只能躺在病床上的受害者家属，都再也没有出现过。

之后的事，那旖再也无从得知。

高一结束前的期末考，她在学校看见了聂余，以往被众星拱月的少年，身边再也没有人围绕。

他像一只孤鸟，来去匆匆，不给他人追寻的机会。

从事情发生后，那旖已经很难在学校看见聂余，去他们班上找他，几乎次次扑空。

听钟杰说，聂余现在在打工，他周末去咖啡店上班，他连租房都换了，换了一个有些偏僻的地方，为了省钱。

他想帮他爸扛事儿，想和他爸一起还钱。

他变得忙碌，甚至没有时间回复她的消息。

暑假结束前，一次偶然，那旖在生日那天躲雨的咖啡店看见了聂余。

那天阳光正好,她站在橱窗外,透过落地窗,看见了里面穿着工作服的聂余。

他手里端着餐盘，餐盘上稳稳放着两杯饮料，面对刻意刁难的客人，他收起了满身桀骜，即便眉宇间都是不耐烦，双目却平静无波。

那旖在外面看了很久，却没有进去。

一直待到天黑，工作人员下班，咖啡店关门。

她躲在一处偏僻的角落，看着聂余站在公交站牌下等晚班车，看见他低头玩手机，直到兜里传来振动感。

聂余：【仔细想了想，优秀的人都应该和优秀的人一起。】

那旖蓦地攥紧手机，她抬头，看向靠在站牌上的少年。

他微垂着眼皮，侧脸被屏幕荧光照出几分疲倦的冷意，浑身萦绕着挥之不去的距离感。

那旖咬着唇，打字的手都在抖：【你就很优秀。】

手机一振，她看着聊天框，眼眶瞬间发热。

聂余：【我已经不优秀了。】

聂余：【那那，回家的路上小心点，以后不要在外面逗留到这么晚了。】

兴泰公司宣布破产的新闻在一夜之间刷爆了各大网站。

随着一系列的公布，华鼎的建筑材料不达标，兴泰账目有问题，拖欠数家乙方货款和员工工资的丑闻全被接连爆了出来。

紧接着，兴泰公司被查封，包括华鼎在内旗下所有资产、另二十八套房产和商铺被法院拿去拍卖，用以偿还债务。

时隔多月，事情终于有了结果。

而兴泰公司破产的消息，无异于平息了大众对华鼎采用不达标材料危害市民生命安全的担忧和愤怒。

对大众而言，这是恶有恶报，是作恶者该有的惩罚。

毕竟五条人命，还有一个终身瘫痪，这是六个家庭的破碎，是一面再也无法完整的镜子，是再多金钱补偿都修复不了的内心伤痛。

大快人心，活该。

唾骂声席卷了网络，他们尽情散发出自己的恶意，用最恶毒的言语来慰问兴泰的老板和他的家人，他们的尖锐毫不保留，因为他们觉得自己这是正义的发言。

兴泰的老板是资本作恶者，他们是艰难维权的正义者。

正义，永远无错！

“这些话说得也太难听了啊，他们怎么能不分青红皂白无差别攻击呢。”宁丹丹见那旖一直拿着手机刷评论，明明牙齿都把嘴唇咬出血了，还自虐般刷个不停，一直在回复网友。

她平时不怎么在网上冲浪，没有见识过暴躁网友的战斗力，在现实生活中也没有和别人红过脸，乍然像疯了一样在网上帮兴泰老板说话，简直就跟捅了马蜂窝一样。

眼睛都被骂红了，打字的手都在抖，却一直咬着牙继续和对方拉扯。

宁丹丹从一开始的目瞪口呆，到现在已经有点麻木。

她犹豫了片刻，撩起袖子，上了那旖那条摇摇晃晃的小船，亲自上线和那群大军对喷。

两个人的维护，在万千怒骂中微不足道。

就像两颗沙砾，发出去的瞬间就被淹没的洪流中。

人往往都是只听自己想听的，只看自己想看的，一切和自己意志不同的想法，都会被打入异端的标签。

他们自诩讲道理，却又比谁都不讲道理。

下班的时候，聂余收到了他的工资。

聂余去银行把钱存了,然后去二十四小时便利店买了一个面包和一份外卖。

走到公交站时，车恰好来，他最后一个上车，径直走到最后一排坐下。

靠在车椅背上，聂余垂着眼皮，撕开面包，三两下吃完。

街道两侧的夜景缓慢后退，暖黄的路灯，斑驳的霓虹，行走的人。

从背包里摸出手机，他点开好久没上的社交软件。

意料之中的，消息很多，有询问，也有关心，更多的是八卦。

手指划拉着屏幕，上上下下看了好几遍，他心里有些说不上是失落还是庆幸……

她真的很乖。

告诉她晚上不要在外面逗留，就真的，再也没有在晚上看见过她。

犹豫了片刻，聂余还是点开了她的 QQ 头像。

翻着以前的聊天记录看了一会儿，在输入界面上来来回回打字，好几次差点发出去，临到最后都一一删除了。

听钟杰说，她去他们班找过他好几次。

以前所有人都去他们班找他，唯独她。

现在所有人对他避而不及了，唯独她。

唯独她，唯独……那旖。

他垂下眼，视线不经意地落在旁边座位的外卖上，心中上涌的冲动再次被压了回去。

他退出社交号，最后毫不犹豫地选择了卸载。

现在租的房子有些偏，地段和环境都不是很好，但胜在便宜。

聂余没有先回家，而是去敲了隔壁的门。

这是他给他爸租的房子，因为他爸不愿意和他住。不，或者说，他爸甚至不愿意和他说话。

只是他态度强硬地表示要么和他住，要么住隔壁，只能二选一，没有第三种选项，聂国兴才勉强同意住隔壁。

聂余不放心他爸，得看着。

在门口等了大概五分钟，门才开。

不过短短数月，聂国兴发生了翻天覆地的变化，胡子拉碴，满身酒意，双眼混沌，精神状态极差。实在很难把门内的颓废中年人和以前那个意气风发的兴泰老板联系到一起。

“我不进去。”见他要关门，聂余连忙把手中的外卖递进去，“这是你最喜欢的盖浇饭。”

顿了下，聂余低声道：“爸，你胃不好，少喝点酒。就算……就算想喝也先把肚子填饱了再喝，不然伤胃。”

回应他的是毫不留情的关门声。

聂余在门口站了一会儿。

片刻后，他拿出钥匙，开了隔壁的门。

夜晚，聂余躺在床上，把今天发的工资全部转到了一个账户里。

公司对外的欠款等法院那边拍卖后能填补一大部分，五个去世工人的赔偿款在兴泰还未宣布破产之前聂国兴就第一时间走自己的私人账户给了他们的家人，但是那个如今还躺在医院的高瘫患者，却不是一次就能了结的责任。

医药费，住院费，护工费，营养费……还有日后出院找疗养院的费用，都不是一笔小数目。

以往便罢了，但以聂家目前负债累累的经济条件而言，那是一笔看不到头、长久且巨额的支出。

聂余不可能，也不愿意把这样的压力全部让他爸一个人来扛。

聂国兴确实已经扛不住，他整日整夜被内疚包围，只能用酒精来麻痹自己，身上的活气都在一夜之间被抽得一干二净。

妻子背叛、朋友插刀、公司破产、五条生命，还有一个永久瘫痪……

连番的打击，已经彻底压垮了他。他这辈子落得个什么？除了一身骂名，一无所有。

他丧失了对生活的热情，他看不见明天，也觉得明天变得可有可无。

他被浓稠的消沉包裹，织结成网，裹得密不透风，难以呼吸。

聂余虽然很忙，但没有落下课程。

学校大概也念着聂国兴曾经出资建了两栋教学楼的善举，对聂余经常要请假条的行为也睁一只眼闭一只眼，只是考试的时候必须到，且成绩不能差到离谱的地步。

聂余的成绩想要差到离谱确实有些困难，他就算在课堂上补眠，每个月的考试成绩依旧保持在中上，一个让人挑不出错，甚至还想夸他两句的名次。

老师们很遗憾，他们都觉得聂余如果早把这股劲儿拿出来，对学习但凡多上点心，绝对能去特优班，未来考上重点大学完全没有问题。

可他以前不努力，现在却是没有时间努力。

他太忙了，忙得连轴转赚钱，一天的时间被无限压榨，忙到想成为一个优秀的学生都没有了资格。

潘姿美找来时，聂余刚从咖啡店下班。

她还是一如既往，明艳动人，挎着名牌包，看起来毫无变化。

她是从一辆豪车上下来的，车就停在咖啡店前面的路口，坐在驾驶座的男人扎着小辫，长着一张和他相似的脸。

男人在车内打量聂余，聂余面无表情地收回目光。

潘姿美似乎有些不安，低头挽了挽发，道："我给你打过电话，你不接。"

聂余态度不耐："有事快说，我很忙。"

他满身的刺和防备让潘姿美有些难过，但她在儿子面前已经丧失了理直气壮。她抓着挎包，看着他，说："我今天来是想问你，你愿不愿意跟我们走？"

聂余像是听见了什么天大的笑话，看着她半天没有说话。

潘姿美尤不自觉，紧张道："我们准备换一个地方生活，如果你跟我们……"

聂余看着她的目光充满了讽刺，打断她："走？跟你们？"

"我们怎么了？我们是你的父母！"潘姿美受不了他的目光，突然吼道，"你不要傻了，你不走难道要留在这里帮他还账吗？那是一笔小数目吗！聂国兴不是你爸，你爸是……"

"闭嘴！"聂余突然怒吼。

潘姿美被吓得连退几步，一脸惊恐地看着他，嗫嚅道：“你本来就不是他的……”

聂余面沉如水，目光阴鸷：“我让你，闭嘴。”

他声音冷冽，一字一句道：“记住，从现在开始，我没妈了。我只有一个爸，他叫聂国兴。”

被抓到出轨后，她拖着不肯离婚，后来华鼎出事，她又追着要他爸赶紧离婚。

在某种意义上而言，她确实什么都得到了。

她一身轻，不用作为聂国兴的妻子，一起承担账务。

她什么都有了，而他爸，却什么都没了。

聂余越过她，径直离开。

什么血缘，谁要谁拿去。

他是聂余，从被冠上聂姓的那天开始，他就只有一个父亲，就是聂国兴。

十几年的谎言下滋生出的亲情，或许并不能让人喜欢，也让人无法接受，但依旧纯粹。

这种感情，不是她潘姿美能体会的，因为她根本没有心。

一旦没有心思想别的，时间就过得格外快。

日历翻飞，季节更迭，考试的成绩单摆在了眼前。

这学期，那旖和宁丹丹还有他们班的班长，三人代表三中去参加了今年省内的数学竞赛，那旖拿到了省赛区第二名的好名次。

第一名是班长，一个刷题狂魔。

遗憾错失一等奖，那旖并没有气馁，反而一直在鼓励接下来要去参加全国联赛的班长，希望他继续保持这种状态。

为了让生活变得充实，她用海量的试卷和大量背诵占据了自己全部的精力。

她也很忙，忙着让自己变得更加优秀，忙到没有时间去想谁，忙到被动戒网，不去翻阅几乎能背下来的聊天记录。

高二下学期分科，那旖选择了理科。

除去搬到另一栋教学楼，在学校的日子并没有太大的变化。

只是特优班和平行班的体育课有时会重叠，就好比今天，那旖在操场看见了聂余。

他站在他们班最后一排，整个人的气质十分冷冽。

体育老师点完名，他就直接上了楼。

今天天气有些不好，乌云罩顶，像是要下大雨。

他们班体育老师原本还想让他们跑一圈，一看天气，最后还是作罢。

解散后，宁丹丹拉着那旖去小卖部买饮料，回来的路上叠声抱怨：“你说哪有男生送女生橘子的，他是不知道我喜欢吃薯片吗？”

那旖看着她，问道：“你们又和好了？”

宁丹丹轻哼一声，扭捏道：“什么叫又和好了，我就是不好意思拒绝，你知道的，我生日那天他也来了。”

“你拒绝别人的时候怎么就没有不好意思？”

“那不一样！”

“哪里不一样？”

“就不一样嘛……”

天空一片暗沉，浓密的乌云压在学校上空，让人倍感压抑。

穿过操场，宁丹丹看见了趴在教学楼阳台上的钟杰。她赶紧垂下脑袋，偷偷扯了扯那旖的衣袖，说：“我感觉他在看我。你抬头帮我看看，他是不是在看我。”

那旖被她拽得只能抬头，却和来不及收回视线的聂余对上。

过于猝不及防，大概是吓了一跳，聂余虚握在手心的橘子一个没抓稳，以极快的速度往下坠落——

“砰”一声闷响。

橘子砸在坚硬的地面，汁水迸溅，四分五裂。

不过眨眼间，数道细小的水流便顺着地面蜿蜒而下。

一道骇人的闪电划破天空，片刻后，天空“轰隆”一声巨响。

一对偷偷躲在被禁止入内的华鼎大楼亲热的情侣,耳边忽然听到一声闷响，像是什么坠落的声音。

两人吓得第一时间分开，扭头望去。

天空恰时划过一道闪电，照亮了黑沉的天。

十几步外，地上躺着一团破碎，和蜿蜒的红色血流。

几秒后，一声尖叫划破了骤降的雨幕。

“啊——”

聂余接到警方打来的电话时，他有一瞬间以为是雨声太大，自己听错了。

他爸怎么……可能。

他爸的精神状态明明有在慢慢变好，这两天甚至都没有喝那么多酒，每天都有按时吃饭，甚至开始和他说话，关心他的学习成绩。

他爸的心在悄悄治愈，明明在试着想要重新开始好好生活。

那是聂国兴啊，聂国兴怎么可能做这种事？

聂余眼中满是茫然，嗫嚅道：“您是不是……打错了？”

对方道：“你是叫聂余吧？在三中上学的那个？”

聂余沉默。

“如果是就没有打错。人现在在医院，你过来一趟吧。”对方报了医院的地址，说完就挂了电话。

聂余保持着举着手机的动作，迟迟没有动。半晌后，他以非常缓慢的速度抬起头，看着暴雨过后乌云散开的天空。

心脏在一瞬间，骤然刺痛。

那旖匆匆赶到医院，在停尸房外的走廊上找到了聂余。

他蹲在停尸房门口，面无表情地盯着自己的指尖。

见到那旖，他第一时间把手揣进衣兜里，平静道：“你来了啊。”

长时间的剧烈奔跑，那旖双腿又软又抖，她几乎是半跪着蹲在他面前，声音发颤：“鲫鱼。”

聂余牵扯唇角，伸手，用冰凉的指尖，轻轻触了触她的脸颊，说：“前几天我还被他骂了一顿，因为一点破事儿。那时候我就知道，他其实是愿意认我的，他还关心我。”

那旖的眼眶瞬间发热。

聂余明明看着她，双目却无法聚焦，淡声道：“和一开始相比，他最近真的好了很多。那那，你知道吗？一开始连饭都要我逼着他吃，他整天就知道喝酒，把白天过成黑夜，把黑夜当成白天。你见过行尸走肉吗？我见过。”

那旖抓住他的手，带着哭腔叫他：“鲫鱼。”

“嗯。”聂余失焦的目光终于落在她脸上，他顿了下，轻轻拭去她眼角的泪水，“那那，不要哭。你看，我都没哭。”

那旖再也忍不住，伸手紧紧抱住了他。

聂余的身体有一瞬僵硬，片刻后，他慢慢伏在了她细瘦的肩头。那旖感觉到自己的脖颈被什么打湿，液体滚烫，似能灼化肌肤。

她满心难受，紧紧咬住双唇。

“他怎么能这样，他不可以这样，他不能不要我……”

他压抑的哭腔嘶哑，露出从不在人前显露的脆弱，听得那旖泪眼滂沱。

“聂叔叔没有不要你，他最在乎的人从来都是你，就连出事后他第一时间想到的人也还是你。”那旖紧紧抱住他，哑着声说，“我有东西给你，那是聂叔叔留给你的。”

在华鼎出事后，那旖曾经收到过一个包裹，对方指名道姓是寄给她的，但她自己从来没有在网上购物的习惯。

可地址、手机号码，包括收件人都是她的信息。在打开包裹，看见里面的东西后，她才确信对方应该没有寄错人。

那是两套房产，一张银行卡，一张户口迁移，一张 DNA 亲子鉴定报告，还有一封简短的信件。

两套房产，一套是临江大院的老房子，一套是聂家搬离大院后买的那栋小别墅，全都在聂余名下。银行卡里的余额不明；户口迁移，是把聂余的户口迁到了一个陆姓人士的名下；而 DNA 鉴定结果，明明白白地显示了聂国兴和聂余并非父子关系。

最后那一封信件，只有一句话，希望那旖能在聂余十八岁生日那天把这些东西给他。

这些东西是聂国兴在华鼎出事的第一时间就给聂余准备好的。

是一条退路，干干净净的退路。

无论是那张DNA亲子鉴定报告，还是被迁移的户口，从法律和血缘上来讲，聂余都跟聂国兴没有丝毫关系。

他不用去承担本不该他承担的责任，也不用顶着“杀人凶手聂国兴的儿子”的身份承受无端的指责。

他不用承受聂国兴赋予他的一切，他没有理由，也没有立场。

因为他，根本不是聂国兴的儿子。

那旖没能履行承诺，她提前把东西给了聂余，她想告诉他，聂叔叔从来都是爱他的。

无论是那套代表着聂家血缘的老房子，还是那栋他成长的小别墅，都是聂叔叔没有宣之于口的疼爱。聂叔叔在用最后的一点微薄能力，想要护航他的人生，不希望他随自己一起陷入泥潭。

这是一个父亲，对儿子最后的呵护。

聂余抓着那个文件袋，整个人彻底僵住。

“你看。”那旖笑着，眼中却盈满泪水，“在聂叔叔心中，你一直都是他的儿子。”

聂余蹲在地上，双手抱着头，嘶声痛哭。

聂余把聂国兴带回了老城区，葬在了爷爷奶奶身边。

虽然只是新区和老城区的距离，但也是落地归根，聂余相信他爸是想回去的，在下葬那一瞬间，聂余感受到风传来的愉悦。

聂余知道，他爸解脱了。

聂国兴不在乎失败，也不在乎别人的谩骂诋毁，让他扛不住、彻底压倒他的，只有永无止境的内疚。

他无法原谅因为自己的疏忽而导致华鼎出事，间接害了六个家庭。

他最终还是在日复一日中被愧疚彻底淹没。

惊涛骇浪后，海面归于平静。

聂余没有再去打工，他每天像个普通的高中生，埋首在海量的题目中，除了性子变得有些独，生活和行为上并没有其他改变。

午休时间仍然会去篮球场打球，周末会去图书馆，会在那旖提议考同一个大学时，啃下她给的重点内容。

生活似乎已经彻底归于安定，他们都在为未来积极向上地努力着。

高二结束的七月末，他们也迎来了十七岁的生日。

那天天气很好，相比去年的今天，好得简直有些晃眼，大地被炙烤，连空气都是燥热的。

那旖乘坐去年那路公交车，在即将到站时，透过车窗看见了等在公交站的聂余。他穿着一件白T，右手食指勾着鸭舌帽，剃得短短的寸头张扬桀骜。

去年的生日计划被打断，今年他们准备完成去年没有完成的计划——去游乐园。

曾经的新区游乐园，经过岁月的沉淀，如今也有了一些年头，这几年陆续增加了许多游戏设施，人气不降反增，客流量极大。

排队买完票，聂余和那旖挤在一群几岁的小朋友中间买棉花糖。

“那年我明明在游乐园门口看见你了。”聂余把老板做好的棉花糖递给那旖，“但是一眨眼，你就不见了。”

那旖默默接过。

“你故意躲我。”聂余侧首看她，“太明显了。”

“我……”

“但我那会儿傻，没发现，还以为自己看错了。”

那旖小声嘀咕：“你最近很奇怪，怎么这么喜欢翻旧账。”

聂余噎住，随即狠狠在她脑袋上揉了一把。

他们在游乐园里疯玩了一天。

聂余实现了小时候被年龄和身高限制的畅想，云霄飞车、跳楼机、海盗船……什么项目刺激，他就拉着那旖玩什么。

晚霞漫天时，他和那旖去坐了旋转木马，在一群小萝卜头里，两个高中生格外显眼。

夜幕降临，星河漫天，摩天轮渐渐升空。

这是那旖第二次乘坐摩天轮，一次在三岁，一次在十七岁。

在离天空最近的那一瞬，聂余突然扭头看向她。少年目光深邃，眼中流动着难懂的情绪，他背后映照着整点盛放的烟花，漂亮得晃人眼。

在那一瞬间，那旖觉得聂余似乎想说什么。

又或者，她想对他说什么。

但是太美了。

画面太美，气氛旖旎，时间过得尤为快。反应过来时，他们已经远离天空，那股冲动也随着烟花的消逝而渐渐沉淀。

最后他们什么都没有说，摩天轮落地，他们离开了游乐园。

回家的路上，他们并肩行走，偶尔肩膀会不经意间碰到对方，又同时避开。

“想吃烧烤吗？”聂余转了转脑袋上的鸭舌帽，帽檐遮住了他双目中流动的情绪，“我知道附近有一家还不错的烧烤店。”

那旖侧首看了他一眼，轻轻点头：“好。”

聂余轻笑，伸手在她脑袋上揉了揉，说：“怎么了？今晚一直偷看我。”

“谁偷看你。”那旖下意识地反驳。

片刻后，她垂下眼睫，轻声道：“只是觉得你今天怪怪的。”

聂余脚步微顿，随即右手放肆地在她面颊上捏了一下，坏笑道：“你才怪，都偷偷看我几次了。今天生日，庆祝一下，哥请你喝啤酒，敢喝吗？”

明知是激将法，那旖却清醒着上当：“喝就喝，谁怕你！”

“逗你的，小孩子不能喝酒，乖乖喝饮料吧你。”

烧烤店人满为患，喧闹不已。

在路上时大言不惭的那旖捧着饮料瓶，看着头顶的灯泡，脑袋莫名有些犯晕。

她趴在桌上，手里攥着饮料死活不放，自觉醉了，用平时没有的放肆目光看着聂余，磕磕绊绊道：“你就比我大三分钟，不要老是哥啊哥的，我不想要哥……”

聂余眼不挪地望着她，指尖摩挲着杯沿，嗓音低哑：“那你想要什么？”

烧烤摊的廉价灯泡照出昏黄橘光，少年少女脸上都被披上一层朦胧。

那旖眨了眨眼，突然朝他伸手，在快要触碰到他的脸时，又猛地垂落。她歪着脑袋，把酡红的脸蛋藏进臂弯里，只露出一双湿漉漉的眼，呢喃：“明年再告诉你。”

聂余垂在膝盖的手指颤动了几下，手背鼓动着极力克制的青筋，问：“为什么要明年？”

明年，我们就成年了啊。

成年就意味着要对说的话负责了……她可以对他说一些要负责的话了。

那旖没能说出口，她半阖着眼，将睡未睡。

“那那？”聂余叫了一声。

隔了七八分钟，那旖才后知后觉地应了声“嗯”。

聂余把桌上的烧烤一点一点都吃了，全程没有说话。

旁边两桌的人陆续离开，他抽了张面纸巾慢条斯理地擦干净手指，随后悄然俯身，慢慢靠近她，眼中满是压抑的情绪。

“那那，我还是很难过。”

“待在这里的每一天，都很难过。”

“想要听你的话好好学习，但是这里……”胸腔狠狠抵在桌沿，像要用什么东西填满，“很空。”

他的左手在桌下碰了碰她的指尖，触碰到的瞬间又猛地缩回，攥紧拳头藏在身后。

“那那，明年我可能听不见你想要告诉我的话了。你能不能……”

能不能后年，大后年，大大后年，等我们都可以放肆承诺的年纪，再说给我听？

聂余扯了扯唇，笑得比哭还难看。

他只是望着那旖，不挪眼地望着，从头至尾，一言未发。

第八章
这些年他和谁都有联系，唯独她

崇华市，B 大。

马上又是一年毕业季，校园里四处充斥着忙碌和离别。

女生宿舍楼里，时而响起几声拖拉行李箱的噪音，楼下时时上演着依依不舍。有人对离开学校充满兴奋，也有对大学四年日夜相处的室友充满不舍。

各种情绪，每年都在上演。

傍晚的晚霞宛如火烧云，诡谲又艳丽。

女生宿舍六楼，落日余晖从半掩的窗照射进来，映在靠窗处换衣服的女生身上。她肌肤瓷白，长发犹如海藻散在肩头，橘色的夕阳照亮了她裸露的后背，光影交错的画面充满了诱惑的艺术色彩。

轻纱飘动，落地镜里，影影绰绰地映照出她凹凸有致的身材，设计性感的紧身长裙露出精致的锁骨和一大片背部肌肤。

她背对着镜子，看了眼裸露在外的后背，似有不满，伸手拿过一旁的宽松针织衫穿上。

一头长发被压在衣领下，她随手拨弄出来，动作间慢条斯理，一举一动皆是美感。

半晌后，她伸手从书桌上拿过一副黑框眼镜架在鼻梁上。

性感被瞬间掩藏，就像一朵艳丽的红玫瑰，变成一朵淡雅含蓄的白雏菊，气质乍变，只在转瞬间。

稍微整理了一下头发，那旖拿过架子上的背包，离开了宿舍。

到了约好的日料店，宁丹丹已经到了。

谢过领路的服务员，那旖走到宁丹丹身旁，取下背包，拉开椅子坐下。

“你也太准时了吧。”宁丹丹低头看了眼腕间的手表，翻了个不雅的大白眼，“说七点就七点，绝不早到半秒钟。”

“是你太早。”

“我是闲的，不像你，忙得连时间都要掐分秒计算。”宁丹丹轻哼，把垂下来的发捋到耳后。

她今天化了妆，一身名牌，腕间和脖子耳垂上都戴着精美的首饰，浑身上下无一不在昭显着一个信息——老娘很有钱。

时光在她身上得到了完美体现，把一个沉迷学习的不修边幅学霸，变成如今这副日常活动是插花品茶 shopping 旅游的富家女模样。

桌上摆放着三份日料，摆盘精致，充满了细节感。

无视她的调侃，那旖夹了一个小巧秀气的寿司咬了一口，问：“桑月月怎么还没有到？”

宁丹丹单手托腮，看着她吃，说：“刚打电话说卓一凡他妈突然来了，和卓一凡一起去车站接人了。哦，对了，你不是说纪兰阿姨和赵奶奶要过来吗，她们什么时候来？”

那旖细嚼慢咽，低缓道：“下周，我回去接她们。”

“你房子租好了？”

“前两天刚签合同。”

马上就要毕业，除了面临找工作的问题，剩下的就是找房子和搬家了。

那旖的学分早已修完，大三期末报了司法考试，来年考试成绩也比较理想，一次通过。她没有学业上的苦恼，倒是因为租房焦头烂额过一段时间，毕竟崇华合适的房了不好租，好租的又太贵。

因为找的实习单位在崇华，纪兰和赵春花得知后，也支持她留在崇华发展。毕竟工作不好找，找到自己满意的就更难得了。

大学这几年纪兰每年都会抽时间过来看看那旖，但老太太年纪大了不喜旅途奔波，也就每年放假才能看见那旖。

如今那旖决定以后在崇华生活，老太太是怎么都不愿意再待在潼陵的，说什么都要过来。

老太太要过来，纪兰自然也愿意，她本就不放心那旖一个人在外地。

于是这段时间纪兰和赵春花就忙着把早餐店的生意给收了，处理一些生活上的琐碎事宜，等那旖下周回家，就把她们都接到崇华来。

她们家老传统了，那旖在哪儿，家就在哪儿。

宁丹丹心里藏着事儿，几番走神。

那旖试探询问，她又一副遮遮掩掩一定要等桑月月来了再宣布的模样。

看神色挺高兴，应该是好消息，那旖也就不着急了。

桑月月当初比她们早一年高考，而且超常发挥，选了个还可以的大学，正巧在崇华。

虽然学校比那旖和宁丹丹她们的差点，但也还过得去，属于能让大院一众老邻居大呼“祖坟冒青烟”的二本。因为学校离宁丹丹就读的C大蛮近，两人反而经常丢下一心只有学习的那旖，私下约出来一起玩，关系直奔“铁三角”。

今天是宁丹丹打电话约的她们俩，说有大事要宣布。

没等桑月月，两人边吃边聊。

日料的精髓是鲜美，但那旖并不是很喜欢这种味道，她喜欢熟食，对生鱼片有着天然的抗拒。

只吃了两个寿司和天妇罗，那旖便放下了筷子。

八点左右，桑月月姗姗来迟。

那旖和宁丹丹单手托腮，直勾勾地望着她。

桑月月风风火火的动作一顿，直接原地给她俩鞠了一躬：“给两位太后请安，小的来迟了，任两位太后打罚。”

宁丹丹抬了抬手，高贵冷艳道：“平身吧。”

那旖淡道：“赐座。”

桑月月笑嘻嘻地拉开椅子坐下，她留着一头短发，穿着一套运动装，又酷又飒。

“真不是故意的，我都走到半路了，那‘狗’突然打电话说他妈来了，人就在车站，吓得我立马就让司机掉头。”桑月月往椅子上一摊，显然累着了，“不知道怎么想的，来也不提前说一声，这人生地不熟的，要是走丢了可怎么办。”

宁丹丹把果汁往她面前一推，挑眉道：“一般来讲，当父母没有提前通知就上门，都是想搞突然袭击。”

桑月月喝了一口果汁润喉咙，说：“搞突然袭击那也得上门才能袭，阿姨连她儿子住的地方在哪儿都不知道，这不是袭击，这是惊吓。你俩是不知道，我和‘狗’到车站的时候，她一个人坐在休息椅上，大包小包的，一脸茫然地看着人群，那模样看得我和他一阵后怕。”

“哈，你家‘卓狗’估计也吓蒙了吧。”

“我过来那会儿还眼巴巴望着我呢，这会儿应该在家接受拷问，他唬他妈自己还住宿舍，不知道阿姨从哪儿听说他去年就出来租房子了，我估计也是因为这个原因才突然过来的。”

“你家那个真是的，这么大事儿都瞒着，这下可好了。”

“承让承让，你家那个也不遑多让。”

“无狗人士”冷眼看她们争相吹捧，全程沉默。

桑月月和宁丹丹互相嫌弃了一番各自的男朋友，然后默契转头看向那旖。

那旖淡淡摆手，说：“别看我，不聊，没‘狗’。”

宁丹丹“啧“了一声：“所以才要聊你，听说你实习单位找好了？”

那旖点头：“嗯。”

宁丹丹顿时一脸八卦，笑得阴恻恻：“听说你那个实习单位是某位学长牵线搭桥介绍的？”

那旖表情毫无变化，食指与拇指捏着吸管，慢吞吞地转了一圈，说：“你都听谁说的。”

“那到底是不是？”

“只是介绍，没走后门。凭本事投简，凭实力被聘。”

“还听说某位学长姓骆？”

那旖眉心抽了抽。

到底都从哪儿听说的。

消息可真灵通。

“还想瞒着我们。”宁丹丹啧，“是不是姐妹？”

桑月月也啧：“瞒着我们，可以啊。”

就知道这事瞒不过去，虽然也没有想瞒。

只是这两人的思维过分活跃，见天散发，见到个男生靠近她，就说那人对她有意思，想做她男朋友。

就大学四年，她已经有过无数个“男朋友”了。

骆嘉瑞的存在，无异于是最长久、最让她们觉得有发展性的一个。

缘分就是这么妙不可言，你以为永远也不会有交集的人，突然有一天就在大学校园里遇见。

你觉得永远也不会离开自己的人，至今却杳无音信。

哦，或许不对，不是杳无音信，只是对她单方面的杳无音信罢了。

至少她从桑月月、桑齐桑乐、卓一凡，甚至费晓宇口中得知，有个人这些年过得很风光，发展极好，在一众同龄人中，无异于神一般让人仰望的存在。

挖了一勺提拉米苏，腻人的甜瞬间侵袭口腔，驱散了那么一丝若有似无的涩意。

那旖盯着桌上的甜品，有些走神。

“你和骆学长也是绝了，随便瞎选个专业，你们都能再续学长学妹缘。”宁丹丹起哄道，“我说你真的不考虑一下吗？骆学长对你的心思很明显了，我不信你一点都感觉不到。如今你们马上就要一起共事，整天抬头不见低头见的，还不如把关系转换一下，给枯燥的工作加点糖呢。”

“就是啊，那个骆学长这么帅，对你又体贴，换我我早接受了。”塞了一嘴的寿司都不影响桑月月说话，“赶紧的吧，现在努力一把，还能逮着青春的尾巴，谈一场校园黄昏恋。”

那旖看着宁丹丹，说：“如果我是老板，一定不招你，一天就知道谈恋爱。”

宁丹丹哼唧一声：“你没机会了，本小姐马上就要回家继承亿万家产了。”

无视这个嚣张的富二代，那旖扭头看向桑月月，简明扼要直戳软肋：“你手机相册设密码那个‘学习资料’的分类，卓一凡还不知道里面全是各个类型的男生吧？”

“你……”

那旖顿了下，笑容温和道：“如果我告诉他……”

“停！”桑月月跪了，“姐姐，你是我姐姐，我再也不八卦了，放过我吧。”

卓一凡醋缸转世，人人皆知。

宁丹丹轻咳一声，把话题转回来：“祝你实习加油，早日转正，加油宝贝！”

桑月月讨好一笑：“加油加油，姐姐加油，你可以的。”

那旖笑着和她们碰了碰杯：“谢谢。”

毕业季将至，每个大四生对未来都有了基本规划，有的回老家，有的留在本地发展，有的则继续读研。

纪兰原本是让那旖继续读研，甚至还想那旖考博。在她和赵春花心中，博士就是天花板，是学习生涯的终点和至高，她们是希望那旖走得更远的。

但是那旖想尽早进入社会，即便要考研，她也打算一边上班一边考。正巧有次聊天提到这个话题，骆嘉瑞就给了她一个推荐名额，她自己投简历得到了这份珍贵的实习机会。

而和那旖不同，宁丹丹则不需要为工作烦恼，她爸妈早给她在崇华的分公司安排了实习职位，等大小姐在分公司操练完毕，估计就如她所言，要回家继承家业了。

而比她们早一年毕业的桑月月，如今是某攀岩俱乐部的女教练，在圈子里非常出名，还有个外号叫“魔鬼女桑”。

目前为止，最自由的当属宁丹丹，最不羁的当属桑月月。

而那旖，就是非常平凡又普通的大四毕业生，即将进入人生的另一个新阶段。

宁丹丹和桑月月每次凑在一起都很能聊，那旖多半是听她们说，偶尔回一句。

她们的话题多是围绕着各自的男朋友，那旖在这方面和她们基本没有共同话题。

毕竟家里没“狗”，毫无参与感。

四周的客人都换了两拨，只有她们桌还在继续。

吃到都犯食困了，宁丹丹才突然一声轻咳，清了清嗓子，倏地坐直身体，说：“这次叫你们出来呢，是因为我有一件很重要的事想提前和你们分享。”

那旖和桑月月齐齐看向她，心说您可终于想起正事了。

宁丹丹慢吞吞地把自己的纤纤玉手伸到她们俩面前。

她的手很漂亮，白皙纤长，中指和尾指非常豪气地分别戴着两枚戒指，都是非常出名的高奢品牌，无一不在彰显大小姐有钱人的身份。

“咳咳，懂了吧？”

桑月月下意识地往后仰，瞪着她的“爪子”：“干吗？说话就说话，干吗突然伸手。”

宁丹丹顿时怒了，把手指狠狠伸到桑月月眼前，吼：“桑月月你个猪，看清楚！”

桑月月推开她的手,撩起自己的T恤下摆,露出自己的腰,怒道:“你才是猪，我马甲线，两块腹肌，这辈子都跟猪不沾边！”

宁丹丹气到失语，瞪着她的目光犹如在看一只人形猪精，怎么会有这么笨的闺蜜。

那旖的目光落在她的中指上，眼神凝住。

宁丹丹虽然很喜欢戴戒指，但她一般只戴食指和尾指，中指和无名指向来是空着的。

今天她偏偏只戴了中指和无名指，戒指的款式还挺像……

“钟杰跟我求婚，我答应了！”宁丹丹直接宣布，嘴角藏不住的笑，“我俩准备‘英年早婚’了。”

猜测得到证实，那旖一时失语，突然不知道说什么好。

桑月月则惊得嘴巴大张，显然被这个猝不及防的消息轰得反应不过来。

宁丹丹把戴在左手中指的戒指伸到桑月月眼前，晃来晃去。炫耀完毕，她用气人的语气道：“你们知道的，我其实一直不太能拒绝他，我生日那天他突然摸出戒指求婚，我就答应了。”

“哎……”

“虽然带着那么两分冲动的情绪，他冲动，我也冲动，但是不后悔，我们很高兴，”

桑月月终于反应过来，开始掰指头：“已知，钟杰是大一给你表白的。”

宁丹丹点头，回忆往事还有点小甜蜜呢。

桑月月继续掰：“已知，你们是在大三的下学期出去租房子。噢，租的还是面对面，没住在一起。”

宁丹丹点头，想到什么，脸微红。

桑月月啧啧两声：“再已知，你曾经说过你妈对你家‘钟狗’的家庭不是很满意，你确定他给你求婚并且成功的消息，你爸妈知道且能同意？”

宁丹丹微顿。

那旖看着她，总结道：“所以，先斩后奏？”

宁丹丹确实准备先斩后奏，毕竟谈恋爱和跟谁结婚，都是她的私事。

她妈不知道是不是商业联姻的事接触多了，一直试图让她和她爸有生意往来的叔叔的儿子接触，心思昭然若揭，不要太明显。

当初只是跟她妈透露了一嘴，说在谈恋爱，知道对方是她的小学同学后，她妈坚决表示不同意，态度十分差劲。

钟杰的家庭只能说是小富裕，自然和她妈心中的豪门相差甚远。

她永远也不觉得她妈是一个能随着时间的流逝改变想法的人，拖得越久，对她的感情越不利，所以她二话没说就答应了钟杰的求婚。

她以前可以为了她妈的面子，拿一个完美的成绩单回家，给她妈长脸。因为一个优秀的自己，她自己也很喜欢。

但感情这种事，她不会为了她妈的颜面，而放弃自己喜欢的人。

休想。

好玩的是，钟杰知道她妈不同意，也没有上赶着找不自在，恋爱该谈谈，求婚的时间也是找得恰到好处。

和别人家丈母娘死活不同意，就上赶着刷存在感的男朋友截然不同，他就很“钟杰”，眼里心里只在乎宁丹丹一个人的想法，他只需要将压力扛住，其实就赢了。

而且，但凡她妈对钟杰的态度没有那么差劲，没有想把她当成联姻商品，丝毫不顾及她的个人感受，她也不至于这么罔顾她妈的意愿。

所以……

“只要能达到目的，先斩后奏算什么。”宁丹丹勾唇浅笑，只有这个时候才像个做事果决的大小姐，“反正我爸是支持我的，大概下周吧，我爸给我偷户口本，我先把证领了再说。”

“到时候来给我当伴娘呀……”

宁丹丹领证的速度奇快无比，那天那旖正在新租的房子里打扫卫生，就收到她发来的微信。

两张红本本，照片上，穿着白衬衣的年轻男女笑得满脸甜蜜。

点开朋友圈一看，果然已经昭告天下。

点赞人数严重超标，评论里，初、高中同学集体发问号，全被炸了出来。

退出朋友圈，点开她的微信。

那旖：【恭喜。】

那旖：【[红包]】

红包被秒收。

宁丹丹：【现在就开始随份子了吗，会不会早了一点点？】

宁丹丹：【猛狗喜悦 .jpg】

那旖：【想多了，让你拿去买碘酒的。】

那旖：【回家承受你妈的疾风骤雨吧。】

宁丹丹：【……】

宁丹丹：【哼。】

对面气到拒聊，那旖笑了笑，刚准备退出微信，一条消息弹了出来。

骆嘉瑞：【听说你要回潼陵？】

这又是听谁说的？

那旖：【嗯。】

骆嘉瑞：【正好我也要回去一趟，一起吗？】

像是解释，但借口很生硬。

骆嘉瑞：【正好手里有个工作，我开车，顺路。】

那旖顿了下。

那旖：【谢谢学长。】

那旖：【我已经订好票了。】

确实已经订好票了，就在明天早上八点。

第二天，那旖很早就起来。

她只拿了一个小行李箱，里面装的是一些崇华的特产，是准备带回去给林老师和房东老太太的。

房东老太太这些年对她们家一直很关照，人也很好。

林老师则一直有联系，在学习和生活上都很关心那旖，基本每次回潼陵，那旖都要上门拜访。

到潼陵时，已经是下午三点，那旖打车回了家。

纪兰和赵春花早在小区门口等着了，一看见她，老太太脸上罕见地露出了笑。

老太太这几年日子过得顺心，精神头不错，看着倒比前些年要显年轻些。

她上下打量了一番那旖，瞧着唇红齿白，比过年回来时要高些，还又长漂亮了。她心里感叹了一下她老那家的基因就是好，然后吊梢眼一拉，恢复一贯的刻薄样，开始挑刺："家里是少着你了吗，怎么这么瘦？给你的零花钱是不是又存着不用？"

"奶奶。"那旖温声叫道。

"别学那些女生减肥，我们家不准搞这些歪门邪道，你要是敢减肥，你爸知道了铁定棺材板都压不住，非跳起来骂你一顿不可。"

"知道了，奶奶……"

那旖回来，老太太的话明显多了，纪兰也是眼见地高兴，晚上做了一桌丰盛的菜肴，全是那旖喜欢吃的。

一家三口吃完晚饭，然后才开始说搬家的事。

"搬家公司已经找好了，明天就能把东西搬回去。"坐在客厅的沙发上看电视，纪兰给那旖剥橘子，"你奶奶原本打算自己搬，我想着你回来也累了，你奶奶年龄也大了，你又忙着要回去实习，耽误不得，我就找了搬家公司，速度快些，也要不了多少钱。"

赵春花浑身不爽，老脸一拉，说："什么年纪大，你现在开始嫌弃我年纪大了，我拖累你了吗？我自己有养老金！"

纪兰笑容温和，熟稔地哄她："妈，你想哪儿去了，这不是怕累着你吗？怎么就扯到别的了。"

老太太一点不领情："累什么累，赚了点小钱就开始知道享受了，搬个东西累吗？我年轻的时候搬的东西还少吗？谁都是这么过来的，怎么到你这儿就不行了？还找搬家公司，你钱多手烧得慌是不是？这么有钱给你女儿在崇华买套小房子不行，瞎挥霍！"

被她一通喷，纪兰闭嘴了。

那旖忙道："奶奶，等我赚钱了，我给你和妈妈在崇华买房子住。"

赵春花张口就道："你那点实习工资，等你买房子我都死了！"

老太太反正是浑身不爽利，谁都刺。

纪兰和那旖默契地不再说话，默默看电视。

崇华是一线大都市，想买房子确实不是那么简单。

那旖那点实习工资，若是放在潼陵这边，可能比一般的公司白领还要稍高些，但是放在崇华就有些不够看了。

那边生活质量高，赵春花很担心，自己过去会成为那旖的拖累，但不过去心里又不舒坦。

她看着那旖，才能放心。

这种想法已经根深蒂固，那旖大学四年离家，已经是老太太的极限了。

她这辈子，就是死，都要看着那旖才能闭上眼。

她得给她儿子守好闺女。

回家的第一晚，那旖睡得很香。

凌晨时分，迷迷糊糊间感觉手机一直在响，她睡意深重，把手机按了静音。

第二天早上醒来，点开 QQ 群才发现昨晚小学班级群里聊得热火朝天，话题中心居然是她。

刚睡醒有些犯懒，所幸今天不忙，她靠在床头，怀里抱着柔软的抱枕，慢慢往上滑动看聊天记录。

然后，看到一张照片。

是她在车站的照片。

周围熙熙攘攘，她拉着行李箱走在人群里，穿着白色长裙，是一众灰暗里的唯一亮色，倒是格外显眼。

五官些微模糊，但能看清轮廓。

不知道是哪位同学的手笔，拍得还挺有意境。

聊了一晚上，聊天记录"99+"，主要围绕着一个话题——这人是不是班长那旖？

那旖上下滑动，飞快地阅览聊天记录。

虽然加了小学群，但因为大学很忙，学业繁重，又因为初、高中同学群格外活跃，小学群反而没有什么存在感。

一个又一个陌生中带着几分熟悉的备注名出现在聊天记录里，那旖有片刻恍惚。

乍然间看到一张堪比明星照的抓拍，主角疑是自己的小学班长，小学同学群的气氛简直前所未有地高涨起来。

有人说是，有人说不是，毕竟变化太大了。

也有人艾特卓一凡和周昊，甚至还有人艾特常年离线的聂余，但一个晚上过去，被艾特的三人都没有说话。

“那那，起床了吗？”纪兰轻轻敲了敲门。

“马上。”那旖回神，丢开抱枕，翻身下床。

被丢在床上的手机忽地振动了一下。

吃了早饭，那旖去拜访了林老师。

师生俩聊了聊近况，林老师询问了她现在的学业和未来的规划，得知她已经找到了实习单位，且单位在业界十分有名，顿时放下心来，然后又给了她一些初入职场的建议。

那旖受益匪浅。

中午时，林老师留那旖吃饭，那旖婉拒了。

挽留不成，林老师抱着二女儿小铃铛，陪那旖走到小区门口，叹了口气：“没想到你最后会选择当律师，当初看你为了奖学金拼命的那股劲头，我还以为你会考金融系呢。”

那旖抓着小铃铛的手，轻轻捏了捏，小铃铛笑得露出两瓣乳牙，可爱得紧。

她笑道：“其实当初是想学医的。”

林老师微讶：“那怎么突然放弃了？”

那旖稍顿，片刻后，认真地道：“怕自己生气起来控制不住，会拿手术刀戳人。

“后来想想，还是练下嘴皮子，骂一顿就算了。”

结束了拜访，那旖马不停蹄地回家处理搬家的事情。

搬家公司干活很快，东西很快就搬完了，一家三口也跟着车回了崇华。那旖在崇华租的房子地段偏离市中心，三室一厅一厨一卫，没有阳台。

环境和在潼陵租的房子有些相似，因为小区有些老旧，生活在此的基本都是中老年人，故而生活气息浓郁，没有大都市钢筋水泥般冷硬的邻里关系。

地段虽偏，但离地铁站不远，附近还有一个大公园，交通出行也方便，那旖花了不少心思才租到这个房子。

熟悉的生活环境能抵消初到一个陌生地方的不安，纪兰和赵春花果然松了口气。

那旖带她们在小区周围转了两圈，熟悉了一下环境，譬如超市和鲜货市场、车站与地铁站，还有就近可以散步的公园。

“我看隔壁邻居都挺和蔼的，晚上把带来的特产清点一下，上下两层楼的邻居都送一送吧？”纪兰看向那旖，眼中带着询问。

那旖蹲在地上帮奶奶收拾行李，闻言抬头道：“妈妈决定就好。”

纪兰笑了笑，不知不觉间，她好像已经开始下意识想要询问女儿的意见了。

看着在认真整理行李的那旖，她心里满是感慨，从未有一刻如现在这么清晰地意识到，女儿真的长大了。

她已经可以独立生活，还能把奶奶和妈妈照顾得这么好，无论是心灵上，还是生活上。

很欣慰和骄傲，又有些莫名其妙的不舍。

舍不得她长大，又渴望她长大。

当母亲的心就是这么复杂又矛盾。

那旖在家里陪了纪兰和老太太两天，才在她们的催促中回了学校。

地铁今天格外拥挤，那旖站在角落，思考接下来需要做的事。

实习的时间在下周，需要抽空去商场买两套正装，她的衣服都偏日常，不太适合工作穿。妈妈和奶奶已经过来了，这周之内最好搬离宿舍，正好舍管阿姨也在催了。

还有一些用不着的书籍和学习资料也可以规整起来送给学妹。

还有室友……

一间宿舍，四个床位。

那旖有三个室友，一个叫裴思宇，一个叫易芸，还有一个叫陈雪。裴思宇和易芸都是本地人，陈雪是江南水乡的女生，和前两位外表精致内心糙汉的女汉子不同，陈雪说话细声细气，温婉动人，性格好，人又温柔，在宿舍里是那个最会照顾人的大姐姐。

而那旖，大学四年则是她们宿舍的活招牌——学霸 & 校花。

没有奇葩室友，四年时间，足够四人成为好朋友。

那旖打开宿舍门，就听见她们在商量去哪里进行离校前最后的狂欢。

“回来得正是时候，赶紧的。”裴思宇跷着二郎腿，像招小狗似的勾了勾手指，“正在说去哪儿祭奠即将逝去的青春，酒吧还是酒吧还是酒吧？你选一个吧。”

那旖走过去，抓住她勾来勾去的手指轻轻一掰，在裴思宇嗷嗷喊痛的声音中丢开。

她脱下外套，把给她们带的水果放桌上，拉了张椅子坐下，才开口：“你这个选项，我有得选？”

陈雪笑容温和，说话的声音也软乎乎的：“她就是自己想去酒吧，非把我们都拉去。”

裴思宇名字像个男生，打扮和性格也很男生，表情酷酷：“都是成年人了，不去酒吧难道去游乐园吗？尤其是你们两个，我就想问，你俩去过酒吧吗？”

易芸用塑料叉子戳了一块哈密瓜，咬了一口，口齿不清道：“去过个屁，就她们俩，一个心里只有学习，一个男朋友管得紧，别说去酒吧，估计她俩连酒吧长什么样都不知道。”

裴思宇点头：“就是，两个土包子。”

她俩一唱一和，又是激将法，又是鄙视。

那旖安静地吃完一块哈密瓜，丝毫不受影响。

散伙聚会也只是以后不会再住一间屋子，她和陈雪都决定留在崇华，裴思宇和易芸是本地人，以后有的是机会见面。

说到底，裴思宇和易芸就是在冒坏水，怂恿她和陈雪去酒吧。她个人倒是无所谓，酒吧又不是洪水猛兽，何况都是成年人了，这有什么。

只是陈雪有个男朋友，把她管得很紧，平日里不准她穿短裙，不准她穿短裤，更不准她化妆，裴思宇和易芸早看不惯了。

一切限制女生展现自己美丽的男生都是小心眼，这种占有欲很烦，一点都不尊重女生的喜好。

若是陈雪是个保守的女生倒也罢了，但陈雪和所有女生一样，都爱美，但为了照顾男朋友的情绪，她连短裙都只能在宿舍偷偷穿。

而自从谈恋爱，更是连妆都不化了。

眼看着就要离校，裴思宇和易芸就开始搞事儿。

裴思宇看着那旖，眼神挑衅：“去不去？”

易芸跟着起哄：“去不去？”

那旖扭头看陈雪，陈雪一脸纠结：“那旖，你要去吗？”

“我看你们。”那旖看着她，语调平淡，“别理她们，你想去就答应，不想去就拒绝。既然是离校前的最后一次聚会，开心最重要。”

陈雪更纠结了，她显然是想去的，但又有所顾虑。纠结了半天，她最后还是点了头：“我，我……去。”

那旖便扭头看向裴思宇和易芸，说：“那就去吧。”

裴思宇和易芸对视一眼，开心击掌。

隔天，易芸陪那旖去专卖店买正装，是一家很出名的商务服装店，易芸有会员，可以打折。

试衣服的时候，那旖看着落地镜里的人，只觉得陌生。

易芸满意得不得了，直言这个品牌简直和那旖太配了。标准的黑白修身款，既衬托了她凹凸有致的身材，又带着几分严肃，配上那旖那张越长越美的脸，律政界又有一位佳人要横空出世了。

易芸抱胸站在一旁，上下打量，啧啧不已：“是我小看了你的颜值，以前我觉得你只是好看，现在终于知道是我太肤浅了。”

那旖整理了一下衣领，没有搭话。

“人家都说高领毛衣考验颜值，但我觉得女生能把正装穿出性感才是万中无一啊。”易芸轻佻地吹了声口哨，“太禁欲了。我已经预料到有人要对你的专业提出质疑了，宝贝，你长了一张完全不符合你们行业的脸和身材，你应该去隔壁娱乐圈的。”

那旖整理好衣领，下巴微抬，紧绷的脖间线条无时无刻不在展示她独特的美丽和自信。

衣服合身，她对等候一旁的工作人员点点头，示意要了。

慢条斯理地解扣子，那旖淡声道：“你太夸张了。”

易芸食指轻摇：“没有夸张，是你太忽视自己的颜值了。但凡我长成你这样，前男友都有八百个了。”

顿了下，她看着那旖，疯狂吐槽：“哪像你，大学四年，恋爱都不谈一个，白瞎了这么一张脸。”

“我曾经一度怀疑你是不是有喜欢的男生，所以才一直不谈恋爱，但是四年过去，现实给了我狠狠一巴掌。”易芸拿出会员卡，递给她，“我为我的臆想给你道歉，你是不可能有喜欢的男生，永远不可能。”

冷漠的学习机器，眼中只有知识的美丽。

那旖眼睫低垂，接过会员卡，片刻后，轻轻一笑。

“嗯，你说得很对。”

喜欢的男生？

呵，不可能有的。

易芸今晚有事要回家，那旖和她分了路，在回学校的路上买了一份外卖。

回到宿舍，裴思宇正在疯狂敲击键盘，忙得头也不抬，那旖把给她买的外卖放桌上，便去洗漱了。

她们宿舍四人都不是一个专业的，作息和爱好也各有不同。

裴思宇是计算机系的，日常不是在写程序就是在酒吧混，日夜颠倒，三餐不规律是常态。

陈雪没谈恋爱之前，基本都是陈雪在管裴思宇，陈雪谈恋爱去了，裴思宇生活就更混乱了，胃药就没离开过她。

从浴室出来，裴思宇已经关了电脑，正盘腿坐在椅子上吃外卖。

那旖擦拭着湿发，漫步走到她面前，用脚勾开椅子，坐下后问道“小雪呢？”

裴思宇脸色不是很好，微暗的灯照在她侧脸，表情晦涩不明：“她男朋友打电话叫她出去了，今晚估计不回来。”

稍顿后，她沉声道：“都说毕业季是分手季，怎么她就不赶一下潮流呢。”

“喂。”那旖屈指在桌上轻叩，“注意措辞。”

“好的。”裴思宇乖巧点头，随即话音一转，开始骂骂咧咧，“小雪儿怎么就不把那男人给甩了，平时管得这么宽，上次她来‘大姨妈’疼得要死不活怎么就没见他关心过？他大爷的，要不是被你们拦着，真想揍他一顿。”

感情的事儿，一个愿打一个愿挨。

你说他千般不好，喜欢的人却觉得对方处处是优点。当朋友的，也没办法管太多。

“这些话别让小雪听见。”那旖给她拿了一瓶矿泉水，“喝点，去去火。”

裴思宇咬牙切齿拧开，眉心紧皱：“关我什么事，我有什么可生气的。”

拧开喝了一口，还是有些不得劲儿，狠狠“啧”了一声。

过了一会儿，大概没那么生气了，裴思宇才想起那旖特意回家接家人过来，还没来得及关心。

“阿姨和奶奶过来还习惯吗？”她说，“哪天有空，你看时间，我请她们吃顿饭。”

“你请什么请。”那旖把毛巾丢到一旁，“看你们吧，什么时候有空去我家吃顿饭。”

“行，反正有事就给我打电话，你裴哥我别的没有，人脉还是有那么一丢丢的。”裴思宇笑，“那个，晚餐谢了啊。”

那旖笑了笑，摆摆手没说话。

裴思宇下楼去丢垃圾，那旖把头发吹干，然后上了床。

微信回了学妹几条消息，指点了她提问的几个专业性问题，一聊就超过了晚上十点。

聊天结束后，她退出微信，正准备锁屏睡觉，指尖触及 QQ 时，忽地一顿。

上大学后，社交通讯软件变成了微信，QQ 其实很少上，只是偶尔会心血来潮点开看一眼。

大概是回了一趟潼陵，又去了林老师家，这段时间，她晚上经常会梦到小学时候发生的一些事。

梦中的天空似乎都比现在要更晴朗一些。

刚登录 QQ，界面还未跳出来，“嘀嘀”声便疯狂响起。

率先跳出来的居然是一向死气沉沉的小学同学群，聊天记录“999+”，而常年无人问津的申请列表，居然躺着十几个好友申请。

那旖微顿，随后点开了小学同学群，翻了几页聊天记录，终于知道这十几个好友申请从何而来。

那天被艾特的三个人中的周昊现身回复了，因此炸出后续聊天记录“999+”。

周昊：【@ 全班，很显然啊，照片上的人就是我们班长。】

简简单单一句话，让猜测了几天的车站偷拍照得到证实。

那旖和周昊从小学毕业后就没有再见过面，他大学考去了另一座城市，两人只偶尔在网上聊几句，平日里几乎没有往来。

那么糊的照片，她自己都差点没认出来，周昊居然如此肯定。

没有再翻聊天记录，她点了退出。

正准备下线睡觉，视线落在那十几个好友申请上，却顿了下。

半晌后，她点开。

验证消息里，有的直接备注了名字，有他们班的，也有可能是隔壁班的，有模糊印象，但不是很熟。还有几个言语轻佻，说话不知所谓，她直接点了拒绝。

十几个申请，她只通过了两个女生。

点开最后一个好友申请时，那旖指尖忽地一顿。

最后一个网名叫“y”，现居地在一众“潼陵”中，“瑞阳”两个字十分显眼。

验证消息：你好。

很正式，有一股严肃的味道。

个性签名：八百栋别墅，缺个崽继承。

很轻佻。

有点神经病。

那旖面无表情，点了拒绝。

拍毕业照那天，纪兰和赵春花都来了。

那旖穿着学士服，站在中间，和她们在学校的各个角落都拍了照。

那旖带着她们走在B大的校园，仔细介绍自己待了四年的大学。纪兰全程都在紧张，一直问那旖需不需要注意什么。

“注意多开心一些就好了。”那旖笑着说。

赵春花很激动，每每看向那旖，想伸手摸她身上的学士服，又有些畏畏缩缩不敢伸手。

她觉得自己这辈子是真的出息，她的出息就是养了个出息孙女，她孙女穿了她想都不敢想的毕业服，还在这么厉害的大学读书，成绩还这么好，是优秀学子呢。

刚才还有教授主动和她说话，还叫她“老太太”，夸她孙女厉害。

她被叫了一辈子“老太太”，可只有刚刚，她觉得“老太太”这三个字和平常的都不一样。她感觉到了被尊敬，体会到了什么是骄傲。

赵春花叹了口气，还是没忍住伸手摸了摸那旖身上的学士服，喃喃：“可惜你爸不在。”

要是那大勇还在，看到今天得多高兴啊。

他最疼的就是那旖，他的宝贝女儿比他想象的还要优秀，她是他的骄傲。

只可他惜命不好，走得早，他什么都看不见，他看不见那旖的努力，也看不见那旖的优秀。今天的照片里，也没有他。

赵春花只难过了一瞬，就又高兴起来。

“再拍几张。”她扯了扯衣摆，尽量挺直腰杆，“今天特意穿的新衣服，把我拍好看点。”

那旖笑着点头：“好。”

一家三口又去别的景点拍了不少照片。

B大校园一片欢声笑语，四处都是拍照的学生和家长。

当一张张画面定格在镜头里，按下快门的“咔嚓”声，也宣告着青春的结束。

是彻底长大了啊。

夜晚，零点酒吧。

斑驳陆离的五色灯光，节奏感极强的音乐，舞池中央蹦迪的性感女郎，酒色碰撞，是和安静的夜截然不同的另一种颓靡夜生活。

靠近舞池的卡座，坐着四个气质截然不同的女生。

其中，又以坐在中间的女生最为惹眼，一条米白色长裙包裹着她凹凸有致的身材，她脸上化着淡妆，双唇涂抹的粉色唇彩恰到好处，有些淡，本是很清雅的模样，却又因那头性感长鬈发而平添了几分风情。

大概是喝了酒，她双颊微红，平静的眸比平时多了几分迷茫，既纯又诱人。

那旖靠在椅背，长袖上挽，露出来的白皙手腕在昏暗的灯光下显得格外白。她手里端着酒杯，其实已经有些微醺了，但一贯平静的表情，和喝酒不上脸的习惯，偏是无人发现她其实已经有些醉了。

明明是喝不得酒的，握着酒杯，却又不愿放下。

裴思宇拉着陈雪去舞池蹦迪，易芸在和隔壁桌的帅哥搭讪，只有那旖一人在偷偷喝酒。

又喝了半杯，那旖已经明显感觉自己的脑子开始变得有些混沌。这种感觉十分熟悉，虽然时隔五年，但她依旧记得很清楚。

因为那天醒来后，她就再也找不到那个人了。

她别的都没有记住，甚至那天在游乐园的愉快都被她彻底遗忘。她只记住了她站在茫茫人海里，对着十字路口，不知道应该往哪个方向去找他的茫然。

一觉醒来，世界都变了。

她对未来的幻想，就像在阳光下五彩纷呈的泡沫。泡沫虽美，却无比短暂，短暂到，她都没有伸手去触碰，它就自己破碎了。

音乐声震耳欲聋，看着舞池里热舞的男男女女，那旖只觉得头晕。不时有男生凑上来搭讪，索要联系方式，她一一拒绝，最后甚至难得地露出不耐。

“不加好友，抱歉。”

“别啊，交个朋友嘛。”

男生是易芸搭讪隔壁那桌的同伴，长得阳光帅气，一双笑眼很难让人不喜欢。大概是被易芸怂恿过来的，也可能是真的对那旖感兴趣，他毫不在意她的冷脸，笑得像个小太阳，咧嘴道：“我保证不烦你，小姐姐。”

那旖垂着睫，视线往下，眼尾便有些上挑。她此刻的模样就像一只疲倦的猫，露出尖锐的小爪子，却又有着猫性的慵懒，迷人不自知。

“你现在，就有点烦到我了。”她轻声说。

男生看着她此时模样，明明应该是很差的态度，但说出的话却毫无威慑力，软乎乎的。

他单手撑在椅背，坐姿放松，往易芸所在的方向看了一眼，道：“叫小姐姐不介意吧？那边那位美女说你们这是离校前最后的狂欢，我猜测你们是大四的学姐。我是J大的，今年大二，名字叫关昕。”

那旖抬头。

“朋友都叫我小心心，姐姐也可以这么叫我。”

“好的……”

关心，哦不，关昕是个典型的自来熟，而且很话痨，不理他，他一个人都能聊得很开心。

那旖原本还有点不耐，结果他什么都能聊，说话又有趣，明明是很普通的一件事，都被他说得生动形象，不知不觉就被他带了进去。

“姐姐是法律系的啊？”关昕微讶，竖起大拇指，“厉害，完全没看出来，你更像艺术生。”

“没你厉害。”明着夸一下专业不够，还拐着弯夸一下长相。她不由得看向他，目光中带着几分疑惑，“现在的男生都像你这样吗？”

“啊，我什么样？”

会说话，能聊，会逗女生开心。

仔细想想，有些人真是赶八百匹汗血宝马都追不上。

心情骤然下降，突然就丧失了聊天的欲望。

酒精果然能让一个人变得不像自己，那旖发现她今晚的情绪波动格外大，甚至有些控制不住。

可能是周围的环境致使，那些年轻男女，似乎无论多么陌生，都能贴在一起热舞。聊两句就能加好友，就能拥抱、暧昧，甚至亲吻……衬得一直在想有些人的自己像个神经病。

有什么可想的？一声不吭就走，几年没联系。断得这么果决，她在这儿犯什么蠢？

那旖的脸色以肉眼可见的速度沉下来，她从包里拿出手机，上了微信，点开二维码，递到关昕面前。

关昕微怔，呆呆地望着她：“啊？”

“趁我没反悔。”那旖掀起眼皮，“要加，快点。”

关昕的反应堪称迅速，二话不说摸出手机把好友加上。

“我这是成功了吗？”他有点不敢相信，看着她，低声道，“你姐妹说你从来不接受搭讪的，我，我有点兴奋。”

那旖收起手机，闻言抬头看了他一眼，面容白净，五官俊秀，笑起来还有两个浅浅的酒窝，很乖巧的模样。她稍顿，道：“兴奋什么？”

关昕双眼发亮：“我成功撩到姐姐了吗？”

说话间，酒吧门口进来一个男人。

他穿着一身剪裁合身的名贵西装，宽肩窄腰大长腿，身材颀长，气质高贵冷冽。他仿佛像刚参加完商务会，发型梳得一丝不苟，鼻梁上还架着一副金丝边眼镜，给那张优越漂亮的脸平添了几分威严感。

只是这股严肃，被急匆匆的步伐击得粉碎，甚至还有几分不易察觉的慌乱。

他一进酒吧，便引来一片关注。

男人对此毫无反应，他的目光在舞池中央快速扫过，不放过任何一个角落。没有在那群亲密贴身热舞的人群里看见熟悉的面孔，他几不可闻地松了口气。

但这口气还未松下两秒，他呼吸一窒，心脏立马又提了起来。

不远处的卡座上，漂亮的女生正在和一个陌生的年轻男生说笑。不知聊到什么话题，她嘴角微弯，笑得放松愉悦，甚至还接过了男生剥的开心果，自在地吃着果仁。

姿态亲密，全然接受对方的殷勤。

聂余站在原地，视线穿过重重人群，直直落在她身上。

那旖似有所感，忽地抬起头，他却下意识地背过身。

“怎么了？”关昕见她愣愣地看着舞池方向，以为她想去玩，立马邀请，“想去吗？我陪你呀。放心，我护着你，绝对不让别人碰姐姐一下。”

那旖充耳不闻，她看着那个方向，手中的酒杯倾斜尤不自知，冰凉的酒水洒落在大腿，白裙被染了一片水渍。

片刻后，她回神，接过关昕递过来的纸巾，垂着眼，随便擦了擦。

把纸巾丢进垃圾桶，她拿过一旁的包，起身，声音低缓：“可以陪我去一下洗手间吗？”

关昕眨了眨眼：“姐姐，你是第一次来酒吧对吧？”

“嗯？”

“邀请男生陪你去洗手间，即便只是单纯的护花使者，也是被得到认可了吧？”关昕看着她笑，“我可以有自己的理解了吗？”

那旖表情淡淡：“工具人理解可以，别的不可以。”

关昕沉默两秒，起身跟在她身后。

很好，以为很好撩，明显是他想多了。

虽然不知道他的作用是什么，但被当成工具人……还挺有趣。

洗手间里，那旖仔仔细细地洗了手，掬了一捧冷水打在脸上。

镜子里的女生满脸水珠，目光澄澈清明，看着比之前要清醒几分。

“果然还是不能喝酒啊。”她看着镜子里的自己，喃喃自语，“都开始做梦了。”

关昕倚在女洗手间外的墙上，垂着脑袋，手指在手机屏幕上飞快敲击。

小姐姐已经在洗手间里待了快半小时，发了两条微信，她也没有回，他有点担心，但又不能进去看看什么情况。

关昕刚想敲门再问问，眼前突然一暗。他下意识地抬头，入眼是一截白皙的下巴。

他一米七九即将一米八的身高，平视居然只能看见一截下巴？

男性自尊被狠狠伤害，他有点不爽，张口就想放狠话，仰起脖子却对上一双深沉如潭的眼。

好吧！

关昕发誓，他用他的脸发誓，他真的从这个男人眼里看到了挑衅。

他都没来得及生气，男人便撇了撇唇，慢条斯理地挽起衬衣袖子，迈步走进了男洗手间。

……这次他用生命发誓，他不但看见了挑衅，还看见了不屑！

这哪里来的神经病？

很想冲进男洗手间找那哥们问问他几个意思，但还是不能不管漂亮小姐姐。

他捂着通红的脸在女洗手间门口转来转去，踌躇不已。

想大声问问小姐姐现在是不是真的遇到了突发的生理麻烦，但走廊上人来人往，就很尴尬，哪里好意思开口。

正犹豫是不是真的要八百米冲刺去买女生的生理用品，小姐姐终于出来了。

那旖洗了脸，脸上的淡妆全卸了，一张脸素面朝天，连唇彩都懒得抹。她脸上还带着水珠，鬓角都是湿润的，没有妆容，更衬得五官无瑕。

见关昕一脸焦急地站在门口，她愣了愣，反应过来后忙道歉：“抱歉，久等……你这是什么眼神？”

关昕脸上的红还未消退，结结巴巴道：“你、你那个，那个没来吗？”

那旖一脸莫名：“什么？”

关昕略带懊恼地闭了闭眼：“不是，没什么，什么都没有。我们回去吧？”

“嗯。”

“你不知道，我刚在外面遇到了个神经病，他……”

关昕一路都在说自己刚才遇到的神经病。

回了卡座，才发现他们两边的朋友居然拼桌了，易芸和那个她搭讪的帅哥打得火热，裴思宇和另外几个男生在拼酒，时不时还给陈雪挡一杯。

见他们回来，所有人都露出了暧昧的目光。

“哟，舍得回来了？”易芸红唇微勾，说话间，随手把骰子丢到骰盅里。

几道碰撞声后，翻滚的骰子停住。

1、2、2，小得不能再小。

易芸低声咒骂了句，丢开骰子，往旁边微挪，给那旖空出一个位置，说：“就你去洗手间这段时间，我已经连输十几把，今晚这什么运气。”

“情场得意，赌场失意呗。”裴思宇跷着二郎腿，胳膊肘搭在陈雪肩上，手中摇晃着酒杯。她朝坐在易芸旁边的帅哥扬了扬眉头，轻笑，“就问你，赌场失意，服不服输？”

易芸扭头看了男生一眼。

男生笑了笑，伸手揽住易芸的肩，凑到她耳边，低缓道：“别生气，我陪你玩，嗯？”

易芸笑着用手臂撞了撞他。

那旖窝在沙发上，垂眼看着桌上的空酒杯。

周围喧嚣，打闹声不绝，陈雪走过来，挤在她和易芸中间坐下，把怀里的爆米花往那旖手边递了递，说：“我看你之前喝了不少酒，以前怎么没发现你这么能喝。”

那旖伸手抓了一小把，捻了一颗放进嘴里，爆米花的香甜霎时侵袭口腔。她往身后靠了靠，整个人都缩在沙发里，眯着眼，懒懒看着正前方的舞池，说：“不能喝，很容易醉。”

“没见醉呀。”陈雪轻笑，伸出食指戳了戳她的脸，“一点都不像喝过酒的样子。你看阿宇，喝酒上脸，偏还喜欢。”

那旖笑了笑。

“那个男生……感……一直……考……”陈雪说话的声音被骤然激烈的音乐声压住，断断续续，听不真切。

“嗯？”那旖凑近她，“你刚才说什么？”

陈雪双手做成喇叭状，对着她的耳朵大声重复：“那个男生感觉还不错，一直在偷偷看你，你要不要考虑一下？趁着今天结束单身，还能抓一把校园恋的尾巴！”

那旖微怔，下意识地扭头。

关昕立马偏开脑袋，掩饰般用酒杯遮住脸。

“反正你也没有男朋友。”陈雪笑得戏谑，难得露出调皮模样，“你们去洗手间的时候，阿宇都打听了，他和阿芸新男友都是J大的大二学弟，只比你小两岁。现在不是正流行‘小狼狗’吗？他对你这么主动，看起来也很有耐心性格很好的样子。怎么样，考虑一下？”

那旖收回目光，看着桌上的空酒瓶，摇了摇头，说：“不了，不是我喜欢的类型。”

“那你喜欢什么类型的？”陈雪赶紧追问，“我看这儿什么类型的都有。”

这是铁了心今天要给她找个男朋友的架势啊，那旖有些头痛。

陈雪指着易芸，道：“看看这个，都换了多少个男朋友了？再看看你，现在还不抓紧找一个，难道真要搞职场恋和相亲吗……当然，职场恋也没有什么不好，我也没有说骆学长不好的意思，我就是觉得他不适合你，你们之间没有那种感觉。”

为什么都觉得骆嘉瑞对她有那方面意思？

在那旖看来，无论是高中还是大学，抑或现在，骆嘉瑞的种种态度，无非都是因为他们之间那些不为外人所知的关系罢了。

因为夹杂着伤痛，所以连做朋友都不能太纯粹。

别的……就更不可能了。

“骆学长那种温柔的你不喜欢，关昕这种‘小狼狗’你也不喜欢，学校追你的那么多，也没见你对谁有过兴趣，你到底喜欢什么类型的嘛。”

恰巧此时换了一首暧昧的音乐，蹦迪的男女四散而开，露出前面一处略暗的卡座，和坐在中间的一个男人。

而那个男人的目光，似乎，大概，好像……

陈雪顿了下，顺着他的视线，以极为缓慢的速度扭头，然后落在身侧的那旖身上。

陈雪下意识地伸手拽住那旖的衣袖，轻轻晃了晃，问：“那那，那样的你喜不喜欢？”

“都不喜……”眼帘掀起的瞬间，那旖整个人僵在原地。

灯光迷离，光线暧昧，前方不远处的卡座，坐着四个男人。

坐在中间的男人穿着简单白衬衣，身材挺拔，面容俊美。他鼻梁上架着一副金丝边眼镜，许是因为身处环境的灯光过于旖旎，本该严肃的装扮，偏被他戴出几分禁欲模样，勾人得很。

那旖看着他时，他的视线也紧紧黏在她脸上，眼中蕴着风暴，搅得人心神剧颤。

对视了大概十秒钟。

大概是热，他突然伸手勾着衣领，扬了扬脖子，喉结上下滑动了两下，动作慢条斯理地把领口扣子一颗颗解开，露出性感撩人的锁骨。

动作间，他的视线没有离开过她一分一秒，侵略性十足。

那旖垂在身侧的手指轻微颤动，尽管内心一片波涛汹涌，面上仍旧云淡风轻。

片刻后，她若无其事地移开视线，仿若从未停留。

聂余面无表情地端起桌上的酒杯，半杯伏特加一饮而尽。

他五指攥着杯沿，骨节突出，手背青筋鼓动，显然内心并不平静。

“所以急匆匆打电话叫我们过来给你撑场子。”邵禹行和他碰了碰杯，“就是让我们看你一个人喝闷酒的？”

聂元杰吊儿郎当地跷着二郎腿：“我还以为多大场面呢，让我聂哥都慌了，喝了半天，屁事没发生。”

聂余面沉如水，一言未发。

另外一人是聂余的助理林霖，全程闭着嘴没说话。

这事儿实在没法说，要他怎么说聂总在酒会上收到底下人传来的照片当场色变，丢下一众商业合作伙伴急匆匆赶来酒吧。

毕竟帮聂总找人偷拍喜欢的女生日常都接触了什么男生这种事儿，还是他干的。

干了四年，无论风吹日晒，从未落下一天。

聂余有些焦躁。

他看着面对那两桌人，男的年轻帅气，女的青春靓丽，一派其乐融融。那旖坐在其中，一开始是只和她室友聊天，后来竟然开始喝酒，那个站在洗手间外面的矮冬瓜也开始献殷勤，又是剥果壳，又是递纸巾，还换了个位置，坐到了她旁边。

她非但没拒绝，还侧头和他说悄悄话，笑得眼睛都弯了。

聂余内心煎熬无比，想上前，又害怕。

这几年一直害怕的事情终于得到证实，他一直抱有的侥幸，都在她的漠视下碎得一干二净。

她看不见他了。

他的那那，看不见他了。

当初离开时，聂余想得最多的就是那旖。

他想过那旖找不到他后会生气，难过，甚至怒骂。他想过她的所有反应，唯独没有想到过今天这样的状况。

她对他视而不见，仿佛他就是一个陌生人。

离开的第一年，他日子过得有些混乱，曾私下偷偷联系过钟杰一次。钟杰说，那旖挺好的，上次月测还考了年级第一，把他们班班长都狠狠压了下去，总之就是很好。

学习好，生活也好，就连纪兰阿姨的早餐摊生意都越做越好。

她很好，生活完全没有因为少了一个人而有所变化。

听完后，他很高兴，但同时又有些难过。

之后许久，他没有再联系过潼陵的朋友。

在忙忙碌碌，甚至体会不到时间的流逝中，第二年夏天，他从朋友口中恍然听到了“高考”两个字，他第一时间放下手里的事，上网查了潼陵今年的高考前十名。

他知道，前十必然会有那旖。

果然，都无需往下浏览，他在前列就看见了她的名字。

——那旖。

潼陵的理科状元。

聂余无法形容他当时的心情，他看着那两个字，熟悉得每一个笔画顺序都默记于心。他本该打电话第一时间道贺，却拿着手机，攥得手心发疼。

他答应过她会好好学习，但他没有做到。

他答应过她，就算考不上 B 大，也会和她考去同一座城市。而他非但没有做到，甚至连考试都放弃了。

他放弃了对她的承诺，连打一个电话的资格都随着他的毁约一并消失了。

为什么要走？

几年后的今天，他依旧回答不上这个问题。

就像他永远不知道，他爸为什么会放弃一样。

有些事情没有结果，因为从开始，就是无解。

泽元律师事务所，国内首屈一指的业界精英汇聚地。

想要拿到泽元的实习机会，不但需要过硬的专业知识，还需要具备一定的能力和背景。那旖在考司法之前，她的导师就曾向她推荐过泽元，但因为当时忙着准备考试，没有时间对泽元多做了解，不承想后来却通过骆嘉瑞的关系，投了一份私简，得到了进入泽元实习的机会。

骆嘉瑞把车停在车库，下车时，看了眼腕间的表。

他和门卫大爷打了声招呼，正欲迈步去对街蛋糕店买早餐，余光却看见大楼门口偏角落的位置站着一个人。

他脚步忽地一顿。

那旖穿着一身职业装，长发梳理得一丝不苟，她鼻梁上架着一副增添严肃的黑框眼镜，站在靠角落的位置，正在低头看着手机，似乎是在回消息。

皮鞋踩在地面的清脆声由远及近，那旖暗灭手机，抬起头。

骆嘉瑞走到她面前，气质温和，脸上带着笑容，缓声道："怎么来这么早？现在还不到八点。"

"怕路上堵车。"那旖推了推镜框，笑道，"学长也很早。"

"嗯。"骆嘉瑞指了指对面的蛋糕店，"怕晚了买不到那家的面包，限量的，味道很不错。"

但凡对骆嘉瑞稍有了解都知道他不喜甜，那旖自然也知道。

"一起吗？"骆嘉瑞看着她，目光柔和，"第一天上班，学长请你吃早餐。"

"我请，一直想找机会感谢学长。"那旖道，"谢谢学长的推荐。"

"谢什么，我是在帮我们事务所呢。"骆嘉瑞笑，"优秀的人才哪里都抢着要，我只是提前下手而已。”

两人都不是说客套话的性格，故而都不再多言，很快转移话题。

在蛋糕店的休息区用早餐时，骆嘉瑞大致介绍了一下事务所的情况，总结起来便是——泽元的负责人是骆嘉瑞的姑姑。

而被骆嘉瑞亲自引荐的那旖，几乎不用忧愁菜鸟初入职场需要考虑的问题。

骆嘉瑞的姑姑是业界知名律师骆律，从名字便能看出，她从出生就被家人赋予了未来的职业规划，而很显然，她在这方面做得极为成功。

有家族撑腰，自身能力出众，骆律早些年便在业界打下了绝对的声望。而她的律师事务所，是所有业界同行最向往和惧怕的律所。

在法庭上遇到骆律，基本已经奠定输的结局。而遇到骆律的人……嗯，没有人想遇到泽元律师事务所的人。

泽元律师事务所一共有七个律师，六男一女。

唯一的那位女士便是如今基本已经神隐的骆律，除非大案，已经没人能请动她。剩下那六位男律师，一个是前几年进来的骆嘉瑞，剩下那五位，都是平均年龄“35+”的前辈，在业界已经有了一定名气的大律师。

而那旖这个新来的实习生，便是包括前台、会计、打扫阿姨在内的，泽元律所的第十一人。

因为骆嘉瑞走了自家姑姑的关系，直接给了那旖一个让别人羡慕到跺脚的超高起点。

虽然只是实习生，但只要在实习期间不出错，且能展露出自己的能力，实习期结束后，留在泽元的可能性很大。

当然，那旖有这个自信。

第一天报到，律所只有两位律师在，其他几位这段时间手里有活儿，平常忙得基本见不着人。

那旖和他们打招呼时，其中一位姓程的律师较和蔼，而另一位姓韩的律师只点了点头，态度有些冷淡。

骆嘉瑞把那旖带到收拾好的工位，正好在他对面。

“别介意，韩律师最近碰到一个大案子，这段时间忙得焦头烂额，我还以为他今天不会来律所呢。”骆嘉瑞把手里的笔记本电脑放到那旖的工位，“电脑是新的，亮度是我调试的，你看看合适吗？如果太亮，你自己再换。给你配置的台式电脑最迟后天应该能到，待会儿我再去找小李催催。哦，对，还有办公用品，我都检查了，为防遗漏，你待会儿再看一下还有什么缺的，可以直接和我说，也可以去找前台小李。”

那旖感激道：“麻烦学长了。”

骆嘉瑞摇头，笑道：“其他几位律师最近都很忙，可能没有时间带你。如果不介意，你以后就跟着我吧。”

那旖点头：“好。”

这根本不是介意不介意的问题，也不是别的律师忙不忙。几乎没有人想要带一个初入职场什么都不懂的菜鸟，何况是一天忙得脚不沾地的大律师，哪有时间浪费在不相关的人身上。

骆嘉瑞这么说，完全是全权包揽，以后他就是那旖在行业的师傅，他要带那旖。

有师傅带，这对任何一个初入职场的菜鸟而言都是一种幸运。

“这段时间大家都忙，等他们手头的活儿忙完，我们再给你开个欢迎会。”骆嘉瑞笑着说。

那旖笑着摇了摇头：“不急，等我转正了再说。”

骆嘉瑞便笑了，很开心的样子：“你可以的。”

上班第一天，那旖都在熟悉泽元的内部文化，至少是把除骆嘉瑞在内的那几位律师的个人习性和擅长领域给摸了底。她不求别的，只愿不要犯忌讳。

同行之间有竞争，同一个律所的律师自然也有竞争。如今既然跟了骆嘉瑞，在有可能有竞争关系的律师面前，就连说话，都是多多注意一番。

接下来的半个月，那旖把律所的电话和传真等一应联系方式熟记于心，在骆嘉瑞的建议下，她把崇华下辖的中院和法院都跑了个遍，地址摸得一清二楚，谨防以后因为走错路而误了大事，耽误了工作。

接下来的时间，她翻阅了大量骆嘉瑞给她的案件资料，并把一些尚未来得及存档的资料归纳完毕，从中汲取了不少经验。

紧跟着，她跟着骆嘉瑞跑了一个当事人。

这是那旖第一次会见当事人，她开着笔记本电脑，坐在骆嘉瑞身旁，全程没有说一句话，只是手指在键盘上飞快敲击，记录资料。

当事人是位女性，今年三十五岁，她身着朴素，有着与实际年龄极为不符的面容，苍白又脆弱。她的诉求是离婚，她想跟她的丈夫离婚。

本是一起很简单的民事诉讼，但在上个月，这个事件突然由民事转为刑事，男方被查到疑是涉及重婚。夫妻俩有一个孩子，并有一些财产纠纷，较为复杂。

当事人显然尚处于她老公居然在外面另外有家庭的震惊中，脸色有些灰败。她双手握着咖啡杯，怔怔地看着上面的四叶草拉花，说话有些颠三倒四：“我一直以为他只是脾气不好，嫌我没给他生儿子，他打我骂我我都认了，但他打女儿，我真的忍不了。我只是想跟他离婚，我什么都可以不要，我只要女儿，房子我都可以不要……我都这么一再退让了，他为什么还要逼我……他在外面居然用别的身份和别的女人结婚，还生了两个儿子，难怪他经常不着家，难怪他从来不拿钱回来，他为什么要这么对我们母女俩？”

“女儿也是他的女儿啊。”

“难道女儿就比儿子差吗？”

“都是他的血脉，他怎么能这样。”

她抬头，像看着唯一的救命稻草，眼含期盼望着骆嘉瑞，说：“骆律师，你能帮我吗？”

从咖啡店出来，那旖跟在骆嘉瑞身后，直到上车都没有说话。

骆嘉瑞系好安全带，见她低着头沉默不语，倾身过去准备给她系安全带。

属于男性的独特气息侵袭而来，那旖猛地回神，后背下意识地紧紧贴着车椅背，两人之间空出一指的距离。

骆嘉瑞动作稍顿，还是帮她把安全带系好，随后拉开彼此的距离。

没有急着开车，骆嘉瑞看着前方的路面，低声道：“律师这个行业，你会遇到很多荒诞的事，这只是很普通的一件。”

在这个世界上，人心不可控，而只要人心不可控，便会衍生黑白。

有善良的人，自然就有作恶的人。

一个人能有多恶，律师所能接触的，远比平常人多得多。

曾经亲密无间的夫妻反目成仇，兄弟之间为了房子和遗产大打出手甚至拔刀相向，这些都只是很普通很常见的案件。

譬如今天这位当事人丈夫涉及重婚，骆嘉瑞进入这个行业以来亲手接下的案件不下十件。

他担心那旖不适应，毕竟律师，接触的便是人类的丑恶面。

她需要有一颗极为强大，且不受影响的心脏，才能在这个行业站稳脚跟。

那旖知道骆嘉瑞想说什么，她摇摇头，表示没有受到影响。

“我回去把今天的资料重新整理一遍，晚上发到师傅的邮箱里。”说着，她已经打开笔记本电脑，放在膝盖上，仔仔细细地把之前记录的对话浏览一遍，改了几个错别字。

骆嘉瑞揉了揉鼻梁，无奈道：“怎么还是叫师傅，听着真不习惯啊。”

“嗯，学长。”那旖抬头不抬，熟稔地改口，但下次还犯。

骆嘉瑞笑着摇了摇头。

车子行驶在路上，两侧的风景慢慢后退。

耳边是敲击键盘的沉闷声，骆嘉瑞却倍觉悦耳。等红绿灯的间隙，他用余光偷偷看了眼坐在副驾驶的那旖，电脑的荧光折射在她的脸上，照出她微拧的眉心。

看来并非如表面所表现的那般毫不在意。

他看了眼时间，下午六点半。

他抿了抿唇，犹豫了片刻，略带几分紧张道：“你晚上有什么安排吗？”

那旖闻言抬起头：“嗯，要去陪我闺蜜试婚纱。”

骆嘉瑞眨了眨眼，一时竟然没有反应过来，半晌后迟疑道：“……试婚纱？”

她的闺蜜应该和她差不多大吧？才毕业，就要结婚了吗？

“嗯。”那旖笑了笑，说到好朋友，她整个人瞬间脱离工作状态，随意了几分，“她下个月就要结婚了，时间有些紧凑，现在在抓紧时间试婚纱。”

说着，她看了眼电脑右下角的时间，悬在键盘上方的手一顿。

红绿灯更迭，骆嘉瑞驱动车轧过斑马线，余光看向她，问：“怎么了？”

那旖忙把电脑关了，拿出手机打电话，扭头对骆嘉瑞道：“麻烦学长在前面路口停一下车……喂，我马上就到。嗯，不好意思，之前手机关了静音，没有听见，你先和月月……”

等她挂断电话，骆嘉瑞正好把车停在前面路口。

那旖伸手去拉车门，正准备和骆嘉瑞道别，骆嘉瑞突然道："我送你过去吧。"

那旖动作一顿，回头。

骆嘉瑞看着她，抿了抿唇，握着方向盘的五指紧了又松，松了又紧："那个，反正顺路。"

现在已经下班，是属于私人时间。

如果是一般的同事提出捎带一程，那旖或许只稍加考虑便笑着感谢了。但是，对方是老被桑月月和陈雪她们挂在嘴边，天天被她们灌输疑似对她有那么一点点好感的骆学长……如今还是她的师傅，在工作上对她帮助良多。

答应和拒绝，似乎都不好。

拒绝显得有些不识好歹，答应也害怕给对方传递出其他讯息。

因为是骆学长，反而让她犹豫。如果换成别人，譬如关昕，她都不会有这么多弯弯绕绕的考虑，直接就拒绝，或是答应。

大概是真的犹豫了很久，气氛有些安静。

骆嘉瑞兜里的手机忽地振动了一下，不知是短信还是推送消息，总之他摸出手机看了一眼，然后便笑着道："看来还是要你自己去打车了，我这边有点事，要先走了。"

那旖攥着电脑包，双唇微抿，说："那师傅路上小心，晚上十点之前我会把资料发到你的邮箱里。"

骆嘉瑞点头，倾身过去帮她把车门打开，温声道："不着急，明天再发也是一样。"

看着车子消失在视线里，那旖站在原地，伸手捏了捏眉心。

骆学长太温柔了，他从来不会让人为难，但就是因为这样，才更显得难办。

只希望宁丹丹她们的调侃也仅仅只是调侃。

那旖不太会处理这种关系，在学校时，面对表白的学长学弟，她拒绝得毫无心理负担。

可对骆学长……她摇了摇头，不再多想。

赶到婚纱店时，所有人都在。

那旖先道了歉，然后看向已经换好婚纱的宁丹丹，眼睛闪闪发亮："丹丹，你好漂亮。”

宁丹丹扬起下巴，骄傲得像只美丽的孔雀：“嗯哼，我哪天不漂亮？”

那旖笑着点头：“是是是，你每天都很漂亮。还有几款没有试，我看看。”

“还有两款，我先休息一下，等会儿再试。”宁丹丹说。

“好。”那旖点头，随手帮她整理了一下礼服。

宁丹丹身上这款婚纱是鱼尾型，紧身款完美展现出她凹凸有致的身材，抹胸碎钻设计，在灯光下闪着细光，美得让人移不开眼。

她顺势转了一圈，脸上罕见地带着一抹羞意。

那旖看了眼站在身旁的钟杰，钟杰的耳朵已经红得不能看，眼睛根本无法从宁丹丹身上挪开，满心满眼都是她，看得众人取笑不已。

“以后我们结婚，你也穿这款。”卓一凡偷偷和桑月月咬耳朵，“我不要和钟杰一样选白西服，我要黑色的。”

桑月月偷偷掐了他的腰一下，说：“那你得好好赚钱，这家婚纱很贵的。”

“哼。”卓一凡磨牙，“等着，等我们结婚了，我每年都给你买一件婚纱，我们穿着玩。”

桑月月忍了忍，没忍住，笑骂道：“滚边儿去，还一年一套呢，有一套就不错了。”

卓一凡搂着她的腰，抱着没松手。

那旖站在他们四人中间，本来有些饿的，现在直接饱了。

宁丹丹试完所有的婚纱，最后还是选了那款鱼尾的。

从婚纱店出来，整座城市已经坠入霓虹里，走在路灯下，都多了一丝旖旎氛围。

就近找了一家火锅店，六人要了一个小包间。

酒过三巡，桑月月端着酒杯，和钟杰一起挨个儿敬他们。恋爱成功少不了朋友的支持，冲动结婚更是。

“怎么选了这么近的日子？”桑月月和她碰了碰杯，“反正证都领了，章也盖了，照理说你们用不着这么急啊。”

“今年没什么好日子，最好的日子就在下个月。”宁丹丹叹了口气，“虽然是把证领了，但我妈那人，嗨，总之不知道怎么说。反正我爸同意了，户口本也是他给我偷的，估计也觉得既然证都领了，干脆就一鼓作气把酒给办了吧。”

“叔叔是个明白人。”

“那必须的，我爸没得说，从小就疼我。”

那旖吃了一点便放下了筷子，期间手机响了几声，是关昕发的消息，她锁了屏，没回。

宁丹丹和桑月月聊的话题已经从“结了婚的男人和恋爱中的男人有什么区别”到“婚后的男人不听话该怎么修理”。钟杰听得一脸紧张，卓一凡则竖起了耳朵，一个忐忑，一个好奇。

“你不吃了吗？”不知过了多久，钟杰的声音突然在耳边响起。

那旖回过神，扭头看他：“嗯？”

钟杰不知何时和宁丹丹换了座位，现在坐在她身边，端着一杯果汁，递给她，问：“看你今晚吃得有点少，胃口不好？”

那旖微怔，摇了摇头，然后伸手接过：“谢谢。”

“你少喝点酒，一喝酒就醉。”钟杰的语气就像在做任务般，极其生硬，“喝果汁吧。”

那旖眼眸一眯，看着他，突然道：“我们似乎没有一起喝过酒。”

钟杰一愣。

那旖脸上的笑容瞬间消失，唇线紧抿，问：“你怎么知道我一喝就醉？”

钟杰浑身僵硬。

那旖看着他，良久后，轻笑出声。

她眼中毫无笑意，甚至有些凉。很好，好得很，这些年他和谁私下都有联系，唯独她。

可真是，好、得、很、啊。

第九章
那那，我回来了

钟杰灰溜溜地把位置换了回来，趁着大家都在聊天，他偷偷摸出手机，点开微信最新聊天记录。

上面还停留在对方发的：【别让她喝酒，给她果汁。】

这可要了命了。

钟杰一脸纠结，打了几个字，想了想，又删掉。

说，还是不说？总觉得自己好像捅了马蜂窝，刚才那旖的脸色难看得让他都发憷。

说来，他也是在宁丹丹通过那旖认识桑月月后，才从桑月月口中得知聂余和那旖的过往……在此之前，他一度以为他们真的是兄妹。

无比纯洁的，兄妹关系。

直到后来聂余联系他，询问那旖的近况时，他才后知后觉地反应过来，过往曾经聂余趴在阳台走神望着操场的画面，仔细想来，和他当时趴在聂余旁边盯着操场看宁丹丹有什么区别？

他在看宁丹丹。

而聂余，看的是宁丹丹身旁的那旖。

喜欢哪里藏得住。

看着你时，眼睛在发光，就连呼吸，都下意识轻了几分。

只是那时他满心满眼装的都是自己心悦的女生，哪里能看出身旁那人的小心思。

手机微微振动，钟杰回过神。

迟迟等不到回复，对面明显有些焦急。

聂余：【果汁给了吗？】

钟杰下意识地抬头看了眼那旖，悄悄打字。

钟杰：【……嗯。】

聂余：【发生了什么？】

钟杰：【啊，没有啊。】

聂余比他想象中更加敏锐，每个字眼都透露着深深的怀疑和威胁。

聂余：【结婚的排面是不准备要了？】

钟杰：【喂！好兄弟不带这么威胁的。】

聂余：【随便什么牌子，二十辆车，我给你包了。】

钟杰：【兰博基尼？】

聂余：【二十辆兰博基尼？虽然没什么问题，但还是忍不住想说你品味真独特。】

钟杰气得呼吸都粗重了几分，虽然很气，但为了结婚的排面，还是得忍着。

他和丹丹虽然都不是很在意，可在家境这方面，他家确实和丹丹家差得有些遥远。

而且丈母娘本来就对他非常不满意，所以结婚这种直接面对亲朋好友的大场合，排面必须搞起来，至少不能太过让他们下不来台。

而他认识的有钱人里，目前只有突然消失了几年，一出现就仿佛渡劫成功的聂总。

泰兴集团，不过短短几年时间，就从一家默默无闻的小公司，变成今天独占一栋大厦的惊天巨擘。它旗下的产品，几乎已经成了国人日常生活中不可或缺的东西，房地产、酒店、餐饮、化妆品、互联网、医药……总之从百度上所显示的资料来看，泰兴就是个人形饕餮，什么都吃。

你所能想象和无法想象的行业，泰兴都有插手，只是或大或小罢了。从某种意义上来看，泰兴的老板在商场上是一个绝对的杂食者，哪里能赚钱，哪里就有他。

如今直播行业盛行，这两年最火热的几个直播平台，其中就有一个是泰兴的。

而据传言，某某游戏里的豪门战队身后的金主爸爸，就是泰兴的老板。真实不可考究，但据钟杰推测，当年那个喜欢在上课时偷偷玩游戏的中二少年，在变成大佬后用钱砸出一个战队这种事，是完全有可能的。

聂总赚钱赚到手软，二十辆兰博基尼的排面在他眼里也就打个电话的事儿。

但对“社畜”钟杰而言，就必须得弯下他的老腰，乖乖地听命。

想到这里，钟杰语气瞬间卑微。

钟杰：【那肯定不能和聂哥低调奢华的品味相比，我就是一个俗人。】

钟杰：【刚才仔细想了想，送果汁的时候，那旖脸色不太好？】

对面秒回。

由此可见，大老板金贵的时间，在对上某个人时，是完全不作数的。

聂余：【怎么不好？】

聂余：【你送了什么，她是不是不喜欢？】

聂余：【我记得她没有讨厌的水果，你是不是拿劣质橙汁敷衍她了？兰博基尼还想不想要了？】

钟杰：【[图片]】

钟杰：【你自己看，这是鲜榨的！】

“你干吗呢？”宁丹丹突然凑近他，“和谁聊天呢，嘴都要咬烂了？”

钟杰不动声色地收起手机，笑容温和道：“和金主爸爸聊天呢。”

宁丹丹顿时乐了：“爸答应给你买车了？别了吧，我们现在有车，先开两年再换。你让爸别破费了，留着给妈买两个包吧。”

钟杰有苦说不出，此爸非彼爸啊。余光见那旖看过来，他憋红了脸，干涩点头：“好……都听你的。”

那旖端着果汁，低头抿了一口。

钟杰别开脸，手机还在振动，估计对面的金主爸爸正在追问她为什么脸色难看。这就留着您自己琢磨去吧，他现在都自身难保了。

难得相聚，大家都没有饭后就散的意思，那旖明天还要上班，便提出要先走了。

“行，你明天要上班，不能熬夜。”宁丹丹点头，指挥钟杰，“让钟杰送你回去，地铁站离这边有点远。”

“不用了。”那旖起身，拎着电脑包，“我打车回去。”

钟杰“噌”一下站起了身，急忙道：“这么晚打车不安全，我送你回去，大家都放心。”

那旖看着他，似笑非笑：“大家？”

钟杰装作没听见她话里的深意，拿起一旁的大衣，弯腰在宁丹丹额头上亲了一下，说了句“很快回来”，拿着车钥匙率先向门口走去。

夜已深，路上车辆渐少，黑色的宝马行驶在马路上，车内一片安静。

那旖侧首望着窗外，两侧的路灯从她脸上飞速闪过，影影绰绰，光线时暗时亮。

又一个红绿灯，车停在斑马线前，两人沉默地看着过马路的行人。

钟杰握着方向盘的手紧了又松，松了又紧，终于还是没忍住，率先开口：“抱歉。”

那旖目光平静地望着窗外，没有回头：“什么？”

钟杰真的怕了他们俩，一个比一个精。权衡片刻后，他觉得宁可得罪金主爸爸，都不能得罪老婆的闺蜜，于是立马全盘托出：“是聂余发消息让我看着你，让你别喝酒，给你果汁。这事儿是我做得不对，没经过你的同意，擅自把和你相关的事告诉给别人，你要打要骂都行，我绝对没二话。但这事儿和丹丹没有任何关系，她完全不知情，就希望你能别生她的气。”

那旖沉默。

就在钟杰有些不知所措时，才听见她微哑的声音问道：“他……什么时候开始和你联系的？”

冷静下来后，那旖思考了许多。

他当初那么决绝地离开，以她对他的了解，他在做出那样的决定后，还和潼陵的朋友保持联系的可能性很低。

而唯独略过她的可能性……几乎为零。

她别的不敢保证，但对他，她自认还是几分了解。他对自己能狠，对别人能狠，唯独对她，离开就是他最狠的一次。

更狠的，譬如单单不联系她这种事，他做不出来。

是她太生气了，那一瞬间，气到理智尽失，所以才把他往最坏的方面去想。

“高三的上半学期他联系过我一次，问了你的近况。”钟杰握着方向盘，看着前面的马路，声音有些低沉，“后来就没有再联系过。”

“他这些年在哪里？”

“瑞阳。”

果然是他。

那旖轻扯唇角，侧了侧头，眼睛微涩。

钟杰侧首看了她一眼，思考片刻后，斟酌道：“虽然不知道是为了什么，但他今年把工作重心转来了崇华，以后可能会留在崇华发展。”

那旖垂了垂眼，没说话。

接下来的路程，谁都没有再开口。

钟杰不清楚他们之间发生过什么，他知道的仅仅是，他们是从小一起长大的青梅竹马。但上学时期，本该亲密的他们在学校却几乎没有说过话。

他们在一起过吗？钟杰不知道，他只知道，他们是彼此喜欢的。

至少，聂余是喜欢那旖的，很喜欢。

当年发生了那样的事，那些不堪和悲伤被世人皆知，指指点点，任意非议，这些是谁的错呢？

至少他们两人都没有错，错的是人有一颗心脏，它会疼。

因为太疼了，忍不了了，就只能离开会让自己呼吸都会疼的地方。

但又全然无错吗？

也不尽然啊，心脏除了会疼，它还懂得开心。

聂余用最决绝的方式，让那旖那颗心脏，沉寂了数年，险些丧失愉悦。

钟杰能体会到聂余的无奈，也能理解他现在的心情。只有心怀愧疚，才会踌躇不前，他明明多的是方法再次出现在她的生活里，他已经是别人眼中高高在上的聂总，但在那旖面前，他比尘埃还低。

说到底，都是因为在乎，所以愧疚、心虚。

那旖回到家，纪兰还没有睡，玄关处留着一盏小灯。

纪兰坐在沙发上看电视，音量开得很小，听见开门声，她第一时间回头："那那回来了？今天怎么这么晚，给你打电话也没有接。"

那旖才反应过来好像忘了给家里打电话，她拿出手机一看，果然有两个未接来电。

"妈妈对不起，我没有看手机。"

"没关系，妈妈只是有点担心你。"纪兰走过去，接过她肩上的电脑包和背包，拎在手里掂了掂，顿时面露心疼，"每天都背这么重啊？"

那旖换了鞋，闻言笑了笑："不重。奶奶睡了吗？"

"嗯，睡了。"纪兰把电脑包和背包放到沙发上，去厨房把温好的牛奶端出来，"本来等你的，看电视一直打盹，我就让她进屋睡了，她还不乐意呢。"

那旖轻轻打开赵春花的卧室门，轻手轻脚地走进去看了一眼。老太太睡觉贪凉，不喜盖被子，那旖给她掖了掖，见她睡得沉，便悄声出去了。

纪兰把牛奶递给那旖，那旖接过，陪她一起坐在沙发上看电视。

这段时间那旖一直很忙，下班回家也是直接回房间忙工作，很少有这么闲适的时候。

纪兰伸手摸了摸她的头发，冰冰凉："今天不忙吗？"

那旖抱着牛奶杯，轻轻摇头："还好。"

"晚上在哪里吃的？"

"和丹丹他们一起吃的火锅。"

"丹丹最近挺忙的吧？婚礼准备得怎么样了？"

"今天陪她去试婚纱了。"那旖笑容温柔，声音低缓，"很漂亮呢。"

落地灯的光打在她的侧脸上，照着半边轮廓，微垂的眼睫在眼底投下一片阴影。

纪兰张了张嘴，犹豫片刻后，伸手，慢慢顺着她一头冰凉长发。

"聂余……还是没有消息吗？"

那旖微怔，扭头看向纪兰。

纪兰目光温柔，见此，笑了笑："你每次心情不好，都和他有关，这有什么难猜的？"

那旖抿了抿唇，一言不发。

"都是大姑娘了，有喜欢的男孩子这件事，不用再像从前一样，要偷偷藏着了。"纪兰笑容温暖，"偷偷难过了这么多年，妈妈看着也很心疼呢。"

那旖急促呼吸了几下，喉咙瞬间上涌酸意。

"就算想要一直等，也没有关系，妈妈不会催你什么，你只需要听从自己的心就好。”她说，“我们那那不要世界上最好的男孩子，只要你喜欢，正好他也喜欢你的，就可以了。”

当年，那旖每周周末都会去图书馆，她那么开心的模样，便是想藏，在母亲面前也是藏不住的。

少女的喜悦，从来都和初开的情窦有关。

有一次晚上，纪兰出门扔垃圾，看见了迟迟未归的女儿和一个男孩儿，站在无人的昏暗巷尾里。

在那一刻，她就知道，女儿有了喜欢的男孩儿。

起初难免有些担心，直到她看见了半个身子融入黑暗的男孩儿的脸。

是聂余。

那么漫长的一段时间，纪兰装作什么都不知。她以为他们会一直这么下去，一起考一个好大学，在恰当的时机来她面前坦白，或等他们毕业，她可以主动提及，让那旖带聂余回家。

可意外来得太快，华鼎出事、聂国兴出事、聂余消失……

纪兰看着那旖从一开始的着急，四处寻找，渐渐变得沉默，然后彻底冷漠。

她满腔的话，都葬送在女儿平静的目光里。女儿似乎什么都不在意，她也变得无法再开口。但她知道，那旖是难过的，只是女儿的难过藏得严严实实，不愿在他人面前显露分毫。

女儿不愿他人知晓，她就装作什么都不知道。

今晚，纪兰察觉到了女儿久违的难过，虽然不知道发生了什么，但必然和聂余有关。

有一个喜欢的人多么难得啊，人活在世上，喜欢一个人似乎很容易，但又很难，全心全意的喜欢，那就更加难得了。

既然放不下，那就勇敢一点。

如果你不能勇敢，妈妈就教你勇敢。

纪兰目光温柔，目光中充满了包容和鼓励:“听听自己的心，它在说什么。”

那一晚上，那旖辗转反侧迟迟未睡，导致第二天精神不济，整个人脸色看起来极差。

把资料发给骆嘉瑞，那旖给自己冲了一杯咖啡，强行打起精神工作。

中午，韩律师罕见地主动和她说话，问她要不要一起吃午餐。

自入职以来，那旖陆续见到了其他几位大律师，大家性格很和气。唯独韩律师，不知是真的太忙还是性格如此，他很少主动和她说话。

看出那旖有些犹豫，骆嘉瑞保存好文件，关了电脑，看向韩律师，温声笑道：“不介意多一个人吧？”

韩律师大笑一声，豪气地挥手:“差不了你的，今天有一个算一个，我请客。”

“哟，老韩今天心情不错啊。”程律师取笑他，“铁公鸡都愿意拔毛了？”

“滚。”韩律师笑骂，“这屋子里除了小骆，你问问平时谁不是铁公鸡，你是没房贷车贷还是怎么着。”

“有啊。”程律师老神在在，乐道，“我有老婆一起分担咯，别羡慕，实在羡慕就赶紧结婚。”

“滚滚滚。”

铁公鸡今天要拔毛，同事们都十分给力，纷纷放下手里的工作。

几经商量，大家把用餐地点选了律所附近新开的一家高档餐厅，据说牛排不错。

韩律师十分痛心，指责他们全都不是人，逮着机会就宰他。

“几年同事情谊，今天一朝葬送。”韩律师朝他们面无表情地举杯，“今天我荷包要缩多少水，都是将来我们要冷战的天数，你们好自为之。”

“你可拉倒，你哪次不是叫嚷得最凶。”老程率先和他碰了一下，“就这程度，我都请你们吃八百回了好吗，你看我说什么了？”

旁边的同事齐声起哄：“韩律师大方。”

那旖见骆嘉瑞也跟着他们说了一句“韩律师大方”，顿了下，举杯也碰了一下：“韩律师破费了。”

韩律师笑了下，和她碰杯：“这段时间有点忙，一直没顾得上，今天我请客，小那随意啊。”

那旖笑了笑：“好。”

大家都没多点，一人一份牛排。

大老爷们脱离工作状态后都很能聊，聊的话题也多围绕着业内的事，还有把韩律师搞得焦头烂额的大案子。

那旖安静地听着，都是业界的大前辈，随便从指缝漏点经验，都足够新人学了。

午餐高峰期渐过，餐厅里的客人慢慢变少。

他们的位置靠窗，而那旖的座位正巧面对餐厅大门，所以那一行人进来时，她第一时间就看见了。

聂余一身商务装扮，精英范十足，他鼻梁上架着那副她在酒吧见过的金丝边眼镜，许是场合不同，那天的轻佻放荡，今天都变为了庄严肃穆。他被一群人簇拥着走在中间，一出现，就吸引了所有人的目光。

正听助理说话的聂余脚步一顿，两人的视线在半空相撞。

她今天穿着他在照片上见过无数次的工作装，窈窕身姿被被衬得恰到好处，脸上化着淡妆，淡色唇彩反而压了原本的绯红唇色，听人说话时嘴角一直带着浅笑。

周围男性客人的目光都若有似无地落在她身上，却又因为坐在她身边的俊雅男人而略有收敛。

聂余视线一转，落在她身旁的骆嘉瑞身上，脸瞬间黑了。

“聂总？”林助理说了半天，见他没有任何反应，略带疑惑的目光顺着他的视线看去，然后瞬间闭嘴。

唯独今天没有上报某位女士的行踪，这就遇上了？

身边还坐着那个被聂总用红笔着重画圈的骆律师……这可真的，是谁选的餐厅？

哦，是他呢。

林助理内心崩溃，脸上却依旧挂着得体的笑容，他把一无所知的商业伙伴带向提前订好的包厢：“周总这边请。”

富态的周总看了眼站在原地没动的年轻老总，他还指望着靠这个项目让对方拯救自己岌岌可危的公司，对着他的助理无比谦虚：“好好好，聂总他……”

“老板他马上就来。”

“好的，好的。”

那旖收回了目光，聂余在原地站了一会儿，眼底深处闪过一抹失落。

他抬了抬手，站在身后的餐厅经理立马恭敬地走了过来：“聂总。”

镜片遮住了眼底所有的情绪，聂余低声道：“给那边的女士送一份甜品，要最好的。”

经理顺着他的目光看去，掩饰住微讶的表情，他确认了一遍：“是 58 座那位女士吗？”

“最漂亮的那个。”

经理咽了咽口水，点头：“是用聂总您的名义吗？”

用他的名义，估计会被立马退回来吧。

聂余沉默了片刻，道：“用你们餐厅的名义。仙女下凡到你们店，你们难道没有觉得蓬荜生辉吗？”

“好的，聂总……”

那旖以为自己听错了，看着面前这位一看就是餐厅管理者的男人，他刚才说什么？

经理笑得谦逊有礼，甚至有些不易察觉的狗腿，把托盘里的莱明顿小心地放到她面前：“小店开业酬宾，今天来店的女士以颜值评分，长得最漂亮那位，小店将送出一款最出名的甜品。”

那旖面无表情道：“谁评的？”

经理没想到她会这么问，瞬间结巴：“就、就大家啊。”

骆嘉瑞眉心微皱。

韩律师几人却笑了出来，对那旖道；“得，我们大美人走到哪儿都有优待。接了呗，他们家的莱明顿是限量款，做工精细，一天只有五份，很难得。”

那旖的表情变幻莫测，她看着经理，半晌后嘴角微勾，缓声道：“劳请帮我谢谢评分的‘大家’。”

经理汗都要出来了，叠声点头应好。

等人一走，那旖看着桌上的甜品，伸手拿起小银勺，慢慢挖了一块。

什么开业酬宾，借口也是够烂。

宁丹丹结婚那天，正好是周末，晴空万里无云，连老天都在为她庆贺。

那旖和桑月月是伴娘，一大早就起床化妆，换礼服，和酒店沟通被遗漏的事宜，忙得团团转。

宁丹丹结婚，她爸在崇华给她买了一栋小别墅，今天在这里出嫁，新婚之夜就在酒店的总统套房度过。

钟杰带着他那一票兄弟，开着二十几辆豪车出现在别墅时，宁丹丹这边的闺蜜一个个嗷嗷叫，又要拦着他们不让进，又想出去看车，气氛无比火热。

新娘这边的闺蜜和新郎那边的兄弟在门内门外斗智斗勇，一群男人又是给红包又是装孙子，硬是没人放他们进来。最后不知道是谁想了个办法，在微信新建的结婚群里疯狂发大红包，女生们果然上当，趁着她们拿手机抢红包的间隙，钟杰他们一窝蜂冲了进来。

见到坐在婚床上的宁丹丹，钟杰眼都直了。

小夫妻俩你看我，我看你，谁都没有说话。

虽然证领了，但结婚果然还是需要仪式感。只有现在，他们才真的有一种，他是我的丈夫，她是我的妻子的真实感。

一排豪车，直接把别墅往外的路都给堵了。

住得起别墅的都是有钱人，但这么多连提前预订都不一定能轮到的限量款豪车乍然出现在视野里，周围的邻居们都愣了。

他们都愣了，更别说去酒店的路上，看到这个排场的市民。

这谁结婚啊，一个“豪”已经不足以形容，简直“神豪”。

到了酒店，同是伴娘的桑月月凑在那旖耳边，小声说：“听我家‘狗’说，这是聂余的手笔。你说以后我结婚，用我们在一个大院长大的借口，我配拥有这个排场吗？”

那旖正招呼宾客，抽空回了她一句：“钟杰都能，卓一凡当然可以。”

比不要脸，卓一凡当仁不让，他还能求来更大的排场。

两方的亲戚各坐一个区域，宁丹丹那边的亲戚各个珠光宝气，衣着光鲜。有此对比，就显得钟杰那边的亲戚格外朴素了。

而两位新人的父母，除了宁丹丹的母亲，其他三人都是笑语晏晏，相处极好。

“难怪钟杰要搞排面。”桑月月吐槽，“你没看到丹丹她妈见到那一排车的表情，简直了。阿姨明明以前挺好的，现在怎么这么……这么世故？”

“喂，慎言啊。”那旖拍了她一下，“当妈妈的都心疼女儿，阿姨只是心疼过头了。”

“就你会为她开脱，明明以前都不是这样的。”桑月月撇嘴，余光却扫到站在酒店门口的两个男人，顿时双目圆瞪，“他怎么也来了？”

那旖闻言，侧首望去。

酒店的门口，走来两个身高腿长的男人，即便站在气场“三米八”的聂总身边，另一人依旧不显弱势。

是许多年不见的费晓宇。

隔着重重人海，那旖都感觉到了费晓宇灼热的视线，和……

她偏头，看着桑月月僵硬的脸，和不远处从伴郎堆里瞬间散发的浓烈醋味。

天哪！

这，什么修罗场啊。

桑月月下意识地扭头看向站在几个伴郎身边的卓一凡。

卓一凡在看见费晓宇出现的那一瞬间就想过来，却被另外几个不知情的伴郎死死拽住。

“干吗呢干吗呢，就问你给不给？”

“给个屁，要联系方式自己去问。”卓一凡急得满头大汗，“松松松，别抓着我。”

“不给你就别想走。”

“快，微信号……”

卓一凡被一群人拦住，桑月月肉眼可见地松了口气。她收回目光，扭头看着那旖。

“别看我。”那旖移开眼，语调淡淡，“不是我叫的，我没有他的联系方式。”

桑月月拧眉：“那他怎么会来？”

那旖一脸认真：“或许是跟着别人来蹭喜酒的吧。”

桑月月一言难尽地看着她。

“费晓宇和钟杰也算同学。”那旖安抚她，“他来也正常。”

桑月月抿了抿唇：“我没想到他会来。”

那旖拍了拍她的肩：“别害怕，前男友而已。”

“……倒是来一个你的前男友！”桑月月炸毛，“都要尴尬死了好嘛！”

哦，她的前男友？

半个，算吗？

那旖扯扯唇没说话，接着去招呼亲朋好友了。

聂余出现的第一时间，就被一脸惊喜的宁父宁母围了起来，他们显然没有想到泰兴的老板会来参加他们女儿的婚礼。

虽然同在商场，上次还在某慈善晚会上见过一面，但他们两家公司并没有生意上的往来，故而交情并不深厚。

像女儿结婚这种大事，宁父自然会对商场上的伙伴广发请柬，其中自然也有泰兴。但直至昨晚，他都没有收到对方的回应，还以为这是变相拒绝。

宁父手里正好有一个生意想找泰兴合作，苦于对方的大本营在瑞阳，公司的人联系过对方公司好几次，却连人家老总办公室的内线都没有接上过一次。

如今却在自己女儿的婚宴上见到泰兴老板，这可真是意外之喜。

寒暄了几句，宁父看着聂余，到底没忍住感叹道："聂总可真是年少有为啊。"

聂余客气寒暄，余光却落在别处，有些心不在焉。

商场上的老油条惯会察言观色，他面前的年轻老总礼貌得让人挑不出错，却又能明显感觉到心思不在眼前。

宁父便朝一旁的女婿使了个眼色，然后拉着还想说两句的老婆离开了。

宁母一走，钟杰也松了口气，和聂余身旁的费晓宇打了声招呼，笑道："我还以为你不来呢，给你打电话关机，发消息也没回。"

"前两天手机丢了。"费晓宇拍了拍他的肩，"恭喜啊兄弟，没想到你居然是我们之中最早结婚的。"

"谢了。"钟杰笑着和他互捶一拳，"时间到了就结，我们之中总要有一个站出来做个表率嘛。"

费晓宇笑着应是。

说笑间，钟杰带着他们往席位走去："你在国外这两年过得怎么样？"

费晓宇道："还行，不好不坏，就那样。"

钟杰挑眉："还是一个人？"

"嗯。"

"没有谈女朋……"钟杰脸上的笑容微顿，终于后知后觉地反应过来什么，他扭头看向自己的伴郎群。

卓一凡正被一群人缠着，正眼睛冒火瞪着他，眼神中充满了暗示：你敢带他过去？？？

伴郎伴娘的席位靠前，和两位新人最亲密的亲朋好友一桌。

这本来是很正常的安排，不正常在桑月月和卓一凡还有费晓宇这三人之间的爱恨情仇……

哦不，钟杰僵着一张脸，心想，还漏了两位。

后面两个暂且不提，前面三个却是真正的前男友和现男友的关系，这见面岂不是要打起来？

卓一凡是聂余的小学同学，和费晓宇也曾是一起玩的好兄弟。

初中费晓宇转学去了三中，在三中，因为聂余的关系，钟杰和他认识。

后来上了大学，宁丹丹和桑月月成了闺蜜，钟杰和卓一凡因此相识，并某次一起犯错，同时跪过键盘，有了十分坚固的共患难兄弟情。

总而言之，言而总之，全是朋友。

但朋友之间的关系，却十分复杂，堪比九连环，环环相扣，难以解开。

这种前男友和现男友同时出现在一个场合的事情为什么发生在他的婚

礼上？

虽然很害怕他们打起来，但大家都是体面人了，应该不至于吧？

怀着忐忑的心，钟杰颤颤巍巍地把他们带到了一早就安排好的位置。

他看了眼身旁的聂余，大概是虱子多了不怕痒，整个心脏在瞬间变得坚强起来。

婚礼的章程有条不紊地进行着。

宾客们大多不能体会父亲嫁女儿的不舍，也不能体会婆婆看儿媳妇的喜悦，只有在新娘挽着父亲的臂弯走向新郎，那段看似漫长却又短暂的花路，所有人都安静下来。

那旖站在台下，看着宁父殷切叮嘱和泛红的眼眶，心中百感交集。

在此刻，她想的是，如果她的父亲还在，那未来，这一幕是否会重现在她的生命中。

但想象终归是想象，她这一生即便再幸福，也永远缺失了完整。

但她仍旧喜悦，她亲眼见证了这一幕，体会过这种舍不得就已经足够。

感情大多相通，如果她的父亲还在，想来也是如此。

证婚人宣读誓言，新娘新郎在所有人的瞩目中深情对视，大声回答“我愿意”，然后，他们在漫天花瓣和尖叫声中尽情拥吻。

章已盖，我愿意已说，从此他们就是一对真正的夫妻了。

荣辱与共，不离不弃，共度一生。

仪式结束，接着便是扔捧花的环节。

那旖笑着后退，离开了抢捧花的区域，把位置留给了别人。

“那那，你跑什么啊。”桑月月和一群女生挤在一起，伸手想去拉她，又怕自己抢到的绝佳位置被别人抢走，急得跺脚，“过来过来，丹丹的捧花必然在你我之间抉择！”

那旖笑着摆手：“不跟你抢，你加油。”

“我才不要你让，你抢不过我的，你过……啊！”说话间，背对着众人的新娘把捧花往后一扔，恰好被想去拉那旖的桑月月一把抓住。

其他人都呆了，这是什么运气？

桑月月呆怔了两秒，随即反应过来，抓着捧花又笑又叫：“哈哈哈，我抢到了！”

扔捧花的宁丹丹也呆了，朝她拱了拱手：“恭喜恭喜，下一个结婚的就是你。”

桑月月抱着捧花，笑得一脸傻样儿。她正欲说话，就被走过来的卓一凡一把勾着脖子揽怀里，笑得露出八颗牙：“同喜同喜，祝你们百年好合早生贵子。”

桑月月仰头，卓一凡垂眸看着她，低声道：“下一个捧花就该我家月月扔了。”

桑月月笑着用胳膊肘撞了他一下，随口道：“扔捧花之前，你先把婚求了吧。”

卓一凡轻笑道：“我现在求，你敢答应吗？”

桑月月眨了眨眼：“你敢求，我就敢答应。”

站在不远处的费晓宇垂下眼，侧了侧身，藏在了人群里。

周围一群吃瓜群众听见，立马起哄：

“跪下，是男人就现在跪下求婚！”

“求婚求婚！”

“戒指摸出来，没有戒指……给，这个易拉罐环先将就一下。”一个热心的男士随手把桌上的可乐拉罐环抠下来，递给卓一凡。

卓一凡没有接，他伸手抚了抚桑月月的脸，咧嘴一笑。

“这么廉价的东西，哪里配戴在月月的无名指上。”他低声说，“红玫瑰、钻戒、烛光晚餐，求婚标配，缺一不可。”

“喂。”桑月月脸微红，看着他，讷讷，“就算是可乐拉环……也可以的。”

“我不可以。”卓一凡轻声说，“我不能让你可以。”

…………

看着这一幕，那旖笑着摇了摇头，转身离开了婚宴大厅。

身后一片失望声，但又被随之而来的发红包环节给抢走了注意力。

走廊十分安静，偶尔有工作人员走过。

五星级酒店有非常完善的通风设施，但在室内待得太久，依旧会感觉呼吸难受。

站在窗口呼吸了一下新鲜空气，那旖本想拿手机看消息，摸了个空后才反应过来自己穿着伴娘礼服，手机被放在休息室里。

她关上窗户，正欲去休息室，身后突然传来沉闷的脚步声。

皮鞋踩在地面的声音，似踩在心底般，沉闷似鼓。

那旖脚步一顿，没有转身。

脚步声在三步远的距离停住。

聂余看着那旖的背影，淡粉色的抹胸礼服露出消瘦白皙的肩，两块肩胛骨像展翅欲飞的蝴蝶，形状优美漂亮。一头长鬈发懒懒束在脑后，几缕发丝被未关严实的窗外夜风吹起。

只是一个背影。

只是一个背影而已，都让他感觉到了强烈的距离感。

虽然也曾在照片里感受到这些年她的变化，但如今近距离接触，他才骤然明白过来，有些改变远比他想象中更加深刻。

深刻到，只是三步的距离，他都迈不过去。

近在咫尺，又远在天涯。

聂余挺拔的脊背扛得过比山还重的压力，却扛不住她哪怕一丝的距离感。

喉结滑动数下，他终是往前迈出一步，哑着声叫道：“那那……”

那旖缓慢转过身，她脸上带着淡笑，眼中的陌生却刺得聂余心脏骤痛。

“有事吗？聂总。”

这些年，聂余听过无数人叫他“聂总”，在事业刚刚起步之初，他曾为这个在他爸身上出现过的尊称而自豪雀跃。

他从来不知道，这两个字，同样也能伤人。

它像世间最锋利的兵刃，一刀插在心脏，看不见血，却痛得仿佛下一秒就要死去。

心脏传来密密实实的痛，呼吸都不由得急促几分。聂余迈出去的脚收回来，他和那旖隔着三步的距离对视，却相顾无言。

心里有许多话想说，可到了嘴边，却只感觉苍白无力。

怎么说呢？说我当初不是故意不告而别，而是有自己的苦衷？抑或问这些年你过得好吗？我一直很想你。

最后说现在我回来了，你能原谅我吗？

这些话有多自私和无耻，只是想想，他都倍感自嘲。

纵然当初他有他的难过，深思熟虑后还是选择离开，但她呢？

她对他抱着满心期待，是他用最极端的做法，把她的期待碾个粉碎。他不但辜负了她对于他们未来的努力，还一并辜负了她的一片真心。

他们当初已经快要成为最亲密的人。

气球虽未戳破，但他们彼此心知肚明，里面藏着他们一直期待的东西。

期待被粉碎，感情被辜负，几年杳无音信，一别经年后的重逢，他难道还奢望那旖对他说欢迎回来吗？

二十几的成年人了，做什么惊天美梦呢。

强行按捺下心底的失落，聂余瞬间摆正好心态，咽下满腔苦意，看着那旖：“听钟杰说，你现在在做和法律相关的工作？”

那旖看着他，没说话。

聂余触及她冷漠的目光，垂在身侧的手往后藏，慢慢攥成拳。他垂着眼，轻颤的长睫泄露了内心的慌乱：“我，我公司最近遇到一点事，和法律相关，能找你咨询一下吗？”

那旖伸手合上未关严实的窗，动作缓慢，不急不缓。随后，她扭过头，红唇轻启：“聂总这么大的公司，没有法务部吗？”

“没有……”

“虽然从事法律行业，但我目前只是一个实习生，和聂总公司的人才相比，我可能帮不上什么忙。”那旖轻轻颔首，“不过我倒是可以给聂总介绍几个大律师，如果您需要的话。”

聂余眼睑微敛，声音低沉：“譬如，你的学长？”

那旖看着他，眼中无甚情绪：“嗯。譬如，我的学长。”

聂余深呼吸了两下，情绪才慢慢平复过来。

初中吵架那一次，他最初不知道那旖那天的态度为什么会如此差劲，无缘无故对他发脾气。那时他年轻气盛，当场就砸了给她的奶茶，虽然事后极其后悔，但因为年少爱面子，始终拉不下脸去找她，导致一冷战就是两年。

后来他才知道，那一天，高中部的骆嘉瑞去班上找了那旖。而骆嘉瑞就是当年那个大勇叔叔用生命救回来的小男孩。

那旖不是故意朝他发脾气，她当时是真的心情不好，骆嘉瑞的存在勾起了她内心最不愿触及的灰色记忆。

可他却因为一时之气，砸了给她的奶茶，还和她冷战了两年。

而如今，他不在的几年里，曾经让那旖避之不及的学长，成了她工作中最重要的领路人。而他，连想和她说话，都要找尽理由，还处处蹩脚。

这真的是极其讽刺的一件事。

气氛冷冽凝重，最后不欢而散。

他们一前一后回到婚宴厅,新郎和新娘还有几个伴郎伴娘正在一桌桌敬酒。那旖酒量不济，所以一开始就没有把她算在挡酒的行列里。

此时，敬酒的队伍正好走了一圈，来到他们桌。

那旖的座位靠近走廊，她的旁边是两个空位，是预留给桑月月和卓一凡的。

和周围热闹的气氛相比，他们这桌尤为安静。

钟杰和宁丹丹笑得很开心，仿佛不知道这边的暗潮涌动，该敬酒敬酒，该说笑说笑，丝毫不受影响。

只是在敬酒时发生了一个小插曲,桑月月和费晓宇在碰杯时因为力道过大，直接把高脚杯磕碎了。

除此之外，总体还算和谐。

就连那旖，都和伸手过来的聂余单独碰了一下酒杯。

酒过三巡，有人离开，也有人留下来。

宁父大手笔包了酒店十二层的娱乐设施，玩样丰富，足够客人度过枯燥的下午。

那旖和桑月月，还有新娘宁丹丹一下午都在休息室里休息，不知是在躲人，还是单纯的累了。

费晓宇和新郎钟杰，还有卓一凡等人则待在台球室，也不知是在较劲儿比拼，还是单纯的无聊。

只有聂余，没有休息也没有休闲，他待在另一间休息室里，宁愿在酒店抱着平板处理公务，也不回公司开跨国会议，急得林助理只能把加急文件拿来酒店给他签字。

签字时，还要忍受老板对他工作能力的质疑。

聂余靠在沙发椅背，修长有力的双腿交叠，一只手垂放在沙发扶手，鼻梁上架着一副金丝边眼镜，目光锐利：“你连她每天和守门大爷说了几句话都能打听到，那关于别的呢？”

林助理小心翼翼地看了聂余一眼，最后没忍住，小声叨叨了一句：“哥，追人不能这样偷偷盯着她瞧，你收集到再多关于她的信息有什么用？见不到碰不到，想看她只能抱着照片，连说个话都只能对着照片，有意思吗？”

聂余没说话。

林助理有些恨铁不成钢道：“要我说，你还是得不要脸一点。”

只有在私下时，林助理才会叫他哥。

两人也算是一起共患难过来的，今天的好日子都是当初挤在一个出租屋吃泡面走过来的，工作时间一板一眼，在私下其实关系比谁都好。

有些话别人不能说，但林助理没有顾虑。

“其实从一开始我就不建议你这样做，偷偷摸摸看有什么意思。”林助理扯了扯领带，脖子勒得难受，“喜欢藏在心里，你不说，她怎么知道？而且偷偷关注这个事，除了这个行为本身就很不道德，其次也很不公平。”

聂余蹙眉沉默，林助理知道他在听，于是便有些刹不住车。

“你想想，如果她也喜欢你，那这么多年，只有你单方面知道她的消息，而她却对你一无所知，换成是你，你气吗？”林助理点出他们之间的矛盾核心，“日积月累下，一分的气都变成了十分，在这种情况下，如果你还踌躇不前，怕她的冷脸……”

他一锤定音：“那她的名字，未来一定会出现在别人的户口本上。”

这句话说出来，聂余险些没把拳头砸在他脸上。

但同时，聂余又清楚地知道，林助理说得没错。没有谁会一直站在原地等着谁，凭什么等？就凭年少时期那没有彻底戳破的朦胧喜欢吗？

那点喜欢，或许早就在他的不告而别下，在这几年的杳无音信中，消失殆尽了。

他若还犹豫不前，她迟早会站在别人身旁。

到那时，他只能看着……就仅仅只能看着了。

沉默半晌后，他似在询问别人，也像在问自己：“我应该……怎么做？”

“追啊。”林助理笑道，“你不追，难道等着把机会留给别人追吗？”

喜欢就追，她若心中高墙筑垒，他便想尽办法越过去。

冷脸怕什么，哪个男生不是死皮赖脸把女朋友追到手的？他凭什么例外。

浑身郁气一扫而空，世界似乎在瞬间变得敞亮，聂余垂在沙发扶手的指尖都仿佛得到了力量，愉快轻击。

他若有所思道：“追啊。”

林助理点头，怂恿道：“对，就是这样。追，使劲儿追，怎么不要脸怎么追。想想你那八百栋别墅，想想你的身家地位，这些都是你的资本，就算你死皮赖脸，落在别人眼中都是霸总行为，绝对和不要脸扯不上任何关系。”

聂余扫了林助理一眼，冷哼一声。

他身子一歪，胳膊肘撑着沙发，指尖抵在下巴，眯着眼思考。

只要能把人哄回来，脸这种东西算什么？

嗤。

聂余推开台球室的门，一进去就感觉到里面气氛剑拔弩张，安静得有些诡异。

费晓宇正在用壳粉擦拭杆头，他身旁站着难得认真的卓一凡。

球桌上，台球四散而开。

没有太过明显的针锋相对，但明眼人都看得出来他们之间存在着某种若有似无的敌意，一触即发。

所有人都屏息盯着，钟杰的余光却看见了聂余。

他顿了下，看了眼暗中较劲的两个情敌，走到聂余身边，胳膊肘撞了撞聂余："丹丹她们马上就过来，你看你要不要预热一下，我可以给你当练手的？"

聂余扫了他一眼，漫不经心道："我需要？"

是是是，您高中的时候就已经在娱乐室称霸，预什么热，简直是对您球技的质疑和侮辱。

"几局了？"

"第三局。三局两胜，这把定输赢。"

他们打的斯诺克，费晓宇正好把最后一个红球击入球袋。

费晓宇的桌球一直玩得不错，只两眼，聂余就知道卓一凡不是他的对手。

但男人之间的战斗，就算知道结局是输，依旧不可能中途放弃。何况比赛有输赢，感情没有。

正巧此时，费晓宇炫了个技，引来一片喝彩声。

"这个球怎么进的？"

"兄弟牛啊。"

"待会儿我们俩玩一局？"

"是我眼花了吗，怎么绕过去的？"

卓一凡拿着球杆，面色略凝重。

"一凡要输了。"钟杰也看出了卓一凡处于劣势，不由得轻叹一声。

聂余没说话，转身欲去拿酒，刚抬步，门从外面被推开。

人未到，阵阵娇笑声便先传了进来。

走在最前面的是今天的新娘子宁丹丹，她身后跟着一群女生，但聂余却只看见站在她身侧的那旖。

他正对着大门，那旖抬眼便触及他的目光，脚步倏地一顿。

身侧阵阵骚动，低语不止，几乎所有女生的视线都第一时间落在了聂余身上。

不外乎别的，谁让聂总长得最好看，气质最出挑，身高最显眼。他只穿着一件简单白衬衣，衣摆扎在西装裤里，往下是傲人的大长腿和擦得锃亮的皮鞋。

简简单单的装扮，却完美展现了一个成年男人最极致的性感。

那旖微微侧开头，看向了别处。

聂余静默两秒后，忽地一笑。

身侧一片吸气声，那旖眉心微皱，没忍住朝他看去。却只看见了男人嘴角藏匿的笑，一闪即逝，动人心魄。

“他们这是……”宁丹丹终于发现里面的气氛有些不对劲儿，轻轻扯了扯钟杰的袖子，朝那两人努嘴，“干吗呢？”

“你猜？”钟杰轻笑。

“比赛啊？”宁丹丹微瞪眼。

“嗯。”钟杰摸了摸她头发上没取掉的一次性卷发的东西，“这个怎么没取掉？”

宁丹丹打了个小哈欠，软软倒在他身上，说：“刚刚睡了一觉，妆发都乱了，化妆师姐姐突然有事儿要离开，我就自己卷了卷，晚上都是自己人，我随便化个妆就可以了。”

钟杰抓着她的手，拿到嘴边轻啄一口，目光温柔：“不化妆也好看。”

桌上放了零食饮料和酒类，还有几个台球桌空着。

都是年轻人，兴趣相投，很快就有人从两个男人的对决中抽身离开，转身和漂亮女生玩到一起。

那旖婉拒了几波邀请，正准备找个安静的角落待着，却被桑月月拽住。

桑月月搞清楚现在是个什么情况后简直都要哭了，她打死都没想到说“卓一狗”说去和别人打台球，居然是和费晓宇！

前男友和现男友一起打台球比坐在一起搓麻将还吓人。搓麻将好歹是四个人，他们两个人这是要干吗。

“搞什么，这是要搞什么？”桑月月哭丧着一张脸，“他们想干吗啊？”

“别担心。”那旖安抚她，“这么多人在，他们打不起来。”

“怎么可能不担心，以前又不是没打过。”桑月月欲哭无泪，“你说男生都是怎么想的，过去的事就不能让它过去吗？干吗逮着不放？”

那旖默然，过去就让它过去，无比简单的一句话，却不是谁都和桑月月一样做到洒脱。

不是谁都能让它过去，有些东西，就是过不去。

思及此，她下意识地扭头看向不远处的聂余。

聂余似有所感，侧首望来，却只看到一张冷冽的侧颜。

沉默半晌后，他扭头看向一旁的钟杰，忽然开口：“你当初是怎么追的宁丹丹？”

钟杰微怔，他有些不好意思地挠了挠鬓角：“就送东西啊，这还是你教的。”

聂余眯眼，面露思索。

“不过也要看你们进行到哪一步了。”钟杰斟酌道，“如果是初步阶段，就是，嗯，连话都说不上的那个阶段，送礼物的目的仅能做到制造说话的机会。”

钟杰小心翼翼地看了他一眼：“但是，每个人的性格不同，所能接受的也不同。如果是那旖……她可能并不喜欢被送礼物搭讪这种方式。”

聂余面无表情地看着钟杰。

“所以要不你现在喝点酒？”钟杰给他出瞎注意，“晚宴的时候也喝点，醉到不能开车，看她到时候愿不愿意管管你？”

“你——”

聂余垂眼，面无表情地挽起袖子。

卓一凡不出意料输掉了比赛，但费晓宇眼中并没有多少高兴，因为桑月月第一时间就跑过去安慰他。

三个人的感情，两个人亲密，一个人落寞。

一场比赛，谁也说不清赢的到底是谁。

或者谁都没赢，每个人都曾经输过，只是输得各不相同。有的输在了时间，有的输在了选择。

钟杰和宁丹丹费尽心思调节气氛，那三人之间的别扭终是淹没在欢声笑语中。

一群人在娱乐室待了一个下午，期间聂余上场秀了一手，那旖在满场的喝彩声中安静地坐在角落看手机，对发散魅力的男人视而不见。

聂余玩了个没趣，一局结束后，拒绝了美女的邀请，自己拿着半瓶朗姆和费晓宇去阳台喝酒。

晚宴的气氛相比中午要温馨许多。

留下来的都是新人最亲近的朋友和亲戚，抛却了仪式和礼节，话题和氛围都随意许多。

“你们去哪里度蜜月啊？”宁丹丹的一个闺蜜突然问道，“之前问你们也不说，神神秘秘的。”

“去西藏。”宁丹丹手里端着一杯酒，轻轻摇晃，“自驾游度蜜月。”

闺蜜一脸震惊地看着他们，惊道：“别人度蜜月都去马尔代夫，再不然国内也有三亚，你们度蜜月去西藏？还自驾游？”

“就是。”有人附和，“度蜜月好歹选个风景好点的地方。”

“马尔代夫去过了，三亚我们也经常去。”宁丹丹靠在钟杰身上，“蜜月旅行，蜜月嘛，既然一辈子只有一次，当然要创造一个独一无二的记忆喽。再说，西藏的风景哪里不好？布达拉宫我还没有亲眼看过呢。”

“对，我也没有看过。”钟杰点头附和。

“对什么对。”闺蜜团集体瞪他，“西藏是很美，可自驾游的路上很无聊好吗？你们是度蜜月还是受罪？”

几个闺蜜没放过新郎，依旧朝他集火。钟杰脾气极好，任由她们炮轰，宁丹丹在一旁乐得看他软乎乎的模样。

那旖和桑月月坐在一旁，安静地听他们说笑。

她们对面,那几个男人也是闷头喝酒,便是偶有说话,也多是工作上的话题。

酒过三巡，夜色已深。

闹了一会儿新婚夫妻后，所有人都懂事地提出告辞。

“那那，你坐谁的车？”桑月月手臂上搭着卓一凡的外套，看向正起身的那旖。

那旖把垂下来的发捋到耳后，拿起包，轻声道：“我打车。”

“这么晚了，女孩子一个人打车不安全。”钟杰用手肘轻轻撞了一下宁丹丹，使眼色，“是吧，丹丹？”

宁丹丹后知后觉地反应过来，下意识地看了眼坐在对面，眉眼带着醉意的聂余。她忙不迭地点头：“晚上一个人打车确实不安全，我找个人送你回去。”

那旖拒绝的话还未开口，宁丹丹便直接看向聂余，似不经意道：“聂总，你和那旖顺路吗？”

聂余看着那旖，那旖微微偏头，移开了眼。

“我一个人可……”

“顺路。”

聂余起身，抓起一旁的大衣随手搭在臂弯，迈开长腿，朝着那旖走去：“顺路。我送她。”

那旖下意识地往后退了一步，聂余脚步一顿，站在原地。

深呼吸了两下，那旖低声道：“他喝酒了，不能开车，我自己打车回去。”

聂余看着她，目光深沉，声音喑哑：“我不开车，助理开车。”

“我们不顺路。”

“顺路。”

“不顺路……”

“让我送你，好吗？”

所有人都看着他们，有的人目光中带着惊讶，有的则一脸了然。

不知内情的人都是一副：哦，原来他对她有意思啊。

知道内情的人则在心里默默叹气。

这世上所有感情都能相通，唯独爱情。爱情是两个人的事，喜怒哀乐，唯有彼此知晓。

外人无法插足，更无从过问。

那旖攥着包，片刻后，对宁丹丹和钟杰点了点头，转身离开。

聂余抓紧大衣，沉默了两秒，迈步跟了上去。

漫天星河，午夜霓虹。

黑色宝马缓慢地行驶在马路上，急闪而过的路灯打在车窗，映照出一双剪影。

宽敞的车后座，坐着一男一女。

微淡的酒香和清雅的车载香水缠绕在一起，混合成一股让人呼吸都在沉醉的气息。

林助理没忍住看了眼车内后视镜。

高大的男人靠着椅背，一双骨节分明的手垂放在膝盖，俊美的脸上带着几分颓意，视线落在不知名处。

他身旁的女生侧首望着窗外，从上车到路途过半，一直没有变过动作。她侧脸极美，只是唇线紧绷，给人浑身距离感。

他们中间隔着大约半臂的距离，像泾渭分明的楚河汉界，谁也没有越过去哪怕一寸。

气氛无比沉默。

林助理在心中叹了口气，握紧方向盘，认真开车。

聂余说顺路，确实并非借口。

他的公司在离那旖家反方向的繁华地段，但当初选择住处时，他没有选择僻静的半山别墅，而选择了离 B 大较近的一处酒店式公寓。

正巧，和她现在所住的地方在同一个方向。

自从公司走上正轨，聂余已经很久没有喝过这么多酒，和费晓宇你一杯我一杯，几瓶烈酒下肚，后劲儿来得既猛又烈，此刻不但脑袋昏沉，胃也有些不舒服。

顾及身旁的人，他只偷偷按了按胃，动作无比小心。

然而衣服摩擦的声音，在安静的环境里格外清晰，一直看着窗外的那旖回过头，看到了他急于抚平的眉心和泛红的眼尾。

安静的狭小空间，感官被无限放大。

即便尽力去忽略，但醉人的烈酒余息，随着身旁那人的一呼一吸，萦绕在空气中，久久挥之不去。

她伸手按下了车窗，让夜风灌入。

深夜的风带着凉意，瞬间便驱散了车内的各种气息。

骤然而至的风卷起来那旖的长发，遮住了她半张脸，暴露在空气中的双唇也浸着冷意的白。

聂余面带犹豫，喉结滑动数次，哑着声道：“开着窗会冷。”

那旖把乱发别到耳后，静默不言。

许是喝了酒，酒壮尿人胆，聂余探身过去，伸手想把窗户摇上些许。却在食指触碰到按键的前一秒，被那旖伸手抓住了手腕。

纤长细白的手指和劲瘦有力的手腕，在路灯的照耀下，形成鲜明对比。

两人俱是一愣。

大拇指按着的地方是血管,那旖感觉到了指腹下传来的强而有力的跳动声，她几乎是有些狼狈地一把丢开他的手。

聂余微怔，轻声解释：“抱歉，我只是想关……”

“麻烦在前面路口停一下车。”那旖没有看身旁的聂余，对驾驶座的林助理说，“谢谢。”

林助理带着询问的目光看了眼车内后视镜，却没有得到老板的回应。

聂余怔怔地望着自己的手腕，还能感觉到一丝余韵没有彻底散去，他无意识般喃喃道：“还有十分钟就到了，很快。”

那旖秀眉轻蹙，双目看着车窗外。

聂余抬头，看着她的目光中带着显而易见的恳求，语气低入尘埃：“你别下车。”

那旖垂在身侧的手悄无声息地攥成了拳，她想，他是真的醉了。

聂余这辈子和谁低过头呢？

她不由得回首过往，从有记忆开始，他们俩闹过无数次脾气，吵架，冷战，他像如今这般低过头吗？

没有。

初中那两年半，她见识过少年最冷漠的模样。即便是后来聂叔叔还未出事前的那段朦胧时光，他们也曾吵过架，闹过脾气，他的每一次低头，都是脖子高昂，像一只高傲的天鹅，即便认错，也让人感觉不到一丝诚意。

如今，她终于看到了他低头的模样，却并没有曾经期望的那般开心。

到了路口，那旖拿着包，要下车的态度十分明显。

聂余没有说话，林助理不敢停车，但更不敢不停车。

车停在路边，车内窒息般沉默着。

那旖没有说话，伸手拉去车门，一只脚将要跨出，手腕被聂余从身后抓住。

抓着她的五指修长有力，传递的灼热温度直达心脏。那旖微微侧首，动了动手腕，男人下意识地收紧，手背青筋鼓动，隐忍又克制。

那旖声音极轻：“放开。”

聂余眼睫低垂，不敢看她，声音喑哑：“不放。”

两人僵持了片刻。

那旖保持着半站的姿势，沉默半晌后，伸手抓着他的食指，以极其缓慢的速度一点一点、慢慢掰开。

每一下，聂余都在挽留，却怎么也留不住掌心温度的逝去。被掰开的手从半空坠下，砸在膝盖上，轻得很，却疼得慌。

他在这瞬间仿佛失了魂，只能眼睁睁看着她下车离开。

那旖走进药店，一股暖风袭面而来。

坐在收银台玩手机的店员听见声音，手忙脚乱地把手机塞到了抽屉里，站起身。

那旖看了眼满满的货架，攥着肩包带，温声询问："请问，胃疼吃什么药好？"

店员连忙从收银台里出来，带着她走到胃肠道那排货架，问："是很严重的疼，还是轻微的？"

那旖眉心微拧，回想聂余隐忍的面色，得多疼，他才会露出那副模样？

她深吸一口气，道："比较严重。"

"如果是很严重的疼……"店员从货架上拿了一盒药，递给她，没忍住多嘴道，"吃药只能缓解一时，胃病还是要靠自己平时多注意保养，三餐要准时，少吃辛辣，尤其是早餐，一定要吃的。"

那旖道了声谢，一边低头看着说明书，一边问："这个药有什么禁忌吗？"

"有的，上面有写，您看这里。"店员指了指右下角。

那旖点头，仔细阅读用药禁忌。

店员偷偷看了她一眼，客人姐姐认真的模样非常漂亮，难得在现实中遇到这么好看的女生，她眼睛亮亮的，小心翼翼搭话道："我看姐姐脸色挺好的，是给男朋友买药吗？"

那旖微顿，没有说话。

"平时熬点养胃汤给他喝嘛。"店员自觉猜对，态度十分热情，"有很多养胃汤的方子效果还不错，我哥以前也有胃病，我妈给他熬了半年的汤，他现在都没有再疼过了。"

说明书很详细，那旖把每一条禁忌仔仔细细反复看了好几遍。

店员是个自来熟，喋喋不休道："现在的人好多都有胃病，平时一点疼不注意，以后严重了才知道好歹。哎，我在药店才工作了一年，就接触过好几个年纪轻轻患上胃癌的人。"

那旖攥着药盒的手一紧，抬头看向她："这么严重吗？"

"当然，你可千万别小看胃病，主要还是现在的人工作忙起来不吃饭，饮食不规律，一天两天还好，日积月累下来，好人都要出问题，更何况原本就身体不好的人。"

那旖把手中的药递给她："我买这个，谢谢。"

店员微怔，接过："好的。"

走到收银台，扫码付了款。

道了谢，那旖提着装着一盒药的小袋子走出药店，去不远处的奶茶店买了一杯热牛奶。

从奶茶店出来，犹豫了两秒，她转身回了之前那家药店。

从药店出来，那旖捏着手中的A4纸，迈着缓慢的步子走向之前停车的路口。

也不知道走了没有，想到人或许已经走了，她脚步稍顿，低头看了眼自己手中拎着的温牛奶。

感觉有些自作多情。

她走到垃圾桶面前，伸手想丢，握着袋子的手却攥得很紧。

裴思宇就有胃疼的毛病，大学四年朝夕相处，身边就有一个病患，她哪里还能看不出来？他仅仅是眉心微蹙，手掌偷偷按压胃部，她一眼就看出来了。

她不知道那几年他过的是什么日子，是日夜颠倒，还是三餐混乱？这些她通通不知道。她只知道，胃疼还喝酒，一杯杯的烈酒往下灌，二十几岁的人了，任性自我得跟当初一模一样。

走到路口，那辆熟悉的车还停在原地。

车窗半开着，借着昏黄的路灯，能模糊地看清坐在后座的男人低垂着头，眉眼微淡，神情落寞，似在走神。

从那旖下车，聂余就一直保持着这个姿势。

林助理不敢擅做主张驱车离开，他觉得那位女士大概是不会回来了，正替自家老板坎坷的情路默哀，忽然耳尖地听到了高跟鞋踩在地面的声音，节奏分明，格外悦耳。

聂余也听见了，他眼中的恍惚在瞬间消退，身体下意识地坐直。身侧的车门被人从外面拉开，一股熟悉的香风被夜色送了进来。

接着，怀里被丢了一个东西。

他一怔，低头看去。

药店的logo映入眼帘，他心脏微颤，随即慢慢拨开密封口，看见了里面放着一盒胃药。

五指瞬间攥紧药物袋，他扭头看向那旖。

那旖没说话，把手中的温奶牛塞到他手中，随即关上车门，隔绝了外面的冷空气。

车内无比安静。

和之前压抑的气氛截然不同，空气中萦绕着一股说不上来的温意和一股若有似无的奶香，瞬间暖了冰冷的心脏。

聂余左手拿着一盒胃药，右手握着一杯温牛奶，暖意从掌心直达心脏，他眉宇间是喜悦，脸上是后知后觉的茫然无措，愣愣地看着身旁的那旖。

她冷着脸，仍旧不愿看他，侧首望着窗外的侧颜显得十分冷漠，然而蜷曲的指尖却背叛了她的内心。

暖黄的路灯打在车窗，模糊了她半张容颜。

聂余低头看着手中的温牛奶，良久后，声音低哑道：“我以为你走了。”

那旖没说话。

攥紧杯沿，他垂着脑袋：“对不起。”

“那那，我回来了。”

第十章
想你

黑色的宝马在原地停了许久，车上无比安静。

这一晚，那旖是怎么回到家的，她已经记不太清了。第二天早上醒来，她甚至觉得那是一场绮梦，梦中的聂余变得成熟儒雅，和那个住在自己心上多年的任性男孩儿完全是两个模样。

但那颗心脏，仍旧会为那个和记忆中截然不同的男人而混乱跳动。

那旖躺在床上呆怔了许久。

她不由得回想起青春懵懂时情愫暗生的心情，和如今相比要稚嫩许多，但追根究底，其实和现在并无区别。

就连那几年的孤寂难熬，在面色苍白的男人面前，都在瞬间变得无足轻重。

她想，她真的是太不争气了。

在那一瞬间，她就已经溃不成军，宣布认输。

她对这个世界的第一个感知是他的哭声，她学会的第一句话是他的小名，她的人生从起始便写上了他的名字。

世间若有所谓羁绊，大抵便是如此了。

纪兰久久不见她起床，站在门口，轻轻敲了两下门，问:“那那，起床了吗？”

那旖恍然回神，掀开被子，趿拉着拖鞋，起身去开门。

纪兰正在解围裙的带子，坐在客厅沙发上看早间新闻的赵春花听见开门声也转过头来，两人脸上的表情如出一辙，有点八卦，又自以为掩饰得很好。

“昨晚送你回来那个……”赵春花装作若无其事道，“你妈说看着有点眼熟。”

纪兰有些尴尬，把围裙丢到一旁，把温好的牛奶递给那旖。

那旖昨晚自醉，什么都不记得，但纪兰记得啊。

女儿那么晚都没回家，她打着下楼扔垃圾的借口在小区外面等了一会儿，结果真给等到了。

那旖打开车门下车的那一瞬，借着昏暗的路灯，她扫到了坐在后座的那个男人的脸。他似乎也想要下车，但被她女儿给拦住了。

虽然只有短短一秒，但那张脸她琢磨了一晚上，早上走神时被老太太看出来，就没忍住和老太太说了。

送那旖回来的男人，像是聂余啊。

这几年，纪兰和赵春花都挺愁的，尤其是宁丹丹结婚，老太太就更愁了。

大学四年，那旖别说谈男朋友，就连走得近的男性朋友都没有，“唯二”那两个还是钟杰和卓一凡，也仅限于和闺蜜约饭时会联系，日子过得一点都不年轻人。

才上大学那两年，赵春花还会担心那旖在大学里谈恋爱耽误学习，等到了大四，身边的年轻人都在谈恋爱，就她一门心思只有学习。

赵春花不像纪兰，纪兰隐约知道点那旖和聂余的事，老太太却是什么都不知道。她现在就担心那旖不想谈朋友，现在电视里都在演，如今的年轻人都不想结婚，就想一个人过日子，还有什么丁克家庭。

她家不允许丁克，她就怕那旖也想丁克。

她老那家就这一根独苗，怎么可以丁克呢？

那旖端着热牛奶，坐在沙发上接受老太太的拷问。

从昨天在婚礼上接触了多少男生，有没有人主动搭讪，她有没有回应，有没有看得上眼的……铺垫了半天，最后直接问昨晚送她回来的是不是聂余。

前面的问题那旖一一搪塞过去，最后一个却是怎么都绕不过。

见她不太想回答，赵春花就有点来气，脸一拉：“你妈说那车瞧着还挺上档次，可见人家这些年过得可滋润了。也是，龙生龙凤生凤，虽然不是聂国兴亲生的，好歹养了这么多年，怎么也学了点。我说啊，就你们从小一起长大的感情，他都能这么多年不和你联系，可见心里也没多看重以前的情分，你可不能因为他送你回来，吃一顿饭，说几句话，就跟他怎么样。”

那旖默不作声地喝了一口牛奶。

赵春花眼梢一吊，说：“你别装听不懂，话我放这儿了，如果他追你，你不能答应，我不同意。”

那旖转了转杯沿，掀起眼睫看老太太，问：“奶奶很讨厌他？”

赵春花横眉竖眼：“你管我讨厌不讨厌，总之他不行。”

那旖语气十分平静：“您放心，人家没追我。”

“没追你就好，总之这事儿你得听我的。”她说着又有点不高兴，“你这么好看，他居然会不想追你？”

“妈，你快去换衣服，一会儿得出门了。”见老太太还想说，纪兰连忙拦住话头。

赵春花看着那旖的脸，横看竖看都是标致，再找不出这么好看的姑娘了。她有那种担心完全是情有可原，她孙女长得就是好看。

还是不放心，她再次问道：“他真的没想追你？”

那旖面无表情：“没有。”

老太太嘴里嘀嘀咕咕，磨叽了半天才起身，回屋换衣服去了。

她一走，纪兰就坐到那旖身边。

那旖放下杯子，扭头看着纪兰，老实交代：“昨晚送我回来的人是聂余。”

纪兰看着她，母女俩对视半晌。纪兰叹了口气，什么都没说，却也什么都明白。

“他现在在干什么？”过了许久，纪兰轻声问道。

那旖摇头：“开了个公司，别的不清楚。”

纪兰点头，然后抓住了她的手，轻轻拍了拍：“妈妈不清楚你们年轻人的事，也就不参与，奶奶的话你别放在心上，她什么都不懂。”

那旖轻轻一笑，反手抓住纪兰的手指，低头摩挲着母亲指腹上的老茧，垂着眼的模样既乖巧又安静，和小时候一模一样。

纪兰看着看着，就没忍住说了一句：“好歹是我看着长大的，还带了两年呢，他现在身边也没有长辈了，既然回来了，于情于理……”

那旖抬头看着纪兰。

纪兰被她看得有点不好意思，有些恼羞成怒：“总之你看着适合……就是你觉得可以，你就带他回家里吃个饭，他也是叫我兰姨长大的。”

那旖捏了捏纪兰的指尖，笑了笑，没有应，也没有拒绝。

纪兰捉摸不出她的想法，也就不再去想。

催那旖洗漱，等她换好衣服，一家人便去看预约好的店铺。

举家搬到崇华，纪兰也没想着就这么歇着，这座城市寸金寸土，买瓶水都比潼陵贵，更别说她还想在这里给那旖买房子。

不管大小，总要买的，在陌生的城市，只有属于自己的房子，住着心才会踏实。

还没来之前她就和老太太商量了，到了这儿后就继续做老本生意，卖早餐。只是来到崇华后才发现，这里的城市管理远比潼陵严格，正儿八经的街上几乎看不见小摊贩，想做生意，只有租个店铺。

这段时间也看了好几个地方，有两个比较满意，但还是拿不定主意，需要那旖参谋参谋。

一家三口到了地方，那旖把纪兰看中的两个店铺都看了一遍。

能让纪兰满意的一点当然是租金相较便宜，但租金便宜的地段一般都比较偏僻，人流量有限。

那旖来回看了两遍，都不是很满意。

中介的工作人员还在不遗余力地推销：“租金真的很便宜了，你们随便出去一打听，这么低的租金在崇华很难租到这个面积的店铺，而且店还是新装修的，自己再随便弄弄就能做生意了。”

纪兰笑着听他说，没有搭腔。

“我瞧着这两条街都没什么人。”赵春花拉着脸说，“你不是说人流量大，不愁没客源吗？”

她唬脸的样子有些憷人，中介员干笑道：“这不是时间还早吗？这附近有个大公园，不信晚上您来看，人流量特别大。”

“我们是要做早餐生意！”赵春花觉得这个小伙子不太真诚，她态度顿时就不是很好了，“你在这儿跟我说晚上有人，你是想让我改行卖烧烤吗？”

中介员一噎，正好兜里的手机响了，立马借由出门接电话。

纪兰趁机走到那旖身边，问道：“怎么样？”

那旖摇摇头：“地段不好，不适合做早餐生意。”

“我一开始就说不适合。”赵春花横了纪兰一眼，“你妈偏不信，还要让你来看。”然后又嘀咕，“我现在是做不得主了。”

纪兰苦笑一声：“妈，你这话说的，我们家还不是你做主？”

那旖伸手捏了捏老太太的肩膀，笑道：“慢慢找就是了，奶奶别着急。”

“你奶奶哪能不着急，这儿的物价太高了。”纪兰拧眉，“住得我心慌。”

过苦日子过来的勤快人，只出不进会心慌的心态那旖能够理解，也没有拘着她，只是一一给她分析了这两个店铺的缺点。

分析了半天，纪兰也听懂了，反正就是地段偏僻，人流量少，不适合做早餐生意。

早餐这种快餐式生意，就适合人流量大的早上高峰期，这两个地方都不适合。

听她有理有据的分析后，纪兰整个人便有些丧气，说：“照你这个要求，那更不好找了。”

那旖安抚她道：“那就慢慢找。”

纪兰没忍住轻轻瞪了那旖一眼，但也不好再说什么，因为她也觉得女儿说得很对，若是租了，到时候生意不好，她更得愁。

而且愁得会更多。

现在租的房子是那旖在交租金，生活水平虽然高，但也没高到会担心明天吃不起饭的程度，她就是没事做心急。

那旖耐心哄了纪兰一会儿，纪兰也就放下了，委婉拒绝了中介员的热情推销，然后被那旖带去一家十分高档的餐厅吃午餐。

“瞎花什么钱，家里买了菜的。”纪兰小声嘟囔，有些别扭地用刀叉切牛排，动作生涩。

赵春花也觉得那旖在瞎花钱，却没有说什么，打量着周围的一切，入眼全是新奇。

换做以前，她哪里能想到自己有一天能和外国人在一个店里吃饭啊，她后面那桌就坐着一个金头发的洋人呢。

这一切都是因为她孙女出息!

那旖这几年赞了不少钱，有奖学金，还有自己补课赚的，现在还实习了。

日常花销虽大，但她赚得也多，在金钱上倒没有继承老那家的省钱传统，一顿饭几百块，她付得平静，但是纪兰和赵春花都很不平静。

回家后被念叨了一天，第二天一大早，她就在纪兰的嘟囔中穿着严谨的工作装去了律所。

律所的几位前辈今天依旧忙得神龙见首不见尾，就连骆嘉瑞都忙得脚不沾地，但他也没交给那旖太多工作，只让她跟进手头那个重婚案。

那旖又约见了几次当事人，对方面色憔悴，一日比一日焦躁。

这是那旖入行后接触的第一个案子，她十分上心，每天早出晚归，在安抚委托人情绪的同时，她找到了被欺骗的另一位女士，在碰了几次壁后，还是和对方接触上了，好说歹说下，对方最终表示愿意提供证据，但拒绝出庭，甚至拒绝任何形式上透露自己隐私的可能性。

同样是被欺瞒，另一位女士对那个男人也抱有极深的怨恨，但同时又想保护自己孩子的隐私，不愿生活受到打扰。

收集证据，走流程，跑检察院，忙碌中不知时间流逝，还是前台小妹无意中说了一句“那律师头发变长了”，那旖才恍然回过神。

彼时，她和骆嘉瑞刚从法院回来，两人正商量晚上去哪里庆祝她入行后接触的第一个案子圆满结束。

前台小妹笑着从身后抱出一捧玫瑰花，伸手递给她：“那律师，您的花。”

那旖一脸茫然地看着被塞到怀里的玫瑰花：“我没订……”

“是您的。”前台小妹说，“半个小时前送来的，那会儿您不在，我帮您代签的。”

骆嘉瑞一怔，扭头看向她，和她怀里娇艳欲滴的红玫瑰。

那旖心中一动，见花束中间插着一张卡片，慢吞吞地抽出来。

一行笔锋锐利的字瞬间映入眼帘。

——恭喜那律师旗开得胜。

落款是一条尾巴张扬的游鱼。

那旖的目光在落款处停留了许久。

她左手攥着卡片，怀里抱着一大捧红玫瑰，娇艳欲滴的红与清冷的面容在视觉上形成了强烈对比。

律所的严谨画风，都被一捧红玫瑰给驱散了九分。

前台小妹在律所工作了两年，每天面对的都是一群来去匆匆的大老爷们，人生中第一次帮同事签收花，一颗八卦之心蠢蠢欲动。

“是那律师的追求者送的吗？”说着，她小心翼翼地看了眼那旖身旁的骆嘉瑞，律所里的同事都知道骆律师喜欢那律师呢。

那旖回神，下意识地紧了紧怀着的玫瑰，摇头道：“不是。”

“啊。”前台小妹有些失望，“我还以为是您的追求者呢。”

那旖低头看了眼娇艳欲滴的玫瑰，笑了笑，没有说话。

回到工位，那旖随手把花放在了办公桌上，然后继续忙碌手中的工作。

骆嘉瑞几次从电脑中抬头看她，好几次试图说话，最后都没能开口。他也想知道，是她的追求者送的吗？

虽然她说不是，但莫名地，心里还是很在意。

红玫瑰不似别的花，如果只是一般朋友，应该也……不会送红玫瑰吧。

庆祝晚餐葬送在一捧骤然降临的红玫瑰中，下班时间一到，那旖对骆嘉瑞道了歉，在程律师的调侃声中，抱着花离开了律所。

刚走出大门，背包里的手机便响了。

来电显示人是自驾游三个月还没有度完蜜月如今不知人在何方只偶尔寄明信片回来的宁丹丹。

电话一接通，热情似火的女声便隔着几千公里传到那旖耳中：“那旖，我给你寄的明信片收到了吗？”

那旖站在马路口，侧首夹住手机，从背包里摸出一块巧克力，撕开包装，回答：“收到了。”

“那没事儿了。月月打电话说她没收到，我就想问问你收到没有。”恍然间似乎听见了糖纸摩挲的清脆声，宁丹丹问，“你又在吃巧克力？”

那旖咬了一口巧克力含在唇齿间，眼眸微眯：“你这也能听到？”

“我耳力好着呢。”宁丹丹轻哼一声，“你下班了吧？”

“嗯。”

“工作再忙也要准时吃饭，别整天吃巧克力垫肚子，那点热量能顶什么事。哦，对，你手上那个案子怎么样？判决下来没有？那个男的判刑没？房子和孩子都是谁的？”

“判了。”那旖顿了下，“争取到了所能争取的一切，当事人很满意。”

两人聊了近况，那旖从她口中得知他们居然跑去了长白山，这一站之后便结束漫长的蜜月之旅，届时返程。

那边钟杰隐约叫了宁丹丹一声，对方正要挂电话之际，那旖叫住了她：“丹丹……”

口腔里还蔓延着巧克力的味道，甜也苦，不太好形容。犹豫了两秒，那旖咬着下唇，轻声问道：“你有他的手机号吗？”

宁丹丹一时未反应过来：“他？谁啊？”

那旖磨牙："聂总。"

宁丹丹安静片刻后，尾音雀跃高扬："有！钟杰有，我这就问他！"

林助理推开总裁办公室的门，把手中的药和温开水放到办公桌上。

伏案工作男人正在看分公司经理早上发过来的财务报表，他穿着一身剪裁合身的西装，俊美的脸上戴着一副金丝边眼镜，目光专注。

药在桌上放了三分钟，对方毫无反应。

林助理不由得出声打破沉寂，态度很不助理："请老板体谅，我们助理是很忙的，请您赶紧吃药。"

"放那儿。"

聂余头也不抬，看了会儿财务报表，越看眉心皱得越紧，最后干脆把报表一扔，靠在老板椅上，"打电话给分公司的赵经理，让他过来一趟。"

林助理把桌上的药往他手旁推了推："财务报表有问题吗？"

"何止是有问题。"聂余揉了揉额头，只觉指尖滚烫，见他站在那儿不动，烦得直挥手，"你去忙你的，我会吃。"

林助理皮笑肉不笑道："我不信。"

"……就你管得多。"

生病难免脾气有些暴躁，下面的人还做了个漏洞百出的财务报表企图糊弄他，在面前的是可以随意发脾气的兄弟，聂余拿起桌上的钢笔，意思意思朝林助理身上丢去，想骂，桌上的手机却响了。

余光扫到来电显示的备注名，砸在林助理身上的钢笔正好坠落在地，发出一声沉闷的响声。

——那那。

那律师没有聂总的手机号。

但聂总不但有那律师的手机号，还有她的学号，大学四年的课程表、宿舍号，就连她如今租的那个房子有几阶楼梯他都一清二楚。

那晚的温牛奶和胃药，就像未宣之于口的和好信号，虽然彼此都未言明，但从小到大养成的默契让他们明白，已经冻成寒冰的湖面，已经有了一条裂缝。

这条裂缝，会随着时间的流逝，被灌入许多温暖，最后彻底破冰。

虽然有了缓和，但聂余消失的那几年却不是一朝一夕、因为一次退让就能全然磨平，那旖需要时间，她需要去接受自己内心的转变，所以他这段时间没有再做进一步的举动，给了她足够的空间。

只是在今天，那律师进入这个行业后最特殊的日子，他到底没忍不住订了一束玫瑰送到她所在的律所。

这个举动除了恭喜她之外，自然抱着隐秘的期待，但当期待真的成真时，聂余却有片刻愣怔。

那几年，在无数个辗转难眠的午夜里，在工作受到阻碍、人生中最艰难困苦的那些日子里，他无数次痴望手机，期望接到来自远方的电话。

有一个电话号码，你明明默记于心，那方是你心心念念的姑娘，但你却丧失勇气和底气，懦弱和退却隔绝了你们之间相连的希望。

而如今，看见那个熟悉的名字跃然屏幕，聂余因为生病而迟钝的脑子迟迟未能有所反应，他望着那个名字，就已经得到了前所未有的满足。

只是两个字，就填补了他多年的空白。

过了时长，电话被自动挂断。

那旖站在街道，盯着自己的手机，正欲锁屏当作无事发生，手机就猛地振动起来。

她看也没有看，直接点了接通。

电话那头没有声音，那旖也没有说话。

过了良久，对方终于开口，但发出的第一道声音便哑得不像话："抱歉，刚才我……"

一开口，聂余便猛地顿住，他后知后觉地反应过来因为感冒半个月未好，他此时的声音沙哑得难听。

他面露懊恼，补救般捻起桌上的药，直接丢入口中。

林助理看了他一眼，干脆利落地转身离开总裁办公室，并带上了厚重的实木门。

静谧的空间，连呼吸都清晰可闻。

那旖攥紧背包，秀眉微蹙，问："你感冒了？"

明明隔着一条电话线，对方看不见，聂余却下意识地绷紧了后背，推了推滑下来的眼镜，嗓音沙哑道："不严重。"

这个声音是没有严重到立马会住进ICU的地步，那旖面无表情地抱着花，伸手拦了一辆出租车，说："我打电话来就是想感谢一下聂总在百忙之中拖着病体对我的行踪了如指掌还在这个特别的日子里特意送了一捧新鲜漂亮的玫瑰花，谢谢。"

"我……"

"就这样，挂了。"

"那那，别挂，我……"

一片忙音。

聂余握着手机，半晌没反应过来。

五分钟后，林助理丢下手头的工作，驱车带着满身郁气的老板去了私人医院。

本来只是一个小感冒，奈何病人不配合，吃两天药再好好休息一晚就能痊愈的事儿，他不但连转轴出国开会，不倒时差强行熬夜，再加上三餐不准时，硬生生给熬成这样。

再晚两天脑子都能给他烧坏。

私人医院的院长，也就是聂余的好友邵禹行给他做了个全身检查。

“胃病就不说了，老毛病，你自己多注意。”邵禹行一身白大褂，全无那晚在酒吧的贵公子形象，“有点发烧，吊两天水，我再给你开点药。”

“没时间。”聂余皱眉，“开药就行，量重点。”

“不吊水啊？”邵禹行点头，“行，我们医院的重症病房随时恭候您的大驾。”

聂余面无表情地看着他。

“还量大。”邵禹行把听诊器往桌上一放，看都没看聂余一眼，“你以为吃药是吃饭吗，多盛半碗顶多也就积食，药能乱吃？”

聂余满脸烦躁，最后还是心不甘情不愿地在这儿吊了两瓶水。

邵禹行有些欣慰，认识聂余这么多年，他对聂余的性子相当了解，这厮每次都是病到生活不能自理才会跑来找他这个医生，这次有点进步，居然还没彻底躺下就来了。

平时嫌药跟嫌什么似的人，居然还主动让他量下重点，现在连水都吊上了。

他没忍住，偷偷问一旁的林助理：“你家老板这是受什么刺激了？以前也没见他对自己的身体这么上心过。”

“邵医生有女朋友吗？”林助理突然问道。

邵禹行怔了怔，下意识地点头：“最近谈了一个，怎么了？”

林助理笑得颇有深意：“如果邵医生生病了，宁愿硬抗也不吃药，你女朋友会生气吧？”

邵禹行安静了几秒，随即扭头看向那个正在打吊针的男人。

大稀罕事啊，铁树终于开花了。

那旖踩着最后一丝余光回到家。

纪兰正在厨房做晚饭，听见开门声，她甩了两下手中的水渍，在围裙上随意擦了擦，扬声道：“那那回来了吗？”

那旖把电脑包和背包放到沙发上，趿拉着拖鞋走向厨房，应道：“妈妈，我回来了。”

“饿了吧？今晚做了你最喜欢的糖醋排骨，去洗一下手，然后叫奶奶出来吃饭。”纪兰从碗柜里拿出餐盘，准备把锅里的排骨盛起来，余光看见那旖提着两个大购物袋走进来，“买了什么？”

那旖把购物袋随手放在一旁，站在她身后，没有说话。

纪兰也没有在意，把锅里的排骨盛起来。她动一下，那旖就跟着动一下，仿佛小企鹅跟着妈妈似的，亦步亦趋。

知女莫若母，女儿这模样真是怎么瞧都不对劲儿。

纪兰放下锅铲，扭头看向女儿："怎么啦？"

那旖被她看得不好意思,半晌后,才小声道:"妈妈,你能教我怎么煲汤吗？"

纪兰看了看那旖放在一旁的两个购物袋，打开扫了一眼，见里面全是新鲜食材，她有些惊讶："怎么突然想学煲汤了？"

说起来，她虽然没有给过那旖富足的生活，却也从未让那旖做过日常琐事，从小到大，那旖那双手只握过笔，从未拿过菜刀，这也是她这个当母亲十分欣慰的一件事。

那旖双唇翕合，欲言又止。

看着女儿这副模样，只消片刻，纪兰便反应过来，笑容越发温和。她抬手把那旖耳边的碎发别到耳后，声音比窗外吹进来的晚风还要温柔："知道了，妈妈教你。"

那旖感觉自己的小心思在母亲面前无所遁形，耳朵有些发烫，轻轻偏开头，小声嘟囔："妈妈知道什么了。"

纪兰轻笑，担心她面皮薄，故意道："是是是，妈妈什么不知道，那那只是突然对煲汤感兴趣而已。"

"……本来就是。"

"那煲给谁喝呢？"纪兰逗她，"是给妈妈，或者给奶奶，还是给……"

"给你们。"那旖声音越说越小，"给你们的，没有别人。"

纪兰但笑不语，逗得那旖在厨房待不下去，只能转身去叫奶奶吃饭。

赵春花这两天有些精神不济，吃了晚饭便去睡了。

那旖跟在纪兰身后在厨房待了两个多小时，在纪兰的指点下，她手忙脚乱磕磕碰碰熬了一锅汤。

看着砂锅盖子细孔里飘出来的雾气,听着母亲在阳台晾衣服的衣架碰撞声,那旖却有些不知道是该拿出保温桶，还是就让这锅汤继续熬着，明天端上餐桌。

半开的窗外，夜空繁星点点，她看着某个方向，有些失神愣怔。

良久后，她关了火，转身回了房间。

夜深人静，万籁俱寂。

那旖坐在床沿，拿过书桌上的手机，解了锁，点开通话记录。手指悬在屏幕上空，正犹豫着要不要点下去，手机却突然振动起来。

她看着那串数字，来来回回看了两遍，带着几分疑惑点了接通，熟悉的男声通过听筒响彻耳际："你赶紧过来。"

聂余的声音哑得不像话，隔着电话线都能感觉到他紊乱粗重的呼吸声："带上邵禹行。"

那旖把手机举到眼前，再次确认了一遍。

"说好的吊水就行，邵禹行那个庸医。"他显然有些神志不清，低声咒骂了两句，然后便是一道重物落地的巨响。

“喂？”那旖下意识地抓紧手机，“聂余？”

一连叫了几声，对面都没有回应。

但手机依旧保持着通话状态。

夜晚十一点半，那旖站在聂余家门口。

电话那头，桑月月强撑着睡意调侃道：“得，这才拿到手机号码没多久呢，现在都直接上门了，不愧是我们那律师，进度就是快。”

那旖看着眼前紧闭的大门，问：“钟杰真的没有他助理的电话吗？”

“没呢。”桑月月打了个哈欠，“他和聂余又没有生意往来，怎么可能会有聂余助理的电话嘛。你不是已经到了吗？多按会儿门铃，总会开的。”

她已经按了快十分钟的门铃了，里面毫无动静。

这才是那旖不知所措到再次打电话给桑月月确认钟杰有没有聂余助理电话的原因。

而且她若不是把身份证扣在保安室，并再三解释户主此时情况紧急，让对方查了自己的工作证并核实了自己的工作地点，她甚至都无法进入这栋高级公寓的大门。

又按了几下门铃，等了许久，里面仍旧没有动静。

那旖有些焦躁地屈指抠着掌心，她试着输入聂余的生日，密码显示错误，接着她把聂叔叔的生日也试了一遍，依旧是错的。

心中越发不安，她只能一遍又一遍地按门铃和打电话。

聂余隐约听见手机在响，门铃也在响。

他费力睁开沉重的双眼，看着头顶的装饰，才发现自己似乎没有躺在床上。

他在地上愣了半天，记忆才慢慢回笼，恍惚记起自己睡得不太安稳，醒来后浑身滚烫，头重脚轻。这种事儿以前也发生过，他很冷静地找到手机给助理打电话，然后……然后好像没站稳，摔了。

他坐起身，单手撑着额头，掌心下一片滚烫。

门铃还在响。

他在地上坐了一会儿，缓了缓，随后慢慢起身，阴沉着一张脸去开门。

门开一条缝，他便转身回卧室，只留下一道低哑的嗓音：“连个密码都记不住，记忆力这么差，我看你还是别当助理了，找个餐厅端盘子去吧。”

身后无人应声，他只当自己的助理心虚，但一想这不敬业的东西居然连老板家的密码都能忘记，还要他亲自给他开门，简直不能忍。

“我宣布你这个月的奖金没了。”他浑身难受，皱着眉拢了拢摔开的睡袍领子，语气极差，“邵禹行呢，带来了吗？”

“邵禹行。”身后响起一道清冷的女声，“是谁？”

聂余的脚步猛地一顿。

那旖把手中的保温桶放在鞋柜上，赤着脚踩在玄关柔软的地毯上，站着没动。

玄关只留着一盏小灯，灯光打在她的身上，成了这间黑暗的屋子里唯一的光源。

聂余转身看见的就是这么一幅场景，一个绝对不可能出现在他家的人，此刻就站在他家的玄关处，头顶橘黄灯光，映照着漂亮的五官。

他下意识地抬手，用掌心贴向额头，试图用身体的高热来告诉自己，眼前的一幕是自己的幻想的梦。

那旖看着他，表情平静地询问道："可以打开你的鞋柜吗？"

"啊？"聂余呆呆地看着她。

"鞋柜。"那旖重复了一遍，"我可以打开吗？"

聂余被高温支配的脑袋此时智商无限接近于零，整个人没有一点反应。

他不说话，那旖就当他同意了，她打开鞋柜，找了一双灰色的拖鞋穿上。小巧白皙的脚穿着大号的男士拖鞋，脚后跟后还余出好大一截。

见他仍旧愣在原地，俊美的脸上带着不正常的红晕，睡袍大敞，精致的锁骨一览无遗。

那旖微微侧开脑袋，避开这道春光："抱歉，事先未经得允许，擅自登门。"

聂余怔怔地望着她。

"你突然就没有了声音，我……"有点担心。

那旖顿了下，移开目光："我没有林助理的联系方式，从钟杰那里拿了你家的地址。"

聂余眼也不眨地看着她。

那旖声音愈低："希望你别怪他。"

屋内一阵寂静。

聂余久未出声，那旖有些不适，她抬起头正要说些什么，却撞进了一双黑沉如深潭的眼眸里。

实在难以形容男人眼中的情绪，似犹疑，似不敢置信。

那旖未及多想，聂余紧绷的身体倏地放松，他喉结滚动，干涩的双唇翕合数次，想说什么，却又害怕说什么。

他怕这是一场梦，就连呼吸都下意识地放轻了，就怕吓走她。

他不是没有做过相同的梦，可梦中的那旖从来不愿理他，还一眨眼就消失了。

那旖走到他面前，在他的注视下，缓慢地伸出右手，掌心覆上他的额头。

被寒风裹挟的小手与滚烫的额头相贴，一冷一热，对比强烈。

温度烫到不正常，仿佛刚烧开的沸水，那旖眉心紧蹙："你发烧了，家里有体温计和退烧药吗？"

“温度很高，需要立刻降温和吃退烧药，最好是现在去医院。”那旖说话间手往回缩，缩到一半，手腕被聂余猛地攥住。

男人身高挺拔，仿佛一座高山，需得抬头才能仰望。

这几年她鼓着劲儿长的身高在他面前依旧相差甚远，这样的差距感，让那旖瞬间恍惚，眼前的画面突然回到了小升初那年的暑假，聂余出国玩了一趟，回来后，小少年身高猛地拔高，突然就长成了陌生模样。

阳光帅气，朝气十足，是和眼前这个被时光雕刻的英俊男人截然不同的两种气质。

那是来自岁月的鬼斧神工，遗憾的是，她却没能参与其中。

“那那。”聂余含着病态的嗓音仍旧磁性，他深深望着那双漂亮的眼睛，喃喃自语，“真的是你吗？”

那旖默然回神，怔怔地看了他一会儿，看得聂余掌心全是热汗，生怕一眨眼她就消失在眼前。

“你烧糊涂了吗？”那旖表情瞬间变得冷冽，挣脱开被他抓着的手腕，皱眉看着他，“家里有医药箱吗？”

聂余下意识地点头：“有。”

“在哪儿？”

“客厅的第二个柜子里。”

聂总家的装修虽是简洁风，却处处可见格调与奢华，细微之处都是身份象征。

那旖找到他说的柜子，在里面发现了一个家庭医用药箱，里面不但有体温计和退烧药，还有过敏药和胃药，可谓十分齐全。

体温计有两种，电子和水银的，她家里习惯用水银体温计，便抽出来递给他，问：“会量吗？”

聂余亦步亦趋地跟在她身后：“嗯。”

那旖把体温计递给聂余，聂余乖乖地伸手接过。

那旖蹲在地上，习惯性翻看医药箱里的退烧药生产日期，看到即将要过期的便拿出来，效期还远的便放在最底层。

“放在上面的是半年内要过期的药，你记得看一下日期。”她头也不回道，“这两盒过敏药已经过期半个月了，记得处理一下。”

“嗯。”

“不能直接扔在垃圾桶里，要拿去回收点。”

“好。”

一个说，一个应，和谐又默契。

任谁都看得出他们冷静的面容下，一个正紧张，一个正惶恐。

拿着退烧药，把医药箱放回原位，那旖缓慢起身。

聂余看着她的背影，手指微微蜷缩，满心惶惶。

他克制了两个多月没有联系她,除了因为她这段时间工作忙不敢打扰分心，最重要的原因还是因为不自信。

那晚的胃药和温牛奶如果是她的退步，那……今晚呢？

反应过来这是真的那旖，那旖真的出现在他家，那个用掌心给他量温度的人真的是她，聂余反而开始无措。

那旖攥着退烧药，视线落在不知名处。

良久后，她声音低缓道：“我还是不能原谅你的不告而别。”

聂余眼中的光芒霎时熄灭，他睫毛颤了两下，滚烫的指尖无意识地抓了两下空气，什么都没抓住。

他心中有一瞬茫然，好像世界变得一片空旷，心脏再没有安放之处。

可下一秒，那旖便转过身看着他：“虽然还是很生气，但是和能看见好好的你相比，生气好像又变得没有那么重要了。”

她仰头看着他，眼中只剩下倔强和他：“聂余，你能回来，我真的很高兴，特别特别高兴。”

虽然生气，可我更想你，这些年，无时无刻不在想你，不在担心你。

担心你一个人在外冷了有没有加衣服，生病了有没有人照顾，难过了有没有人安慰。

和这些比起来，生气早就变得无足轻重了。

那旖再次往前一步，给两人之间余下了触手可及的距离。

聂余往前半步，他弯下腰，以极为缓慢的速度，把滚烫的额头重重抵在她的肩头。

偌大的客厅静谧无声，月光洒在地毯上。

窗外霓虹漫天，五光十色，世界都仿佛在这一刻鲜活。

那旖似乎感觉到了肩头的湿润。

她缓缓伸手，五指陷入他的发间，仰头看着客厅的灯光，缓缓弯了嘴角。

“别生病。”她侧着脸颊，轻轻蹭了蹭他的头发，“如果你现在好好的，我就能亲你了。”

这一晚的月光，似都比以往明亮许多。

聂余吃了退烧药，药效起来便有些昏昏欲睡。

卧室的灯照着坐在床头的那旖身上，融化了她往日冷冽的面容，眉眼都是让人心醉的暖意。

聂余强撑着睡意，看不腻似的望着她。

那旖伸手探了探他额头的温度，微凉的手指让聂余眷恋不已，他微微侧头，发丝散乱地坠满枕头。

见他困得厉害，那旖知道是药效起来了，便轻声道：“困了就睡吧，待会儿退烧了我就不叫你，如果两个小时后还是发烧……你答应我的，会去医院。”

“嗯。”聂余抓着那旖的手指，那旖没有挣脱，任他捏着。

他脸上是藏不住的困倦，冷冽的五官因生病显出几分柔和，清醒时的锐利倒是荡然无存。

那旖看着他，目光在他的眉眼停了许久，看着他渐渐睡着，呼吸渐稳，视线方才上移，落在了他的头发上。

那头伴随着他成长的卷毛已然消失，纵使有些事情已经慢慢释然，但也不得不承认，这几年他的变化太大了。

少年褪去了稚嫩，成为一个真正的男人。

注视良久后，那旖倾身上前，柔软的双唇轻触他的鼻尖。

看着那张熟睡的面容，低柔的女声回荡在安静的卧室：“你总是背着我偷偷长大。”

熟睡中的男人毫无所觉，那旖注视他的眉眼，伸手抚平他微蹙的眉心。

被丢下的人会难过，可独自在外的人，又何尝不难受呢。

一个人远赴陌生的城市，前路未知，是冷是热都没有人关心，他这些年怎么过来的，她真的不知道，也不敢知道。

“回来就好。”抚摸着他的眉眼，那旖的声音低不可闻，“你回来就好。”

聂余醒来时，已经是第二天中午。

卧室的窗帘拉得严实，隔挡了午间炙热的阳光，一片寂静中，未关严实的卧室门外隐约传来细微的说话声。

手掌覆在额头，聂余盯着天花板，整个人还有些刚睡醒的惺忪迷茫。他家怎么会有说话声，是谁在外面？

额头不烫了，感冒看来是好了，邵禹行给的药还是有点效果……

等等，药？

不知想到什么，聂余整个人猛地一顿，随后一把掀开被子，匆匆忙忙下床。

客厅里，林助理和那旖隔着茶几而坐，两人正轻声说着什么，忽然听见卧室传来急促的脚步声，同时扭头看向发声处。

聂余推开卧室门，一眼便看见了坐在沙发上的人。

林助理忙不迭站起身，他脸上满是歉意，垂首道歉：“抱歉老板，我失职了。”

聂余看都没看他一眼。

那旖把膝盖上的抱枕放到一旁，起身走到聂余面前，在他呆滞的表情下，淡定地伸手摸了摸他的额头。

聂余卷翘的睫毛一眨不眨，直愣愣地盯着她。

掌心下的温度总算恢复到正常体温，那旖收回手，睨了他一眼，秀眉微蹙：

“头发乱糟糟的，就这么出来了？”

聂余下意识地伸手扒拉了两下头发，声音带着刚睡醒的懒意：“我听见你的声音了。”

没头没脑的一句话，那旖却听懂了他的意思，伸手在他胳膊上轻轻拧了一下：“现在醒了吗？”

聂余仔仔细细看了她一会儿，突然弯下腰，伸出双臂把她紧紧抱进怀里。他下巴搁在她的肩窝，赖了一会儿，才哑着声道：“醒了，我没听错，是那那。”

两人旁若无人拥抱，视旁边的林助理于无物。

抱了好一会儿，那旖才把赖人的男人推开。她看向站在一旁，正低头盯着自己脚尖看的林助理，道：“早上林助理给你打电话，我叫不醒你，我担心有事，就接了电话。”

聂余拉着她坐到沙发上，闻言，双手托着她的脸颊仔仔细细看了一遍：“昨晚一夜没睡？”

那旖虽然并不抗拒他的亲密，却也不太习惯在外人面前表露，拥抱已经极限了。她往后躲了躲，伸手推他：“睡不着。”

那就是守了他一夜。

聂余又心疼又甜蜜，看着她一夜未眠的脸，想说什么，又顾及着面前还有一个大灯泡。

可算想起还有一个不速之客，他抓着那旖的手裹在掌心，这才抽空抬头看向林助理，眼中的暖意瞬间消失，脸上恢复了往日的严肃：“你怎么在我家？”

林助理木着一张脸：“我联系不上您，那小姐说您生病了，我不放心，过来看看情况。”

聂余点头，然后下逐客令：“看完了，你可以走了。”

林助理干脆利落地拿起一旁的公文包，对自己不受欢迎的事十分有数：“好的老板，我现在就回公司，如果有需要您签字的加急文件，我再联系您。”

“今天不要联系我。”

“那需要您签字的文件？”

“今天没有需要我签字的文件。”

“……好的。”

客厅的落地窗帘没有拉上，午间的阳光照在地毯上，明亮了一室。

聂余握着那旖的手，不腻似的一直看着，时而用指尖拨弄一下，玩得乐不思蜀。那旖觉得他幼稚，想要抽回手，他却抓紧了不放。

那旖一脸无奈地看着他：“手有什么好看的。”

聂余轻轻捏了捏她的食指，她的手特别漂亮，掌心娇小，手指白皙纤长，指甲修剪圆润，握在掌心里软乎乎的，让人爱不释手。

“好看。”聂余低声轻笑，“就是好看。”

“乱说。”那旖耳郭微烫，试图抽回手，依旧被他紧紧握着。

聂余抿唇，浓密卷长的睫毛轻轻颤了颤，他举起两人紧扣的手，迟疑片刻后，轻声问道：“以后，也可以像现在这样吗？”

那旖掀起眼睫：“嗯？”

“不止在这里。”他喉结滑动，眼中尽是紧张，“在外面，在陌生人面前，在相熟的朋友面前，甚至……在兰阿姨面前，我也可以像现在这样牵着你的手吗？”

那旖看着两人相握的手，她忽然明白过来，眼前这个男人一派稳重的面容下仍旧藏着不自信。无论是醒来后异常黏人的表现，还是如今这么抓着她的手不放，抑或言语间的小心试探，种种行为，其实都是想要获取能让他安心的回答。

这大概是聂总蹩脚的告白了吧。

那旖看着眼前这张小心翼翼的英俊面孔，不知为何，突然想起那晚在酒吧，这人一副浪荡多情的自在模样，眉眼流转间全是一副老手做派。

想到此，她盯着被他抓着的手，突然问道：“那天晚上你为什么去酒吧？”

聂余微怔，一时没有反应过来。

“嗯？”那旖抬头，似笑非笑，“去过太多次了，一时想不起来是哪一次？”

聂余顿时一个激灵，反应过来她说的是那晚。那晚得知她去酒吧，慌乱之下，他甚至来不及做任何掩饰就急匆匆追了过去，细算下来，那竟然是他们分别几年后的重逢之夜。

只是过程并不美好，她看陌生人似的眼神和态度，至今让他想起来就心脏疼得慌。

聂余摇头，态度略急切地解释道：“没有，我不喜欢那种场合，那晚也是第一次去那个酒吧。”

“第一次去？”那旖脸上带着笑，却看得聂余心惊胆战。

“真的，真的是第一次，我现在就打电话给林助理，你问他，他对我的行程最清楚，这几年我见过什么人，去过什么地方，他都一清二楚，他不敢骗你。”聂余伸手就去拿茶几上的手机，却被那旖夺了过来，又放回原位。

两人对视半晌，一时无言。

聂余抿了抿唇，脸色突然之间变得臭臭的。他忽然想起了那晚黏在她身旁的男生，也不知道他们后来还有没有联系，那小子长得人模狗样的，看着还挺会哄女生。

虽然心里别扭，但明白不能因为这件事让他们之间好不容易缓和的关系再次回到原点，但也无法言说是因为知道她去酒吧，他不放心，所以追过去，结果看见她和别的男生姿态亲密，气急之下只能找朋友来压场子。

“我担心。”聂余微微侧首，似乎极不乐意说出这句话，却又是真实存在过的情绪。他不愿暴露内心的不自信，只能撇开视线不看她，语气低沉，“你从来不去那种地方，我担心你会喜欢上别人。”

那旖安静了许久，看着他，轻声道：“那几年呢，你怎么不担心我会喜欢上别人？”

聂余沉默。

“你什么都知道，我却什么都不知道。你知道我今天做了什么，见过什么人，和谁关系亲密，而我却对你一无所知。”

她表情平静，不似抱怨，却更甚抱怨：“聂余，你对我很不公平。”

聂余心中一紧，垂在身侧的手下意识地攥紧。他知道，那束花把什么都暴露了。

她那么聪明，或许更早之前就什么都知道了，知道自己的生活处处暗藏影子，那人躲在暗处，偷看着她的每一天，却又吝啬地把自己藏得严严实实，不让她窥见分毫。

真的，很不公平啊。

这样的自己，怎么能让她愿意在母亲面前公开关系，他想得太理所当然了。

聂余面露丧气，整个人在瞬间泄了精神。

那旖这个角度，竟从他脸上看出几分可怜来：“怎么，被偷看的是我，你还丧气起来了？”

聂余听她的语气似乎没有生气，犹豫着抬头，小心观察她的表情，迟疑道：“你……不生气吗？”

“生气。”那旖诚实地点头，“但现在我们在说公开的事，我觉得这件事情很重要，需要内心毫无隔阂才能坦然答应。但因为你的所作所为，我若说一丝在意都没有，那肯定是骗你的，所以我现在需要告诉你，以后不能再偷偷窥视我的生活，无论是我的职业还是我个人，都不喜欢这样的举动。”

聂余肉眼可见地松了一口气。

见他这副模样，那旖觉得好笑，伸手在他弧度分明的下巴捏了一下：“还需要思考？你想知道什么是不能直接问我的。”

聂余抓住在自己下巴作乱的小手，可怜巴巴道：“真的不生我气了吗？不会像之前那样，装作不认识我吗？”

“委屈了？”

“……没有。”

“看来是觉得委屈了。”那旖抽回手，双手抱胸，秀气的眉高挑，“你这样就委屈了，那我这几年算什么？”

聂余把她的手抓回来，攥在掌心里，垂着脑袋，一副认错态度良好的模样。

那旖看着他，忽然在心里长叹一口气，真的是败给他了。

她探身过去，伸手抱住他的脖颈，在他耳边轻声道：“如果你想，什么时候、任何场合，都可以像现在我抱着你这样抱着我。”

这几年的气若真要和他细算，估计一辈子也算不清。

既然算不清，那就不算了，总归，以后时间还长着呢。

得到了肯定的回答，聂余那颗惶然的心总算安定下，他有力的双臂紧紧搂紧怀里的人。他的嘴角不受控制地向着两侧咧开，又克制地稳住表情，最后到底是喜悦占据上风，低哑的笑声从唇缝间慢慢溢出，那张俊美的脸，也在刹那间春色漫天。

如果一个人的内心有着冰天雪地和春暖花开之分，那么此时，他们同时感受到了春天的气息。

那颗沉寂许久的心脏，紧随着万物渐渐复苏。

不同于高中时期，隐秘的心思只能被月光知晓。

他们的喜欢，终于得以看见阳光。

那旖大晚上匆匆出门，然后便是一夜未归。

纪兰知道她是去找聂余，倒也没有阻拦，只嘱咐她路上注意安全。

想到聂余，纪兰不由得深深叹了口气。毕竟是自己从小看着长大的孩子，如今身边也没了长辈，这些年一个人在外也不知道吃了多少苦，孤零零一个人，生着病也没有人照顾。

想着这些，她心里不好受，免不得也有几分担心。

那旖打电话回来时，她避开在客厅骂骂咧咧的老太太，捂着手机回了卧室，关上门，小声问道："退烧了吗？严不严重？记得叫他药要按时吃，生了病要忌口，这几天吃些清淡的才好。"

她想着现在的年轻人都不爱惜自己的身体，又补充道："酒是千万不能喝啊。"

那旖站在聂余家客厅的落地窗前，闻言扭头看了眼坐在沙发上开着电脑回邮件的男人，轻声道："退烧了，昨晚比较严重，现在看起来挺精神的。给他熬了粥，他不喝酒，妈妈放心吧。"

"真不喝酒？"纪兰闻言有些满意，又担心是女儿故意偏袒他往好了说，"我知道你们年轻人在外都免不了应酬，平时喝点也没什么，你看妈妈都没有管过你。"

那旖听她心口不一的话，忍笑不已，温顺道："那我问问他平时喝不喝？"

"别问。"纪兰连忙拦了一下，缓了一会儿，才慢慢说，"现在问什么，也没个正当理由，人家听了别嫌我多管闲事。"

"他敢。"那旖终于忍不住笑出声。

聂余听见了，抬头看她。

那旖对他摇了摇头，指了指手机，用口型道：妈妈的电话。

聂余肉眼可见地紧张起来，把膝盖上的笔记本电脑放一旁，起身走到她身边。他站姿笔直，似乎面对的不是手机，而是纪兰本人。明明小时候还是被纪兰带大的，现在却满是拘束。

他无声道：我能出声吗？

小时候当着妈妈的面抢她糖果的嚣张鲫鱼，如今成了人人敬重的聂总，偏倒反过来开始怕起她妈妈来了。

那旖无声开口：真出息啊，聂总。

聂余微哂，伸手捏了捏她的脸。

客厅一片安静，纪兰的声音透过听筒，清晰地传到他们耳中。

“你也别管着人家。”纪兰反过来说她，“谁没有个三朋四友，有些场合喝点酒也正常，以前你爸也爱和同事喝酒，妈妈也不管着他。”

“爸爸以前也喝酒吗？”那旖倒是第一次听说。

“喝呀，怎么不喝，喜欢着呢。”回忆起往昔，纪兰有些甜蜜，“只是后来我怀了你，知道我不喜欢他喝酒，自己就戒了。不过你出生后他偶尔也背着我偷喝呢，我没说他而已。”

见她不说话，纪兰叫了她一声：“你听见没有？别管太严了。”

那旖抬头看了聂余一眼，点头：“嗯，听见了。”

纪兰觉得那旖态度敷衍，还想说那旖两句，但转念一想，现在说这些也没意思。他们俩还没怎么呢，说这些话没有立场，聂余又不是她女婿。

但又想着女儿大晚上跑去照顾他，这种感情若要用从小一起长大的单纯友情来看待……如果当年没看到情窦初开的他们偷偷牵手拥抱，那她就真的相信了。

现在不是女婿，以后可没准。

电话一挂断，聂余紧绷的身体倏地一松。

那旖觉得好笑，收起手机，说：“我妈妈你又不是没有见过，以前天天往我家跑，这会儿紧张什么呢。”

聂余垂着眼看她，伸手抚了抚她的耳边的碎发：“那不一样，以前不会担心兰阿姨不喜欢我，现在会担心了。”

那旖脑袋微侧，脸颊贴着他的掌心，笑容恬静：“如果妈妈真的不喜欢你，你要怎么办？”

聂余不假思索道：“哄到兰姨喜欢为止。”

那旖看着他一本正经的脸，闭了闭眼，低喃道：“放心吧，妈妈从小就喜欢你，现在也不会不喜欢的。”

妈妈是喜欢聂余的，但奶奶就不一定了，那旖在心里叹了口气。

老太太和隔壁聂家那是老冤家了。

前事不提，人都去了七七八八，唯一剩下个聂余，却是从他小时候开始，和老太太的关系就没有一天和谐过。

赵春花偶尔回忆起往昔时，还把聂余小时候和她隔着沙发吵架的事儿拎出来说一遍，虽说那是年少无知的行为，但耐不住老太太记仇。

在她心里，和聂家是冤家，可以吵架，可以打架，但当亲家，没门。

就是没门！

赵春花在家骂了一天，从清晨骂到华灯初上，犹自不满意。

纪兰在厨房做晚饭，她就靠在厨房门口，拉着一张刻薄老脸："我看你是越活越回去了，你怎么能让那旖大晚上去一个男人家里，还一晚上没回来！你这个妈是怎么当的，你就不担心你女儿出什么事吗？我那家可就这么一个孙女！"

"妈，聂余那孩子我了解，不是个坏的。"纪兰试图安抚老太太。

不说聂余还好，一说赵春花更气了："你要是真了解就不会让你女儿去了，你看看他身上都流着谁的血，姓潘那女人的血种能好吗？何况另一半还不知道是……"

"妈！"纪兰提高音量打断她，一向温顺的人难得拉下脸。

赵春花没说完的话就这么憋在嘴里。

纪兰放下锅铲，声音再次温软下来，轻声道："没有用一身血来衡量人品的，要真的这么算，这世上能有几个好人？"

"我听那那说过，他现在生活过得很好，但他依旧还姓着聂。"纪兰顿了下，"既然他愿意姓聂，那就是聂家人，聂家人好不好，妈比我清楚的。"

"他是个好孩子，别看轻了他。"

聂家人好不好，赵春花自然比任何人都清楚。

远的就不说了，聂家那两个老的，那可是和她吵了一辈子架的人，就是命不太好，去得早，但就算昧着良心，她也没法说一句他们人品上的坏话来。

就是留下个独子聂国兴，除了眼光差了点，娶了个只有美貌别的一无是处还给他戴绿帽子的老婆，眼睛比较瞎以外，浑身上下也没有一处能让人挑毛病的地方。

在那大勇去世那几年，聂国兴还明里暗里地帮衬了那家不少。

聂家人是好，可问题是，他聂余就不是聂家人啊。

赵春花最看重血脉传承，这也是为什么在那大勇去世后她把那旖当个宝的缘故。

血脉就是一个家的传承和延续，即便面上做得再好看，可实际上，聂家的血脉在聂国兴那辈就彻底断了。

这些原本都跟她没有任何关系，到底是别人家的事，她管不了这么远。

可现在聂余回来了，还跟她的心尖尖上的眼珠子想发展关系，这就让赵春花有点寝食难安，满心不高兴。

她看不上聂余他妈，还有他那个连姓什么都不知道的亲生父亲。

连带的，自然也看不上聂余。

姓聂又如何，他到底不是聂国兴的亲生儿子。

傍晚时分，一辆黑色的豪车停在那旖家小区门口。

路灯斜长，道路两旁的行人脚步匆匆，唯有停在原地的车纹丝不动。

眼看着十分钟过去，那旖伸手拿过包，看向驾驶座的男人，轻声道：“谢谢你送我回来，那我……回去了。”

聂余握着方向盘的十指下意识地收紧：“要走了吗？”

那旖点头：“嗯。”

聂余敛下神色，探身过去帮她开了副驾驶的车门，又亲自给她解开安全带：“到家了给我发一条消息。”

那旖坐着没动，看着退回驾驶座的聂余，温声问道：“要再聊一会儿吗？”

她低头看了眼腕间的表：“时间还早，可以再聊一会儿。”

聂余目光微亮，又克制般扭头，手指抵在唇间：“嗯。”

两人便坐在车上聊天，主要是聂余在说，那旖听。

“明天我要去一趟英国，有一场商务会议需要亲自到场，大概下周能回来。”聂余嗓音低哑，说话的调子不疾不徐，听在耳中极为让人迷恋，“如果没能准时回来，我会给你打电话。”

那旖点头：“好。”

聂余试着打探家里人的口味：“兰阿姨有什么特别喜欢吃的东西吗？”

那旖思考了一下，缓声道：“妈妈喜欢海鲜，但是平时很少吃。”

聂余立马道：“以后想吃多少就吃多少，我买。”

那旖笑着看了他一眼，点头：“好。”

“开完会，可能会参加晚宴。”

“嗯。”

“林助理全程跟着我，我不会带女伴。”

那旖静默半晌后，轻笑出声：“是在给我汇报行程吗？”

聂余伸手碰了碰她的脸颊，颔首道：“给那那汇报可能会做的事，可能会接触到的人。”

那旖点头，礼尚往来道：“今天我请假了一天，明天可能会比较忙，你回家后把机票时间发给我，落地后给我发信息说一声。”

“好。”聂余点头。

“嗯。”那旖也点头。

然后看着彼此，半晌无话。

聂余垂着眸子，手指摩挲着方向盘，绞尽脑汁地找话题，期望能多留留她。

“我……”

“要不要上去坐一会儿？”

他们同时开口。

聂余一愣，看着她。

那旖微微移开目光，藏在发下的耳朵有些烫，她视线落在别处，轻声道：

“妈妈应该已经做好晚饭了，你去的话，她会很高兴的。”

这个邀请太诱惑人，聂余险些便答应，还好他脑子尚且保持着一丝清醒，知道今天并不是适合登门的时间。

至少，不适合他们身份转变后的第一次登门。

没有买礼物，两手空空，毫无诚意。最重要的是，没有提前知会一声，就这么登门太唐突了。

他待那旖的心，恨不得把什么都做到万事俱全，让人挑不出一丝错，自然不希望在这么重要的时候掉链子，降低在兰姨心中的好感。

“改天吧。”他指尖勾着那旖的一缕长发别到耳边，摩挲着她的脸颊，柔声道，“今天什么都没有准备，不适合。”

那旖看着他。

聂余倾身过来，伸出双臂把她揽入怀里，掌心轻抚她的发，声音低沉悦耳：“在见家长之前，我们先谈会儿恋爱。”

那旖微微侧了侧头，聂余抱着她的手臂顺从地松了些，垂眸看着她。这个距离，两人鼻尖相抵，呼吸交缠，咫尺的距离，近得让那旖想说的话瞬间咽了下去。

车载香水的香气在此刻竟让他们同时感到了醉意，脑袋“轰”的一声乍响，思绪便开始有些不稳。

呼吸紊乱，心脏颤抖，视线躲闪。

那旖睫毛颤动的频率加快，白皙的指尖悄悄蜷缩了起来，心脏也不受控制地剧烈跳动着。她往前，或他低头，他们之间便会彻底呼吸同调。

“可以吗？”男人的声音低不可闻，仿若气音般落在耳边，挠得整颗心又酥又软。

“什么？”那旖明知故问道。

聂余垂首，呼吸喷薄在她的面颊，微凉的双唇在她唇角轻轻一碰，一触即分。

他紧张地看着她，喉结滑动，哑声道：“这样。”

那旖眨了眨眼，双唇下意识地抿了抿：“只是这样？”

聂余微顿，垂着眼看她，眼中情绪不明。那旖毫不示弱回视，重复道：“只是这样？”

这哪个男人受得了？

聂余是受不了的，他手掌一下托住她的下巴，逼迫她仰起头，指腹在她下唇危险地摩挲了两下，看着那双明亮的眼睛，低头狠狠吻了下去。

如果之前那个吻是和风细雨，那么这个吻便是疾风骤雨，在两人双唇相触的瞬间，那几年的日思夜想便如排山倒海般袭来。

谁在青春时期没有幻想过和喜欢的人牵手拥抱亲吻？

他有过，她也有过。

只是他们的青春除了那一段短暂的暧昧时光，往前是冷战，往后是离别。分别的时间太长，长到忘记了自己曾经深藏在心里的隐秘心思。

如今终于得偿所愿，矜持和温柔都在这一刻被彻底撕开，只剩下无边的占有欲。

掌心抚着那旖的长发，聂余耐心地在她唇角试探，在那旖失神双唇微启的瞬间，抓住机会，探舌深入。

那旖五指插入他的发间，眼皮轻颤，右手紧紧抱着他的脖颈，仰头接受他的侵入。

唇齿交缠的声音响彻在安静的车内，呼吸渐重，喘息渐浓，气氛愈高。

搂着对方脖颈的细白手腕和环抱细腰的劲瘦手臂，在你来我往间，力道大得似要把对方镶入身体里。

放不开，不愿放开，不能放开。

不知过了多久，久到天边最后一丝光亮退去，天空呈现出深沉的靛青色，相拥的两人才微微分开，额头抵着额头，微微喘息。

“这下呢？”男人的嗓音沙哑性感，撩人极了，“那那还满意吗？”

那旖双目泛着潋滟水光，唇色绯红。闻言，她犹带轻喘的唇在他嘴角亲了一下，不服输道：“还行，下次继续。”

聂余低笑，鼻尖在她鬓角厮磨，懒懒地拉长音调道：“遵命，我的宝贝。”

这是他们的初吻，却吻出了特别不像第一次的模样。

那旖带着红肿的双唇回家，怕被看见，开门的动作极为小心。

纪兰正在厨房做晚饭，隐约听见开门声，在围裙上擦了擦手，急匆匆出来：“回来了啊，我还以为听错了。晚饭马上就好，收拾一下来帮妈妈摆碗筷。”

那旖垂着脑袋，闷声点头：“嗯，我先去换衣服。”

纪兰伸手拽住她，压低声音道：“你奶奶知道你昨晚去照顾聂余了，气得一天没理我，一直在房间里睡觉，你待会儿去看看她。”

“嗯。”那旖依旧垂着脑袋。

“她说什么你都别生气，你奶奶那个脾气你知道的，其实这些年已经好很多了，这么生气也都是因为你，她心疼你啊。”

“嗯，我知道。

她说话一直低着脑袋，纪兰看不见她的脸，心里觉得有点不对劲儿：“那那，你怎么躲着妈妈？”

那旖下意识地转了个身，纪兰跟着她转，她又跟着继续转。

“那旖？”纪兰眉心微蹙，语气严肃，“抬起头来。”

知道躲不过去，那旖闭着眼，视死如归般抬起头。

看见那旖绯红如血的脸，纪兰先是一惊，然后便是一呆。她女儿那比花还娇嫩的双唇上，居然，居然有个……牙印。

发生了什么，她这个当母亲的怎么可能看不出来。

纪兰表情呆怔，看着那旖，有些结巴：“你们已经进展，进展这么快了吗？”

那旖下意识地用手指虚掩唇瓣，耳根红得能滴血，尴尬地避开母亲的目光，支吾道：“刚刚确定关系。”

“才确定关系就……”纪兰反应过来，“他送你回来的？”

“……嗯。”

“那你怎么不叫他上来？”纪兰顿了下，话音一转，“你还是先别去看你奶奶了，不然我担心她待会儿气得晚饭都吃不下，你先回房间把这个……”指指她的唇角，“想办法遮掩一下。”

那旖红着脸回了房间，第一时间就凑到梳妆台前。

偌大的镜子里，清晰映照出一张满脸娇羞……倒也没有，就是脸很红，比军训暴晒两天的脸还红。她视线下移，看见了自己被咬出牙印的唇角，食指下意识地抚了抚，嘴角微扯。

在这一刻，她终于体会到了桑月月的心情，男人果然是狗东西，都爱啃人。

啃就啃吧，还留下牙印让妈妈看见……她拿起梳妆台上的粉饼狠狠按压在唇角。

聊胜于无，所幸奶奶有老花眼，没有妈妈眼神好。

赵春花心情不佳，吃饭时拉着脸谁都不看，也不说话，喝了一碗粥扔下筷子就回了房间。

那旖默默低头喝粥，吃完饭想帮母亲收拾碗筷，被纪兰赶出了厨房。

“今晚我洗碗吧。”那旖跟在她身后，挽起袖子，“妈妈做饭辛苦了。”

“你少来哄我。”纪兰头也不回，“回你的房间去，别来挡着我。”

那旖哂笑，非但没走，反而亦步亦趋地跟在她身后，和她聊宁丹丹自驾游度蜜月的一些趣事，又说桑月月男朋友的妈妈来了崇华，见习婆媳相处起来有些矛盾，最后才装作不经意道：“他明天要出国，问我你喜欢吃什么，我说妈妈喜欢海鲜。”

纪兰挤了点洗洁精到水槽里，拧开水龙头，语气不咸不淡：“哦。”

那旖小心翼翼地看了她一眼，道：“他说给你带海产回来。”

纪兰面不改色：“嗯。”

那旖捉摸不透母亲的意思，是同意还是不同意啊。

她干脆拧开另一个水龙头，站在母亲身旁，拿过母亲洗了一遍的碗清洗起来。

一时之间，厨房里只有淅沥沥的水声和碗碟碰撞的清脆声。

纪兰有些安静，那旖也不敢多说，担心今晚被她看见的牙印导致她对聂余有意见。

毕竟昨晚才用“好歹一起长大，就算多年未见也是朋友”的借口深夜去探病，一夜未归也就罢了，第二天回来嘴角就带了明显的牙印。

母亲应该不会觉得女儿随便轻浮，只会认为男方风流浪荡。

母女俩安安静静洗了碗，纪兰把厨房收拾干净，见女儿还跟在身后，不由得转身看着她。

那旖有些紧张地站着，低头摩挲手指。

纪兰见女儿这副模样立马就心软了，她叹了口气，缓声问道："他只问了这一句？"

那旖一呆，眨了眨眼："啊？"

"他就没有问你奶奶喜欢什么吗？"纪兰在围裙上擦拭着双手，没有看她，视线落在厨房半开的窗外，万家灯火，辉煌灿烂，"妈妈喜欢什么其实都不重要，我不看重这些，他有心就好。我知道他是个好孩子，我也不反对你们，只是那那啊……"

纪兰扭头看着自己的女儿，嘴角微扯，苦涩道："这些年，如果不是有你奶奶在我身后撑着，妈妈可能早就倒了。这个家走到今天不容易，你有今天也不容易，你奶奶心疼你，你小时候的事我们就不提了，你爸走后这么多年，你奶奶没亏过你半点，这个家除了我以外，可还有你奶奶呢，你不能只顾妈妈同意，你也要问问你奶奶的意思啊。"

那旖沉默。

"别觉得奶奶老了，就可以不尊重她的想法。"见她这样，纪兰心里也不好受。但当母亲的，也不能心里只有女儿，她这辈子最欣慰的就是那旖懂事，而她最高兴的，莫过于是她教会了女儿懂事。

"妈妈永远都不会反对你做的任何决定，无论是生活还是感情，妈妈永远在你身后支持你。"纪兰的声音无比温柔，"你告诉他，如果他只是想和你谈恋爱，那哄你一个人高兴就够了，妈妈的喜好不重要。但如果他是想和你有未来，那他除了要哄我，别忘了，可还有一个人呢……"

这一晚，那旖睡得不太安稳。

她一直在做梦，梦里的她回到了小时候，她用一双成年人的眼睛，看着被寄养在自家的小鲫鱼，看见了身材高壮的父亲避开小那旖和小鲫鱼偷偷亲妈妈的脸，还看见了和楼下邻居吵架的奶奶，甚至还有意气风发的聂叔叔……

一幕幕画面在眼前闪过，就像在看一部加速的老电影，披上了名为岁月的滤镜。

生活的吵闹是人烟，故去多年的人还鲜活，故有许多矛盾，却也美满幸福。

她又想爸爸了，就算在梦中，她的思绪依旧十分清晰。

这么多年，每次梦到爸爸，都是因为她想他了。

如果他还在，如果爸爸还在……

那旖是被闹钟吵醒的。

床头柜的闹钟不知疲倦地催促着，窗帘缝隙外的天空已经露出一丝明亮。

她坐在床上愣了愣，思绪还没有完全从梦中抽离，随手拿过一旁的手机，界面立马跳出一条未读短信。

点开一看，是聂余的消息，内容是他的航班起飞与落地时间，并嘱咐她今天要降温，记得多加一件衣服，以免感冒生病。

发消息的时间是在凌晨两点。

那旖看了眼屏幕右上角，北京时间早上六点。

他的航班起飞时间是凌晨三点，距离她醒来已经过去三个小时。此时，他已经在飞往大洋彼岸的天空，俯瞰着陌生的大陆，手机关机。

她给那部关机的手机回了一条短息：【到了给我发消息报平安。】

正准备发送，她想了想，又在后面添加了一行字：【打电话也可以。】

看着多出来的那行字，她笑了笑，点击发送。

起床洗漱，听着早间新闻吃早餐，哄了哄今天依旧脸色不佳的老太太，踩着上班即将迟到的点，那旖才拎起背包，拿过手提电脑包匆匆出门。

关门之前，她还听见了老太太似喜似怒的抱怨声："你看她肯定是做了什么心虚的事，不然不会这么哄我。"

"有吗？"

"你就装吧，你们母女俩合起伙来……"

后面的没听清，但大概也能猜出是"你们母女俩合起伙来骗我"之类的话，那旖嘴角带着笑，心情颇好地下了楼。

上班高峰期的地铁依旧挤得不像话，人群熙熙攘攘，数不清的人日复一日来回于几点一线之间，每天挤着拥挤的地铁，为房贷和生活奔波。

没有谁不同，谁都一样。

那旖到律所时，恰好踩着上班迟到的最后一分钟。

前台小妹正在埋头啃面包，见到她，扬手打了声招呼，然后拿了一盒泡芙给她："那律师给，你的。"

那旖对前台小妹笑了笑，婉拒道："谢谢，我吃过早餐了。"

"我也吃过了。"前台小妹笑眯眯地看着她，"这是骆律师买的，每个人都有，这是你的那一份。哎，好像自从那律师来律所后，骆律师都变得更大方了，三天两头就给我们买东西。"

既然是师傅买的，那旖就不客气地伸手接过，顺便打趣她："我师傅以前很抠门吗？"

"那倒没有，骆律师是我们律所最大方的律师了。"前台小妹左右看了看，见没有人，小声说，"尤其是跟韩律师比。"

那旖被她逗乐了，扬了扬手中的泡芙："我看你吃韩律师买的零食时可不是这么说的，小心我告诉他哦。"

那旖的工作形象一向严谨认真，还是第一次这么和她说笑，前台小妹有点受宠若惊。她看着那律师身上禁欲的工作装和那梳得一丝不苟的长发，只觉今天的那律师就算依旧戴着黑框眼镜，也难掩一身风华啊。

她愉快地拍着彩虹屁："那律师今天真美。"

"谢谢，你也很美。"

那旖去到工位，骆嘉瑞已经在忙了，她规规矩矩地叫了声"师傅早"，然后又谢过他的泡芙。

"早上好。"骆嘉瑞笑容温和，见她肩上背着背包，右手提着笔记本，左手拿着泡芙，浑身上下没一处空的，"每天都带这么多东西挤地铁也太辛苦了，我有个朋友开了一家4S店，最后在筹备新年活动，我看了一下，有两个牌子的车还不错，首付下来也不贵，你要不要考虑一下？"

那旖还没说话，不远处的程律师就笑着接嘴："喂喂喂，我们骆律师什么时候开始拓展业务了？你这是在给朋友介绍生意呢，还是在给自己徒弟牵线搭桥走后门购车呢？"

骆嘉瑞笑容不变："既给朋友介绍生意，也给徒弟走后门，一举两得。"

程律师鼓了个掌，手肘撑在椅背，回头冲他直笑，突然道："我是不是你前辈？"

"前辈，您别打趣我了。"骆嘉瑞苦笑，看着他道，"有什么我能帮忙的，您直说就好。"

"那我可就直说了啊。"程律师笑眯眯地看着他，"正好我想换辆车，小骆啊，你朋友那个打折的活动不只是针对某一个人的吧？"

骆嘉瑞捏了捏眉心："当然。"

"那敢情好，回头联系你。"程律师捡了个大便宜，心里美滋滋的。

他也是过来人了，什么事看不明白？他不由得看了那旖一眼，然后又扭头看了看骆嘉瑞。

这一看啊，还真是郎才女貌，两人不但优秀，还是学长学妹，如今更是师徒，一个对另一个更是事事上心，这谁看了不说一声相配？

那旖把电脑包放桌上，拉开椅子，笑着摇头："谢谢师傅，我才毕业呢，买车起码也要等转正以后，工作彻底安稳下来才会考虑。"

骆嘉瑞把手中的案例文件递给她："那也只是时间问题。"

"小骆说得对。"程律师再次转过头来，"转正的事儿小那你别太放在心上，就算是咱们的骆律姐亲临，也不会把你这个未来的人才拒之门外的，安心啦。"

程律师这样的大前辈都让她安心，那旖便真的安心下来了，她笑道："那就借您吉言了。"

泽元的内部文化她习惯良好，在这里工作也很开心，虽然律师与律师之间也有竞争，但总体而言还算和谐，不影响日常来往。

早上时间在忙碌中过去，午餐是在律所附近一家十年老店吃的，今天难得几位律师都在，那旖再次跟在他们身后蹭了一顿行业秘闻。

每个行业都有每个行业的规矩与忌讳，虽然有骆嘉瑞在身旁时时提点，但总有遗漏的细节处，跟在那几位大前辈身边，那旖学到了不少，为了感谢他们的无私分享，趁他们聊得兴起，她偷偷去把单给买了。

然后一整个下午，程律师都是唉声叹气："怎么能让小那买单呢，你们这群前辈羞不羞啊？"

韩律师毒舌道："敢情你就不是前辈了？"

程律师不要脸地回呛："我的羞涩是内敛的，内敛懂吗？就是羞得不明显。"

"你一个大老爷们能不能要点脸……"

办公室一片热闹。

那旖安静地听他们闹趣，只是在韩律师和程律师斗得来劲儿时，插了一句："就当是庆祝了，我请客应该的。"

"对啊。"程律师突然一拍手，恍然大悟，"小那首战告捷，确实应该庆祝。哎，怪我怪我，脑子都忙坏了，把这事儿给忘了。"

"这事儿是应该庆祝一下。"韩律师点头，但转头对程律师说，"你脑子不是忙坏的，是本来就坏，望知。"

那旖忙着看手里的资料，倒不能和几位大前辈一样聊天工作两不误。

期间手机响过两次，她匆匆看了眼，却不是自己所想的来电，而是宁丹丹的短信和电话。

短信是问她方不方便接电话，那旖便去了茶水间，电话内容则是宁丹丹告诉她自己漫长的蜜月终于结束，可以赶着落日时分抵达崇华，邀约晚上出来喝一杯，庆祝自己似乎有了动静的肚子。

闻言，那旖又惊讶又高兴，惊讶于他们坐火箭的速度，感觉结婚就是昨天的事，怎么转眼就有了小朋友？

高兴的也是他们居然有了小朋友，软乎乎的，流着两人血脉、长大后与他们五官相似的小朋友。

那旖不知为何，听到这个消息一颗心软得不像话，心中前所未有地雀跃起来，恨不得立刻下班飞到宁丹丹面前摸摸她的肚子。

这种飞扬的心情一直持续到下班前的那个电话响起。

电话那头的男人声音有些疲倦，夹杂着异国的喧嚣声，听在耳边却磁性温柔："下班了吗？"

"马上。"那旖把手机夹在肩头，有条不紊地收拾工作桌，"刚下飞机？"

"嗯。"聂余轻笑，"一下飞机，心里的第一个想法就是……"

那旖收拾工作桌的手一顿，放下文件档案袋，福至心灵，隔着电话大胆调笑："给我打电话？"

"这是第二个想法。"

"那……"

聂余走在异国他乡的机场里，看着周围各种肤色的国际友人，听着电话里自家小女生的声音，声音低哑道："想你。"

还没上飞机，就开始想你了。

第十一章
明天请好好表现吧，男朋友

接人的司机是位绅士的英国男人，看见聂余一行人从机场出来，恭敬地打了声招呼，然后拉开后座车门。

聂余上车后，林助理从另一侧拉开车门，还有一位随行助理坐在副驾驶。

十几个小时的飞行时间，在飞机上又开了一场小型会议，一行人十分疲惫，无暇欣赏伦敦的繁华，上了车便阖目休憩。

豪华的轿车行驶在伦敦的街道，聂余侧首望着异国的风景，垂握膝头的指尖微微蜷起，嘴角勾着一抹若有似无的笑。

手机还显示在通话中，对面却许久没有传出声音。

他不由得审视自己，说得是不是太过直白，有些吓到她了？但这是内心最真实的想法，以前没有说想念的资格，现在有了，哪里还愿意违背心意去掩藏半分。

思及此，聂余捏了捏眉心，正欲开口，安静了许久的手机终于传来声音，软软的，仿若在耳边呢喃："认真工作，我等你回来。"

到嘴边的话咽了回去，聂余垂眸看着自己虚握的手，低声应道："好。"

"今天真的降温了，你提前看了天气预报吗？"

"嗯，看了最近半个月的天气预报。"

"噢。"

聂余看着窗外街头，林助理提醒他几个小时后的登机时间时，他脑海中的第一反应不是抓紧时间休息，而是把崇华最近半个月的天气预报都记了下来。

这一周相隔遥远，他们不在一座城市，如果突然降温下雨，他也来不及给她送衣服送雨伞，所能做的不过是每天提醒她降温要加衣服，有雨要带伞。

他记得小时候，处处谨慎的那旖唯独不喜欢带雨伞，大雨天气，她仗着兰阿姨在校外的早餐店工作，每次都淋着雨跑过去，有几次还因此生了病。

她从来不看天气预报，这个习惯也不知如今改过来没有。

英国司机听不懂中文，却能从后座那个年轻英俊的男人语气中感受到无边温柔，他下意识地看了眼车内后视镜，镜子里清晰映照出年轻老板精致优越的五官，和耳边磁性低沉的声音，还有依旧听不懂的中国话："今天有听话吗？"

他听不懂，可有人听得懂，却故意装不懂："什么？"

聂余感受到目光注视，抬头看了驾驶座一眼，英国司机瞬间收回目光。

过了好一会儿，听筒里才响起轻缓的女声："有多穿衣服。"

她有把他发的短信放在心上。

那旖说完这句话后就没有再开口，电话里一时安静无声。

好像不需要继续说什么，他们在静默中理解了对方的表达。聂余的想你是直白的，那旖表达在意他的方式却是委婉的。

刚刚转变关系，转眼又隔着一片海洋，但想念都是一样的。

那旖心中藏着忧虑，又顾及他这几天会很忙碌，而且刚下飞机需要休息，思考许久，最终没有把妈妈那一席话说出来扰他思绪。

嘱咐了他在国外注意安全，在他的言语暗示中红着脸保证自己会听话，才慢吞吞挂了电话。

收起手机，抬头看了眼碧蓝的天空，那旖缓缓呼出一口气。

她想了一晚上，觉得妈妈说得对，也因为对，她有些不知如何是好。聂余千般好万般好，也是她心中的好，别人看不见，触不到。

她知道妈妈是喜欢他的，从小就喜欢他，可妈妈又说得对，奶奶的想法也很重要。

尽管老太太身上有许多毛病，可在父亲去世后，老太太对这个家的付出，对母亲的维护，对她即便带着几分私心，可那些好都是真的。

外人的一分好尚且都要时刻谨记，何况是最亲近的家人。

就因为是家人，所以才要在乎，才应该、必须地要在乎。

因为是一家人啊。

晚餐地点订在一家火锅店，喝酒是不可能喝酒的，宁丹丹怀上了，作为闺蜜，桑月月和那旖决定一起陪她喝奶茶。

几个月没见，新婚夫妻的皮肤黑了两个度，看起来风尘仆仆，精神却出奇地好。

那旖和桑月月率先上去摸了摸宁丹丹看不出变化的肚子，摸满足了，才依依不舍地放手，吃饭期间一直盯着她的肚子看。

她们都觉得很神奇，那种感觉很难形容，好像宁丹丹什么都比别人领先一步，她就像探路者，永远走在她们前面，亲身为她们示范另一种新生活，用最幸福的姿态来告诉她们，顺心而为的选择可以让新生活过得很不错，恋爱和结婚并不可怕。

而现在，她已经悄无声息领先她们两步甚至更多，结婚，怀孕，然后生子，她会一直领先。

总之，那旖和桑月月看着她脸上的笑容，还有一旁钟杰细微到让人无法忽略的关怀，她们都倍感放心。

华灯初上，崇华的夜被披上一层五色霞光，裹挟着酒醉迷离和人间清醒，照着人间百态。

聚餐结束回到家，客厅的小灯开着，赵春花戴着老花镜在织毛衣。

这个爱好是老太太和楼下的祝奶奶学的，装涵养时用，平时只有邻居上门她老人家才会拿出来装面子，这还是那旖第一次见她在没有外人的情况下大晚上织毛衣。

听见开门声，赵春花抬头看了她一眼，鼻子嗅了两下，尾指挽了一圈毛线，低头继续摆弄棒针："去吃火锅了？"

"嗯。"那旖在玄关换好拖鞋，把电脑包和背包放在沙发上，坐在她身边捏了捏脖子，"奶奶怎么这么晚还没有睡觉，妈妈呢？"

"你妈睡了，我睡不着。"赵春花嫌弃地背过身，"离我远点儿，一身味儿。"

那旖捏脖子的手微顿，不但没离远点儿，反而往她身边凑，语气带着难得的调皮："就不离远点儿，您还嫌我啊？"

赵春花背着身不看那旖，灯光照在她佝偻的脊背上："我又不止今天才嫌你，我一直很嫌你。"

"一直嫌我？"

"我嫌不嫌你你今天才知道吗？"

那旖语气平缓，听不出喜怒："哦对，您是一直很嫌我。"

赵春花背对着她许久没有说话，也没织毛线，盯着两根棒针。

客厅静默无声，几分钟前那带着几分亲昵的说笑也消弭于空气中，好似从来没有出现过。

她从来不是一个很有自知之明的人，也一直不觉得自己说话有问题，几十年了，一直都这样。

可这会儿身后这么安静，她突然心里有点不是滋味儿，想说以前是真的嫌弃你，后来不是没嫌了吗？

可说不出口，挺没面子的，她是个爱面子的人，哪能说这个话。

何况那旖一直不跟她亲近，那旖尊敬她，但不跟她亲近，她不是感觉不到，今晚这样的那旖是从来没有见过的。

身后没有声音，也没听见响动，老太太琢磨着一直就不怎么跟她亲的孙女应该被她怼走了，于是慢吞吞地回头。

一回头，对上一张认真乖巧的脸。

那旖三岁时都没有对她撒过娇，如今都是大人了，反而开始撒娇了："奶奶，您一直很疼那旖，那旖都知道。”

“那旖有一个秘密，连对妈妈都没有说过，现在我能不能告诉您啊……”

老太太看了她许久，被棒针戳到手心都没有感觉，按捺着被孙女分享秘密的喜悦，装作不在意地低下头，低声道：“什么秘密啊？”

那旖握住赵春花苍老的手，轻轻摇晃，软着声撒娇：“我喜欢一个男生好多年了，好喜欢好喜欢。

“喜欢到想带回家给您和妈妈看看。

“那旖很怕奶奶不同意，奶奶，您疼疼那旖好不好？”

那旖从小就是一个坚强的孩子，幼年时摔了跤，也只是揉揉红通通的膝盖，扁着小嘴自己爬起来。她不哭不闹，不对大人喊疼，好像天生就懂得什么叫忍耐。

她忍了许多同龄人所没有忍受过的疼痛，奶奶不喜，爸爸去世，妈妈孤苦。

她一个人悄无声息地长大，却比被父母捧在掌心的娇女们还要乖巧懂事，偷偷长成了让妈妈和奶奶骄傲的孩子。

她从未在刻薄的奶奶面前求过什么东西，即便是一块小小的橡皮擦，她都没有求过。

现在她长大了，已经能够独立生活，想要什么都能靠自己的努力拥有的时候，她融化了一身的冷冽，软了一身看不见的软刺，在这个并不好相处的奶奶面前求她一个态度。

赵春花心里百感交集，她是一个没文化的老太太，不知道该用什么词汇来形容此刻的心情，大概就是吃到一个有点酸也有点甜的橘子。

她从酸里感受到为什么这些年那旖不跟她亲，而在今晚之前，她没有觉得哪里不对。她从甜里感受到原来那旖和她亲了，是这样一种感觉，挺……挺让老太太眼睛发热的。

也挺不好意思的。

而她是喜欢这种感觉的。

她不想去思考孙女口中所说的男生是谁，只觉得被那旖握着的双手十分僵硬，她局促地想挪开，却又贪恋这种依赖。

这种感情，从儿子那大勇十岁以后她就再也没有体会过。

二十年前这个孩子出生的那一天，她其实可以再次拥有，但因为她嫌弃那旖是个女孩儿，被她亲手抛弃了。

整整二十年。

如今那旖终于愿意对她敞开心扉，愿意握着她这双老手叫奶奶，她觉得，就算那个男生自己再讨厌，为了手背上的温暖，她也愿意……疼疼那旖。

赵春花看着橘黄灯光下孙女乖巧恬静的面容，第一次没有在她脸上寻找儿子的痕迹。

她只是单纯地在看那旖，看了许久许久。

“那就，带回来看看吧。”

自那天后，家里的气氛都多了几分温馨。

那旖和奶奶之间那若有似无的隔阂，都随着那晚熄灭的灯光而彻底沉寂。

纪兰感觉到了什么，但她没有多问，只是看着那旖的目光多了几分骄傲，对婆婆倒是一如既往地好，家里的大小事儿也更喜欢在婆婆面前念叨了，也喜欢和婆婆说说那旖工作上遇到的事儿，好的坏的都有。

当然，偶尔也会不经意提及聂余，全挑好的说。譬如这孩子现在有多么出息，人也长得好，还把他上过的那期财经杂志翻出来给老太太看。

封面上的年轻男人西装革领，五官英俊，气质卓然，俨然一副成功人士的模样。

别说，还挺唬人。

瞧着跟记忆里那浑小子完全不是一个模样，老太太很难把杂志封面上那个成功男人和小时候围着沙发跟她跳脚的孙猴子相提并论。

这人出去就几年光景，回来怎么就摇身一变成大老板了？还上财经杂志，这得多出息啊，比他爸当年还出息啊。

老太太是一个蹭了本地新闻台一闪而过路人镜头都能兴奋一个月的俗人，如今见隔壁老聂家出了一个能上财经杂志的大老板，这滋味要形容，那比吃了一个又酸又甜的橘子还复杂。

以前她喜欢把那大勇和聂国兴拿来做对比，换做当年，聂家的孩子比她那家的出息，她肯定得眼红，得冒酸水。

但现在，她家那旖是律师，还是名牌大学毕业的高才生呢，也不比大老板差什么。

不对！是比大老板还强！

她家那旖从小到大都比别人优秀，当律师也肯定比别的律师强，以后就是最强的女律师，大老板没她厉害！

“我瞧你奶奶这两天挺高兴的，闲得没事儿就在家翻财经杂志，都不爱和楼下老太太出门遛弯了。”晚上那旖下班回来，纪兰把她喊到厨房和她说悄悄话。

那旖换了一身居家服，在旁边帮忙择菜，闻言笑道：“奶奶还看财经杂志呢？”

“嗐，看的哪里是内容，是看封面人物呢。”纪兰调侃。

那旖被她逗乐，拧开水龙头，把择好的菜洗干净，做事慢条斯理极耐看：“他不爱拍这些，就去年上了一次财经杂志，妈妈你是怎么找到的？”

纪兰扬眉，面露嘚瑟：“这就小看妈妈了吧，我现在会用手机上网了。”

“妈妈真厉害。”那旖笑眯眯地夸她。

“他什么时候回来啊？”纪兰把菜倒进油锅里，“刺啦”一声响，都有些盖住了她的声音，“一起吃顿饭吧。”

“啊……”那旖没听清楚，“妈妈刚才说什么？”

“我昨天试探过你奶奶的态度了，也不知道你跟她说了什么，瞧着不太抵触了。”纪兰握着锅铲来回翻炒，“自家人的态度知道了，总得看看那小子怎么想的。”

那旖耳朵有些臊得慌，声音都小了两个度：“他能怎么想……”

“那谁知道，总得见过面才知道。”纪兰回头睨了她一眼，“如果态度不认真……”

那旖打了个冷战，第一次觉得妈妈好凶。

吃了晚饭，洗完澡出来没一会儿手机便响了。

男人的声音在夜色里显得格外磁性，听着烧耳朵：“吃晚饭了吗？”

那旖坐在飘窗上，膝盖放着笔记本，手指灵活地敲击键盘：“吃了。你呢，吃午饭了吗？”

彼时，伦敦还是下午，太阳正烈。

聂余穿行在人来人往的外国街头，垂首看着掌心的精致首饰盒，被太阳晃得眯了眯眼，带着几分懒意。

他应了声，听见她在敲电脑，便问道：“还在忙？”

那旖推了推眼镜，嘴角微勾：“反正没事，今晚多做点，明天早点下班。”

“前两天也没有急着想早些下班，嗯？”

那旖的视线落在电脑屏幕上，手中噼里啪啦敲击，从鼻腔里发出一声娇憨腔调：“嗯哼。”

聂余眯眼笑，拉长声调：“不说啊？”

“就不说。”

“不说礼物没有了哦。”

那旖脸上的笑容从接起电话后便没有消失过，闻言只道：“威胁我啊。”

这下轮到对面那个男人傲娇了：“嗯哼。”

“我这里有一个还算不错的好消息。”那旖笑得像只小狐狸，双手从键盘上移开，拿起一旁开着免提的手机，红唇凑近，特意压低声音，“有些人既然不想知道，那就……”

“我错了。”聂余毫不犹豫立马认错，“宝宝我错了。”

腻人的称呼一出来，那旖差点没呛到，手机都险些拿不稳：“你、你叫我什么？”

电话里传来男人得意扬扬的声音，好听却幼稚：“有什么不对吗，你本来就是我的……”

“停。”

不等他说完，那旖立马打断他。

她单手撑着额头，极力忽视滚烫的耳朵，可脸颊依旧染上一抹红霞，瞪着空气道："你正经点。"

被盖章不正经的男人走在亮着绿灯的斑马线上，身旁是各种肤色的外国人，各种语言喧闹不已。

他握着手中亲自买的礼物，站在基因优越的外国人中甚至比他们更显挺拔，西装革履，仿佛刚参加完酒会的绅士，优雅迷人。

"那现在男朋友非常正经地询问——请问那律师明天下班后有没有时间？"

那旖盘膝，伸手拉开窗帘，仰头看向崇华没有边际的漆黑夜空。

"有哦，男朋友有什么事吗？"

"不知道那律师的男朋友明天可以去你工作的律师事务所接你下班吗？"

那旖强忍嘴角的笑容，一本正经地回复："可以的哦。"

"嗯。"对面的男人也无比认真，"我会穿得非常帅气，不会给那律师丢脸的。"

"好的。"那律师说，"给帅气的聂总一个真诚建议，请务必穿得正经些，并且带上你要送给家长的礼物。"

聂余敏锐地察觉到什么，安静了好几秒，才试探般开口："那那，是我想的那样吗？"

那旖抱膝，脸颊荡着温柔的笑，她看着夜空，嗓音轻柔。

"明天请好好表现吧，男朋友。"

十二小时的飞行时间，飞机落地时，崇华才下午三点。

聂余给林助理和随行助理放了两天假，让他们回家好好倒时差。

回家后，他第一时间去浴室冲澡，接着在衣帽间待了半个小时，在正装西服和休闲日常服间挑剔良久，因为拿不定主意，只能给万能军师林助理打电话，在对方的建议下，选了平时极少穿的日常服。

把自己打理得精精神神年轻帅气，取下腕间七位数的手表，戴上五位数的平价表，又仔仔细细检查了一遍，没有能挑出毛病的地方，他才去客厅把司机拎回来的行李打开，翻找出给兰阿姨和老太太的礼物，用精致的盒子装好，然后亲自抱着两大箱海产放进车后备厢。

低调奢华的黑色轿车行驶在崇华的马路上，坐在驾驶座的男人一面关注路况，一面瞅着镜子里的自己，看着看着就开始嫌头发太长，小伙子不够精神。

他担心不好的形象会降低在两位长辈心里的印象，车子拐了个弯，去找自己的御用托尼老师。

价格高昂技艺高超的托尼老师给聂总剪了个时髦清爽的发型，英俊指数上升。

深邃的五官没有刘海遮挡，轮廓愈显分明，一身简单得体的日常服，衬得身材颀长挺拔，往人群中一站，便是所有人的视线汇聚处。

有些人天生带光，大抵如此。

五点下班，从四点那旖就开始期待。

聂余下飞机时给她发了消息，但后面就再没有动静，也不知道在忙什么。

下班时间还没到，程律师他们在聊一个商业案，那旖听了一会儿，有些走神。期间骆嘉瑞看了她好几次，视线很小心，但还是被最近有点想改行当媒人的程律师给抓到。

大前辈当下一拍桌子，剧烈咳嗽一声，中断了大家的畅聊，对一群莫名其妙的同事疯狂使眼色，余光看着骆嘉瑞和那旖，一本正经道："今晚大家有事儿不重要的都推推，好久没聚了，今晚出去喝一杯。"

韩律师心说这厮又搞什么幺蛾子，看他贼眉鼠眼的样子，却有点回过味儿来了。

韩律师眯着眼打量了一下骆嘉瑞和那旖，又接收到老伙计的暗示，便接嘴道："行啊，是挺久没聚了。尤其是小骆和小那啊，缺谁都不能缺你俩，咱们律所就靠你俩小年轻拉高颜值水平线和拉低年龄平均线了，跟你们走在一起回头率都变高了，小姑娘都爱多看我两眼，今晚谁不去都行，就你俩不行！"

一群老狐狸打着眉眼官司，默契十足，跟着搭腔：

"聚聚聚，今晚不醉不归。"

"老韩说得对，缺谁都不能缺小骆和小那啊。"

"谁请客啊！"

"谁牵头谁请！"

老程捂着荷包骂他们不是东西，倒也笑着没拒绝，只是朝骆嘉瑞偷偷做了个心好痛的表情。

实话说，大家都觉得这师徒俩挺配的，无论是长相还是能力。

所谓优秀人才内部自销嘛，便宜外人岂不亏死。

骆嘉瑞明白老程的意思，他看向对面工位的那旖，心中闪过万千想法，最终尽数被压抑。

没有跟着众人起哄，他温声问那旖："今晚有空吗？如果没有安排，那一起聚一聚？"

那旖在文档上敲了一个句号，保存后关了程序。

恰巧此时桌上的手机响了起来，她看了眼来电显示，脸上露出一抹笑容，歉意地对在场的前辈们指了指手机，道："抱歉各位前辈，今晚男朋友要去家里见家长，实在抽不开身，改天我请你们吃饭赔罪。"

说完就拿着手机起身去了茶水间，全然不知自己一句话激起的千层浪。

聂余剪完头发出来，打电话给公司交代了点事儿，顺便又问了问自己之前让办的事儿落实没有，得到助理的准确答复后，才驱车去了泽元律所。

在路上稍微堵了会儿车，到泽元时已经过了下班时间。

第一次接女朋友下班就迟到，聂余十分懊恼，停好车也没有注意那旖身边的人，迈着匆忙的步伐走到她面前，连忙道歉：“抱歉抱歉，路上在施工，堵了会儿车。”

那旖站在比他高两级的楼梯上，正好与他平视。

她盯着他的脸看了会儿，伸手摸了摸他有些扎手的鬓角：“剪头发了？”

“嗯。”聂余一颗心立马提起来，眼神有些飘忽，再自信的男人在喜欢的女生面前也担心不被喜欢，“还……行吗？”

那旖“扑哧”一声笑了出来，不想夸他，免得他骄傲。

不理他的询问，她反而把肩上的包挂到他肩头，不自觉地撒娇：“背包好重，不想背。”

聂余背着她的手提电脑包和背包，牵着她的手捏了捏：“我背。”

这点重量与他而言自然忽略不计，但他却没办法想象她是怎么每天背着这么重的东西去挤地铁。

正欲说些什么，余光瞥到她身旁似乎还站着几个人……其中一人无比眼熟，活跃在那旖大学时代的各个时间段，和他的姑娘一起被定格在镜头里，无数次摆在他的办公桌上，让他夜不能寐，时刻煎熬。

骆嘉瑞同样打量着眼前这个男人，高中时期为什么被莫名针对，在这一刻忽然有了明确的答案。

他想他作为那旖的学长和师傅，应该伸手和这个男人友好相握，用最体面的姿态，用男人的骄傲，说一声“你好”。

可，好像有些做不到。

他的礼貌和涵养在这一刻土崩瓦解，他知道自己此刻的表情一定很苍白，他所能做的只是不去看那旖，任由思绪脱离，然后尽力忽略她在相互介绍中对对方的亲密称谓。

余光中，他看见老程他们在和那个男人握手寒暄，但关他什么事儿？不关他的事儿。

骆嘉瑞迈开双腿从他们身旁走过，但离开之前，他还是听见了自己的声音。

好像说了一句“我先走了，案例别忘了看”。

不够体面，但已经是他目前所能说的最体面的一句话了。

既然一开始就丧失追求的底气，日后也只能在她身边当一个好学长、好师傅。

只是最近想要的开始变多，差点就当了真。

还好，都来得及。

只容许他，这片刻失礼。

回家的路上有些安静。

快到家的时候，那旖到底没能忍住，扭头看着聂余，问道："想什么呢？"

等绿灯的间隙，聂余伸手抓住她垂在膝盖上的手，攥在掌心："在想背包好重，你每天背着这么重的东西来回挤地铁很辛苦，想接送你上下班。"

那旖显然不信："只是这样？"

聂余看着她没说话。

那旖屈指挠了挠他的掌心，垂着眼睫："只有这一次机会，你可以问你所有想问的，无论是什么。放弃了这次，下次我可不会再回答。"

聂余"嗯"了一声，居然什么都没有问。

虽然在握住那旖的手之前他还在想骆嘉瑞可真烦人，大学四年阴魂不散也就罢了，现在还和那旖一个律所，每天抬头不见低头见，烦人，可真烦人。

可这种想法刚冒出头，他又会想起肩头的重量。

在他离开的那几年里，在他不能替她承受重量的那些岁月里，所有对她好过的人他都应该铭记于心，何况是骆嘉瑞。

出于情敌的角度，骆嘉瑞这人真的很烦，他恨不得将其踹得远远的。

但骆嘉瑞对那旖很好，是真的好，想要自欺欺人都不行……而一个对那旖心怀善意的人，他有什么可问的。

他只是攥紧掌心的细白小手。

有些话不能问，问了就是亵渎。

"学长很好，我很尊敬他。"聂余不问，那旖却认真道，"希望能像对待哥哥一样去相处。"

"那些不好的记忆我早就忘记了，很久以前就希望他也能放下，但他好像一直没有。"那旖捏着他的指尖，"没有人怪他，希望他有一天也能不要再责怪自己，不要再心怀愧疚，能好好生活。"

红绿灯更迭，黑色的轿车融入车流，有两只手紧紧地相握在一起。

电视里放着晚间新闻，往日被老太太毛线占据的茶几收拾得干干净净，地板纤尘不染，整间屋子都飘着香味儿。

赵春花今天换上了自己过年才穿的新衣服，平时乱糟糟的满头白发梳得整齐，瞧着精气神十足。

虽然换上了体面的衣裳，但她对纪兰一大早就起床买菜收拾家里的行为十分嗤之以鼻，可眼看着天黑了，人还没来，她织毛线的动作开始变得缓慢，还时不时起身扒着窗口往小区门口看。

尽管内心依旧不把今天的见面当回事儿，但双腿已经不受控制往厨房走。

"你闺女有没有说几点回来？"

纪兰在厨房有条不紊地忙碌着，闻言抬头看了眼老太太，笑道："妈，你今天穿得好精神。"

赵春花有些不自然，扯了扯衣摆："还行吧，反正是不要的旧衣裳，再穿一次就得扔。"

说完，她有些不满道："问你话呢，扯什么衣裳。"

纪兰憋着笑没揭穿她："估计快了，妈去客厅等吧，厨房油烟大，呛人。"

"等什么等，谁说我等了，我等谁了？"老太太挺敏感，这话说得显得她多在意谁似的，油烟没呛人她倒开始呛，"我说你从早上开始就忙，忙什么呢忙，不就是吃顿饭，随便吃吃就行了，谁还敢挑剔不成。"

纪兰抿嘴笑不说话。

老太太心里不得劲儿，站在一旁指点江山，纪兰任由她在边上指挥，一律顺了她的心，比如把番茄炒蛋这盘菜撤了，换成番茄鸡蛋汤，老太太想喝汤。

有个浑身不自在的老太太在旁边叨叨，时间过得格外快。

爆炒大虾、玉米墨鱼排骨汤、糖醋鱼、时令蔬菜……

纪兰一个人忙得舒服，老太太在旁边指挥得也舒服，眼看着一盘盘菜起锅，人还没回来，她又不爽了，把几乎没怎么用过的垃圾袋系了个死结，拎着就走，说："我下楼去扔垃圾了。"

纪兰的注意力在锅里，一个没注意老太太就拎着空垃圾袋下了楼。

聂余和那旖在小区周边绕了一圈才找到停车位，刚下车，聂余就眼尖地看见一个熟悉的身影。

虽然来时已经做好了心理准备，但在看见赵奶奶的一瞬间，他浑身的皮还是下意识一紧，紧张得差点没左脚绊右脚。

要说他这辈子最怕的人，不外乎那旖的奶奶。

小时候是单纯害怕老太太那张刻薄的脸，后来懂事点了是怕她的不讲道理，现在……

他看向身旁的那旖。

老太太就站在小区门口，瞧着是在和保安唠嗑，双眼却一直瞅着大马路。

在聂余看见老太太的下一秒，老太太也看见了他，一老一少先是隔空交了八百回静默无声的招，然后一个规规矩矩鞠躬，一个冷冷哼了一声。

赵春花结束和保安的唠嗑，挑剔的眼上下打量双手拎着满当当上门礼的聂余，勉强对这浑小子的长相气质表示了六分认同。

配她家那旖，也就是个勉勉强强。

那旖正在帮他拿后车厢的东西，见他对着小区门口鞠躬，立马看过去。

见奶奶穿了一身新衣裳，面上没忍住一乐。她忍着笑，侧首在老太太看不见的角度对聂余说："多看重你啊，都把平时舍不得穿的新衣服拿出来了。"

聂余接过她手中的泡沫冷藏箱，感觉如芒在背："真的吗？可我感觉赵奶奶在瞪我。”

“瞪你才正常。”那旖轻声安慰，“不瞪你你才应该着急，也不想想你今天为什么上门吃饭。”

为什么，当然是为了上门求认同，身份的认同，希望你们把那旖交给我。

他用那旖男朋友的身份上门，同时，也是一个和她抢孙女的混账小子身份。

老丈人不在，担任这个挑剔角色的，就换成了这位让他从小心惊胆战的赵奶奶。

聂余肩膀上背着那旖的电脑包和背包，手臂上挂着人参冬虫夏草燕窝等名贵滋补品，怀里还抱着两箱海鲜泡沫冷藏箱，顶着老太太有如实质的锐利目光，迈着坚定的步伐挪到她面前。

那旖想帮聂余拿东西，但聂余躲开了，规规矩矩地叫了声“赵奶奶”。

赵春花背着手，表情很冷漠，但还是点了点头：“嗯。”

大概是担心他自作多情以为她是下楼来接他的，补了一句：“我下楼扔垃圾，没想到看到你们。”

那旖抿紧双唇，怕自己没忍住笑出声。

她奶奶最近爱上织毛衣，觉得这是退休的文化人才会进行的修身养性的活动，扔垃圾这么掉价的事儿奶奶都不做了，家里的垃圾不是她早上上班时顺手扔，就是她妈妈扔的。

下楼扔垃圾哦？

穿着新衣服下楼扔垃圾哦？

大概也觉得这句话只能唬唬聂余，老太太瞪了那旖一眼，转身就走。

聂余还在思考自己哪里没能顺老太太眼，胳膊就被那旖碰了一下。那旖强行从他怀里抢了一箱冷藏箱，催促道：“走呀，奶奶特意下楼来接我们，妈妈应该已经做好晚饭了，回家啦。”

回家了。

聂余强忍着心中悸动，迈开步子跟在一老一少身后。

房子收拾得干净整洁，满屋子都是饭香味儿。

大门半掩着，纪兰一早就听见楼道传来说话声，她把最后一盘菜端出来，解了身上的围裙，抽了一张面巾纸擦了擦指尖水渍，急忙迎到玄关。

老太太推开门就看见她，从鼻子里发出一声冷哼，绕开她进了屋。

纪兰拿不准她的态度，心里正琢磨老太太这是什么意思啊，到底看没看顺眼，就看见两个小的一前一后上来了。

聂余身上挂满了上门礼，肩上还背着女儿的电脑包和背包，怀里抱着泡沫冷藏箱……哪有财经杂志上西装革履充满距离感和陌生感的高高在上。

和记忆中的孩子没两样嘛，还是一样的眉眼，见着她就笑。

聂余站姿如松，规规矩矩地叫人：“兰姨。”

纪兰心头下意识地松快几分，因为孩子的称呼和态度，之前还担心有距离感呢。

她连忙招呼：“来了啊，怎么还带这么多东西，重不重啊？赶紧进屋。”

聂余避开她要帮忙的举动，笑道：“没关系兰姨，不重，我拿就好。”

“你这孩子，下次别带这么多东西了，又不是外人。”纪兰侧身让他先进屋，帮他把肩上的电脑包和背包取下来，又扭头瞪那旖，“瞧你懒的，自己的东西还让聂余帮你拿。”

那旖倚在门上换拖鞋，闻言只是抬了抬下巴：“这才哪儿到哪儿，妈妈这就心疼上了？”

纪兰气笑了：“以前怎么没发现你这么贫？”

那旖调皮道：“以前不是没机会嘛。”

聂余原本还有几分拘束，听见她们母女俩斗嘴倒是自在了许多。

若说熟悉，这世上再没有比纪兰更熟悉聂余的长辈，毕竟是小时候亲手带过的孩子，几年不见的陌生感几句话就说散了。

何况聂余有心表现，没一会儿就哄得纪兰连“鲫鱼”这个小名都叫了出来。

没有马上开饭，进屋后坐在沙发上聊天，瞧着是想聊聊再吃。

纪兰问了聂余这些年的经历，聂余拣着好的说，不提辛苦只说成绩，让纪兰好一通骄傲和心疼。

哪就这么容易了，纪兰觉得孩子不容易，可那些东西她也不懂，只能叠声夸他能干。

见他们聊得起劲儿，赵春花在旁边瞧着不爽，插话道：“人家现在什么身份啊，再叫小名就跌份儿了。”

老太太这破坏气氛的能力十年如一日，大家登时就默了。

那旖把剥好的橘子塞到聂余手里，聂余把橘子上的经络处理干净，又塞回她手里。

随后，他看向纪兰和老太太，认真道：“赵奶奶，兰姨，在你们面前，没有跌份儿的称呼，你们叫我什么我都高兴。”

他看着坐在沙发扶手上低头吃橘子的那旖，柔声道：“我很感激你们能同意我今天上门叨扰，兰姨还愿意叫我的小名，甚至比被同意坐在这里还让我高兴……我真的很高兴。”他重复了好几遍高兴，像是被认可了幼年亲近。

这个世上，除了那旖，就只剩下面前这两位长辈还记得这个饱含了无数情感的昵称了。

谁都听得出他语气中的情绪，赵春花甚至在此时想起了聂国兴。

那旖也想起了聂叔叔，她记得聂叔叔最喜欢这个小名，她曾经无比羡慕被父亲叫着“鱼儿”的聂余，但在此时，她只剩心疼。

她没了父亲，但她的鲫鱼却是父母皆失。

小名，那本就是对亲近之人才会有的称呼。

感受到他内心的触动，那旖垂着眼睫，掰了一瓣橘子，伸手递到他嘴边。

聂余侧首，对她笑弯了眼，张嘴吃了。

纪兰一直在暗中观察他们，两个年轻人之间的举动不过分，甚至说不出哪里亲密，但又处处亲密。

她在心里叹了口气，看着聂余，面容温和：“原本知道你在崇华，兰姨就应该叫你来家里吃顿饭，可一直也没找到机会，现在你和那那……”

聂余有些紧张，认真地看着她。

“我们两家人知根知底，你又是我从小看着长大的孩子，你好不好，兰姨心里自然清楚。”纪兰对他笑了笑，试图缓解他绷紧的心绪，“但是再熟悉，当母亲的对待这种事情自然也是担心的，所以还是想要一个你的表态……兰姨想知道，你对那那是抱着什么想法去接触的，是年轻人那样只管今天不管明日，还是有更多的打算。”

纪兰看着他，说到此时，表情已然认真：“兰姨今天，也只是想知道这个而已。”

不反对你们交往，但也不同意你们儿戏。

要谈恋爱就要认真地谈，要有以后地谈，这是妈妈唯一的要求。

聂余看懂了，那旖也安静下来没有说话。

老太太也难得在这件事上给予纪兰全部的权利，没有插言。

其实从那晚松口同意那旖带他回家见家长，尽管她心里还是有几分不爽，但其实已经退步了。

但交往归交往，在两个把那旖看得比命还重的家人眼里，她们得知道聂余的想法。

如果对未来有打算，那自然是好。如果没有，那……就算是好脾气如纪兰也是不同意的。

聂余自然也是明白的，他扭头看着那旖，当着两位长辈的面，牵过她的手，紧紧握在掌心。

他没有说多么漂亮的话，也没有天花乱坠的誓言，仅仅是平平淡淡却又轰轰烈烈的一句话：“我这辈子只娶那那。”

那旖指尖微颤，对上那双认真深邃的眼。

“如果可以。”他像是在对她说，也像是在对两位长辈，“希望未来能有两个孩子，一个姓那，一个姓聂。”

“希望我们两家人，能成为真正的一家人。”

纪兰心头猛地一颤。

老太太险些没坐稳，她撑着扶手猛然起身，混浊的双眼里折射出惊人的光芒。这句话比什么都戳她心窝，简直正中下怀，她说话的声音甚至都因为激动而有些抖：“你，你真的愿意其中一个孩子跟着那那姓？你，你真的……”

她这辈子最在乎什么？最在乎的就是他们老那家后继无人！

那旖的孩子跟着姓那，她做梦都不敢这么想，现在聂余说愿意让孩子跟那旖姓，这，这……

聂余见她如此失态，没有半分取笑，严肃郑重道："其实孩子都跟着那那姓我也没有意见，我不在乎这些。只是想着我父亲，如果有一个孩子能在清明祭拜时叫他一声爷爷，他或许会高兴些，应该也会……"

少怪我一点。

聂余笑了笑，余下的话没有说出口。

已经不需要说了，赵春花已经很热情地招呼聂余去吃晚餐了。

纪兰在一旁哑然失语，扭头看那旖，那旖摇头，表示自己也不知道。

她是真的不知道，别人家的男朋友第一次上门，当女朋友的好歹还能提醒一下自己家人的性格，以此好早做准备。

他们家这不是情况不同嘛，这么多年邻居，谁不知道谁。

她思考过聂余会用什么办法讨奶奶欢心，却万万没想到他出手就是王炸。

这男人……还真是会挑着人软肋可劲儿戳。

一顿饭吃得宾主尽欢。

最欢的尤其是老太太，热情得恨不得当晚就邀请未来孙女婿在家里住，甚至暗示随时可以上门取户口本，还好被纪兰拦住，不然能当场去翻箱倒柜。

告别了长辈，那旖拿着聂余的外套，把人送到楼下，本想把他送上车就回家，手腕却被聂余拉住。

聂余今晚很开心，疏淡的眉眼都带着几分人间烟火气，攥着她的细白手腕，哑声笑道："不要礼物了？"

那旖顺从地停下脚步，整个人都软乎乎的："我还以为就我被落下了呢。"

他低笑一声，拉着她上了车。

黑色的轿车行驶在夜色中，那旖没有问去哪儿，只是安静地坐在副驾驶，时而扭头看他。

每每这时，聂余都会伸手捏捏她的指尖，顾及着在开车，安抚一会儿便松了，等红绿灯时再抓回手里，细细摩挲。

车开了许久，最后停在了崇华最繁华的金融商业街。

这个时间段，这里仍旧热闹非凡，入目尽是行走在霓虹灯下的夜行者。

这里离泽元律所很近，离聂余的分公司也不远。

停好车，一个助理模样的年轻男人早已等候在一旁。

叫了一声"聂总"，助理拿出钥匙开了一间店铺的玻璃门，随后放下钥匙便走了。

一个差不多八九十平方米的店面，装修精致，连桌椅都是全新的。

这不是重点，重点是聂余带她来这里干吗？

聂余环顾四周，目光中带着几分满意：“这条街人流量大，卖什么的都有，兰姨这么好的手艺，埋没了多可惜。”

那旖可算明白过来，睨了他一眼：“你怎么知道妈妈闲不住？”

“不但知道兰姨闲不住，还知道你一定会问我这里租金多少，然后和我推迟客气。”聂余带着她在店里走了一圈，“这间店我买下来了，如果我说送给兰姨她肯定不要，你也不会要，还要跟我生气。”

那旖一脸“你知道就好”的表情。

聂余停下脚步，垂眸看着自己的小青梅，他眼中似容纳了一片耀眼星空，好看得让人眩晕。

那旖今晚没有喝酒，但觉得自己好似有些微醺了。

聂余从外套里摸出一个精致的首饰盒，慢条斯理地打开，露出里面的钻石项链。

他似有些不好意思，略垂着眼：“原本想先定做戒指，但是怕被拒绝。”

钻石在灯光下闪着细碎的光，璀璨漂亮，一看便知出自名师之手，且价格不菲。

那旖抿抿唇，闷声道：“项链就不怕了？”

“怕。”聂余诚实地点头，然后看向这间新装修好的店，“所以提前铺垫了一下，总不能被拒绝两次。”

那旖气笑了，漂亮的眼瞪着他。

聂余伸出双臂把她圈进怀里，下巴垫在她肩头，磁性的声音响在她耳侧：“知道送不出去，所以便宜点租给你，一个月两千，租金我不要钱。”

那旖侧首咬他，带着几分被他吃得死死的狠劲儿：“那你要什么？”

聂余的表情痛苦又欢愉，唇角溢出低笑：“接受我的项链。”

没有人能比肩他如此滑头的送礼方式，偏偏又让人无法拒绝。

聂余抱着她摇晃：“接不接受？”

那旖没作声。

“接不接受嘛。”

“你一个大男人撒什么娇！”

“什么时候带我去见你的好朋友？”

“你不是都认识。”

“突然就不认识了，想你重新介绍一遍。”

“啊……”

“还想见你的大学室友。”

“呃……”

“以你未来老公的身份。”

那旖别开脸。

“行不唔……”

吵，堵住算了。

番外一
把小白兔抱回家

时光飞逝，转眼就过了一个夏秋。

这一年的时间过得格外快，不知不觉便已年关将至。

新开的早餐店在寸金寸土的黄金地段，朴实无华的包子油条在一众连锁蛋糕店和各种高档早点中尤为突出，让整天挤在地铁上啃冷面包的白领们极其青睐，导致生意好到有些不可思议的地步。

当然，这也是因为纪兰手艺过硬的原因，而且她家的豆浆都是免费喝，大冷天的喝上一碗热乎乎甜滋滋的豆浆，再啃两个馅儿多皮儿薄的包子，元气满满的一天从早上就开始了呢。

生意兴隆，家里也开始有了收入，心怀给女儿攒个首付的宏愿，纪兰每天都干劲十足。

而更让她高兴的，莫过于那旖实习转正。

那旖在年末的实习考核里得到了那位已经神隐的传奇律师骆律的青睐，对方对她表现出了极大的认可，只待年后便可转正，正式加入泽元。

生活好像一下子就步入了正轨，虽然每天忙碌，却充实不已。

辛苦付出的同时得到相应回报，未来让人充满了希望。

那旖和聂余两个大忙人忙起来连谈恋爱的时间都没有，偶尔挤出一点时间，总是让人倍感珍惜。

他们难有时间约会，那旖休息时，聂余忙得脚不沾地，等聂余空出时间，那旖又会忙得看不见人影。

而聂余出差更是常态，有时候甚至半个月都在飞机上度过。但工作虽忙，他们俩每天晚上的电话却是必不可少，这也是他们在一天中最放松的时刻。

会说腻歪情话，会自觉报告今天的行程，是否有接触会让对方误会的异性，打消直接可能存在的误会。这是他们彼此给对方的安全感，效果确实不错，至少那旖就从未相信过娱乐新闻里偶尔的那么一两条关于聂余的八卦绯闻。

捕风捉影，语焉不详，满篇都是低级文字。

这是那律师的评价，聂总每次都表示特别到位，直指中心。

他们有时也会忙得直接开着微信视频，一个在书房加班，一个在卧室里敲电脑，伴随着钢笔在文件上划过的摩擦与敲击键盘的清脆声，听筒时常好几分钟没有人说话，他们各忙各的，却又无比闲适自在。

偶尔抬头看了眼屏幕里对方的脸，就特别满足。

就好比今晚，年终忙得快一周没见面的两人，开着视频各忙各的。

那旖今天有些走神，不太专心，最后干脆合上笔记本电脑，拿过手旁的橘子，看着他忙碌的侧脸，有一搭没一搭地剥着橘子皮。

有点想他了。

“年底的公司晚会上有抽奖活动，一箱子的现金红包，大奖是一辆跑车。”没有察觉到她在走神，聂余声调低缓，看着财务报表，带着一股诱哄意味，“来玩吗？”

那旖抽了张纸巾擦拭指尖的橘油，慢吞吞道：“我又不是你们公司的员工，不了吧。”

聂余抬头看了眼手机，嘴角微勾：“可以带家属，连林助理都会带女朋友参加。”

隔着屏幕，两人对视。

“我还是他老板。”聂余嗓音低哑，表露出男人莫名其妙的攀比欲，“带个家属不过分吧？”

那旖吃着橘子，眯着眼笑。

聂余一眨不眨看着她，十分执着：“来吗？”

那旖作势考虑了一番：“那我能中奖吗？”

她慢吞吞地吃着橘子，幽幽道：“我的运气不太好哎，前两天我们律所抽奖，我就只抽到一个九十九块的小红包，他们都比我多，韩律师还抽到一台iPhone12。”

“我们公司不搞暗箱操作。”聂总十分正直，转动着钢笔，“不过……”

“嗯，不过？”

“不过我可以在家里给你做一个专属抽奖箱。”

“哈？”

“特等奖，一等奖，二等奖，三等奖，参与奖……”聂余嘴角微勾，“然后那那就会发现，这世上再没有比你运气更好的姑娘，次次都中奖，个个都是大奖。”

幸运总是伴随着巨坑，那旖想拒绝，但来不及了，那个男人非常聪明地转移了话题。

“今天钟杰打电话问我明天晚上有没有空，年前聚一聚。”聂余关了电脑，舒展着僵硬的脖颈，“明天晚上能抽出时间吗？”

“可以，手头的事儿忙得差不多了，放假之前都不会太忙。”那旖话音一顿，缓声说，“今天晚上吃饭的时候妈妈问到你了。”

丈母娘显然比兄弟要重要，聂余立马坐直身体，严肃道：“兰姨说什么了？”

“问我过年的时候你有没有别的安排，如果没有，到时候就来家里过年。”那旖嘟囔，语气有些小吃醋，“晚上看妈妈整理的年货单，好多都是你爱吃的东西。”

聂余扬眉，表情十分得意。

那旖盯着他，酸唧唧道：“往年都是我和妈妈置办年货，反正今年妈妈准备的都是你爱吃的，你自己来当苦力。”

聂余忍笑：“嗯，苦力肯定是我当。”

第二天晚上和朋友们聚了一场，隔天早上就到了置办年货的日子。

年前这几天的超市尤为火爆，人山人海堪比春运现场。

往年置办年货都是那旖和纪兰的事儿，老太太年纪大了不爱去超市和别人挤，家里没有车，母女俩拎着大包小包，经常累到第二天早上醒来手臂酸痛。

今年不一样了，今年家里多了一个劳力。

一大早，聂余就开车来接她们母女。

早上的空气有些冷，纪兰和那旖都穿着羽绒服，相依偎着，远远看去特别可爱。

聂余站在车旁，高领毛衣搭配长款风衣，身姿挺拔气质卓然，路过的行人总会下意识地看他，主要是气质太突出了。

纪兰见他穿得少，首先关心他冷不冷，然后有些不好意思道：“那那说你在楼下我还不信，这孩子都没有提前和我说。”

那旖已经拉开了副驾驶的车门，聂余则拉开后车门让兰姨先进去，免得被外面的凛冽寒风吹得脸疼：“是我让她别告诉你的，慢慢收拾就是，不着急。”

“可外面冷，让你等了这么久。”纪兰更担心的是，“没耽误你工作吧？”

熟稔地倒车，然后平稳地融入车流。聂余看向车内后视镜，笑得很温和：“年终事儿忙得差不多了，兰姨别担心，不耽误。”

“工作忙也要注意身体呀，最近天冷，没事儿就到家里来，兰姨给你熬点汤喝补补身体。”

“好。”

那旖动作熟练地从暗柜里拿了一包薯片，撕开后有一搭没一搭地吃着，听妈妈和他说话。

“你少吃点，上火呢。”纪兰没忍住说她，“以前都不爱吃，怎么现在喜欢吃零食了？”

那旖指着开着的聂余，一脸无辜道：“喏，问他。”

聂余扭头看她：“怪我啊？”

那旖点头，一本正经道：“对，就怪你。”

纪兰就看着他们俩。

“每次她下班后都说饿。”聂余只得解释，有些无奈，“我接她的时候就习惯给她带点甜品之类的，她吃了两次说怕胖，让我带别的。”

纪兰笑着点头，显然很喜欢听他们之间的相处细节。

“我就发现她可喜欢吃垃圾食品了……”

那旖反应过来他要说什么，伸手想捂他的嘴。聂余扬起下巴躲过，和长辈告状：“薯片还不算什么，最喜欢吃炸鸡，不给她买她还跟我生气。”

那旖气道：“聂余！”

聂余理直气壮：“看，还凶我。兰姨你管管她。”

那旖在他胳膊上狠狠揪了一下。

纪兰看着他们俩，心里很是欣慰。

纪兰一直觉得那旖太过克制，对自己要求太高，她心里喜欢什么，总是不愿表现出来。她从来不是一个懂得索取的孩子，小时候别的小朋友都缠着父母要零食玩具，只有她什么也不要。

纪兰试问，真的有小孩子不喜欢零食和玩具吗？

应该不可能，玩乐是小孩子的天性，只是有的孩子因为各种原因习惯去压抑忍耐。

而这样的孩子，总归没有那么幸福。

反倒是现在，那旖开始像小孩子了。

以前不会显露的幼稚一面，尽数都留给了她的男朋友苦恼。

嗯，当母亲的只要听着就好，不插手，让他们年轻人自己闹去。

吵闹也是美好啊。

超市果然热闹，入目可见尽是全家总动员。

大朋友小朋友推着堆满年货的推车往停车场走，从超市门口到停车场那段路程，空推车四处摆放，光是收纳的员工便随处可见。

大超市的热闹比小城市更甚百倍，今年是在崇华的第一年，纪兰有些被眼前的盛况给惊到。是真的热闹，人挤人，人再挤人，几步的路，硬是能走十几分钟。

购货清单早已准备好，只要挨着买就是。

春联、福字、灯笼，还有老太太特意要求的香烛。然后是各种糖果零食，有必备的开心果、花生、瓜子、水果糖，还有那旖偷偷瞧了好几眼的巧克力和牛轧糖，路过零食区时，她还趁聂余和纪兰说话，偷偷拿了几包薯片往推车缝隙里塞。

聂余看见了，被她威胁的眼神一瞪，只能装作没看见，然后趁兰姨挑选东西，偷偷在她脸上捏了一下。

“大庭广众之下。”那旖把他的手拍开，“注意点。”

“大庭广众之下偷偷塞零食。”聂余看着兰阿姨的背影，“某些人也偷偷注意点。”

那旖反驳：“既然是大庭广众之下，那就是正大光明地塞零食！”

于是聂余就伸手捏了她一下，眯着眼笑：“嗯，正大光明。”

斗不过，那旖选择保持安静。

路过奶制品专区时，聂余随手拧了两箱牛奶。

纪兰看见，目露疑惑道：“买牛奶干吗呢？”她们家都喜欢喝豆浆来着。

“给奶奶喝。”聂余笑道，“老年人多喝点牛奶补钙。”

“不是小孩儿才需要补钙吗？”纪兰有些吃惊，她还真没关注过这些，“老年人也补呢？”

“老人家其实就和小孩子一样，小孩子需要的老人也需要。”上次在电话里听那旖说老太太最近腿有些疼，上楼都不像以前那么有劲儿了，聂余听过一次就上了心。

老年人骨质疏松，其实就是钙流失引起的，每天喝点牛奶总没错。

他还想着年后带她们去医院做体检，尤其是老太太。

纪兰挺高兴的，认为孩子有心，也就没拦着他。

东西太多，还没到蔬菜生鲜区，一个推车就满了。聂余又去拿了一个推车，和那旖一人推一个。

那旖走在最后面，仗着没人看见，又往里面塞了好多自己喜欢吃的零食，每次被聂余发现，就睁着圆溜的双眼看他，无辜极了。

聂余能说什么呢，只能帮忙遮掩。

在超市待了两个多小时，东西多到后备厢都险些放不下。

纪兰很高兴，今年办年货算是最轻松的一年了，家里有个男人就是省事。

她思考着难得今天两个孩子都有时间，回家给他们做顿好吃的，可转念一想，又觉得两个年轻人或许有别的安排。

她也知道他们平时都忙工作，今天难得有时间，大概会想要单独相处。

作为一个开明的妈妈，纪兰不想当电灯泡，便道：“今天妈妈想偷一下懒，不给你们做饭了，待会儿把东西拿回家你们俩就出去吃吧。”

聂余一怔，下意识地扭头看那旖，眼睛里是肉眼可见的期待。

想约会。

那旖没看他，嘟囔道：“妈妈累了，我做饭就是。”

“哎呀，就你那个厨艺，你想做我还不愿意吃呢。”纪兰笑着摆手，“你们年轻人自己玩自己的就是，要不是东西太多，我都不让你们拿，自己就回去了。”

车开到小区门口，上下走了两趟才把年货搬完。

老太太在家织毛衣呢，都没等纪兰开口，她就抓起那旖丢在沙发上的包往聂余怀里一扔，拉着脸：“好不容易休息一天，别在家碍我眼。”

今天一直被嫌弃，那旖都麻木了。

“人家年轻人谈恋爱一天看几场电影，不磨蹭到第二天早上绝不回家。”赵春花把楼下老太太的孙子拎出来做对比，没有比较就没有高低，看他们的目光很不满，“再看看你们，碰个面都全靠缘分，就你们这个进度，我什么时候才能抱上曾……”

“咳咳！”纪兰剧烈咳嗽一声。

老太太臭着脸：“喉咙痒去吃药啊，光咳有什么用。”

那旖的脸已经红了，从聂余手里抢过自己的包，闷不吭声地开始换鞋。

哪有这样的奶奶！巴不得孙女夜不归宿！

还真有这样的奶奶，奶奶对换鞋的孙女补了一句：“要是晚了，其实在外待一晚也没事儿。”

纪兰一言难尽地看着她，赶紧打断话头：“妈，你中午想吃什么？”

“面条吧，好久没吃面了，煮软点，少加点辣椒。”老太太也不再管那两个小的，开始提要求。

她们自顾自商量午餐，已经彻底把那旖和聂余排除在外。

那旖一脸郁闷，拽上聂余就走。

回到车上，系上安全带。

长辈不在身边，聂余笑得十分骚包，哪有之前的正经模样：“奶奶的话我觉得很有道理，这样下去，什么时候才……”

“停！”那旖忍无可忍地伸手去捂他的嘴，却感觉掌心痒痒的，好像被什么东西舔了一下。

嗯？嗯嗯？

那旖瞪圆了眼。

聂余一脸无辜地看着她，垂着眼睫，看着被捂住的嘴：“唔。”

然后，那旖再次感觉到掌心一闪而过的濡湿。

在一起这么久，他们做过最亲密的事，也只是在一个十分安静的环境里吻到呼吸不畅。

而最出格的状态，也仅限于吻到呼吸不畅时，男人过于粗重的呼吸……和才起头就被他按捺下去的冲动。

其实也就是从那天后，因为尴尬，也因为忙碌，他们再没有过亲密举动。

而就算是那天之前，在情到深处接吻时，聂余也是规规矩矩，从未有过像这般……举动。

掌心热乎乎的，还有些轻微的痒。

那旖有些不知如何是好，想收回手，对上聂余直白的目光，又僵着没敢动作，甚至耳郭已经不自觉染上一抹红。

这是对近在咫尺的男性荷尔蒙的下意识生理反应，根本不收控制。

那抹红就像晕染在白纸上的水彩，不过转瞬，就布满了一大片。

对视大概半分钟，或许更久，就在那旖以为聂余即将变“狗”时，他变成了人。

聂余握住了她的手腕，以极其缓慢的速度把她的掌心挪开。他垂着眼，抽了一张湿巾纸，轻柔地擦拭她掌心的湿润，问她：“中午想吃什么？”

那旖眨了眨眼，盯着自己的手掌心，有些没反应过来：“都可以。”

“牛排？”聂余咨询她的意见。

“不了吧。”那旖摇头，“我想吃中餐。”

聂余掀起眼皮看她：“你不是说随便吗？”

烦人，我只是不知道吃什么，但你说牛排我就又不想吃了。

他们去了一家不算特别出名的私房馆，地址在五中附近，有些偏，开车过去差不多用了半个小时。

菜是聂余点的，他显然对这里很熟悉。

都是家常菜，譬如水煮鱼、香酥小排、尖椒鸡之类的重口味菜品，唯一的清淡菜肴，只有一盘无人问津的时蔬。

两人都是偏重的口味，却因为各种原因，在外人面前总是表现得十分佛系，也只有在最亲近的人面前才会展现出自己真正的喜好。

当然这也是无可厚非的，好比那旖，和前辈们出去用餐，她总不能在西餐厅里点一份水煮肉片，还叮嘱老板记得加辣。

而聂余他们公司虽然有食堂，但林助理大概觉得老板吃食堂十分没有格调，擅自在五星级酒店给他订餐，且订的都是营养至上的养生汤。

营养是非常营养，就是没滋没味的，不够舒坦。

一顿色香味俱全的午餐，那旖和聂余都吃得十分满足。

吃完也没有立刻走，就坐着让思绪放空。

今天天气虽冷，但阳光明媚。

他们的位置靠窗，正午的阳光正好透过窗户照在身上，暖洋洋的，十分舒服。

聂余双目微阖，浑身上下都洋溢着一股吃饱想睡的慵懒意味，看得那旖也有些昏昏欲睡。

强自打起精神，那旖真诚地提议道：“我看聂总一副很困的样子，正好我也是，要不我们各回各家，趁着难得的假期，睡一个让彼此心满意足的懒觉，你觉得这个提议怎么样？”

聂余掀起眼皮，声调懒懒：“我觉得这个提议不怎么样。”

“那你给个提议，等我睡醒了告诉我。”那旖说完就趴在桌上，沐浴在午后阳光中，心满意足当着男朋友的面开始午睡。

聂余静静看了她一会儿，见她似乎真的睡着了，有些不可思议。

到底是从小一起长大，就算现在变成了情侣，也少了几分正常情侣之间的拘束。

这种相处状态很奇妙，仿佛只会出现在经历过爱情长跑的情侣身上，因为只有见识过对方身上最狼狈的一面，才能做到无所顾忌。

青梅竹马也是，想说什么就说什么，想做什么就做什么，不用去费心思考自己的行为会不会让对方误会，也因为知道自己的行为不会让对方误会，所以肆意妄为。

这也是为什么那旖在聂余面前日渐幼稚，聂余在那旖面前会更加自在放松的原因。

说得简单一点就是，因为从小一起长大，谁还不知道谁啊。

了解对方的全部，知道对方的所有缺点。虽然会因为太熟，而缺少几分对对方的新鲜感和探索欲，这原本是情侣之间的大忌，但对青梅竹马而言，却又是最甜蜜的地方。

这大概也是青梅竹马相较于别的爱情，最特别的一点。

他人的大忌，是他们的羁绊。

爱情所谓的新鲜感，哪能比得过从小一起长大的亲密无间。

亲密无间的两人犯了会儿酒足饭饱的懒。

那旖趴在桌上睡了差不多半个小时，醒来时正好对上聂余的目光。她揉了揉眼，打了个软绵绵的哈欠，声调还带着几分迷糊：“还好店里客人不多，不然占着人家位置睡觉怪不好意思的。”

“没事，老板应该挺乐意的。”聂余看了收银台一眼，老板朝他笑了笑，表情有些拘束。

聂余回了一个笑容，对方肉眼可见地松了口气。

那旖这才反应过来，有些惊讶道：“你认识老板啊？”

“这家店是林助理的表叔开的，也就是收银台那位。”聂余给她倒了一杯温度适中的清茶，眼皮低垂，看不太清神色，“上次林助理在这里打包了一份外卖，很像兰姨做的味道，我就记住了。”

那旖抿了一口，润了润喉咙，心说难怪呢，这么偏僻的地方，她还想说他是怎么找到这儿来的。

然后她又有些晃神。

听他这语气，“上次”也不知是多久之前的上次，大概……是很久之前的事。

他很少用这种语气说话，回避的姿态太浓了，想忽略都难。

而且以他现在的繁忙程度，应该也没有闲暇时间来这么偏僻的地方吃饭。

上次是……几年吗？

如果是几年前，那时她才刚上大学，他真的在那个时候来过崇华？

是偶然，还是有目的性的？是因为工作，还是因为私事？

如果是因为私事，那又是因为什么私事？

心里因为他的一句话就猛地冒出无数个问题，那旖连忙又抿了一口清茶，想要控制住翻涌的思绪，却又忍不住在心里翻来覆去地思考。

虽然已经过去好几年，但每每想到当初怎么找也找不到他，那种仿佛站在悬崖边上心都空了的彷徨，她至今记忆犹新。

如果他真的在几年前来过崇华，那他是否来看过她？

那旖因为这个猜想而心神晃动，她想问，又不知道该怎么问。

或者说，有没有必要问。

毕竟现在他人就在眼前，在触手可及的地方，那些过去的事，终究已经过去，再去探究似乎根本没有必要。

来或者没有来又能怎样，反正她都没有见到人。

可想是这么想，内心深处又极想知道答案。说到底，这个问题对她而言十分重要，她很在意。

那旖到底还是没有追问，外面阳光正好，他们决定出去晒会儿太阳。

拿过一旁的包，那旖起身牵住聂余伸出来的手。

十指相握时，那个问题又暂时变得没有那么重要了。

道路两旁的树木枯萎，光秃秃的，入目尽是萧瑟。

因为五中就在附近，这两条街开了好几家网吧，甚至还有一个不大不小的电玩城，因此年轻人很多，四处洋溢着青春活泼的气息。

看着又一对疑是早恋的情侣打闹而过，聂余叹了口气，不可避免地有些羡慕，于是他紧了紧牵着那旖的右手。

那旖有些莫名：“你叹什么气？”

“羡慕。”聂余侧首看着她，“羡慕到叹气。羡慕他们这个年纪，好像去什么地方约会都理所当然，网吧、电动城、电影院，甚至是酒吧，就是在大街上打打闹闹都很正常，可以不顾任何人的眼光，做什么都觉得天经地义，都可以归纳于年轻气盛。”聂余面容沉静，看不出一分羡慕别人的模样，却又是真实地羡慕着。

“若是换成我们。”聂余话音微顿，伸手摩挲了一下那旖的侧脸，“去网吧约会，去电动城打游戏，在大街上打打闹闹，是不是像是有病？”

那旖过了半晌，才缓声道：“因为我们是大人了。”

“嗯，因为我们是大人了。”聂余笑容有些怅然，“想做什么，仍然可以做，可以不顾别人的眼光，只要我们开心，甚至可以像他们一样在街上奔跑。”

“只是，身为大人的我们，总是少了几分理直气壮。”

似乎知道他下一秒要说什么，那旖垂下了眼睫，不愿看他。

聂余却抱住了她，手掌轻抚她的长发，似叹似喃：“曾经我们也可以像他们这么不管不顾。”

那旖咬住下唇，攥紧他的风衣。

聂余懊悔他们之间缺失的几年时光，那是他的错。

那旖心里很不好受，青春时光，是人生中最美好，最难忘的一段日子。而她最美好的一段时光，被思念与难过充斥。

若说没有怪过他，那是不可能的，甚至于，若聂余在她二十七岁之前还没有回来，她会毫不犹豫地把他踢出心里。

她给自己规定的时间是十年，她只等十年，多一天都不等。

等待是这世上最苦涩的滋味，尤其是等一个喜欢的人。

上了大学，身边的朋友都开始谈恋爱，生病了有人关心，难过了有人陪伴，出去玩也是成双成对，唯独她一个人形单影只。

每每那时，她总是格外想他，恼他。

她失去了很多，她总是这么对自己说。每当夜深人静，心绪最为敏感时，她又会想，他失去的远比她更多。

她只是难过，而他除了难过，还要被内疚包围。

这么一对比，她在无数个深夜里自顾自地原谅了他，又在无数个白日里继续恼他，反反复复，就这么让自己熬过了几年。

但那是她的煎熬，她却不想听他自责。

那旖扯唇，故作轻松道：“我大学的时候可是经常不管不顾的，没有这种经历的只有你一个人好吧。”

不等聂余说话，她继续道：“而且这算什么？我经历的可多了，你两个好兄弟为了争女朋友而大打出手的精彩画面你就没有围观到，当初费晓宇和卓一凡因为桑月月差点打进派出所，闹得可轰动了。还有啊，钟杰追宁丹丹的时候也闹出很多笑话，譬如去她们女生宿舍楼下摆鲜花弹吉他表白，结果因为吉他弹得太难听，宁丹丹很嫌弃，直接拒绝了他，钟杰差点当场哭出来。”

“至于什么网吧约会、电玩城这些，虽然我没和你一起去，但作为电灯泡，我可是被她们拉着陪玩了不止一次两次，不然你以为为什么卓一凡和钟杰对我这么尊重，没有我明里暗里帮他们追老婆，他们现在还是单身呢。”

她语调雀跃，说着聂余不在身边时的好友糗事。

但聂余久久没有说话，那旖的声音渐渐破碎在寒风中，嘴角的笑容慢慢平直，声音越来越小：“她们还拉我去看电影，但我没有去。”

她抵在聂余胸膛，蹭掉了眼角莫名涌上的热意：“我想留着，和你一起去。”

聂余收紧了双臂，脑袋抵在她的肩上，已经快要被内疚淹没：“那那……”

那旖闷着声打断他：“你现在别说话。”

聂余就不敢再开口。

往日里，他们总是有意无意地忽略了那几年，几乎不会主动提及。因为不知道怎么说，更因为会很难过。

但不提，不代表那些事不存在。

甚至于，这个存在极为强烈，会渗透到生活的各个细微角落里，经常在你没有反应过来的时候，张牙舞爪地冒出来抓你一下。

挠在你的心尖，引来一片刺痛。

两人在寒风中不顾路人的目光抱了很久。

美好的记忆不单单是某一段时光，只要和对方在一起的每一天，未尝不是最美的时光。

时间还早，两人决定去看电影。

假日难得，电影院里人山人海，买票区和取票口排成长龙，一眼望去，全是黑压压的后脑勺。

购票区太多人，聂余和那旖都不喜欢排队，摸出手机在网上购票。

年前上映的贺岁档电影种类繁多，青春校园爱情，喜剧欢乐、萌娃萌宠、科幻、悬疑，这些都是国内新上映的影片，还有不少国外的，可挑选范围很广。

因为第一次来电影院约会，不想踩雷，聂余本想选科幻片，结果那旖直接点开了那部唯一的青春校园爱情片。

聂余沉默了两秒：“看这个？”

那旖扫了他一眼：“你有意见？”

不敢有不敢有，聂余一句意见都不敢有。

那旖冷哼一声，直接点了购买，位置选了最后一排。

虽然青春伤痛片让人吐槽不已，但这两年还挺火的，几乎每一部都被顶成微博热门话题，无数网友热烈讨论，可见老题材经久不衰。

当然，这是完全可以理解的，毕竟谁都有过青春。

而青春大概就是伤痛的代名词，因为这个年纪的孩子要么像太阳一样火热奔放，要么就像只在夜间出没的月亮，前者爱得直白轰动，后者爱得内敛含蓄。

无论是什么形式的喜欢，大多都留有遗憾。而最让人难忘的，莫过于遗憾。

所以，与其说在看电影，不如说在看自己的青春。

毕竟每个人的青春都大同小异，每个女生都有被后桌男生扯过辫子的经历。

离电影开场还有一个多小时。

取了票，那旖和聂余找了个角落位置待着。

因为没有座位，聂余便倚在墙上，右胳膊圈着那旖的肩膀，半环抱揽着她。

那旖在聊微信，手机一直在振动，每一声都勾起聂余偷窥的欲望，他没忍住偷偷扫了一眼。

然后他就看见了聊天框里的备注名，眼一下就眯了起来，伸手指着聊天界面，不爽道：“这小子为什么还在找你聊天？”

那旖很淡定，没有避他，仍旧在打字：“朋友之间的正常问候。”

“关昕。”聂余一直记得这小子，当初在酒吧里屁颠颠缠着那旖，脸上写满了“心怀不轨”四个大字，他拧着眉：“你告诉他我们在约会，没时间搭理他。”

那旖抬头睨了他一眼。

聂余立马收敛起脸上的表情，酸得不再那么明显，但依旧不爽。

“这本来就是事实。”他强调，“我们本来就是在约会。”

“嗯，对，你说得没错。”那旖低头回了对方一条消息，然后关掉了聊天界面。

聂余面露满意，正欲说话，那旖却丢开他搭在肩上的胳膊，双手抱胸看着他，表情很严肃道：“首先，我和关昕只是普通朋友；其次，他也知道我有男朋友了。”

胳膊被丢开，聂余有点紧张，伸手去捞，被那旖躲开：“那他怎么还找你聊天？”

“普通朋友为什么不能聊天？”那旖皮笑肉不笑，“他早就已经打消了某些不切实际的想法，所以也请你收敛起某些完全没有意义的情绪，懂了吗？醋缸。”

聂余抿了抿唇：“算他有自知之明。”

“偷看我聊天。”那旖仔仔细细看了他一会儿，突然说，“思来想去，还是觉得自己很吃亏，我都不知道你平常和哪些人聊天……”

女朋友检查手机，常规操作。

说实话，聂余等这一天已经很久了。他二话不说拿出手机，用指纹解开锁屏，然后递给她：“短信、微信、QQ、邮件……”

他笑得极温柔：“那律师随便检查，检查出什么不对的地方算我输。”

聂余如此自信，那旖觉得自己大概检查不出什么。

但她还是有些好奇，聂余现在给人的印象，不像是会喜欢聊微信、刷微博、关注社交动态的那种人。

他应该是坐在总裁办公室里运筹帷幄，谈的生意都是九位数起步，结交的都是商场精英，便是闲暇，也应该是和朋友打高尔夫，或者品味美酒，再不然也是在家里的私人影院度过一天。

像时下年轻人一样，放假在家里咸鱼躺，然后打游戏刷微博追剧，离他十分遥远。

甚至完全无法把他代入到这种想象里。

那旖甚至在想，高中的时候聂余特别喜欢玩消消乐，她好几次经过他们班，这人都是懒洋洋地趴在桌上，竖起一本书挡着玩游戏。

现在他的手机里还会有这个软件吗？他的好友列表里会有些什么人，有上过财经杂志的知名人物吗？会有年轻漂亮的秘书吗？会有像上次在酒吧见过的那两个仿佛富二代一样的朋友吗？

呃，他会和长着啤酒肚的中年老板一起打高尔夫吗？

好吧，这才是她最感兴趣的。

因为从小好友圈相融，即便是最初冷战那几年，也因为每天都能看见他身边围绕着哪些人，所以并没有如现在这么迷茫。

这么形容或许并不准确，准确来说是一无所知。

因为一无所知，所以格外好奇。

毕竟他的变化太大了，甚至可以用“翻天地覆”来形容。长相可以归于年龄赋予的成熟，气质可以归于丰富经历带来的磨砺。

那，爱好呢？

刻在骨子里的爱好会因为外在条件而改变吗？他现在还玩消消乐不？

翻看别人的手机是相当失礼的行为,但显然不包括男朋友主动拿给你检查。

聂余的手机是一款商务手机，不是当下年轻人喜欢的著名水果牌，国产的，还蛮出名。

有些出乎意料的是，桌面壁纸不是她以为的系统自带，而是一张背影照。隔着车窗所拍，因为路灯和行走的原因，影影绰绰，模糊到看不真切。

那旖盯着那张背影照看了好一会儿。

偷拍被抓现行，聂余的表情很淡定：“我是不是拍得很好看？”

“好看不是因为你拍得好看。”那旖看着照片，“是因为人。”

聂余伸手在她脸上捏了一下，轻喃：“越大越调皮了。”

“走开啦，我没想到聂总居然是这样的人。”那旖摩挲着手机边沿，抬头看他，“我给你买胃药和热牛奶，你却趁我不注意偷拍我。”

聂余抿了抿唇。

“真过分。”那旖轻笑一声，脑袋微垂，指尖滑动着手机屏幕，又重复了一句，“真过分啊。”

嘴里说着过分，语气却并不像是在生气。

聂余有些捉摸不透她是不是真的没有生气，试探道：“那我换掉？”

“偷拍我就算了。”那旖来来回回找了几遍都没有找到消消乐，她有种异样的失落感，“偷拍被我发现，还想换掉我的照片。”

没有找到消消乐，她有点故意挑事的意味：“你还想用谁的照片设为桌面壁纸？”

知道了，是生气了，而且生气的原因不是被偷拍。

不是因为被偷拍而生气，她又为什么生气？

这就有点超出聂余的认知范围，他聪明地决定保持沉默。

那旖点开短信扫了两眼，划拉下来全是她发的消息，没有什么好看的。她退出短信界面，手指悬在微信图标上面。

她抬头看他：“我点了？”

聂余紧了紧手臂，把她拢怀里，用行动表示：您随意，不用提前通知我。

那旖挑了挑眉，当着他的面点开了微信。

她满怀期待地点开微信，然后一脸失落地关掉微信。无他，聂余的微信完全没有让人想要探索的欲望。

好友列表里就十来个人，除了有三个人不是她的好友，剩下的都躺在她的好友列表里。

卓一凡，钟杰，费晓宇，桑齐桑乐兄弟俩，还有年前聚会时加的宁丹丹和桑月月。

满打满算，他好友里就三个女性，其中一个还是她。

剩下的三个好友，其中一个是林助理。

而另外两人，她猜测是那晚在酒吧坐在他身边的男人。

“这个是邵禹行。”聂余指着头像是蜡笔小新的号，“他是医生，年后我想带奶奶和兰姨去他的医院做个全身检查。他人不错，就是偶尔很幼稚，让人不想搭理，以后介绍你们认识。”

那旖轻轻点了点头，道：“我记得他。”

“你见过他？”聂余有一瞬迷茫，“你们怎么会认识？”

那旖仿佛看傻子一样看着他：“那晚在酒吧，他就坐在你身边。”

想到那晚，聂余就沮丧不已。

当时那旖仿佛看陌生人一样的目光给了他很大的冲击，即便是现在回想起来，心脏都会狠狠抽痛一下。

“你一直对我视而不见，为什么会记得他？”聂余郁闷不已，“还允许那个关什么的对你献殷勤。”

那旖不满地瞪了他一眼：“人家叫关昕。还有，你是在跟我翻旧账？”

聂余紧了紧胳膊。

那旖皮笑肉不笑：“你确定你翻得过我吗？”

翻不过翻不过，聂余识趣地转移话题。

“这个是聂元杰。”他指着头像是胖虎的号，继续给她介绍自己的好友，“他是个二世祖，平生最大的爱好就是吃喝玩乐，人虽然很浑，但对朋友没话说，特别仗义。”

那旖扯了扯圈着自己的胳膊，那人却越收越紧。能被他说一声仗义，对方肯定帮过他，那旖便问：“他帮过你吗？”

“有一段时间特别困难，资金周转不过来，资料也被人卡着不通过。”聂余一笔略过那段困苦岁月，“是聂元杰和邵禹行帮忙找的人脉。”

那旖沉默了一会儿，折身抱住他劲瘦的腰。

“那几年也就认识他们两个值得结交的朋友。”聂余摸了摸她的脑袋，“这是私人号，用于工作的微信号是林霖在管理，加过什么好友我也不清楚，有事都是他通知我。”

“林助理叫林霖？”

“嗯，名字像个小姑娘。”聂余的下巴在她头顶蹭了蹭，“这些年一直很感谢他的不离不弃。”

那旖默了两秒，说：“你的表达让我很庆幸他是位男性。”

聂余安静了一瞬，后知后觉地反应过来自己的用词十分容易让人误会。想了想，他补充道：“他是个笔直的直男，有一个交往多年的异地恋女友，据说明年有结婚的打算。”

听他正儿八经地解释，那旖有些脸红，立马转移话题：“你有很多秘书？”

聂余低头帮她梳理长发：“嗯？”

“有女秘书吗？”

这显然是一个需要认真严肃对待的送命题，聂余认真地回答：“没有，都是男秘书。”

“哦。”那旖把手机还给他，“那我不看了，一点都不好看。”

“那确实没有那那的微信精彩。”忍不住想嘴贱，聂余下意识地反击，“帅气的学长学弟加了一箩筐，不用个两分钟，好友列表都拉不到底。

“朋友圈也是，天天都有小帅哥发自拍照。

“还有学长每天关心工作进度。”

聂余语调拉得老长，让人很想揍人：“真让人羡慕。”

那旖扭头，聂余垂眸，两人安静无声地对视了一会儿。

然后那旖一把推开他，把手机抢回来：“你这么一说，我突然想起来，初中的时候有些人加了不少女生的 QQ，还有学姐呢。”

聂余一怔，被反击得猝不及防，有些没反应过来。

那旖当着他的面，点开企鹅图标：“还和学姐一起去玩呢。”

她似笑非笑道：“还和学姐一起喝奶茶。”

“啊。”聂余下意识地站直身体，“不是，这个……”

那旖翻开老皇历，一桩桩一件件，给他记得明明白白：“打篮球的时候，学姐在旁边给你当啦啦队。”

“不知道的，还以为你们在早恋呢。”

最后一句话说得极轻，聂余却听得汗都出来了。

那旖却没放过他，扯唇假笑：“我们班当时就有很多同学每天都在说几班几班的聂姓男同学在和高年级的学姐……”

“他们这么八卦是怎么进的快班。”聂余赶紧打断她接下来那句要命的谣传，“我看平行班更适合他们。”

那旖面无表情："和学姐一起玩游戏喝奶茶这事儿，你就说有没有吧。"

鬼知道八百年前的事儿，今天会被拉出来审判。

聂余恨不得穿回当年以证清白，现在过去这么多年，事情都不知道被传成什么样，如今说什么都像是在狡辩。

因为真的一起打过游戏，喝过奶茶。

聂余小心翼翼地看了那旖一眼，不敢撒谎，声音比蚊子还低："有……"

"呵。"一声冷笑，那旖不理他了。

她点开了他的QQ，顺便把搭在自己肩上的胳膊第二次甩开，并往前走了几步，离他远了点。

手机在掌心振动，未读消息在成功登录的瞬间就跳了出来。有小学班级群，有初、高中的班级群。

后者对她而言很陌生，她和聂余的共同班级群只有小学。

因为也是自己的班级群，那旖毫不客气地点开小学群。

群里特别活跃，几乎就是她点开的瞬间，就刷过好几条最新消息。潜水围观了一会儿，发现他们聊的内容很乱，有人在聊本地新闻，有人聊娱乐圈明星，还有人在聊孩子。

有不少小学同学都已经结婚生子，这个话题对那旖而言十分新鲜，她没忍住多看了一会儿，并在其中发现了卓一凡的身影。

卓一凡似乎对孩子的话题特别感兴趣，字里行间充斥着羡慕，仿佛自己即将成为新手爸爸，甚至向女同学请教怎么给新生儿换尿布。

你和小学女同学请教怎么给小孩换尿布这事桑月月知道吗？

那旖划拉屏幕，随手截图，保留证据，待会儿好告状。

头顶投下一片阴影，聂余不知道什么时候挪了过来。

那旖还是没理他，没有看他的初、高中同学群，随手点开好友列表。

这个账号是聂余才学会上网时就申请的，好友也都是玩得好的同学，绝大一部分都是男生，只加了两个小学女同学。

大概是因为小学时年纪小，不太在乎加女生，因为大家那时都很纯洁。

而且当时聂余在班上特别霸道，很多女生都不敢和他说话，导致也没有多少女生敢主动加他，所以他的好友列表里严重阴盛阴衰。

到了初中和高中，便是青少年飞速发育的阶段。这个发育是指身体和心理，无论是男生还是女生，都已经会下意识地去关注异性。

这个年龄阶段的聂余仍旧霸道，但和小学时截然相反，非但不会让女生感觉害怕，只会想要接近。

唯一不同的是，小学的聂余不会拒绝女生，初中的聂余学会拒绝女生。

所以他现在的好友列表，依旧找不到任何让她试图挑刺的地方。

那旖没忍住抬头看他，问："你是不是提前清理过了？你的好友列表里怎么没有那个学姐？”

聂余一脸莫名，似极为不解：“我清理它干吗？现在都是用微信和你视频，这个号我都几年没有登录过了。”

顿了下，他补充：“早就删了。”

那旖面露怀疑。

“真的。”聂余就差指天发誓，“我承认以前加过她好友，那也是被你气的，谁让你那时候莫名其妙朝我发脾气，还和我冷战。”

又被他翻到老皇历。

“后来是一起玩过，但不是我和她两个人。”他耐心地解释，不允许她有一点误会，“有十几个人。喝奶茶那次是费晓宇请客，我是被他拽去的。至于啦啦队……”

他顿了下，十分自恋道：“我觉得也不止她一个人给我加油吧，我们学校挺多人给我加油的，毕竟我打篮球这么牛。”

那旖都气笑了，但又无法反驳，毕竟高中那会儿他每次打篮球，全校女生都在集体狂欢。

“既然什么都没有，你干吗删别人？”

“因为你啊。”聂余挑眉，伸手圈住她的肩，把人揽回怀里，“我总不能在黑暗的巷子里偷偷牵你的手，好友列表里还留着对我心怀不轨的女生。

“我就是这么清白，看你还怎么污蔑我。”

被他看出故意找事，那旖有些羞恼，没忍住轻轻在他胳膊上拍了两下。

正好此时一群人从放映厅出来，一看时间，他们也差不多可以去检票了。

那旖从包里摸出电影票，塞了一张给他：“走了，去检票。”

“不看了吗？”聂余跟在她身后，来劲儿了，“还有邮件呢，说不定里面有其他公司的女秘书给我发的消息哦。”

“……你闭嘴吧。”

检票口很多人，聂余揽着那旖的肩，避开拥挤的人群。

那旖想把手机还给他，递到一半，突然想起什么。她眸光闪了闪，拿过他手中的电影票：“我想吃爆米花。”

聂余没有发现异样，揉了揉她的脑袋：“我去给你买，要可乐吗？”

“要。”

把他唬走，那旖再次点开了 QQ。

她突然想起一件事，前段时间，有一个很奇怪的人来加她好友。

那是一种很微妙的熟悉感。

陌生的网名，陌生的所在城市，却在一个很敏感的时间段，刻意发来的好友申请。

因为当时怀疑过这个人是不是聂余，所以她对此多关注了两分，对对方仿佛神经病般的个性签名记忆深刻。

没有通过好友，是因为即便那个人真的是聂余，在消失了几年后狗狗祟祟用小号来加好友，这种举动她凭什么要通过？

当然，最主要的原因是她不可能凭借一点点熟悉感就认定那是聂余。

那时的聂余就像一根长在心脏的刺，轻轻一动，心就疼得慌。那时的她和惊弓之鸟又有多大区别？她承担不起希望落空。

而且以她对他的了解，他也不像是能做出偷偷用小号加她好友这种行为的人，何况是写出那样的个性签名。

虽然时常会因为不爽他的自恋，而和他唱反调，坚决不承认他的魅力。

但其实从那年小升初，聂余从国外旅游回来，少年猛然拔高的身体，和日渐让人难以忽视的长相……在那一瞬间，幼稚的聂余就已经消失在了那个暑假里。

他变得耀眼夺目，自信骄傲，特别在乎个人形象。

而那样的聂余，怎么可能写出那种堪比智障的个人签名。

在没点开“账号管理”时，那旖是这么坚定地认为着。

然后在下一秒，她看到了一个关联账号。

账号的网名十分简洁，眼熟。

她看着那个字母，陷入了长久的沉默。

——“y”。

聂余抱着一桶爆米花回来时，正好轮到那旖检票。

检票员是个年轻的小姑娘，大概是兼职，见到这么好看的小姐姐呆了两秒。还是旁边的同事用胳膊肘轻轻撞了她两下才回过神，然后很不好意思地对那旖笑了笑。

她正要接过票，结果一个高大的男人突然从旁边挤了过来，站在小姐姐身边。她有些不高兴，冷酷道：“这位先生，请去后面排队。”

“我和她一起的。”低沉悦耳的嗓音突然钻进耳朵里，检票员体会到了什么叫娇躯一震。

她下意识地抬头，看到一张好看得有些过分的脸。

这次不止她，连另外一个同事都呆住了，两个小姑娘直勾勾地盯着他的脸看。

聂余皱眉，身形微侧，面上有些不悦。

那旖伸手扯了扯他的袖子，举在半空的电影票又往前递了递：“他和我一起的，两张票，麻烦了。”

“哦哦。”检票员回过神，脸都红了，手忙脚乱地接过两张票，“对不起对不起，走神了。”

那旖笑容温和，表示理解：“没关系。”

红着脸把电影票撕成两张，票根递给那旖，检票员轻声细语道：“您往前走，然后左拐，看到的第一个放映厅就是了。”

“好的，谢谢。”

“不客气。”依旧是比蚊子还细的声音，“祝您观影愉快。”

青春校园爱情片比科幻片和喜剧片要冷清许多，放映厅稀稀落落坐着十几个人，而且明显闺蜜比情侣要多。

当然，这并不难理解，校园爱情能修成正果的毕竟是少数，这种打着回忆青春旗号的电影，若是不小心被某一个似曾相识的画面所触动，当着男朋友或者女朋友的面陷入回忆，甚至失态哭泣，那才真要了命。

反倒是和闺蜜没有那么多顾忌，悲欢都能同享。

那旖和聂余的位置在最后一排的角落，小情侣做坏事必选位置。

把靠墙的位置留给聂余，那旖则坐在他旁边。

大概角落的观影体验并不是那么好，所以那旖旁边有三个空位，再过去一点是正中间，坐着一对正在腻歪的情侣。

聂余买了一份大桶的爆米花和小杯可乐，爆米花他抱着，可乐递给那旖：“少喝点，可乐喝多了对身体不好。”

那旖点了点头，转头却抱着可乐嘬了好大一口。

聂余面露无奈，吓唬她：“不听话我下次不给你买了。”

“我自己买。”

“你试试。”

那旖只能把可乐放下，不高兴地看了他一眼，顺手把手机还给他：“喏，自己拿好。”

鉴于她听话，聂余捏着一个爆米花递到她唇边：“刚做出来的，听见别人都说好吃，你尝尝。”

那旖咬住，爆米花入口香甜酥脆，她舒服地眯起了眼睛。

见她喜欢，聂余也往嘴里塞了一颗，甜得眉心都皱了起来：“怎么这么甜？”

“爆米花当然是甜的，不甜谁要吃呀。”他没顾手机，那旖直接塞到他怀里，用余光瞥了他一眼，装作不经意道，“那个，你真的有八百栋别墅？”

猝不及防的一句话，聂余原本正往风衣口袋里塞手机，闻言直接呛到。咳嗽声之惨烈，周围的观影者都扭头朝他们看来。

那旖眨了眨眼。

对上她的目光，聂余后知后觉地反应过来这句话的含义，他一张脸顿时犹如调色盘般精彩，连瞳孔都剧烈震动了两下。

这一瞬间，他脑海里闪过了一连串的问题。

发生了什么？在我去买爆米花的短短十分钟时间里发生了什么？八百栋别墅？为什么她会知道八百栋别墅？

放映厅灯光昏暗，周围都是小声说话的嘀咕声。

那旖把爆米花从聂余怀里抢过来自己抱着，她老神在在地欣赏了会儿他在一秒钟内变幻莫测的内心世界，心情十分愉悦。

口腔里散满了甜，心情也甜，连说话都甜滋滋的：“你还没回答我呢。”

聂余还处于呆滞的状态里：“什、什么？”

“八百栋别墅，”那旖突然凑近他，香甜的呼吸喷薄在他的下巴，引来一阵战栗，“缺个崽继承？”

聂余犹自深陷在秘密被发现的震惊中无法自拔，他甚至想找个洞钻进去。

习惯和那旖用微信视频，他已经很久没有登录过 QQ，甚至于这个社交软件都被他丢到了角落里，如果没有特意去翻找，甚至很难在他的手机里发现，何况是那个自己心血来潮建立的小号……

想到那个签名，他差点没晕过去。

他当初实在是想那旖想得发慌，摆在桌面上的照片已经没有办法再满足他，每每听着林助理用平直的语气说着下面人传回来的消息，他的心便备受煎熬。

他开始变得贪心，想亲眼看见她的笑容，甚至于想亲耳听见她骂他。

他迫切地想回到她身边，不需要再从别人嘴里知道她的消息，可到底心里存着几分胆怯。

有一次和聂元杰喝酒，心事被那小子窥探，聂元杰就给他出了一通瞎主意，虽然当时被他狠狠鄙视了一番，可那晚回到家，大概是酒真的喝多了，躺在床上思绪放空，等他回过神来时，已经申请了一个小号。

聂元杰说，既然担心，那就装孙子。

装不成孙子，那就装大爷，用钱用感情去砸，就像做生意，无所不用其极，只管结果，不在乎过程。

可那旖不是他的生意伙伴，用钱砸，她能反过来用锤子把你心脏锤得满地血。用感情砸，她能彻底转身和你成为陌生人。

她不是能用心计对待的人，她比谁都温柔，却又比谁都心狠。

聂余从来没有如此清醒地明白着。

所以他装不成孙子，也装不了大爷，他就能装成一个陌生人。

聂余当时没敢就这么直接加她，他上了自己以前的号，正好看见小学同学群里在聊那旖，然后脑子一热，改了一个招人眼的个性签名当掩护。

因为招眼，所以显得很智障，也因为智障，所以才能当掩护。

而“y”这个网名，多半还是源自私心。

人的感情本来就是复杂且矛盾的，他一边掩饰，一边又处处是漏洞。想要被她认出，又害怕被她认出。

最后变成一副四不像的模样。

清醒后，聂余无比唾弃自己那晚的行为。

可到底心中藏着期待，期待被通过，那他就可以用另一种身份去接近她，可以亲眼看她在动态里分享生活，再也不用从别人嘴里得知。

后来他登录过几次那个号，但都没有收到好友被通过的消息，失望之余，他就再也没有登录过。

再后来就是知道她去酒吧，他终于没忍住追过去。

后来的后来……

谁还记得那个被自己忘到旮旯角的耻辱小号啊！

此时，看着近在咫尺的女朋友，聂余终于记起来了。

几乎是破罐子破摔,他一脸无可恋道:“八百栋别墅没有,缺个崽倒是真的。”

调戏不成反被调戏，那旖低头抓了一把爆米花，直接塞进他嘴里：“算了，你还是别说话了，让我先笑会儿。”

“喂！”聂余脸色一变。

那旖根本不管他，她弯下腰，额头抵在膝盖上，肩膀疯狂抖动，忍了许久的笑意彻底从唇缝里溢出。

只要一想到这个男人面无表情地写出那种签名，她就，她就忍不住……扑哧，哈哈哈。

他怎么会做出这种事？她做梦都没想过他能做出这种事。

八百栋别墅，缺个崽继承。

这得多么强大的心脏才能写出这种臭流氓文字？哈哈哈哈哈哈哈。

后背重重地砸在椅背上，聂余举起手腕狠狠地遮住双眼。他唇线紧绷，耳郭绯红一片，恨不得当场消失。

但看不见，耳朵却听得见。

虽然那旖极力压抑着笑声，但可能是因为实在太开心了，阵阵细碎的笑根本压不住，全部传入了他的耳中。

一场电影，两人心思各异。

一个全程憋笑，一个全程羞耻，影片结束，他们连演员长什么样儿都没有记住。

离开电影院，天已经暗沉下来。

这个季节的黑夜总是降临得格外早，走在街上能感受到傍晚带来的寒意。

路灯亮着昏黄的光，照映着白日阳光也未能融化的街边积雪，入目的画面充满了冬日风采。

画面很美，也很冷。

那旖拉了拉羽绒服拉链，扭头看聂余。

他今天只穿着一件高领毛衣和风衣，没有戴围巾和手套，站在路灯下，长身玉立，五官疏淡气质卓然。

在这一瞬间，那腐突然回想起了好多年前的一个新年。

那一年，她和妈妈两个人去超市购完年货，然后去购物街买过年新衣。

在喜气洋洋的购物街，她看见了聂余。那大概是他们冷战的第一年，也或许不是，她已经快要记不清了。

那时聂叔叔和潘阿姨都还在，他们一家三口从高档服装店出来，已经完成长高的聂余穿着一件黑色羽绒服，看见她时，脸上带着陌生的冷漠。

她对那个画面的记忆格外深刻，除了天空飘着小雪，还有站在雪中的少年。

或许是因为那时心尖疼得厉害，即便过去这么多年，都无法彻底忽视当时的失落。

那种冷漠，比落在眼睛里的雪花还冷。

冷得和如今别无二致。

那旖一怔，鼻尖上的凉意瞬间把她惊醒，她抬头一看，天空不知何时飘起了小雪。

白日艳阳，夜晚落雪。

这就是极美的季节，冬天。

那旖心神恍惚。

一个如此淡漠高傲的人，做出了那般降智的举动，她尚存在心底的取笑之心，也彻底融化在了雪夜里。

当一个男人因为想念你，而做出违背他本身性格的幼稚举动，你才会惊觉着其中深藏的爱意。

那旖想，她何德何能。可转念又想，他又何德何能，让她想了等了这么多年。

这样的雪夜，她一个人过了好多年，以往觉得无比寒冷、难熬。而今年，雪中猝不及防开了一朵温暖的花，自寒冬降临那天，她再也没有感觉到冷。

“下雪了。”身旁传来男人的低喃。

那旖回头望去。

聂余双手插在风衣口袋里，他脖颈微扬，侧脸被橘黄路灯照得轮廓愈显深邃。

感受到那旖的注视，他回头，嘴角微弯笑道：“你一定猜不到看见下雪，我第一时间想到了什么。”

“你想到了什么？”那旖看着他。

“很多年前的事了，也是在冬天。”似在回忆，他垂着眼睑，“我们那里的冬天很少下雪，那一年却一直下了好几天的雪，是近些年最冷的一年。”

那旖微怔，垂下了眼眸。

她知道他说的是哪一年。

因为她在一分钟之前，还想着那年的少年。

聂余毫无所觉，嗓音低沉悦耳：“在很冷的某一天，我在街上遇到了一只很怕冷的小白兔，原本就很白了，她还穿着一身白，半张脸都藏在围巾下，只露出一双圆溜溜的眼睛。那双眼睛很漂亮，就这么看着我……如果不是我能忍，我差点就没忍住走过去把她抱回了家。

一片雪花坠在他的眼睫，他眨了眨眼，冰凉转瞬被温暖融化。

那一年，他们还在冷战。

隔着一条马路在街上相遇，谁也没有理谁，彼此特别酷地向着两个方向背道而驰。

如果重来一次，年少轻狂又自尊心极重的他们，仍旧会选择互不搭理。

可同时，他们又会深深记住那一天，然后在又一个与其相似的雪天，回想起当时的他们。

谁让岁月就像一个囚笼，总是不合时宜地放出回忆。

或快乐，或是难过。

在那年，他们都是难过的。

在今天，他们都是开心的。

一样的雪天，两种截然不同的心情。

“当时你为什么……”那旖抿了抿唇，声音很低，“非要忍？”

“我怕她不愿意跟我回家。”聂余低头，像个毛头小子一样，用脚尖踢了踢积雪，“那会儿年轻气盛，如果被她当场拒绝，我岂不是很没有面子。”

那旖慢吞吞地说：“那你就没有想过，她或许一直在等你走过来吗？”

聂余怔住。

“就好比现在。”那旖深吸一口气，抬起头，脸颊绯红，“如果你走过来，她或许就和你回家了。”

聂余的心在这一刻剧烈地跳动起来。

那旖紧张到偷偷攥拳，扬起下巴，像只骄傲的孔雀：“如果有些人大胆一点，说不定今晚家里就多了一只小白兔。”

“眼睛比当年那只还漂亮。”

番外二
现在天黑，适合当狗

聂余的心在这一刻炸起了小烟花，他看着那旖，眼中的光芒比白日烈阳还要夺目，让人不敢逼视。

而这也是那旖长这么大，说过的最放肆、大胆、直白的一句话。

但她不后悔。

“那那，你……”聂余喉结滑动，他往前走了一步，直直望着她，“你知不知道，有些话说出来是要负责的。”

那旖面颊绯红，别开脸不看他，强自镇定道：“我已经是成年人了，自然能对自己说的话负责，我很清楚自己在说什么。”

“那你……”聂余垂在身侧的手指卷了卷，克制地虚握成拳，藏在身后，“到底明不明白这句话是什么意思。”

“你好烦啊！”那旖被他反复询问给弄恼了，突然朝他怀里扑去，双臂圈着他的腰，仰头看他的目光直白又热烈，“你非要在这种时候和我装糊涂吗？”

聂余垂眸看她，轻轻地摇头：“那那，我没有装糊涂。”

那旖生气道：“那你问来问去是什么意思？”

聂余紧紧抱着她，深吸一口气，声音低沉道：“我只是怕你不明白。”

怕你不明白自己在说什么。

要她知道，如果他一旦认定了她的意思，他就不可能会放过她。

他要确定，要她清楚自己在说什么。

“我对自己的表达能力十分自信。”那旖踮起脚，双手攥着他的风衣领子，仰头在他的下巴亲了一下，“同时，我对你的理解能力也很有信心。”

她就像一个对自己的魅力毫无所觉的妖精，眯着漂亮的眼说：“所以，你没有理解错。”

就是你想的那样。

那旖用行动告诉他，就是你认为的那样。

指腹摩挲着她的面颊，聂余的眸光深邃得像一个漩涡，似要把她拖入深渊。

那旖的勇气瞬间消弭在这样的注视里，她明白了什么叫心跳如鼓，攥着他衣领的手都在微颤，心里有对未知的期待和惧意。

害怕，却不想退缩，像只扑火的飞蛾。

这已经是她所能做的，最直白的暗示。而她也从聂余的反应里得到了自己想要的回应，他懂了。

这种事原本不该她主动，但谁让这个男人太过克制守礼。当然，并不是说这样不好，只是今天经历了太多事，她突然想要大胆一次。

何况谈恋爱，情到深处时，无人会去计较是谁率先踏出的这一步。

聂余的回应同样直白热烈，他一把揽住那旖的腰，低下头狠狠吻在了她的唇上。

周围行人来去匆匆，聂余却尽情品尝着怀中之人的馨香。他甚至在想，他不应该嫌弃爆米花太甜，应该嫌爆米花不够甜。

这样的甜，让他如何舍得放开。放不开，只想抱得更紧。

那旖只能圈住他的脖子稳住身形，她从未在街上做过如此出格的行为，虽然之前说了极为放肆的话，可因为只有他能听见，所以没有太大的心理包袱。

可现在周围不少行人都在看他们，那旖被吻得只想往他怀里钻。

抗议的话被他吞入腹中，那旖只能被动地仰着脑袋承受聂余疯了般的亲吻。

唇角被吮得发疼，脑子一片混乱，她只能抱紧他的脖子，紧紧的，连手腕的血管都绷紧了。

也不知过了多久，她才感觉箍在腰上的手臂松了松。

聂余缓缓放开那旖。

那旖双唇绯红，眸子水光潋滟，口中微喘着气，低垂着脑袋慢慢平复着呼吸。

低下头，聂余的额头抵在她的眉心，嗓音暗哑："我们回家吧？"

那旖睫毛轻颤，紧紧攥着他的风衣，声如蚊蚋："嗯。"

安静地对视了一会儿，连空气都变得黏稠。

那旖后知后觉地有些不好意思，松开紧紧攥着的领子，抬手拍了拍他的肩："放手。"

聂余扬眉，扭头朝旁边看了一眼，正好看到一对情侣站在不远处偷看他们，对上他的视线，男生揽住女生的肩转身就跑。

沉默两秒，他缓缓收回抱着那旖腰肢的手，安抚她："别担心，我们已经见过家长了，过了明路的情侣，在街上亲吻合法又合理。"

"……诡辩。"那旖顿了下，指腹在被咬疼的唇上抹了一下，"你属狗的吗？净咬人。"

聂余挑眉，意有所指道："今天不属狗，只当狗。"

那旖，那旖现在很想打他。

虽然这件事是她提出来的，但是……但是你能不能委婉一点！

聂余嘴角微勾，双唇微启，那旖直觉接下来的这句话她可能不是那么想听。

"现在给兰姨打电话吗？"聂余从风衣口袋里摸出自己的手机，一副很体贴的模样，"要不我打吧，挨骂这种事，我一个人就可以了。"

今晚要去男朋友家过夜，作为一个从来没有外宿过的乖乖女，那旖突然开始害怕打这个电话。

虽然妈妈是个很开明的母亲，但是那旖觉得这种开明可能并不包括允许女儿去男朋友家过夜。

对聂余这个提议，她简直有种甩掉包袱的轻松感，甚至催促他赶紧打电话。

那旖甚至在想，如果妈妈表现出反对的意思，那她就立马反悔！

虽然很对不起今天想要当"狗"的聂余，但被他激动地当街拥吻，那股差点没把她嘴皮咬破的疯劲儿，那旖必须承认，她尿了。

让他把小白兔抱回家时，她是真心的。

现在小白兔被他咬疼了，怕了他这股劲儿，觉得跟他回家后自己可能要残，于是开始后悔了，所以后悔也是真心的。

两种真心在天人交战，谁都无法战胜谁。

所以这个决定胜利的电话，就交给妈妈的态度来决定吧。

那旖觉得，或许，大概，应该，妈妈会在电话里骂他一通，然后让他赶紧把自己的女儿原封不动送回去……她是这么坚定地认为着。

但今天似乎很多事情都在往出乎意料的方向进行，接电话的不是纪兰，而是老太太。

聂余开的免提，那旖在听见奶奶声音从听筒里传出来的瞬间，就感觉自己要完。

事实也证明，老太太在坑孙女这条道路上从来都是不遗余力。

"你兰姨做饭去了，这个时间打电话来有什么事啊？"老太太拿过茶几上的遥控器，把电视声音调小了一点，"哦，不回来吃饭？那正好，原本也没准备你们的。"

"有事儿要和你兰姨说？"老太太推了推鼻梁上的老花镜，看了眼厨房，觉得自己比她能做主，"她忙着呢，有什么事就跟我说。"

聂余侧首看那旖，那旖已经不想再听了，一脸生无可恋，示意把他手机拿远点。

没了没了，接电话的是奶奶，聂余最后当人的机会没了。

"是这样的。"聂余清了清嗓子，委婉询问，"奶奶，现在外面下雪了，开车有点危险，我打电话是想问问兰姨，我能明天再把那那送回家吗？”

“外面下雪了？”老太太并没有接收到他的暗示，甚至她起身去窗户看了眼，“还真下雪了。既然开车危险，那就等雪停了再回来，反正家里也没做你们的晚饭，吃了饭再送她回来就是了。”

那旖在一旁憋不住笑出声。

聂余沉默了两秒，决定对老太太扔直球：“奶奶，我的意思是，那旖能去我家住一晚吗？”

电话那头安静了好一会儿，然后发出一阵儿窸窸窣窣的声音，接着是老太太刻意压低的嗓子：“那旖要去你那儿住一晚？”

聂余求生欲很强：“是我想让那那去我那儿住一晚。”

“这有什么区别吗？都是那旖要去你那儿住一晚。”老太太面色红润，偷偷看了厨房一眼，声音里是藏不住的高兴，“我说你是不是傻，这种事怎么还打电话回来问你兰姨，你这么老实干吗？”

“嗯？”

“年轻人太老实不行啊。”老太太长吁短叹，“这种事怎么能打电话回来呢。”

聂余一副受教了的模样：“嗯，奶奶说得对。”

“你明白就好，这种事你们私下直接办了就是，不用通知……”

那旖实在忍不住了，红着脸打断她：“奶奶！”

“嚯。”听见她的声音，老太太吃了一惊，随后不满道，“今晚不想回家就不回呗，还让聂余打电话，你们两个都是成年人了，什么事不能自己做主？别什么都听你妈的。”

“也没有什么都听妈妈的，不回家总要打电话说一声。”那旖嘟囔，“不然你们还以为我丢了。”

“你二十几的人了，能丢到哪儿去。”

“呃……”

“行了行了，待会儿我跟你妈说一声就是。”老太太嫌弃道，“既然下雪天开车不安全，你今晚就别回来了，省得聂余来回跑。”

老太太说完就飞快地挂了电话，似乎生怕她反悔。

那旖也不知道奶奶是怎么和妈妈说的，总之，直到站在聂余家门口，手机都是安静的。

看着聂余输入密码，她整个人还处于神游状态。

大门开了，聂余牵着那旖准备进去，脚刚迈出一步，忽而想到什么，又退出来，把门关上。

那旖回神，一脸莫名地看着他：“怎么了？”

聂余摇头，然后握着她的右手，干燥温暖的手掌包裹着她软乎乎的小手，他捏着她的食指，轻轻按在数字建上。

一下一下，按了两遍他们的生日。

然后，大门“咔哒”一声，开了。

那旖怔住，呆呆地看着开了一条缝的门。

后背贴着聂余的胸膛，那旖在这一刻，除了感受到萦绕在鼻尖的、属于男人身上独有的气息，还有一种难言的安全感徘徊在胸腔。

他似乎窥探了她的脑海，知道那一刻的她在想什么。

是的，在聂余输入密码开门的那一秒，那旖想的却是那晚他生病打电话过来，话未说完便没了声音。而她因为担心，大晚上打电话给钟杰，从钟杰那里知道了他家的地址，最后费尽心思，还把身份证扣押在保安室才得以允许进门。

最后她站在他家门口，敲门无人应，输入再多的密码也是错误。

那时，她输入的是聂余的生日，心里想的却是自己的生日。在提示密码错误的那一瞬间，那旖心中未尝没有失望。

那是一种很难形容的感觉，仿佛你胸有成竹，最后自信尽数粉碎在红色的错误提示音里。

现在，她被聂余抓着手，亲手输入了他和她的生日。

然后，门开了。

因为他们是同一天出生，连生日都是一样的，所以必须要重复一遍才是正确的密码。

那旖此刻的心情无比复杂，似乎在任何阶段里，在平淡的日常相处中，他总能在细节处让她明白，自己被他时刻地在意着、惦记着、上心着。

无声的在意，比刻意的表达更直击内心那处最柔软的地方。

这一刻，那旖甚至有点想哭。

聂余显然也是想起了上一次，他并不知道此刻那旖心中的想法，他只是对上次让她在门外焦急苦等的事感到抱歉。

指腹温柔地摩挲着她的面颊，聂余声音很低：“抱歉，上次让你久等了。”

那旖垂下眼，摇了摇头。

“下次不用再敲门，更不用再把身份证抵在保安室。”聂余并没有发现她的异样，牵着她的手进屋，“我已经打过招呼，他们不会再拦着你，你下回可以直接上来。”

“嗯。”

“密码是我们的生日，记住了吗？”

“嗯。”

她应得乖巧，聂余便捏了捏她的手指，从鞋柜里拿出一双拖鞋，蹲下来，放在她的脚边。

那旖脱掉脚上的鞋，还未把脚伸进鞋里，悬在半空的右脚就被聂余握住。

宽大的掌心握着精致小巧的脚丫，从脚底传来的温暖触感，比被人挠了痒痒还让那旖悸动和害怕。

她怔怔站着，一动不敢动，连那点小矫情都吓没了。

聂余慢条斯理地帮她把鞋穿好，穿完一只，他伸出手，那旖乖顺地抬起另外一只脚，任由他帮忙。

新拖鞋是一双有着两只大白耳朵的毛绒拖鞋，唯一的特点就是可爱。

那旖穿上后，晃了晃脚，两会大耳朵就跟着左摇右晃，特别可爱。

真就成小白兔了。

“我还担心买大了，居然刚刚好。”聂余很满意，扯了扯那两只大耳朵，仰头看着她，“我亲自选的，喜欢吗？”

“嗯，喜欢。”那旖继续晃脚，“真的是你选的？”

“嗯，就在楼下超市，柜子里还有一双。”聂余拉开鞋柜，顿了下，莫名其妙地补了一句，“两双打折，所以我才买的。”

那旖觉得他最后那句话有点此地无银三百两的意思，以为他一次性买了两双一样的拖鞋，原本还有点想吐槽聂总也会买打折的商品，结果就见他从鞋柜里拿出一双灰色的男士拖鞋。

和她这双显然是情侣款，只是耳朵不同，她这双是大白兔耳朵，他那双是大灰狼耳朵。

突然明白他为什么要补充一句，情侣拖鞋，聂总你可真幼稚。

更幼稚的是，买都买了，还要找打折的借口。

“你什么时候买的？”那旖歪头看着他。

“不记得了。”聂余双手插兜，酷酷道，“谁会特意去记买打折商品的时间，你会吗？”

“不会。”那旖毫不犹豫道。

“那就对了。”聂余偷偷松了一口气，就怕她追问。

“但是——”她轻飘飘补了一句，“如果买的是很需要值得纪念的打折商品，我应该会记住，还会记得很清楚。”

今晚带回家的小白兔只是表面纯真，内心可谓是相当精明，唬是不可能唬住的。

聂余面露无奈，摊手坦白道：“好吧，我承认，我在橱窗看见它们的第一眼，就被它们憨态可掬的外表深深地吸引住，发誓一定要得到它们，除了我，没有人配拥有它们。”

“嗯。”那旖忍笑，“你知道你现在说话的语气像什么吗？”

聂余把客厅的灯打开。

灯光乍亮，那旖下意识地眯了眯眼，聂余倏地转过身，低头看着她：“像什么？”

“有个词叫‘霸总’。”那旖眨了眨眼，看着近在咫尺的男人，呼吸打在了他的脖颈处，“就是你现在这样。”

聂余一眨不眨地看着她，然后伸手，当着她的面，慢条斯理地把风衣脱掉。

他的动作极其缓慢，眼神就像个小钩子，让那旖浑身下意识地紧绷，眼神想躲，却又不受控制地看着他。看着他脱掉风衣，又扯了扯高领毛衣的领口，露出性感的喉结……

不知不觉，后背撞在了身后的墙上。

这时那旖才发现自己退无可退，空气中飘荡着浓稠的暧昧气息，而刚刚亮起的客厅大灯，又忽地熄灭。

她扭头，看见聂余的手撑在她耳侧，却因为手指太长，尾指碰到了开关。

而唯一亮着的玄关小灯，明明白白地照在聂余身上，高大，俊美，强势……

那旖紧张得后背死死贴在墙上，被男人极具压迫地注视着，她整个人都快要融化掉。

她伸手抵在他的胸膛，阻止他靠近：“你们霸总，都这么喜欢‘壁咚’吗？”

聂余盯着被逼到墙角的小白兔，心说这双眼果然漂亮得不可思议，让人甘心沦陷。他扬眉，哑声问：“壁咚？那是什么？”

“你不知道？”那旖眨了眨眼，余光扫了眼他撑着墙的右手。

聂余顺着她的目光看去，然后瞬间明了。他低笑一声，凑近她：“现在大概知道了。”

顿了两秒，他点头道：“原来那那喜欢这样的。”

那旖心中升腾起不好的预感，正欲反驳，男人的气息霎时扑面而来。

聂余抓住她抵在胸膛的手，温柔地扯下，然后弯下腰，在那旖没有反应过来的瞬间，一把将她拦腰抱起。

一个非常标准的公主抱。

那旖吓得伸手圈住聂余的脖子，满脸受惊：“喂！”

聂余抱着她往卧室方向走，垂眼看着怀中乱动的人：“霸总会壁咚，那霸总会公主抱吗？”

“不知道！”那旖面颊绯红，想离开这个会让人羞耻的怀抱，却无论如何也撼动不了他的禁锢。

眼看着卧室近在眼前，那旖心跳快得要从胸腔里蹦出来，她对着空气踢了踢腿，无甚底气道：“你快放我下来。”

“不。”

聂余踢开卧室门，把怀里的人往床上一扔，单手抓着毛衣往上一掀，露出六块结实的腹肌：“现在天黑，适合当‘狗’。”

那旖眼睁睁地看着聂余脱掉毛衣，露出结实的腹肌。这是她如此近距离观看一个男人的身材，而且是毫无衣料遮挡，甚至能清晰地描绘肌肉的纹理。

近距离的美色让那旖险些绷不住，理智是让她赶紧挪开眼，现实却是眼睛不受控制地顺着六块腹肌往下看，最后停留在人鱼线消失的腰腹。

“还满意自己看到的吗？”聂余右膝跪在床尾，上身前倾凑近她。

他往前，那旖就下意识地往后缩。

尽管脑子已经乱成一团麻线，那旖面上仍旧平静，只是攥着床单的手指暴露了她的内心。她不着痕迹地咽了咽唾沫，偏开头：“还、还行吧。”

“只是还——行——吧？”聂余挑眉，看不出是对这个答案满意还是不满意。

那旖觉得大概是不满意的,因为这个男人的双臂已经撑在了她的脑袋两侧，整个人覆了上来，从上而下用极其迫人的眼神盯着她。

“嗯？”聂余盯着她，声调拉长，懒洋洋道，“那那要不要再仔细看一下，真的只是‘还行’吗？”

这调调谁受得了，那旖就受不了，她耳根红得能滴血，略带薄怒道：“你能不能不要这么臭美，哪有直接问别人你身材好不好的。”

“我可没有问别人。”聂余撩起她一缕发丝，“我问你呢。”

“有什么区别！”

“区别大了，我又不跟别人睡。”

“呃……”

“所以——”聂余的食指绕着她的长发，垂着眼睫看她，“真不满意？”

那旖憋红了一张脸，这人怎么这样，他一定是故意的。

“满不满意，嗯？”聂余就是故意的，一直闹她，似乎非要从她嘴里听到让自己满意的话。

那旖被他慵懒的语调闹得根本把持不住，无甚底气地低吼道：“满意！我太满意了！”

“这么敷衍啊。”聂余轻笑一声，掰过她的脸。

那旖瞪着他，他就低头在她唇上啄了一口，把她凌乱的长发别到耳后。

“人总是容易被视觉所欺骗，所以……”

话音未落，那旖的手已经被他抓住，落在了他腹肌上。

“亲手体验一下比较好。”

那旖下意识地想缩回手，却又对掌心下的温度十分好奇。

这是人类的本能，对未知的一切总是充满了新奇。

那旖红着脸，顺从内心，小心翼翼地体验了一会儿，就算昧着良心也说不出手感不好的话。

线条流畅，肌肉紧实，胸腔温热……那旖的动作不带任何情欲，大概是手感实在是太棒了，她原本还有些害羞的，最后干脆放肆起来，一双软乎乎的手毫不客气地流连在自己感兴趣的腹肌上。

亲手验证，手感极佳，视觉从不骗我！

“你这么忙，怎么还有时间去健身房？”那旖有些好奇，一天恨不得掰成两天来过的大忙人，从哪里挤出的时间来让自己拥有这么一副完美身材。

“家里有健身室，总能抽出时间锻炼。”聂余任由她的手在自己身上放肆，只是声音低了几分，“还有，现在是讨论这个的时候吗，嗯？”

夜深人静，四下无人，气氛暧昧，目标明确。

此情此景，用这种腔调说话，那不是存心勾引人嘛。

那旖手指蜷曲了一下，不算长的指甲在聂余背上轻轻挠了一下。这一挠就很要命了，聂余呼吸瞬间重了两分，他俯下身，滚烫的双唇在她耳边来回厮磨。

那旖睁着眼，看着头顶的天花板，眼睛半眯着，思绪有些放空。

“害怕吗？”耳边响起男人低沉的嗓音，哑哑的，克制又压抑。

“嗯？”他说话时呼出的气息喷薄在耳郭，有些痒，那旖受不住地动了动。

“接下来会发生的事，害怕吗？”聂余抱着她，低声问。

那旖想了想，侧首，轻轻在他面颊蹭了蹭。

聂余微微撑起身，直直地看着她，不愿放过她脸上的任何表情。

那旖见此一笑，双手抱住他的脖子：“如果我说害怕，那大雪天开车是不是也没有特别不安全，你要送我回家了？”

聂余沉沉地看着她，没有说话。

“不想骗你。”那旖眨了眨眼，“我有点害怕。”

聂余抿唇，深吸了一口气，就要从她身上下来，却被那旖右臂一勾给勾了回来。她瞪眼：“所以你要送我回家了？”

聂余双眸一眯，伸手摩挲她的面颊：“你休想。”

“那你起身干吗？”那旖挑眉，指尖在他下巴挠了挠，“不是不当人吗，难道事到临头想要回头是岸？”

“不回。”说完顿了下，看着身下的人，聂余狠声道，“也回不了。”

那旖继续挠他,然后抱紧他的脖颈,凑到他耳边轻声说“那你抱我去洗澡。”

聂余呼吸一重。

仗着他看不见，那旖红着小脸道：“别的女生都是男朋友抱着去洗澡，你一点都不体贴。”

接着，她又补了一句：“你不会是没有经验吧？”

下一秒，她就被聂余抱了起来，男人的双臂牢牢托着她的臀，直接起身下床往浴室走。

他侧头想看她，那旖却把他的脑袋推过去，不准他看她。聂余就狠狠道：“你为什么会觉得我有经验？那那，你不相信我。”

“我没有。”面对他的控诉，那旖一点都不想承认。

聂余踹开浴室门，站在门口没进去，把那旖抵在门上，强行掰过她的脑袋，认真看着她：“这事必须得先说清楚。”

他此刻的表情过于认真，那旖有些不敢直视，下意识地避开，又被他扳回脑袋。

聂余一只手抱着她，一只手捏着她的下巴，不准她躲："那旖，你给我听好，无论是以前，还是现在，或者未来，我都只有你一个人。以前没有别人，以后也不会有，所以你最好也是，不然……"

那旖不怕死地接嘴："不然怎样？"

聂余就在她屁股上打了一下，不重，甚至感觉不到疼，但很羞耻，威胁力满满。

那旖眼尾都红了，瞪着他。

"不然就这样。"指腹在她眼尾抹了一下，聂余表情极狠，"你待会儿可以掐我、打我、骂我，但是不能说让我生气的话……除非你想见识一下你男人生气的模样。"

……不，我一点都不想见识。

那旖已经开始感觉到害怕了，甚至不敢计较聂余打她的那一下，只能赖在他身上，装作这个话题已经过去，指着浴室："驾！"

被当成坐骑的聂总能怎么办呢，只能一脸无奈地把这个难得调皮的坏蛋抱去浴缸里。

聂余又处理了会儿工作，等她洗完，才开始洗漱。

男人洗澡很快，不到十分钟，淋浴声就消失了。

又过了一分钟，浴室门被打开，聂余腰上系着浴巾，顶着一头滴水的短发出来。

卧室的大灯关了，只留了床头一盏小灯。

床尾的地上丢着一条浴巾，床上则鼓起一个小包，有只把自己洗得白嫩嫩香喷喷的小白兔就缩在被子里。

聂余弯腰捡起地上她丢的浴巾，随手擦了擦滴水的头发，待头发不滴水了，就掀开被子的一角，轻轻钻了进去。

外面下着雪，卧室却热得像夏天。

到最后，那旖已经完全迷糊了，整个人困得睁不开眼，她只记得聂余似乎俯身亲了亲她，说："睡吧，睡醒了我就给那那道歉。"

"……浑蛋。"那旖声音沙哑，张嘴就咬他。

"嗯。"男人笑道，"我是浑蛋。"

那旖没忍住愤愤地掐了他一下，最终迷迷糊糊彻底睡了过去。

之后的之后，天彻底黑了，天又蒙蒙亮了，只有一屋子的热度毫无变化。

醒来已经是第二天中午。

灰色窗帘拉得严实，但仍旧有一丝光亮顽强地从缝隙里攀爬进来，明亮的光照在铺着毛绒地毯的地面。

刚睡醒的脑子还有些迷糊混沌，那旖看着头顶陌生的天花板，怔了好几分钟才反应过来这是哪里，昨晚又发生了什么。

她下意识地伸手摸了摸身旁，却只摸到一片冰凉的床单。

那旖缩回手，摩挲了一下冰凉的指尖，翻了个身背对着卧室门，动一下浑身都疼，整个人都僵住了。

清晰无比的疼痛，让她整个人瞬间清醒，面上更是不受控制地染上一抹薄红。

那旖悄无声息地掀开被子，低头看了眼自己的身体。这一看，她的脸色彻底变了，又红又黑又绿宛如调色盘，简直和她此刻的身体一样色彩斑斓。

“他是属狗的吗？”那旖气恼地抓过身旁的枕头狠狠捶了两下，捶完再狠狠丢开，丢完还是觉得不顺眼，从被子里伸出一条布满痕迹的腿，把无辜的枕头给踢到了地上。

这一踢，浑身更疼了。

于是那旖更生气了，咬着被子泄恨。

万幸现在是冬天，不但可以穿高领毛衣，还能可以穿秋裤，不然换成夏天，她要怎么出去见人。

身上疼，心情就不好，想发脾气，但那人却不在身边，于是就更生气了。

正在这时，门外响起脚步声。

那旖就像一只被惊到的兔子，立马抽离思绪，闭上眼睛装睡。

聂余一早就醒了，或者说，他其实一晚上没睡。

前半夜过于兴奋，后半夜则是换床单，再抱着她洗澡，发现她受伤了，又急忙忙去楼下的药店买药膏，伺候完已经睡得人事不知的祖宗，已经天亮了。

然后他就这么一直抱着她，静静地看了她两个小时。

等天光大亮，他起床去熬了一锅粥，处理林助理带来的加急文件，在家开了两场视频会议。

处理完工作，把凉掉的粥加热，又看着加热的粥变凉，如此反复，那旖都没有醒。

他舍不得叫醒她，每隔半个小时就进屋看一眼。

聂余端着一杯温开水进屋，见自己的枕头掉在地上，没作他想，捡起来，把玻璃杯放到床头柜。

那旖听见那声清脆的响，被子里的手紧张地攥成了小拳头。

聂余绕到那旖睡觉那头，柔软的床往下陷的瞬间，那旖的睫毛不自然地动了一下。

聂余没发现，他伸手把垂在她面颊的长发别到耳后，俯下身，凑近她，柔声叫道：“那那，起床了。”

那旖装死。

“已经中午了，再睡晚上要睡不着了。”拇指轻柔摩挲着她的脸颊，聂余哄她，“乖，醒了。”

那旖装作不耐地皱了皱眉，挥开他在她脸上作乱的手指，抱着被子转了个身，背对着他。

转身时，被子从她光洁的肩膀滑落，留下一大片空隙。

从聂余这个视角，正好可以看见她漂亮的蝴蝶骨，还有后背上斑斑点点的痕迹。

他凑到她耳边说了几句悄悄话，说得那旖整张脸都红了，最后气得在他脸上拍了一下。

聂余长这么大还没有被人抽过脸，被那旖呼了一巴掌，他不怒反笑，抓着她的手在她掌心亲了亲，柔声问：“打疼了没有？”

那旖简直要气死了，整个人泄气般地藏回被窝里，把自己裹得像个蝉蛹。

聂余干脆坐在一旁，轻轻抱着她哄。

他的小姑娘太害羞了，整个人藏在被子底下不愿意被他看见，聂余就隔着被子抱她，讲了今天早上自己熬粥闹的糗事，试图用自己的狼狈来驱散她的羞怯。

这个办法显然很有效，那旖听他说熬个粥都熬了两遍，第一次还煳了，立马嘲笑他。

聂余见她笑了，心里松了一口气，顺着她的话取笑自己，那旖就更高兴了。

醒来时身旁一片冰凉，那旖心里其实有些失落。

身上疼得厉害，又没看见他，心里难免有些矫情委屈。可这会儿被聂余抱着哄着喝水，又伺候着起床，任劳任怨亲手给她穿衣服，虽然还是对他没好气，但心里那点若有似无的不开心也在他的柔声细语中消弭殆尽。

聂余的第二锅粥没有熬煳，一股米香味儿，闻着就让人食指大动。

那旖的衣服送去干洗了，身上穿的是聂余的衬衣。此时，她盘腿坐在落地窗前的沙发上喝粥。

楼层高的好处就是不但能俯瞰这座城市，还能在四周都是高楼大厦间，不受任何建筑物的遮挡，想怎么晒太阳就怎么晒太阳。

冬日的太阳格外让人眷恋，何况是午后的阳光。

喝完粥，那旖窝在沙发里，舒服得差点就这么睡着。

聂余端着一杯温开水过来，见她缩在沙发上昏昏欲睡，弯下腰，伸手摸了摸她的脸：“困了？”

那旖嘟囔了一声，聂余也没听清楚她说的什么，把水杯放一旁，蹲下身，捏了捏她的脸：“困了就回房间睡，沙发上睡着不舒服。”

“舒服。”那旖半睁开眼，“不想动。”

“不想动就不动。”聂余柔声说，“我抱你回房间。”

“不要。”那旖抓住他的手，迷迷糊糊道，“我要晒太阳。”

任性这个词语从小到大就和那旖绝缘，但不知从何时开始，她慢慢学会了任性。

对别人而言，“任性”是个不好的词语，但对聂余而言，这个词语很可爱，尤其是放在那旖身上。

你只管任性，我都惯着。

惯你一身坏毛病，就是我的心之所向。

聂余去卧室拿了一张毛毯盖在那旖身上。

动作很轻，那旖却睁开了眼，看了他一会儿，伸出了双手。

聂余怔了一瞬，然后俯身把她抱进怀里，自己坐在了沙发上，让她窝在自己身上睡觉。

往日里，聂余从未觉得阳光多么可贵，因为太过容易得到，所以不曾上心。

可这一刻，怀里抱着喜欢的人，沐浴在午后阳光中，他终于有了切实体会。

晴天真好，阳光真暖。

“等我睡着了，你再把我放下来。”怀里传来懒洋洋的声音，“然后你就去忙。”

聂余垂着眼，摸了摸她的面颊：“今天不忙。”

“年底了。”那旖轻笑一声，往他怀里蹭了蹭，找了个舒服的位置，“谁都可能闲，就你不可能。”

聂余没有说话，只是抚了抚她的发。再忙他今天也不会回公司，他就想陪着她。

或许是真的累了，那旖没一会儿就睡着了。

没有如她所言那般放下她，聂余看了她一会儿，确定真的睡着了，他便靠在沙发上，也睡了。

太阳不知不觉地移动着，向西，渐西。

他们是被一阵铃声吵醒的，聂余率先睁开眼，发现夕阳已经彻底沉入地平线，天边只剩一片余晖。

那旖也醒了过来，她打了个小哈欠，声音还带着刚睡醒的懒意：“是我的手机。”

“嗯。”聂余想起身，手脚却麻得丧失知觉。

那旖轻笑一声，离开他的怀抱，伸手拉他：“来。”

聂余摇了摇头，表示他需要缓缓。

难得见他这副窘迫模样，那旖心情十分愉悦，直接抢了他的大灰狼拖鞋，趿拉着去了卧室。

手机在床头振动，那旖拿过手机一看，是妈妈的电话。她下意识地看了眼时间，右上角显示五点半了，她脸上闪过一抹懊恼，连忙点了接通：“妈妈。”

听见她与往日有所区别的嗓音，纪兰顿了下：“我看时间不早了，打电话问一问，今晚要回来吃饭吗？”

夜不归宿一晚就算了，连续两晚不回家，那旖觉得妈妈可能会生气，忙不迭应道：“要回来。”

纪兰应道：“哦。”

妈妈生没生气，那旖在电话里也听不出来，因为纪兰的声音比往日还要温柔，问她：“聂余呢，他今晚过来吃饭吗？”

那旖握紧手机，深吸一口气，小心翼翼道：“要。”

纪兰顿了下，随即长叹一声，幽幽道：“难怪你奶奶一大早去菜市场买了驴肉回来炖，我还想说为什么呢。

“她还骗我说你昨晚去照顾丹丹了。

“好呀。”纪兰笑了一声，“我就说哪里不对劲，原来都瞒着我呢……”

那旖都快哭了，尤其是看见因为双腿发麻，走路缓慢得就像肾虚的聂余。

这可怎么解释？

番外三
她相信，这一天总会到

客厅里电视开着，里面正在播放晚间新闻。

老太太一大早买回来的驴肉炖了一天，香味儿满屋子飘，藏都藏不住。

窗外寒冷，屋子里却充满了过年的气息，门上贴着“福”字，阳台上挂着红灯笼，客厅的墙上交织着彩灯，五彩斑斓，一闪一闪特别漂亮。

茶几上摆满了零食瓜果和各类饮料牛奶，还有老太太的毛线团。

纪兰从厨房出来，擦着手上的水渍，径直越过老太太，坐到她对面的沙发上，拿了一个橘子，低着头边剥边听新闻。

“你这脸都拉一天了，大院里都没你这么会拉脸的老太太。”老太太织着毛衣，掀起苍老的眼皮看了她一眼，大概因为心虚，说话显得有些外强中干。

纪兰不理她，掰了一瓣橘子塞嘴里，自顾自地吃。

“那旖说这个橘子挺甜的，我还没吃尝过。”见她不理人，老太太心里有些不高兴，故意找事，“你给我剥一个。”

纪兰放下手里的橘子，给她剥了一个，剥完递给她，还是不说话。

老太太吃了一瓣，汁水迸溅，特别甜，她很喜欢。但转念想到价格，她又觉得好像不是那么甜了，拧眉看着纪兰：“不是我说你们，买这么贵的东西干什么，一百块钱才买几个橘子？过年又不是多新鲜的事儿，用不着买这么好的东西。你不是还想给那旖存钱买房子吗？我问了楼下的老太太，想在崇华买套房子可不容易，你存个十年也不一定能存到一个卫生间的首付。”

纪兰低着头整理橘瓣上的经络，说起正事也顾不上生气：“买房子是不容易，先给她买一辆车，年后她就转正了，家里离她上班的地方太远，每天早上去挤地铁太累了。”

老太太躺在沙发上，也不织毛衣了，闻言道：“买车干什么，聂余不是每天都来接她上班吗？”

“总有出差的时候。”纪兰说，“那么大一个公司要他管着，每天早出晚归难道不比那旖忙？每天早上绕路过来接她上班，下班又准时去接，自己留着没做完的工作回家加班，我好几次大晚上还听见他和那旖打电话说还在书房工作……哪能一直这样接来接去，那旖不心疼我都心疼。”

老太太想了一会儿，就点头。

“我那儿还有点钱，你拿去吧，先给那旖买辆车，工作出入也方便。”老太太见识多了，想得也就宽了，“她平时不是经常出去见委托人，跑法院的。夏天热冬天冷，没辆车确实不方便。”

纪兰点头，她也是这么想的。

她寻思车不用买特别好的，二十万左右就行了，以后那旖想换，到时候再换就是：“就先买车，房子的事以后再说，而且她和聂余现在……”

“你管她和聂余现在怎么样。”老太太打断她，“就算他们俩明天就结婚，房子还是得买，大小不重要，地段偏也可以，但一定得有。”

老太太虽然重男轻女，但有些事拎得比谁都清：“你可不能脑子糊涂，自己的东西和别人的东西到底是两码事儿，那旖就算和聂余结婚，就算聂余把一切都给你女儿，那也是他聂余给的，和你这个当妈给的就是两回事儿。”

老太太吃了瓣橘子，继续说：“我们两家的条件，现在来看是差得远了。但别管条件差多远，该有的东西，我们也不能少了那旖的，你辛苦努力这么多年，为的不就是这个吗？”

纪兰沉默。

让那旖上最好的学校，结交品行好的朋友，找一个能在社会上立足的工作，再拥有一个和自己完全不同的家庭。

这就是她一直以来所期望和努力的。

纪兰不想那旖的人生和她一样,所以她拼了命地给那旖一个好的学习环境，为此再苦再累都没有抱怨过。

她想让那旖的未来拥有更多可能性，她不愿那旖的人生像她一样，为了生活而奔波，为家庭而劳累，活得碌碌无为，每天醒来，看着太阳就能一眼望到未来的模样。

那旖的人生应该更具有意义和价值。

这是纪兰身为一个母亲，对女儿没有宣之于口、最深沉的疼爱。

如果没有这种信念支撑着，纪兰或许早就在这些年的某一天里因不堪生活的压力和重担倒下，而那旖的今天，或许就是另一番模样。

所以老太太才提醒她，别突然脑子“秀逗”了。别因为聂余拥有的东西太多，就把女儿变成他的附庸，无论是心理还是生活。

那旖应该是一个独立的女性,现在她还没有能力给予自己生活方便的时候，她的母亲就应该在身后支持她。

所以，不管她和聂余什么时候结婚，她都得有自己的车子、自己的房子。

这无关别的，只是一种生活态度。

纪兰被老太太误会了，但没有生气。

她没有贪图过聂余那孩子什么东西，否则也不会提出给那旖买车的事儿。

只是那旖昨晚一夜未归，她难免会思考这两个孩子的未来，如果他们结婚了，那旖肯定是搬去聂余那里，两个小夫妻自己住自己的，想到这些，她才会思考，那她们到底还要不要在崇华买房子？

毕竟崇华的房子真的贵。

纪兰当时想的是，既然聂余有房子，那她干脆就给那旖买一辆好一点的车，以后那旖和聂余结婚了，她就和老太太租房住，反正她们店生意挺好的，租房子没有生活压力。

但老太太一席话，纪兰又觉得还是得买房才行，无论以后两个小的怎么生活，他们偶尔回家来，好歹能过个夜，不像现在，家里小得挪不开身，多一个人都不知道怎么住。

想到这些，纪兰又控制不住继续往下想，现在很多年轻人婚前就会同居在一起，不知道聂余和那旖会不会也有这个想法。

据她所知，桑月月和钟一凡就属于婚前同居。

纪兰说不清心里是个什么滋味儿，不知道如果那旖提出这个要求，她要不要同意。

看了眼墙上的时钟，琢磨着他们应该也快回来了。

聂余把车停好，牵着那旖去小区旁边的水果店买了一箱白草莓和车厘子，都是那旖喜欢的水果，品种好，个头饱满，就是价格美丽。

那旖经常在这里买水果，水果店的老板显然认识她，聂余在旁边挑选，老板就在一旁和那旖说话。

“这是你男朋友吗？”老板看了眼那个气质出挑的男人。

那旖笑着点了点头：“嗯。”

“小伙子不错哎，高高大大的，长得也好，跟你很般配。”老板悄声说，“还很大方，净挑贵的买。”

那旖抿唇笑了笑。

“说明他对你上心嘛，舍得给你花钱，这样的男人现在不多啦，要珍惜啊。”那边聂余选好了水果，老板匆匆和那旖说了句，赶紧过去结账。

买了一堆水果，两人走出水果店。

“你们刚才聊什么呢？”聂余侧首看她，隐约听见和自己有关，有点好奇，“嘀嘀咕咕，咕咕嘀嘀。”

那旖睨了他一眼：“请正视自己的年龄，不要学小朋友卖萌。”

“哪里卖萌了？”聂余扬眉，经过小区保安室时，随手从大衣口袋里拿出一包刚买的烟递给门卫大哥。对方也没有推迟，笑着接过，道了声谢。看举动和聂余很熟，一个递一个接，都很自然熟练，显然不是第一次。

“嘀嘀咕咕，咕咕嘀嘀。”那旖学他的语调。

“啊，我们那那真可爱。”聂余笑着在她脸颊捏了一下。

那旖反应过来，伸手在他胳膊拍了一下：“你又给我挖坑。”

聂余伸手揽她：“哪有。”

那旖躲开他的胳膊：“就有。”

聂余强势地把她捞回怀里：“没有。”

一路打闹，走到自家单元楼时，那旖还是没忍住好奇，问他：“你和我们小区的保安怎么一副很熟的样子，还给人家买烟？”

聂余伸手揉了揉她的发：“原本不熟，多送几次烟就熟了。”

那旖眨了眨眼，不太明白他为什么要做这种事。

聂余看着她，换了只手拎水果，温声道：“以后兰姨和奶奶遇到什么不能解决的日常琐碎小事，像换灯泡，或者家里的水管坏了，都可以去找他们，他们会帮忙。”

那旖微怔，随后便反应过来他为什么要做这种事。

这人……好像无时无刻都在关心着她的生活，连这种小事都想到了。

这些日常琐碎，其实连那旖都忽略了。

从小到大，她住的地方似乎从来没有出现过问题，灯泡从来没有坏过，水管也从未出过问题，即便租房环境再差，也没有在厨房和卫生间看见过老鼠和蟑螂……

以前那旖从来没有思考过这种问题，如今她忽然反应过来，她真的一直被妈妈默默地爱着、疼着、宠着。

以前的生活环境本就不好，租的房子也是很多年的老房子，哪有可能不出问题。

其实不是没有出过问题，只是那些问题连在她眼前出现的机会都没有，就被妈妈偷偷扼杀在了不知道的日日夜夜里。

高中时，每天晚上写卷子写到深夜，灯从来没有坏过。

冬天时，家里的热水和暖气也从来没有出过问题，再冷的夜，她都是暖呼呼地入睡。

那旖从未有一刻，如现在这般真实地体会到，她的母亲到底有多爱她。

纪兰在阳台看见了他们，然后折身去了厨房。

听见钥匙钻孔的声音，老太太放下手中的毛线，顺便给电视换了台。

还没进屋就闻到一股饭菜香，想到电话里妈妈说的驴肉，那旖没忍住用胳膊撞了他一下：“你的驴肉。”

聂余面不改色地在她后颈上捏了捏："你确定我需要？"

对不起，打扰了。

不敢在这件事情上继续撩拨老虎须，那旖十分知趣。

纪兰端着一大盆红烧驴肉从厨房出来，聂余立马礼貌地叫人，那旖则在一旁跟着小声叫妈妈。

纪兰看了他俩一眼，对聂余笑了笑："怎么又买了这么多东西？下次别破费了，又不是去别人家。"

换了拖鞋，聂余把水果放到客厅的茶几上，接着去帮兰姨传菜："没买什么，都是那那喜欢吃的水果。兰姨也说不是别人家，只是往家里买点东西而已，不是什么大事。"

纪兰说不过他，让他去客厅看电视，聂余却亦步亦趋地跟在她身后，又是传菜又是摆碗筷，十分殷勤。

纪兰还有一个青菜没炒，厨房油烟大，催他出去待着，他也没动。

纪兰翻炒着锅里的青菜，不再提这件事，而是问他："过年我们要回一趟潼陵去给那旖的爸爸上香，你要一起回去吗？"

聂余闻言手指蜷了一下，有些紧张："我可以去吗？"

"为什么不可以？"纪兰有些惊讶，她笑得很温柔，握着锅铲有些走神，似乎在怀念记忆中那个高大的男人，"如果他知道他的宝贝女儿现在有了男朋友，还是他一直很喜欢的小鲫鱼，一定会很高兴。"

聂余抿了抿唇。

"要一起回家看看你大勇叔叔吗？"纪兰把菜盛起来，递给他。

这个问题，当然只会有一个答案。

聂余端着菜转身，就看见那旖站在厨房门口，也不知道偷听了多久。

纪兰看见她，没好气地瞪了她一眼。那旖连忙蹦过去挽住纪兰的胳膊，讨好一笑："妈妈，我回来了。"

纪兰伸手在她额头上敲了一下："又不是才看见你。"

"那你刚才都不理我嘛。"那旖晃了晃纪兰的胳膊，讨饶，"对不起，我们真的不是故意骗你的，我也没想到奶奶会那么说……别生气了好不好，好不好，好不好？"

纪兰被她闹得又气又笑，也没有多说什么，推着她就出去了。

一家人热热闹闹地吃了一顿晚餐。

虽然但是，驴肉真的很香，那旖也偷偷吃了好几块。

聂余也觉得香，但不敢多吃，因为坐在他对面的老太太时不时会用充满内容的眼神看他，实在心惊胆战。

中途那旖离席，去厨房洗白草莓和车厘子，回来后就抱着水果盘，盘着腿靠在妈妈身上，一边看电视，一边听他们聊天。

“到时候让那旖和你换着开车，她有驾照，开慢点就行了，你一个人开车太辛苦。”纪兰和聂余商量着回家的事。

老太太在一旁听得有点兴奋，感觉这次回家和以往都不一样，很像是衣锦还乡。

嗯，就是衣锦还乡！

她家那旖现在出息啊，本来她一个人出息就够了，没想到还找了个更出息的男朋友，还是隔壁老聂家的孙子。

这下大院里那些老不死的得羡慕死她。

于是她积极道：“对，让那旖和你换着开，不能疲劳驾驶。”

聂余还没见过那旖开车，闻言看了她一眼。

这个眼神立马就引起了那旖的强烈不满，往他嘴里塞了一颗草莓：“我开车很稳的，以前教练就经常夸我。”

“这样啊。”聂余笑着说，“可我觉得还是我开车比较稳。”

不知为何，总觉得此车非彼车，大概是开过车的人都比较敏感，再也回不去曾经的单纯。

不再单纯的那旖伸出一条腿，在桌底下狠狠踩了他一下，完全不理会是不是误踩。

聂余脚背一疼，却面不改色，慢条斯理地吃着她亲手喂到嘴边的草莓，甚至还对她温柔一笑。

两个对网络词汇一无所知的大人没有听出别的意思，只觉得聂余心疼那旖，不想她劳累。

边吃边聊，一顿饭吃了两个小时，他们确定了回潼陵的时间，然后就转移阵地，去沙发上窝着商量要买些什么特产回家送老邻居。

虽然吵吵闹闹一辈子，但往事不究，人往前看，总是愿意记得他们的好，忘记不愉快的坏。

掰着指头算，发现要买的东西还挺多。

那旖和聂余单独窝在另一边的双人沙发上，听着妈妈和奶奶的讨论声，都犯起了饭后的懒，有些昏昏欲睡。

那旖靠在聂余的肩上，聂余则揽着她，两人凑在一起说悄悄话。

“明天你打电话问问卓一凡，问他过年要不要和月月回潼陵，到时候一起呀。”

“嗯，那你也问问宁丹丹和钟杰。”

“好。”那旖在他肩窝蹭了蹭，“也不知道桑齐桑乐今年过年回去不，还有费晓宇，这样人就齐了。”

聂余侧头，伸手帮她顺了顺头发：“费晓宇应该不回去，他觉得尴尬。”

那旖一想，觉得也是，她心里有一点失落，觉得爱情可真是磨人。

一起长大的童年小伙伴们，不是各奔东西，便是相顾无言。

但万幸，即便不在同一座城市，他们的感情依旧很好，会在社交软件上聊琐碎日常，关心对方的生活。

而有些关于爱情的遗憾，只要未来能放下，总能再回到无所不谈的曾经。

思及此，那旖和聂余同时看向对方，然后趁两位大人不注意，飞快地亲了一下。

“我有点担心。”

“担心什么？”

“担心见过大勇叔叔后，他会来梦里打我一顿。”

那旖笑得停不下来，片刻后，她笑容微敛，轻轻抓住了他的左手，五指插入他的指缝间，与之十指紧扣。

对上他的目光，她唇角弯唇，轻声道：“那如果我梦到了聂叔叔，我一定会告诉他，他的儿子很棒，特别棒。”

“你是他的骄傲了。”

“我会求他不要再生气了，然后请他一定要去你的梦里，抱一抱他的小鱼儿。”

聂余看着她，看了许久，心中闪过万千情绪，最后却只是露出一个温柔的笑容。

“那就拜托那那了。请一定要告诉他，我很想他。”

“好。”那旖掩下眼角的热意，伸出尾指，“拉钩，一言而定。”

“拉钩。”聂余的尾指与她的尾指缠绕在一起，声音低哑，“一言为定。”

聂余心里有一个终年不愈的伤口，一直被那旖所惦记着。

她相信，未来的某一天，那位让人敬重的长辈，一定会如幼年一般张开双臂，把他的小鱼儿抱进怀里，用充满骄傲的语气说：“鱼儿，你是爸爸的骄傲。

她相信，这一天总会到来。

番外四
那个时空的他们

八月下旬，离B大开学还有两天，那、聂两家闹得人仰马翻。

收拾行李，准备特产，教育那两个高考结束后就瞒着家人偷偷跑去西藏疯玩了将近两个月才回家的破孩子。

小区门口停着两辆车，一辆面包车和一辆黑色SUV。

SUV的旁边，聂国兴拎着聂余的耳朵，张嘴就是一通喷："行啊，你们俩行啊，考完试不告诉家里人一声，居然偷偷买机票跑去了西藏，而且一去就是两个月，玩得乐不思蜀连开学时间都忘了！"

聂余扯着嗓子嗷"爸,爸有话好好说,耳朵疼,你轻……嘶……你轻点啊！"

聂国兴捏着他的耳朵狠狠转了一圈："现在知道疼了？你带着那旖跑去西藏的时候，怎么不想着今天会让我轻点？"

那旖看了眼聂余被拧得通红的耳朵，心疼得直抽抽。

那大勇把行李箱和特产放到后备厢，扭头就见女儿眼巴巴地望着他。

他摸着后脑勺笑了笑，不善言辞却又认真道："那那，小鱼，这次你们做得不对，被骂是应该的。"

那旖瘪嘴，上前抱着他的手臂晃了晃，小声撒娇："爸爸，那那知道错了嘛，是我让聂余买的机票，因为我喜欢西藏，他才陪我去的。"

不等那大勇说话，捂着耳朵嗷嗷叫疼的聂余便咋咋呼呼吼道："是我，是我要去西藏的，你们要打就打我吧！不关那那的事！"

聂国兴气乐了，袖子一挽还想收拾他，被下楼的纪兰拦住："时间不早了，先上路吧，等到了崇华再收拾他们。"

聂国兴看了眼腕表，再顾不得别的，挥手赶聂余和那旖上车。

B大马上就要开学了，这两个不让人省心的孩子今天才从西藏回来，他刚把人从机场接回来，便又得赶时间送他们俩去学校报到。

原本打算是他一个人开车送他们，结果那大勇闷不吭声地请了假，说什么都要送女儿去大学报到，于是就变成了两家人一起送他们去崇华。

两辆车，面包车上放着两个孩子的行李箱和送给室友的特产，纪兰便坐这个车陪老公度过漫长的车程。

那旖和聂余则坐聂国兴的 SUV，车的容量大，比较容易舒展手脚，适合他们撒欢。

一路上，聂余和那旖都乖乖缩在后座挨训。

前几年，因为潘姿美在外面有人，被聂国兴发现后大闹了一场，最后离了婚。后来潘姿美为了报复聂国兴，告知聂余不是他的亲生儿子，可即便如此，聂国兴仍旧费尽心机要到了聂余的抚养权，并因此失去了一大笔钱，断绝了潘姿美和聂余的母子关系。

家庭的骤变，让聂国兴颓废了一段日子，但在那旖和聂余的贴心陪伴下，他终是挥开阴霾，开始迎接新生活。

而聂余也不负他的期望，在今年的高考超常发挥，成为潼陵的理科榜眼。而排在他前面的，则是从小就学习优异的那旖，今年的理科状元。

然而如此优秀的两个孩子，却在高考结束后给了家里人一个措手不及……他们俩居然偷偷摸摸买了机票，没有通知家人一声，考完就跑去了西藏，一待就是两个月。

纪兰和那大勇或许不知道原因，聂国兴却是知道的。

在高考结束后没几天，他在一次偶然的情况下，看见这两个孩子在偷偷亲吻……

聂余和那旖从小一起长大，形影不离，青梅竹马在长大后产生了感情，他并不意外。

只是，他没有想到他们的胆子这么大，居然敢偷偷跑去西藏玩了两个月。

是的，是玩，不是躲。

从车内后视镜往后看，聂余和那旖抵着脑袋，亲密无间地凑在一起叽里咕噜说悄悄话。聂国兴的视线落在他们脸上，他已经无法从两个已经成年的孩子脸上看出幼年时的痕迹，他们确实已经长大了。

开始懂得什么是喜欢，甚至因此而做出幼稚行为，却又不能单纯用看小孩子的眼光去对待了。

思及此，聂国兴轻咳一声，打断了他们的悄声低语。

聂余和那旖同时坐直身体，一脸乖巧地看向他。

聂国兴一脸严肃：“商量了这么久，你们决定谁先说？”

“我说。”聂余举手，却不是认错，而是一脸认真地道，“爸，我决定了，等到了崇华我就告诉大勇叔叔和兰姨，我在和那那谈恋爱。”

猝不及防就接到一个直球，聂国兴险些被口水呛住。

“我喜欢那那，想永远和她在一起。”聂余扭头看着那旖，少年眉眼飞扬，难掩眸中暖意，“爸，我离不开那旖，我离不开她。”

那旖抿了抿唇，悄悄握住了他的手。

聂国兴稳住心神，从后视镜里看了眼两个孩子，认真道：“你懂什么叫喜欢吗？你明白什么叫永远吗？你又知道什么叫离不开吗？”

“喜欢是眼睛无法从她身上移开，永远是想一辈子都能正大光明看着她，离不开是我无法忍受她不在身边的每一秒。”聂余咧嘴一笑，带着几分少年意气，“爸，别把我当成小孩子，我知道自己在做什么。”

“我成年了，已经可以对自己所说的话负责了。”

“我喜欢那旖，不是对妹妹的那种喜欢，而是对一个女孩子的那种喜欢，想对她做亲密事的那种喜欢。”

聂国兴竟然有点佩服他儿子。

这臭不要脸的兔崽子，居然能当着他的面说什么想对那旖做亲密的事。有点想抽他，却又有些佩服他对于“喜欢”“永远”“离不开”的回答。

挺简单的三个问题，在不做思考的情况下，脱口而出的话语往往是最真诚、最贴近内心的。

在这一刻，他已经无法再因为他们的年纪，而去怀疑他们是否明白喜欢的含义。

“随便你们。”看着理直气壮的聂余和安静乖巧的那旖，聂国兴觉得自己有点心累，他才懒得管他们谈不谈恋爱呢，“只要你大勇叔叔和兰阿姨同意，我就没意见。”

“到了崇华我就告诉他们。”聂余自信不已，“大勇叔叔和兰阿姨一定会同意的。”

“哦，是吗？”聂国兴面无表情，打碎他的幻想，“小看一个父亲对女儿的疼爱，可是要吃大亏的。”

聂余不信，大勇叔叔可喜欢他了。

恋爱的事过了明路，聂余胆子瞬间大起来，开始怂恿他：“爸，我和那那都去上学了，以后只有放假才能回来，我看你一个人挺孤单的，要不你给我找个后妈吧？”

聂国兴懒得理他。

“真的，只要你喜欢，我绝对不反对，是吧那那？”聂余扭头看那旖。

“嗯。”那旖点头。她也支持聂叔叔找一个知心人陪伴，最好像爸爸和妈妈那样，互相体贴，互相关怀。

“你还可以给我生个弟弟。”聂余继续说。

“妹妹也好，我们会疼她的。”那旖补充。

“还是弟弟吧，我不想疼妹妹，我有那那要疼。”聂余拒绝。

“你疼我，我疼她。”那旖说。

“不，我还是想要弟弟，我可以带他打篮球，教他怎么追女孩儿。”

聂国兴听得眉心突突跳，他觉得儿子有点烦，决定给儿子找点事儿。

摸出手机，解锁，找到那大勇的电话，拨通——

“你很会追女孩儿？”那旖噘嘴，不高兴地看着聂余。

“冤枉啊，我只追过那那一个人。”聂余嬉皮笑脸哄她，“我把我追你的经验告诉他，他只要学会一半就能追到喜欢的女生了。”

“你的意思是，我很难追？”那旖揪他的胳膊。

“嘶……”聂余痛呼一声，“你本来就难追，我追了你好几年，你才愿意让我摸一下手！上次的亲亲还是我偷袭来的，你……”

“聂余！你个小兔崽子！你说什么亲亲？”一道熟悉的声音突然响彻在车内。

聂余呆住了，傻眼了。

同样蒙住的那旖，和聂余瞬间排排坐直，倏地望向驾驶座……上开着免提的手机。

落后他们两个车位，一辆面包车开出了坦克的既视感。

那大勇握着方向盘，高大憨厚的男人在此刻宛如被抢走幼崽的雄狮，浑身毛都炸了起来：“你给我等着！聂余你个小兔崽子给我等着！”

聂余和那旖面面相觑。

他们俩心中只有一个想法，完了，他们完了啊。

高速公路的上空，响起聂国兴经久不散的大笑，和那大勇熊熊燃烧的怒火。

嗯，永远不要小看一个父亲对女儿的疼爱。

否则，是要吃亏的哦。